Hitzelberger
2021

SONJA ROOS

Der Windhof

GOLDMANN
Lesen erleben

Buch

Vor zwei Jahren kam David, ihre Jugendliebe und ihr Ehemann, bei einem tragischen Unfall ums Leben. Seither hat die 30-jährige Mel die gemeinsame Kölner Wohnung kaum verlassen. Untröstlich über den Verlust deckt sie jeden Morgen den Tisch für zwei und übersteht die Tage nur mit Medikamenten. Erst die Bitte ihrer Mutter, sich um ihre wortkarge Großmutter Lene zu kümmern, die in ihrem alten Bauernhaus gestürzt ist, zwingt Mel, sich der Außenwelt zu stellen. Sie reist in den rauen Westerwald, und zögerlich nähern sich die beiden vom Leben gezeichneten Frauen einander an. Nicht zuletzt durch Lenes Lebensgeschichte, die sie ihrer Enkelin Stück für Stück erzählt. Und auch Lenes attraktiver Hausarzt, Noah Bergkamp, öffnet Mels Herz allmählich wieder für das, was das Leben noch bereithalten mag …

Sonja Roos

Der Windhof

Roman

GOLDMANN

Sollte diese Publikation Links auf Webseiten Dritter enthalten, so übernehmen wir für deren Inhalte keine Haftung, da wir uns diese nicht zu eigen machen, sondern lediglich auf deren Stand zum Zeitpunkt der Erstveröffentlichung verweisen.

Dieses Buch ist auch als E-Book erhältlich.

MIX
Papier aus verantwortungsvollen Quellen
FSC® C014496

Penguin Random House Verlagsgruppe FSC® N001967

1. Auflage
Originalausgabe August 2021

Die Veröffentlichung dieses Werkes erfolgt auf Vermittlung
der literarischen Agentur Peter Molden, Köln.
Umschlaggestaltung: Buxdesign
Umschlagmotiv: Trevillion/Mark Owen
Redaktion: Kristina Lake-Zapp
MR · Herstellung: kw
Satz: GGP Media GmbH, Pößneck
Druck und Bindung: GGP Media GmbH, Pößneck
Printed in Germany
ISBN: 978-3-442-49022-6
www.goldmann-verlag.de

Besuchen Sie den Goldmann Verlag im Netz

Für Tom,
der jeden Schritt auf dem Weg
zu diesem Buch mitgegangen ist

Für meine drei Töchter
Be brave, be bold, be beautiful –
ihr seid mein Ein und Alles

Prolog

Sie werden uns finden, und dann ist es aus. Dieser Gedanke schoss Lene durch den Kopf, als sie das zornige Geräusch der Stiefel hörte, die im Stechschritt näher kamen. Klack, klack, klack. Wie ein Echo ihres Herzschlages. Lene versuchte, ihren Atem unter Kontrolle zu halten. Sie durften keinen Laut von sich geben, nicht einmal das leiseste Wimmern. Diesen Gedanken schickte sie nun wie ein Stoßgebet zu der anderen Frau, die sich im Dunkeln hinter ihr an die klamm-kalte Kellerwand presste und dabei das Bündel in ihren Armen beruhigend hin und her schaukelte. Lene stand vor den beiden, ihren Körper wie einen Schutzschild einsetzend, der die zitternde Gestalt und das Baby nur spärlich zu verbergen vermochte. Ihr Blick wanderte nach oben, dorthin, wo Staub und winzige Strohhalme in dem Licht tanzten, das durch die losen Bretter des eilig verschlossenen Verschlages drang. Zu viel Licht. Sie hätte gründlicher sein müssen, mehr Heu und Stroh über der Öffnung verteilen sollen. So würden sie die Luke im Stallboden schnell ausmachen. Die Schritte waren verstummt, dafür drang nun ein Quietschen unendlich laut durch die Stille in ihrem Versteck. Lene konnte förmlich sehen, wie die Männer sich gerade mit dem Scheunentor abmühten. Sie wandte sich um und legte flehentlich den Zeigefinger auf ihre bebenden Lippen. Die andere Frau starrte sie einen Moment lang aus weit aufgerissenen Augen an, nickte jedoch langsam, während eine stumme Träne über ihre Wange rann. Was nun wie leiser Donner klang, waren die Rollen des Tores, welches die Männer mit vereinten Kräften aufschoben. Wieder der stakkatohafte Klang der Stiefel. Klack, klack, klack. Weiterer Staub rieselte durch die Lücken. Dann hörte sie das Kratzen von Pfoten, den eiligen Atem eines Tieres. Lenes Herz setzte einen Schlag lang aus, nur um im Anschluss umso heftiger in ihrer Brust zu jagen. Sie hatten Hunde dabei. Es wäre nur noch eine Frage von wenigen Augenblicken, bis sie sie in ihrem notdürftigen Versteck finden würden. Sie hörte, wie die Männer Gewehre durchluden, wie der Hund bellend ankündigte, dass er menschliche Gerüche unter dem Stroh am Boden ausgemacht hatte. Seine Pfoten scharrten an der Kante der Luke, noch mehr Streu fiel durch die Öffnungen, und dann nieste das Baby. Lene stieß entsetzt den angehaltenen Atem aus und damit den letzten Rest Zuversicht.

Bis zu diesem Moment hatte sie sich noch irgendwie an die irrige Hoffnung geklammert, dass sie davonkommen könnten. Dass die Männer es zu eilig hatten und zu wenig interessiert waren an den beiden Frauen und den Kindern, die sich hier versteckt hielten. Doch nun schabten Krallen über den Boden, ein grimmiges Röcheln verriet Lene, dass einer ihrer Häscher den Hund an der Leine zurückgerissen hatte. Mit ihren Stiefelspitzen schoben die Männer Stroh und Heu beiseite und rissen die Luke auf. Geblendet von dem nun ungehindert einfallenden Sonnenlicht presste Lene die Augen zusammen. Ihr Mund war trocken, und ihre Beine waren so weich, dass sie nach hinten griff, um sich an der Wand abzustützen. Sie hörte die andere Frau schreien, spürte die kleine, feuchte Hand des Jungen, die sich in ihr fadenscheiniges Leinenkleid gekrallt hatte. Ihre Verfolger kamen mit einem finalen Klackern der blank geputzten Stiefel zu ihnen hinunter ins Loch gesprungen, genau wie der Hund, dessen heißer, stinkender Atem ihr nun ins Gesicht blies, weil das Biest sich auf seine Hinterläufe gestellt hatte und die Vorderpfoten gegen ihre Brust presste. Das Gewicht des Tieres drängte Lene gegen die Wand, die unter dem Druck ihres schmalen Körpers nachzugeben schien. All das nahm sie nur wahr, sah es nicht, weil sie sich weigerte, ihrem Schicksal in die Augen zu blicken. Bis sie etwas Kaltes an ihrer Schläfe fühlte. Der Lauf eines Gewehres presste sich nun fast schmerzhaft in die dünne Haut unterhalb ihres Haaransatzes, dort, wo ihr Puls panisch und unregelmäßig pochte wie ein alter Motor, der überdreht und dann abstirbt. Das war der Moment, in dem sie schlussendlich doch die Lider mit einem Flattern öffnete.

»NEIN!«, schrie Lene, obwohl sie gleich spürte, dass sie in ihrem Bett lag. Ihr Herz stotterte tatsächlich schmerzhaft in ihrer Brust, selbst jetzt noch, wo die Erkenntnis ihr schlaftrunkenes Hirn durchdrang, dass sie wieder einmal nur geträumt hatte. Auch wenn all das mehr als ein halbes Jahrhundert zurücklag, wenn sie nun alt war und auf ein ganzes, gelebtes Leben blicken konnte, so würden diese

Angst und Hilflosigkeit aus jenen Tagen ihre Begleiter bleiben bis zu ihrem letzten Atemzug. Obwohl Lene stets eine starke Frau gewesen war, hatte sie nicht die Macht, die Dämonen der Vergangenheit im Schlaf im Zaum zu halten, bis heute nicht. Sie stemmte sich schwerfällig hoch. Ihre Knochen schmerzten, ihr alter Körper drohte ihr den Dienst zu versagen. Alles war mühsam, doch Lene weigerte sich, diesen Umstand anzuerkennen. Entschlossen schob sie ihre dürren Beine aus dem warmen Bett und wankte in Richtung Küche. Ihre Kehle war trocken und brannte, genauso wie ihre Augen. Sie brauchte Wasser, vielleicht würde sie auch das Medikament einnehmen, das Noah ihr fürs Herz verschrieben hatte. Mit wackeligen Schritten tastete sie sich vorsichtig an der unebenen Wand entlang. Und dann passierte es. Eigentlich kannte sie das Haus in- und auswendig, hatte sie doch mehr als siebzig Jahre ihres Lebens darin verbracht. Seine eigenwillige Architektur war in ihre Seele eingebrannt. Trotzdem stolperte sie über die kleine Unebenheit zwischen Schlafkammer und Küche. Ihr Bein knickte weg, und sie spürte, wie sie fiel. Ihre Arme begannen zu rudern, ihre Hände griffen noch im Fallen ein Stück Vorhang, der die Schlafkammer vom Rest des Hauses trennte. Der alte, dicke Stoff würde zumindest verhindern, dass sie mit dem Kopf aufschlug. Doch sie spürte, wie etwas in ihrem Bein kaputtging, lange, bevor der Schmerz einsetzte.

Kapitel 1

»Wie geht es Ihnen dabei, Frau Winter?«

Mein Blick wanderte verständnislos zu der Therapeutin.

»Wobei?«, wollte ich wissen, weil sie mich mit ihrer Frage aus meinen Gedanken gerissen hatte.

»Damit, dass sich Davids Todestag bald jährt.«

Ich starrte die Frau ungläubig an. Was sollte ich auf diese bescheuerte Frage antworten? Ich hatte die Liebe meines Lebens vor einem Jahr, elf Monaten, sechzehn Tagen, vierzehn Stunden und ein paar Minuten verloren. Meinen Ehemann, meinen Traummann, meinen Seelenverwandten. Wie sollte es mir also gehen? Ich war eine neunundzwanzigjährige Witwe, was sich so falsch anhörte, wie es war. In diesem Alter ist man alles Mögliche – Single, verheiratet, vielleicht Mutter, aber Witwe ist man doch eher selten. Zumal es aus so heiterem Himmel dazu kam, dass ich den Umstand bis zum heutigen Tag nicht akzeptieren konnte. Seit der Beerdigung hatte ich nicht einmal die Kraft gefunden, Davids Grab zu besuchen, denn damit hätte ich anerkannt, dass er niemals mehr zu mir zurückkehren würde, und dazu war ich nicht bereit.

Frau Kunze rückte ihre Brille zurecht, etwas, was sie häufig tat, wenn sie die Geduld mit mir verlor, es aber nicht zeigen wollte. Sie blätterte durch ihre Notizen und sah mich dann wieder durchdringend an. »Ich sehe, Sie feiern in der kommenden Woche Ihren dreißigsten Geburtstag. Ist das ein Problem für Sie?«

Noch so eine bescheuerte Frage. Ich schüttelte innerlich den Kopf und fragte mich nicht zum ersten Mal, weshalb ich überhaupt noch herkam. Weder Frau Kunze noch die vier anderen Therapeuten hatten mir in irgendeiner Weise weiterhelfen können. Im Gegenteil – meistens fühlte ich mich noch schlechter, wenn ich die Praxis nach einer Therapiesitzung wieder verließ. Bloßgelegt und verletzt, so als hätten diese unsinnigen Fragen den Schorf von meiner Seele gekratzt, die nun erneut blutete. Trotzdem kam ich nicht umhin, über ihre Frage nachzudenken. Würde David noch leben, hätte er sich sicherlich etwas unglaublich Schönes für meinen Geburtstag einfallen lassen. Vielleicht wären wir verreist an einen exotischen, romantischen Ort, oder er hätte eine Überraschungsparty für mich geplant. Womöglich hätten wir aber auch ein Kind und würden – statt zu feiern – ein gemütliches Essen zu Hause zubereiten und uns danach leise lieben, damit wir das Baby nicht aufweckten. Wer weiß? Ich würde es nie erfahren, weil sich meine Zeitrechnung seit fast zwei Jahren in »vor dem Unfall« und »danach« aufteilte. Und alles, was »vor dem Unfall« möglich gewesen war, alle Träume und Chancen und Hoffnungen, waren im »Danach« der Erkenntnis gewichen, dass es nun für mich kein Morgen mehr gab. Ich hatte nur noch ein Gestern, weil alles Gute, Helle und Schöne in der Vergangenheit lag und mit David gestorben war.

»Frau Winter, möchten Sie unsere Sitzungen überhaupt fortführen? Sie kommen seit über zwei Monaten jede Woche her und schweigen mich eine Stunde lang an. Es bleibt selbstverständlich Ihnen überlassen, wie Sie die Zeit hier nutzen, aber ich sehe nicht, dass wir eine gemeinsame Gesprächsebene entwickeln.«

Wieder starrte Frau Kunze mich aus Augen an, die hinter ihrer riesigen Brille wie die einer Eule wirkten. Sie hatte recht, das alles brachte gar nichts.

Ohne ein weiteres Wort stand ich auf, nahm meine Jacke und ging. Frau Kunze rief mir noch etwas nach, doch ich verstand es nicht, weil meine Gedanken schon wieder in die falsche Richtung zu wandern drohten, nämlich zu der einen entscheidenden Frage: Wozu das alles noch? Ich zwang mich, gedanklich kehrtzumachen, und rannte die lange Treppe hinunter, um nur schnell fortzukommen von dieser schicken, sterilen Altbaupraxis und von Frau Kunze, die ich von Anfang an nicht gemocht hatte. Nur mir selbst und meiner Trauer konnte ich nicht entfliehen.

Vor der Tür erwartete mich ein trüber, regnerischer Tag, der Köln in all seiner einbetonierten Tristesse noch unschöner erscheinen ließ. Ich blickte auf die Uhr und stellte fest, dass es Zeit für meine Medikamente war. Vor dem Unfall war das Stärkste, das ich je zu mir genommen hatte, eine Aspirin Tablette gewesen, und das auch nur dann, wenn ich extreme Kopfschmerzen hatte. Nach dem Unfall jedoch kam ich ohne Chemie kaum durch den Tag. Antidepressiva, Angstlöser, Schlafmittel – egal was, Hauptsache, es half, mich zumindest zeitweise zu betäuben. Zudem klammerte ich mich an eine gewisse Routine – einer der wenigen Ratschläge meiner Therapeutin, die ich zu beherzigen versuchte. Ich stand brav jeden Morgen um Punkt sieben Uhr auf, kochte Kaffee und deckte den Tisch für zwei, weil es mich davor bewahrte, schon am frühen Morgen Dinge zu akzeptieren, für die ich zuerst ein gewisses Maß an Koffein, Tabletten und Alltagsgefühl brauchte. Nach dem Frühstück ging ich duschen. Das war wichtig, denn eine Zeit lang hatte mir selbst dazu die Kraft gefehlt, was einen echten Tiefpunkt in meinem Leben nach dem Unfall markierte. Das wollte ich nicht noch einmal durchmachen, also duschte ich – Morgen für Morgen. Anschließend setzte ich mich an den Schreibtisch und übersetzte schlechte Liebesromane ins Deutsche, was meilenweit von meinen ursprünglichen Karriereplänen entfernt war, die »vor dem Unfall« mal vorgesehen hatten, dass ich bei einer renommierten Zeitung anfangen oder sogar ein eigenes Buch schreiben würde. Stattdessen suchte ich nach Synonymen für bebende Busen und pulsierende Glieder. Ironie des Schicksals, dass ausgerechnet ich den ganzen Tag mit Schnulzen zubrachte, hatte ich doch im wahren Leben der Liebe gezwungenermaßen abgeschworen. Immerhin erlaubte mir der Job eine freie Zeiteinteilung sowie ein verschwindend geringes Maß an zwischenmenschlicher Interaktion, was mir sehr entgegenkam.

Ich arbeitete genau drei Stunden, dann aß ich einen Snack und ging einkaufen, was mir die Illusion erlaubte, so wie alle anderen zu sein. Niemand sah mir an, dass ich später allein an meinem Küchentisch sitzen, Zwiesprache mit einem Foto halten und zu viel Wein trinken würde. Ich ging gerne vormittags einkaufen, wenn weniger Familien unterwegs waren, denn »vor dem Unfall« hatten wir gerade beschlossen, auf Verhütung zu verzichten. Ein Baby wäre die Krönung unserer Liebe gewesen – eine perfekte kleine Mischung aus ihm und mir, die es nun niemals geben würde. Anschließend sah mein strikter Tagesplan vor, dass ich meine Einkäufe in den dritten Stock in meine viel zu große, viel zu teure Wohnung schleppte und verstaute und im Anschluss meine Mutter anrief, damit sie sich keine Sorgen machte. Um Punkt fünfzehn Uhr ging ich spazieren, weil alle sagten, dass frische Luft guttat. Ich war genau zwei Stunden unterwegs und kehrte um siebzehn Uhr nach Hause zurück, um mein einsames Abendessen vorzubereiten. Ich deckte nur für mich. Abends war das einfacher, denn David war zuletzt beruflich oft eingespannt gewesen und spät heimgekommen, sodass er sich nur noch Reste aus dem Kühlschrank in der Mikrowelle warm machte und nach dem Essen auf dem Sofa neben mir einschlief. Ich aß, dann räumte ich das einzelne Gedeck in die Spülmaschine, die nur alle drei bis vier Tage lief, weil ich so wenig Geschirr brauchte, dass es sich kaum lohnte, sie anzustellen. Wenn ich damit fertig war, konnte ich mich belohnen. Endlich. Ich konnte in meine alte Jogginghose steigen, meine Haare nach hinten zu einem unordentlichen Dutt auftürmen und mir ein großes Glas Wein einschenken. Auf dem Sofa erzählte ich David dann, wie langweilig mein Tag gewesen war, was meine Mutter am Telefon über Papa und seinen bevorstehenden Ruhestand berichtet hatte, und dann lachte ich mit ihm über den albernen Roman, den ich zurzeit übersetzen musste und der von Annabell und Lord Rupert handelte, die eine Zweckehe eingegangen waren, aber gerade ihre Leidenschaft füreinander entdeckten. Sein Foto lehnte dabei an der Rotweinflasche. Es war ein Bild von unserem letzten Urlaub in der Bretagne. David trug die scheußliche Radlerhose mit passendem Hemd, die Haare waren plattgedrückt vom Helm. Sein Rennrad stand im Hintergrund. Als Kulisse für den Schnappschuss hatten wir einen alten Leuchtturm gewählt, dessen Farbe abblätterte vom Wind und der salzigen Luft. Das Meer war dunkel und aufgepeitscht, und der Himmel schien am Horizont nahtlos ins Wasser überzugehen, was aussah, als wären einem Maler die Farben verlaufen.

David aber leuchtete. Seine Augen, sein Mund, alles an ihm sprühte vor Lebensfreude und Optimismus. Er hatte eine Hand gehoben wie zum Gruß, und ich konnte unseren Ehering sehen, der einen der wenigen Lichtstrahlen an diesem Tag reflektierte. Kurz nachdem das Foto entstanden war, hatte ein Blitz den dunklen Himmel zerrissen, und nach einem ohrenbetäubenden Donner hatte es angefangen zu schütten.

»Siehst du, ich habe doch gleich gesagt, wir sollten in der Pension bleiben!«, brüllte ich ihm über den prasselnden Regen hinweg zu, doch David lachte nur und schüttelte sich die Tropfen aus den Haaren, während er mich hinter sich herzog. So waren wir. David ging voran, und ich folgte ihm. Er war immer gut gelaunt, sein Glas stets halb voll, wohingegen ich meist ängstlich und vorsichtig und bedacht war. Vielleicht hatten wir genau deshalb so gut zusammengepasst, waren perfekt als Paar, wie zwei Hälften, die man zusammenfügt und ein Ganzes erhält.

Ich trank einen großen Schluck Wein und starrte auf sein Bild. Die Erinnerung an diesen gemeinsamen Urlaubstag war so schön und zugleich so schmerzhaft. Wir hatten uns am Strand in eine kleine Felsenhöhle gerettet, wo er mich an sich zog und meine wütende Tirade mit einem zärtlichen Kuss erstickte. Zunächst schmollte ich noch, doch ich konnte ihm nie lange böse sein, und so wurden meine Lippen weich unter seinen, und wir küssten uns dort in unserem felsigen Unterschlupf, nur begleitet vom Rauschen des Regens und dem Schlagen unserer Herzen. Wir blieben noch eine ganze Weile dort ineinander verschlungen stehen, doch langsam begann ich zu frieren in meinem durchnässten dünnen Sommerkleid.

»Umso schöner wird es, wenn wir uns gleich gemeinsam unter der heißen Dusche aufwärmen«, flüsterte er mir ins Ohr, und die Gänsehaut, die ich nun bekam, rührte nicht von der Kälte.

»Herr Winter, Sie denken aber auch immer nur an das eine«, rügte ich ihn mit gespielter Empörung, und er lachte so laut und herzlich, wie nur David lachen konnte.

»Es tut mir leid, Frau Winter, doch derzeit denke ich tatsächlich sehr viel an *das eine,* und Sie wissen auch, warum.«

Ja, das wusste ich, und ich kam nicht umhin, nun darüber nachzugrübeln. Ich hatte vor einigen Monaten die Pille abgesetzt, doch jedes Mal am Monatsende kam meine Periode pünktlich wie ein Schweizer Uhrwerk.

David kannte mich, er ahnte, welche Wendung meine Gedanken gerade nahmen. Bevor ich wusste, was er tat, ging er dort auf dem felsigen Boden vor mir auf die Knie, wobei er mich mit sich herunterzog, und sah mir eindringlich in die Augen. »Es sind doch erst ein paar Monate, Mel. Wir werden ein Baby kriegen. Ich weiß es, ich fühle es, ganz tief hier drin.« Er hatte während der kleinen Ansprache meine Hand genommen und auf sein Herz gelegt, das fest und rhythmisch unter seinem klammen Shirt gegen meine zittrigen Finger pochte. »Mel. Ich liebe dich, und du weißt, wie sehr ich mir ein Kind mit dir wünsche, aber es hat doch keine Eile. Setz dich bitte nicht so unter Druck, es wird schon klappen.« Mein zaghaftes »Aber« stahl er mir mit einem erneuten Kuss von den Lippen, um mich danach auf die Füße, aus der Höhle und zum Meer hinunter zu ziehen.

Es hatte aufgehört zu regnen. Die Luft schmeckte salzig und roch nach Gewitter. Das Wasser umspülte unsere nackten Füße, während wir Arm in Arm dort standen und einem berauschenden Sonnenuntergang zusahen, dessen Farben so warm, satt und optimistisch waren, dass ich seinen leisen Worten nur zu gerne Glauben schenkte. »Wir haben alle Zeit der Welt, Mel.« Wie sehr er sich doch getäuscht hatte.

Ich kippte den Rest Rotwein in einem Zug hinunter und merkte erst jetzt, dass mir einmal mehr die Tränen über die Wangen liefen. Das »Danach« war voller Tränen. Ich machte mir nicht die Mühe, sie fortzuwischen. Wozu auch? Sie wären sofort wiedergekommen. Nachdem ich mein Glas in die halb leere Spülmaschine geräumt hatte, stellte ich die Flasche zum Altglas und ging mit David schlafen. Das heißt, ich nahm sein Bild und sein altes T-Shirt, dessen zerschlissener Stoff schon lange nicht mehr nach ihm roch, auch wenn ich mir das unbedingt einbilden wollte. Damit bewaffnet machte ich mich daran, den schlimmsten Stunden des Tages entgegenzusehen. Die Nächte waren endlos und dunkel. Manchmal half der Wein, manchmal ein Schlafmittel. Doch meistens verschaffte beides meinem Körper nur winzige Auszeiten von dem Schmerz, der jetzt mein Leben bestimmte.

Am meisten fürchtete ich die Momente zwischen Schlafen und Aufwachen, den kurzen Augenblick, in dem ich tatsächlich glaubte, alles sei in Ordnung. In dem ich mich, benommen vom Schlaf, zu seiner Seite drehte und mit der Hand ins Nichts griff. Keine Restwärme, keine zerwühlten Laken, kein David. Müsste ich das Gefühl beschreiben, das mich dann überkam – es wäre am ehesten mit einem kräftigen Schlag in die Magengrube vergleichbar, und zwar mit allen entsprechenden Folgen: der Panik, der Übelkeit, der Machtlosigkeit. Aus Angst vor genau diesem Augenblick blieb ich nach einer unruhigen ersten Schlafphase meist den Rest der Nacht über wach. Starrte in unser Schlafzimmer, in dem langsam und träge ein neuer Morgen durch die Lamellen des Rollos kroch, und fragte mich, warum ich eigentlich noch hier war.

Kapitel 2

Ich weiß nicht, ob es am Wein lag oder an meiner generellen Erschöpfung, doch mich weckte an diesem Morgen der Wecker. Ich konnte mich kaum erinnern, wann ich das letzte Mal eine ganze Nacht lang Schlaf gefunden hatte, geschweige denn, wann mir der Augenblick erspart geblieben war, in dem ich David noch am Leben wähnte. Der Wecker hatte mich jedoch so abrupt aus meinem traumlosen Dämmern gerissen, dass ich gleich zu hundert Prozent da war.

»Guten Morgen«, sagte ich zu seinem Foto, das in der Nacht auf dem kleinen Tisch neben meinem Bett Wache über mich gehalten hatte. Ich presste das kalte Glas des Bilderrahmens an meine Lippen, um seinem zweidimensionalen Ich einen Kuss aufzudrücken, dann stand ich auf und machte mir Frühstück. Zwei Gedecke, zwei Tassen Kaffee, zwei Toasts, ein Antidepressivum. Die anschließende Dusche war angenehm, denn mein Schädel schien zu explodieren. Mir taten sogar die Haare auf dem Kopf weh.

Einmal die Woche stieg ich auf die Waage, meistens montags, stets in der Hoffnung, dass ich am Wochenende ein klein wenig zugenommen hatte. 48,2 Kilogramm bei einer Größe von 1,68 Meter. Ich wusste, dass das zu wenig war, doch essen hatte mit Lust zu tun, mit Freude, mit Gemeinschaft. Ich aß nur, um irgendwie weiterzuexistieren, was mir jedoch von Tag zu Tag weniger erstrebenswert erschien. Vielleicht sollte ich einfach aufhören zu essen und irgendwann verschwinden, wie ein Bleistiftstrich, der allmählich verblasst. Aber ich hatte meinen Eltern versprochen, auf mich zu achten, und dazu gehörte auch, meinem Körper Nahrung zuzuführen.

Mein Blick fiel auf mein Spiegelbild: halblanges honigblondes Haar, prominente Wangenknochen, die grünen Augen etwas zu groß in dem schmal gewordenen Gesicht, Sommersprossen, die Nase einen Hauch schief von einem Fahrradunfall mit acht Jahren. Der Bruch war schlecht verheilt, und wenn man genau hinsah, konnte man die feine weiße Linie ausmachen, an der die Haut damals aufgeplatzt war, als ich bei dem Sturz mit dem Gesicht voran auf eine Baumwurzel aufschlug. Meine Schultern waren knochig, genau wie meine Hüften, die unschön hervorstanden. Selbst meine Brüste waren kleiner geworden, fast eine ganze Körbchengröße. David hatte meinen Körper geliebt, er wäre sicher entsetzt, wenn er mich so sehen würde. Oder auch nicht, denn David sah immer in allem das Gute und Schöne. Durch seine Augen betrachtet wäre vielleicht sogar ich in der Lage, mehr als nur eine verbitterte, verhärmte und lebensmüde Neunundzwanzigjährige zu sehen, die zu wenig aß und zu viel trank.

Ich zog mich an, ohne wirklich darauf zu achten, was ich da aus dem Schrank fischte. Meist waren es Jeans und übergroße Sweatshirts, die meine knochige Silhouette verbargen und mich so vor neugierigen Blicken schützten. Dann setzte ich mich an den Rechner, um zu sehen, wie es mit Annabell und Lord Rupert weiterging. Ich las die letzten Absätze, um wieder hineinzufinden, dann überlegte ich viel zu lange, ob die Autorin den Vater des Helden, den sie als »obnoxious« bezeichnete, für widerlich, abscheulich, unausstehlich oder vielleicht doch eher anstößig befand. Solche Entscheidungen hatte ich früher aus dem Bauch heraus gefällt. In letzter Zeit kostete es mich meist Stunden, mich auf eine Bedeutung festzulegen. Wenn ich so weitermachte, würde ich den Abgabetermin sprengen und am Ende keine weiteren Aufträge von dem kleinen Übersetzungsbüro bekommen, für das ich diese dämliche Arbeit verrichtete. Ich ließ erst einmal eine Lücke und kehrte zu Annabell zurück, die Rupert gerade gestand, dass sie sich in ihn verliebt hatte. Lord Rupert Ravenport aber konnte sich seine Gefühle noch nicht eingestehen und verließ Annabell. Ich hatte schon genügend dieser kleinen Dramen übersetzt, um zu wissen, dass er bald zu ihr zurückkehren würde. Vermutlich erkrankte Annabell, wurde von Lord Ruperts Vater entführt oder verletzte sich auf der Suche nach ihm. In jedem Fall sah Schema F vor, dass der Held erst erkennen musste, was er hatte, indem er es fast verlor – vorher war ihm kein Happy End vergönnt.

Da konnte ich nicht mitreden, ich hatte stets gewusst, was ich an David hatte. In einem englischen Liebesroman wären wir als »Highschool-Sweethearts« bezeichnet worden. Wir waren schon zusammen zur Schule gegangen, und mit vierzehn hatte ich von David meinen ersten Liebesbrief bekommen. Es war nicht das übliche präpubertäre

»Willst du mit mir gehen? Kreuze an.« Nein, David hatte mich gezeichnet, und zwar gut. Seine Bleistiftstriche hatten mich im Unterricht eingefangen, während ich gelangweilt auf einem Stift kaute und aus dem Fenster starrte. »Ich wüsste so gerne, woran du da gerade gedacht hast«, hatte er daruntergeschrieben. Ich wusste es nicht mehr, wusste nur, dass es seither er gewesen war, um den meine Gedanken kreisten, dass es ab diesem Moment kein *Ich* mehr gegeben hatte, sondern nur noch ein *Wir*.

Der erste Kuss war noch unbeholfen, wir stießen mit den Vorderzähnen zusammen. Der zweite war schon besser, und irgendwann bekamen wir gar nicht mehr genug vom Küssen.

Wir schliefen das erste Mal miteinander an einem Wochenende gut zwei Jahre später. Meine Eltern waren zu Freunden ins Sauerland gefahren, und wir hatten das kleine Haus im Herzen des Westerwaldes für uns allein. Vielleicht war es rückblickend beim ersten Versuch nicht das erfüllendste Erlebnis, aber es fühlte sich so unglaublich richtig an. So gut. Ich betrachtete sein konzentriertes Gesicht, als er in mich eindrang und wir verschmolzen, und ich wusste, dass er derjenige war, mit dem ich gemeinsam durchs Leben gehen wollte. Und daran hatte sich seither nichts geändert.

Ich starrte wütend auf den Bildschirm, wo Annabell tatsächlich gerade mit einem Fieber kämpfte, während Lord Rupert sich nun bebend über ihre zusammengesunkene Gestalt beugte und ihr seine Liebe gestand. Die beiden hatten das Leben noch vor sich, ich hatte es hinter mir.

Obwohl es erst halb zwölf war, klappte ich meinen Laptop eine Spur zu vehement zu und drehte mich zum Regal um, das einem Schrein für David glich. Jedes Fach war voller Bilder, dahinter standen gerahmte Liebesbriefe – kleine Zettel, auf denen er mit seiner ordentlichen Handschrift manchmal nur einen kleinen Guten-Morgen-Gruß geschrieben hatte, wenn er früher als ich das Haus verlassen musste. Da waren auch die allererste Zeichnung, die er damals in der Schule von mir gemacht hatte, und natürlich seine Pokale. David war sehr sportlich gewesen, er hatte Handball bis zur Zweiten Bundesliga gespielt und galt als exzellenter Schwimmer. Außerdem war er ein ganz ordentlicher Fußballspieler gewesen, und er liebte das Rennradfahren. Auf den Fotos von unseren unzähligen Urlauben und Kurztrips – Holland, Norwegen, Mallorca, die Bretagne – war überall irgendwo im Bild sein Fahrrad zu sehen. Das Rad, auf dem er später sterben sollte.

Wir hatten Geld zur Seite gelegt, weil wir mit dem Wohnmobil und seinem Rad durch Australien reisen wollten. »Lass es uns jetzt tun, Mel, wer weiß, wann das mit dem Baby klappt, und dann können wir erst einmal nicht weg«, hatte er gefleht und mich dabei mit seinem umwerfenden Lächeln um den Finger gewickelt. Ich hatte schließlich lachend nachgegeben, wie ich das immer irgendwann tat. Einfach, weil er wusste, was das Richtige für uns war, und weil ich wusste, dass sich meine Ängste und Sorgen am Ende meist als unbegründet erwiesen. Was machte es schon, dass bislang nur er eine gute Stelle gefunden hatte und ich nach dem Studium noch Bewerbungen schrieb und Absagen sammelte und mich mit Aushilfsjobs durchschlug? Irgendwann würde es schon klappen. Es hatte doch immer geklappt. Wir waren David und Mel, die zwei Musketiere, die Unzertrennlichen. So hatte es schon damals in der Abizeitung über uns gestanden. Und es war wahr gewesen bis zu dem Moment, in dem ein mit Baumstämmen beladener Lkw seine schlecht gesicherte Ladung verlor. David hatte mit seinem Rennrad nicht den Hauch einer Chance gehabt.

Snack, erinnerte ich mich. Ich sollte meinen Snack essen, meine Einkäufe erledigen und meine Mutter anrufen. Ich ignorierte das Zittern, das mich erfasst hatte, ignorierte die Übelkeit und die Tränen, die wie immer tonlos und schier unermüdlich flossen. Wie auf Autopilot ging ich in die Küche, wo ich mich dazu zwang, einen Apfel und einen halben Joghurt zu essen, was ich im Anschluss beides auf der Toilette erbrach. Nachdem die Übelkeit und der Schwindel abgeebbt waren, schlüpfte ich in meine Jacke, um einkaufen zu gehen, denn diese alberne Routine war derzeit alles, was mich noch auf den Beinen hielt. Ich steuerte den nächsten Supermarkt an, der keine zweihundert Meter von meiner Wohnung entfernt lag. Es war ein Biomarkt, und er zog leider viel zu viele Familien an, doch heute waren meine Beine so schwer und meine Schritte so unsicher, dass ich mir den weiteren Weg zum Discounter einige Straßenzüge entfernt nicht zutraute. Schon beim Betreten des Marktes hielt ich den Blick gesenkt, um ja nicht zu viel von meiner Umgebung wahrzunehmen. Der Bastkorb schlug mir rhythmisch gegen die Knie, während ich gehetzt durch die Regalreihen lief und nur Dinge in den

Korb warf, die David mochte. Ich hasste Chiasamen, und mir wurde übel von Rosenkohl, doch irgendwie war mein Körper wie ferngesteuert und mein Kopf wie leergefegt, weshalb ich einfach weiterhin lauter unsinniges Zeug zusammensuchte, das ich später vermutlich in der Biotonne entsorgen würde.

Ich war so versunken, dass ich gar nicht bemerkte, wie ich in jemanden hineinlief. »Hoppla«, sagte eine sympathische Stimme, und ich starrte in Augen, die mich frappierend an Davids erinnerten. Der Mann war etwas größer und vermutlich gute zehn Jahre älter, als David es am Tag seines Todes gewesen war. Das sah man an den Krähenfüßen, die sich bis zu seinen Schläfen zogen, an den silbrigen Strähnen in seinem blonden Haar und an dem leichten Bauchansatz. So hätte David in zehn Jahren ausgesehen, schoss es mir durch den Kopf. Vor Schreck fiel mir das Glas mit Bohnen aus der Hand und zerschellte in tausend Scherben im Gang.

»Andreas, alles in Ordnung?« Eine Frau Anfang dreißig erschien mit einem Einkaufswagen, auf dem ein Maxi Cosi thronte. Sie blieb neben der älteren David-Version stehen und sah mich freundlich, wenn auch mit leichter Besorgnis an. »Geht es Ihnen gut?«, fragte sie, bevor sie den Arm ausstreckte, um mich ein Stück von den Scherben wegzulotsen.

Ich zuckte zusammen und wich einen Schritt zurück, als hätte sie versucht, mich zu schlagen.

Das Baby fing an zu weinen. Die Frau wandte sich ihm zu, um das krähende Bündel aus den Gurten zu befreien. Es war ein Junge, der blaue Strampler noch ein wenig groß für den winzigen Körper. Sobald er in den Armen seiner Mutter lag, beruhigte er sich, und das Schreien ebbte zu einem leisen Glucksen ab, um dann ganz zu verstummen. Das Paar stand immer noch vor mir, sah jetzt aber eher alarmiert aus.

»Möchten Sie, dass wir jemanden anrufen?«, fragte die Frau vorsichtig, und presste den Säugling an sich, als fürchte sie, ich könnte ihn ihr jeden Augenblick aus den Armen reißen.

Ich schüttelte den Kopf so vehement, dass sich meine Haare aus dem unordentlichen Zopf lösten und mir ins Gesicht flogen. Dann ließ ich den Bastkorb fallen und rannte los, rannte weg von diesem Bild, dieser perfekten kleinen Familie, von der irrigen Illusion meiner Zukunft, die niemals mehr wahr werden würde.

Kapitel 3

Ich wusste nicht, wie ich nach Hause gekommen war, wusste nur, dass ich jetzt auf dem Boden im Flur gleich neben der Haustür lag und mehr Luft einatmete, als ich aus meiner krampfenden Lunge herausbekam. Eine Panikattacke. Ich wusste, dass es eine Panikattacke war, weil ich solche Aussetzer unmittelbar nach dem Unfall dauernd hatte. Sie überfielen mich zu allen Tages- und Nachtzeiten, in Augenblicken, in denen es mir verhältnismäßig gut ging, und in Momenten, in denen ich ohnehin schon am Boden war – so wie jetzt. Irgendwie schaffte ich es, mich an der Wand hochzudrücken und schwer atmend in die Küche zu stolpern, wo ich wie eine Wahnsinnige die Schubladen aufriss, bis ich endlich eine Papiertüte fand, in die ich atmete, bis ich halbwegs das Gefühl hatte, wieder Luft zu bekommen. Anschließend zerknüllte ich die Tüte in meinen schweißnassen Händen und starrte zur Decke, durch die Decke hindurch zu einem Himmel, an den ich schon lange nicht mehr glaubte.

»Warum bist du fortgegangen? Warum?«, schrie ich, während ich mich auf die Knie sinken ließ, da, mitten in der Küche, auf die kalten schieferfarbenen Fliesen, die wir zusammen ausgesucht hatten.

Das Telefon riss mich aus meiner Verzweiflung. Mühsam kam ich auf die Beine, um danach zu suchen. Mit Sicherheit war das meine Mutter, denn sie war in diesen Tagen die Einzige, die regelmäßig bei mir anrief. Freunde hatte ich kaum noch, und mein Sozialleben war in etwa so lebhaft und fruchtbar wie mein Liebesleben. Ich rannte ins Wohnzimmer und riss suchend die Kissen vom Sofa, doch das Mobilteil des Telefons fand sich erst dann unter dem Sessel, als das Klingeln bereits aufgehört hatte. Mit steifen Fingern wählte ich die altbekannte Nummer meiner Eltern, denn meine Mutter war vermutlich jetzt schon besorgt, und würde sie nicht zeitnah etwas von mir hören, säße sie im nächsten Zug nach Köln, um nach dem Rechten zu sehen.

»Mel, da bist du ja«, sagte sie ohne Begrüßung, als sie nach dem ersten Klingeln abnahm.

»Ja, da bin ich«, gab ich sinnloserweise zurück. Meine Stimme klang selbst für meine Ohren auf eine gekünstelte Art und Weise zu munter.

»Alles in Ordnung?« Die Antennen meiner Mutter funktionierten gut, manchmal zu gut. Sie konnte in Augenblicken wie diesem heraushören, wie es gerade wirklich um mich stand, und obwohl ich mich nun fast zwei Jahre bemühte, ihr weiszumachen, dass ich auf dem Weg der Besserung sei, ließ sie sich nur selten etwas von mir vormachen.

»Melanie, was ist los?«

Ich ließ mich aufs Sofa fallen und überlegte kurz, ob ich ihr etwas vorlügen sollte, doch dafür hätte ich mehr Kraft gebraucht, als ich noch besaß. Also erzählte ich ihr von dem Vorfall im Supermarkt. Von dem Mann, der David so ähnlich gesehen hatte, und der Frau mit dem Baby. Sie hörte schweigend zu; fast konnte ich sehen, wie sie ihre Stirn besorgt in Falten zog. Sie ließ mich aussprechen und setzte erst dann wieder an, als mein manischer Erzählfluss durch heftige Schluchzer zum Versiegen kam.

»Melanie, warum kommst du nicht her? Du weißt, du hast hier immer ein Zuhause. Es tut dir nicht gut, allein in der Großstadt zu sitzen, noch dazu in dieser Wohnung, die wie ein Schrein für David ist.« Ich wollte etwas sagen, doch sie brachte mich mit einem entschlossenen »Lass mich ausreden« zum Schweigen. »Du hast in der ganzen Zeit nichts verändert. Seine Sachen liegen noch so auf dem Schreibtisch, wie er sie am Tag seines Todes dort zurückgelassen hat. Seine Bettseite hat immer noch den gleichen Bezug, sein Anzug hängt in eurem Schlafzimmer an der Tür, und seine Schuhe stehen im Flur, wo sie immer gestanden haben, stimmt's?« Sie war schon monatelang nicht mehr in meiner Wohnung gewesen, einfach, weil ich ihren Trost und ihren Pragmatismus nicht ertragen konnte. Umso mehr überraschte es mich, dass sie genau wusste, wie es hier, wie es in mir aussah. Eigentlich hatte ich versucht, uns beiden einzureden, dass ich durch die Routine und die Medikamente auf dem Weg der Besserung sei.

»Mel, du bist noch so jung, du hast dein Leben noch vor dir. David hätte nicht gewollt, dass du dich aufgibst. Er wäre am Boden zerstört, wenn er wüsste, dass du am Tag des Unfalls gleich mit ihm gestorben bist.« Bei den letzten Worten brach die Stimme meiner Mutter, und ich hörte durch die Entfernung und das leise Rauschen meines defekten Hörers hindurch, wie sie um Fassung rang. Ich war ihr einziges Kind. Sie war so froh für mich gewesen, als ich David fand, und versank mit mir in tiefster Trauer, als ich ihn verlor. Doch bei ihr überwog nun die Sorge um mich ihren Schmerz und den Verlust, was ich zwar verstehen, aber nicht ändern konnte.

»Kind, wir haben David auch geliebt, er war so ein großartiger Mensch, und das Schicksal hat es wirklich nicht gut mit dir gemeint. Aber du musst irgendwann wieder nach vorne blicken, dem Leben eine zweite Chance geben.«

Ich starrte eine gefühlte Ewigkeit auf den Boden unter mir. Ich wusste, dass sie auf eine Antwort wartete, aber was hätte ich darauf sagen sollen?

Irgendwann sah meine Mutter ein, dass das Gespräch in eine Sackgasse führte, und wechselte auf unverfänglicheres Terrain. »Dein Vater hat sich eine Angelausrüstung gekauft.«

Ich konnte nicht anders, ich musste durch den Schleier meiner Tränen hindurch lachen. »Das ist nicht dein Ernst? Papa hat in seinem Leben noch nie geangelt. Er hat weder Geduld, noch verbringt er gerne Zeit am Bach wegen der Mücken und der Hitze im Sommer.«

Meine Mutter atmete hörbar aus. »Er möchte etwas für sich tun«, sagte sie, und ich konnte fast sehen, wie sie resigniert den Kopf schüttelte. Mein Vater war ein Arbeitstier. Er war seit über fünfundzwanzig Jahren der Bürgermeister unserer kleinen Verbandsgemeinde und hatte stets das Wohl der anderen im Kopf – das allerdings auf Kosten unseres Familienlebens. Mein Vater hatte sein Amt nicht nur wie einen Job betrachtet, es war sein Ein und Alles. Er war mit Leib und Seele Kommunalpolitiker, »weil man da wirklich noch was bewegen kann für die Menschen«, wie er immer sagte. Und obwohl mein Vater einer Partei angehörte, hatte er sich stets darum bemüht, seine Entscheidungen überparteilich und unabhängig zu treffen. Er hatte in seiner Amtszeit zwei neue Kindergärten und ein Altenheim gebaut und noch dazu einen Nachbarschaftshilfeverein auf die Beine gestellt. Die Menschen liebten ihn und hätten vermutlich sogar erneut für ihn gestimmt, doch nun ging mein Vater auf die siebzig zu, und eine weitere Amtszeit war ihm vom Wahlgesetz her untersagt. So musste er schweren Herzens bekannt geben, dass er für die nächste Wahl nicht mehr zur Verfügung stehen würde, »damit nach fünfundzwanzig Jahren auch mal ein anderer rankann«. Doch glücklich machte ihn die Aussicht nicht. Dabei war es wirklich an der Zeit, denn obwohl meine Mutter zwölf Jahre jünger war als er, wurde auch sie älter und hatte definitiv ein bisschen mehr Aufmerksamkeit verdient. Doch je näher der Termin rückte, desto mehr schien ihn der Gedanke an seinen Ruhestand in schiere Panik zu versetzen.

»Das kommt davon, wenn man denkt, man wäre mit seinem Beruf verheiratet, und plötzlich feststellt, dass es da noch eine Ehefrau gibt«, hatte meine Mutter gespottet, doch den leicht bitteren Unterton in ihrer Stimme konnte man nur zu gut heraushören. Mein Vater hatte im letzten Vierteljahrhundert eigentlich keine nennenswerte Freizeit gehabt, und nun, da er bald eine ganze Menge davon haben würde, wusste er nicht, was er damit anfangen sollte. Er hatte ungefähr jede Woche eine neue Idee für ein mögliches Hobby, von Briefmarken sammeln über Gartenarbeit bis hin zum Angeln.

»Du weißt das Beste noch nicht: Lutz Krieger will kandidieren«, sagte Mama nun, und ich bekam vor Überraschung einen Hustenanfall.

Lutz Krieger war so etwas wie Papas Erzfeind; in unserem Hause war er der Antichrist, das personifizierte Böse, das nur auf Erden wandelte, um Papa das Leben schwerzumachen. Als Fraktionsführer der gegnerischen Partei im Rat legte er Papa seit Jahren Steine in den Weg. Für jeden Antrag hatte mein alter Herr in den Reihen der kleinen Parteien werben und um Stimmen buhlen müssen, weil die beiden stärksten Fraktionen zahlenmäßig gleichauf waren und sich so bei jedem noch so kleinen Ansinnen stets gegenseitig blockierten.

»Ich befürchte, wenn dein Vater endlich als Bürgermeister abtritt, dann hat er entweder ein Magengeschwür oder aber Bluthochdruck. Er regt sich seit Tagen nur noch auf, und heute Morgen …« Weiter kam sie nicht. Es schepperte im Hintergrund. »Toni, dass kann jetzt nicht dein Ernst sein«, drang es leise aus dem Hörer; vermutlich hielt sie eine Hand über die Sprechmuschel.

»Mama? Was ist denn?«, wollte ich wissen, weil der Unterton ihrer Frage nichts Gutes verhieß.

»Mel, ich muss Schluss machen, dein Vater ist gerade mit einer kompletten Golfausrüstung zur Tür hereingekommen.« Sie seufzte. »Jetzt bist du wirklich übergeschnappt«, hörte ich sie noch sagen, dann endete das Gespräch.

Ich musste immer noch ein wenig lächeln, auch wenn mir nach solchen Momenten meine Einsamkeit noch deutlicher bewusst wurde. Ein Blick auf die Uhr zeigte mir, dass meine Panikattacke meinen Tagesrhythmus ganz schön durcheinandergebracht hatte. Es war schon nach vier, und wenn ich jetzt mit der Bahn aus der Stadt herausfahren würde, um meinen täglichen Spaziergang zu absolvieren, wäre ich vermutlich nicht vor Einbruch der Dunkelheit zurück. Ich haderte einige Minuten lang mit der Entscheidung, was zu tun sei, denn ich wusste, wie gefährlich es war, die Routine zu durchbrechen. Das konnte einen wahren Dominoeffekt auslösen. Erst verzichtete man auf eine Kleinigkeit, und nur wenig später stellte man das ganze System in Frage. Am Ende solcher Phasen lag ich manchmal wochenlang im abgedunkelten Schlafzimmer, bis meine Mutter kam und mich wieder zu einem der Psychologen schleppte, die mir bei meiner Trauerbewältigung helfen sollten, mich aber nur noch trauriger und wütender machten.

Als es draußen dann auch noch zu regnen anfing, war mein Entschluss gefasst. Ich goss mir einen Wein ein, verzichtete auf das Abendessen und betrank mich vor dem Fernseher, auf dem das Video unserer Hochzeit in Dauerschleife lief. David sah so umwerfend aus in seinem dunkelblauen Anzug. Seine Augen waren von einem fast unnatürlichen Blau – ein starker Kontrast zu seinen weißblonden Haaren –, und man sah die Grübchen in seinen Wangen, weil er über das ganze Gesicht strahlte. Er überragte mich um einen guten Kopf, seine Schultern waren breit vom vielen Sport und seine Hüften schmal. Er sah aus wie ein Filmstar, wenn er wie in jenem Augenblick in die Kamera lächelte. Ich drückte die Stopptaste, und sein Lächeln gefror auf dem überdimensionierten Flachbildfernseher, den er kurz vor seinem Tod unbedingt hatte kaufen müssen. Als ich aufstand, merkte ich, dass ich wankte. Die erste Flasche war schon leer, die zweite angebrochen. Etwas schwerfällig ließ ich mich vor dem Fernseher nieder und berührte sein Gesicht. Ließ meine Finger über die Pixel fahren, die sich zu seinen Zügen zusammenfügten, verharrte auf seinem vollen Mund und streckte mich dann etwas, um ihm einen Kuss aufzudrücken. Die Geste war so lächerlich wie traurig. *Ich* war lächerlich und traurig. Mit diesem Gedanken schlief ich ein, da vor dem Fernseher. Meine Routine war durchbrochen, der erste Dominostein war gefallen, und bald würden die anderen folgen.

Kapitel 4

Ein Geräusch riss mich aus meinen wirren Träumen. Ich brauchte eine ganze Weile, um zu begreifen, dass es meine Haustürklingel war. Ich hatte die rostige Tonfolge schon länger nicht gehört, und entsprechend benötigte mein Gehirn einige Zeit, um den ungewohnten Klang zuzuordnen. »Moment!«, rief ich und schob meine Beine aus dem Bett. Dabei fiel mein Blick auf den Wecker, der auch eine Datumsanzeige besaß. Wenn ich das richtig sah, dann war heute mein dreißigster Geburtstag. Hervorragend – ich hatte mich in einen Stupor getrunken und so wenigstens die letzten Tage meiner schwindenden Jugend nicht mit vollem Bewusstsein erlebt. Wie anders wäre dieser Tag mit David an meiner Seite!

Er hätte mich wachgeküsst, und wir hätten uns im goldenen Morgenlicht geliebt. Meine Gedanken wanderten weiter in eine andere Wirklichkeit – eine Wirklichkeit, in der ich die Tür zu einem hübschen Kinderzimmer aufschiebe und mein schlafendes Baby betrachte. Ein Mädchen mit flachsblonden Haaren und langen Wimpern, die auf seinen Wangen ruhen, während seine Fäustchen im Schlaf zucken. Ich wecke die Kleine und nehme sie hoch, um mit ihr am Fenster den jungen Tag zu begrüßen. Später kommen meine Eltern, und wir sitzen um den großen Esstisch herum und lachen, weil das Baby mit seinen Schokoladenfingern eine dunkle Spur auf mein neues Kleid malt. Aber es stört mich nicht; für mich gibt es nur Liebe und David, der uns umarmt und mir ins Ohr flüstert, wie wunderschön ich doch sei.

Ich musste eingedämmert sein, denn die Bilder waren zu real für einen Tagtraum. Umso qualvoller traf mich nun die Erkenntnis, dass all das niemals sein würde. Ein Laut, wie ein waidwundes Tier ihn ausstoßen würde, entrang sich meiner trockenen Kehle, und ich bäumte mich auf, weil der Schmerz mein Innerstes zu zerreißen drohte. Gewaltsam lenkte ich meine Gedanken in eine andere Richtung. *Nicht an David denken, nicht an das wunderschöne kleine Mädchen aus meinem Traum, nicht an das Glück.* Mir wurde übel. Ich schob die Decke zur Seite, weil ich glaubte, mich im Bad übergeben zu müssen, doch als ich mich von der Matratze hochdrückte, begann sich der Raum um mich herum zu drehen, und ich ließ mich rasch wieder fallen. Mein Kreislauf spielte verrückt. Ich überschlug, wann ich mich das letzte Mal an meinen geregelten Tagesablauf gehalten hatte. Entsetzt stellte ich fest, dass ich bereits sechs Tage aus meiner Routine ausgebrochen war. Sechs Tage, in denen ich nicht geduscht, kaum gegessen, wenig geschlafen und dafür die Weinvorräte in unserer Vorratskammer dezimiert hatte. Ich stank und hatte einen pelzigen Geschmack auf der Zunge. Gerade als ich beschloss, den Tag mit all seinen unerfüllten Versprechen zu verschlafen, vielleicht im Traum sogar das kurze Glück wiederzufinden, erinnerte mich ein neuerliches, nun eindringliches Klingeln daran, weshalb ich überhaupt aufgewacht war. Wer auch immer da vor meiner Tür stand, würde eine böse Überraschung erleben, wenn ich öffnete.

Auf dem Weg zur Tür fiel mein Blick auf den Flurspiegel. Ich sah aus wie ein ungepflegter, magersüchtiger Gollum, dem der Ring abhandengekommen war – wirr, manisch, panisch.

»Ja, bitte?«, fragte ich an der Tür, weil ich keine Lust hatte, einem Fremden zu öffnen.

»Mel, hier ist Tanja. Mach endlich auf, ich schlage langsam Wurzeln.«

Tanja war die Einzige aus unserem einst großen Freundeskreis, die den Kontakt nicht völlig zu mir abgebrochen hatte. Ich kannte sie noch aus der Schule, wir hatten alle zusammen Abi gemacht, und damals hatte ich vermutet, dass sie sich nur mit mir anfreundete, weil sie scharf auf David war. Doch mit der Zeit wuchs unsere Freundschaft im gleichen Maß wie ihre flüchtige Verliebtheit abnahm, und am Ende war sie nicht nur meine beste Freundin, sondern auch meine Brautjungfer. Wobei ich zugeben musste, dass »beste Freundin« bei mir ein wirklich undankbarer Job war, weil es außer David kaum jemanden gab, den ich brauchte. Er war nicht nur mein Geliebter, er war auch mein bester Freund, mein Partner in allem, mein Seelenverwandter. Tanja schien das nicht zu stören, sie nahm mich so, wie ich war, und gab sich zufrieden mit den gelegentlichen Mädels-Abenden, wenn David auf Dienstreise war oder wegen irgendeines Sports unterwegs.

»Mel, mach auf, ich habe dich gehört. Ich weiß also, dass du da bist.«

Ich stöhnte leise und löste dann die drei Riegel, an denen die Ketten hingen, die mich mit extra Schlössern vor der Welt da draußen beschützen sollten.

Tanja nahm meine Erscheinung kurz mit hochgezogener Augenbraue in sich auf und drehte dann den Kopf weg, weil ich vermutlich nicht so gut roch. »Eigentlich wollte ich dir zum Geburtstag gratulieren …« Sie brach den Satz ab, doch ich wusste auch so, wie er geendet hätte: »… aber so, wie du aussiehst, gibt es nicht viel zu feiern.«

Es hatte keinen Sinn, mit ihr an der Tür zu diskutieren, also trat ich beiseite, was Tanja als unausgesprochene Aufforderung verstand. Sie stieg über ein paar Mülltüten, in denen ich Altglas gebunkert hatte, und ging dann ins Wohnzimmer, wo sie alle Fenster aufriss.

Ich wandte geblendet den Kopf ab, weil ich schon seit Tagen mit geschlossenen Rollläden lebte.

»Mel, ist es mal wieder so weit?« Ihre Frage klang gereizt, ungeduldig.

Ihnen allen war schon lange das Verständnis für meine Trauer abhandengekommen, das wusste ich. Wie sollten sie auch verstehen, was ich verloren hatte? Niemand, den ich kannte, hatte nur annähernd ein so großes Glück besessen wie wir. Niemand hatte so geliebt und so gelitten. Ich zog meine übergroße Strickjacke enger um mich, doch Tanja wusste ohnehin, dass ich schon wieder Gewicht verloren hatte.

»Mel, soll ich deiner Mutter sagen, in was für einem Zustand ich dich hier angetroffen habe?«

Das war eindeutig eine Drohung, denn meine Mutter würde der Schlag treffen, wüsste sie um meinen momentanen Zustand. Ich hatte sie vor Tagen am Telefon damit vertröstet, dass ich im Arbeitsstress sei und mich melden würde, sobald ich Land sähe. Ich kniff die Augen zusammen und starrte sie feindselig an. Tanja schüttelte den Kopf und begann, wahllos die leeren Packungen von Fertiggerichten, Pizzaschachteln und Chipstüten aufzusammeln, um diese im Flur in den Mülltüten zu verstauen. Immerhin hatte ich zwischendurch Nahrung zu mir genommen, dachte ich trotzig und ließ mich aufs Sofa fallen, während meine älteste und mittlerweile einzige Freundin um mich herum aufräumte. Irgendwann war sie es leid, dass ich ihr dabei zusah, wie sie meinen Dreck wegmachte. »Wenn du schon nicht hilfst, dann geh wenigstens duschen«, schalt sie mich. Gehorsam stand ich auf, wie ein unartiges Kind, das man in seine Schranken gewiesen hatte.

Eine halbe Stunde später sah mein Apartment wieder halbwegs bewohnbar aus, ich war geduscht und hatte sogar ohne Aufforderung die Zähne geputzt. Tanja saß derweil auf meinem Sofa und blätterte durch eine zwei Jahre alte Frauenzeitung.

»Besser«, kommentierte sie mein Erscheinungsbild, während sie die alte Zeitschrift in eine der Tüten mit Papiermüll gleiten ließ. »Ich wollte dich anlässlich deines Geburtstages zum Essen einladen. In der Südstadt hat ein toller neuer Japaner eröffnet.« Ich stöhnte, womit ich ihrem Enthusiasmus sofort den Wind aus den Segeln nahm. »Ehrlich, Mel. Langsam ist es mal gut. Wir haben alle Verständnis für deine Trauer, aber es sind fast zwei Jahre vergangen. Wann willst du wieder anfangen zu leben?« Tanja sah mich mehr interessiert als zornig an, und ich rutschte unbehaglich auf dem Sessel ihr gegenüber herum, auf dem ich Platz genommen hatte. Als ich weiter beharrlich schwieg, verdrehte sie genervt die Augen und stand auf. »Mel, ich habe alles versucht, das habe ich auch deinen Eltern gesagt. Sie waren der Meinung, wir würden von Zeit zu Zeit ausgehen und Spaß haben.« In ihrem Blick lag Herausforderung. Sie stand vom Sofa auf und baute sich vor mir auf. »Den Zahn musste ich ihnen jedoch ziehen, denn ich bin es leid, für dich zu lügen. Ich habe ihnen alles erzählt. Sie wissen, dass du seit dem Unfall nicht mehr ausgegangen bist, dass du dich immer noch hier verkriechst, dass du deine Freunde so lange vor den Kopf gestoßen hast, bis keine mehr übrig waren. Dass du zu wenig isst und zu viel trinkst.«

Ich war bei ihrer Litanei ebenfalls aufgesprungen und stand nun bebend vor Zorn vor ihr. »Das hast du nicht getan!«, schrie ich sie so entrüstet an, dass sich meine Stimme beinahe überschlug.

Tanja sah mir lange prüfend ins Gesicht. »Noch nicht, Mel. Aber ich werde es ihnen sagen, wenn du nicht endlich die Reißleine ziehst. Auch meine Geduld hat ein Ende. Ich mag dir nicht mehr dabei zusehen, wie du dich langsam zugrunde richtest.« Sie sah plötzlich traurig aus. Mein Zorn verrauchte. Ich wusste, dass Tanja es nur gut meinte. Sie kam einen Schritt auf mich zu und umarmte mich unbeholfen, dann trat sie wieder zurück. »Wir vermissen ihn alle, jeden Tag. David war ein toller Typ, vielleicht der Beste, Mel. Aber er ist tot, und er wird nicht mehr zurückkommen. Akzeptier das, steh auf und mach weiter. Das hätte er auch getan.« Mit diesen Worten ging sie in den

Flur, nahm die Mülltüten, nickte mir an der Tür noch einmal kurz zu, und dann war sie verschwunden.

Mein erster Impuls war es, mich wieder ins Bett zu verkriechen und nie mehr an die Tür oder ans Telefon zu gehen. Allerdings wusste ich, dass Tanja es ernst meinte. Sie würde meinen Eltern sagen, wie es tatsächlich um mich stand, und meine Mutter war, wenn die Sorge um ihr Küken sie umtrieb, eine Naturgewalt, der man sich unmöglich entgegenstellen konnte. Just in diesem Augenblick klingelte das Telefon.

»Herzlichen Glückwunsch, Kleines«, flötete meine Mutter, als wäre dieser Tag tatsächlich ein Grund zur Freude.

»Danke, Mama«, sagte ich mit belegter Stimme.

Sie plauderte unbekümmert weiter, doch ich hörte ihr kaum zu. Ihre Worte waren mehr ein melodisches Hintergrundgeräusch, das mich langsam einlullte, während mein Blick auf dem Spiegel im Flur ruhte. Ich betrachtete mein blasses, mageres Gesicht. War das eine Falte? Mit gerunzelter Stirn trat ich näher an den Spiegel heran, um mich eingehend zu mustern. Ich hätte schwören können, dass diese tiefe Furche zwischen meinen Augenbrauen vor ein paar Tagen noch nicht da gewesen war. Nun gut, ich war jetzt dreißig, ich würde zwangsläufig altern. Etwas, was David erspart bleiben würde. Er würde immer jung und schön sein in meiner Erinnerung, während ich mehr und mehr verwelken würde. Ein humorloses Lachen kam über meine Lippen. Mama brach ihren Wortschwall konsterniert ab.

»Was ist denn so lustig, Mel?«, wollte sie wissen.

»Nichts, Mama, ich musste nur gerade an etwas denken«, beeilte ich mich zu versichern.

»Na gut, dann wünsche ich dir und Tanja viel Spaß beim Essen. Sie hat uns verraten, was sie dir schenkt, sonst wären Papa und ich heute gekommen, um dich auszuführen. Aber so haben wir gedacht, wir lassen euch Mädels lieber allein losziehen.« Ich bedankte mich pflichtschuldig und versprach, dass wir das Familienessen bald nachholen würden.

Nachdem wir aufgelegt hatten, wanderte mein Blick zu der Uhr über dem Fernseher. Es war kurz vor drei. Da ich ohnehin schon angezogen war, konnte ich genauso gut einen Spaziergang machen. Ich schluckte brav meine Medikamente, zog Jacke und Schal an und verließ meine Wohnung – das erste Mal seit meinem neuerlichen Zusammenbruch. Die Bahn kam gerade, als ich die Haltestelle erreichte, und ich stieg ein und nahm ganz hinten Platz. Ich kramte ein Buch aus meiner Handtasche, denn so war ich nicht gezwungen, meine Umgebung anzusehen. So war ich nur eine von vielen müden, gestressten Nutzern des öffentlichen Nahverkehrs, so gab ich mir immerhin den Anstrich von Normalität, auch wenn ich bis zur Haltestelle eine halbe Stunde später nicht eine einzige Zeile gelesen hatte. Ich stieg an einer Station aus, die mitten im Grünen lag und von vielen Pendlern angesteuert wurde, weil es gratis Parkplätze unweit des Bahnhofs gab.

Es war ein kühler Tag Anfang März. Der Wind zerrte an meinen Haaren und ließ meinen Schal wie einen Umhang hinter mir herwehen. Ich stopfte die Hände in die Jackentaschen und stemmte mich dem Wetter entgegen, den Blick auf den Boden geheftet, wo der Winter Matsch und Schlamm hinterlassen hatte und die Natur sich erst noch abmühen musste, um einen Hauch von Frühling in die Welt zu setzen. Ich weinte den ganzen Weg über. Weinte, weil David nicht mehr war, während ich noch sein musste; weil das Schicksal so ungerecht, so gemein und unberechenbar war. Als ich einen kleinen Hügel erklommen hatte, blieb ich einen Moment stehen und ließ meinen Blick schweifen. Ich konnte die Stadt sehen und den Himmel, die Wolkendecke war an einigen Stellen aufgerissen und ließ hier und dort ein paar Sonnenstrahlen durch. Vielleicht würde alles besser werden, irgendwann, vielleicht würde der Sommer neue Hoffnung bringen und ich neuen Mut finden. Vielleicht.

Kapitel 5

Tanjas Besuch hatte mich immerhin aus der schlimmsten Lethargie gerissen. Ich hatte meine tägliche Routine wieder aufgenommen und meine einzige verbliebene Freundin ein paar Tage später sogar angerufen, um ihr anzubieten, das Geburtstagsessen nachzuholen. Tanja hatte diesen Samstag vorgeschlagen – Davids Todestag. Ich hätte wissen müssen, dass eine Verabredung an diesem Tag in einem Debakel enden würde, doch die Angst davor, gerade dann allein mit meinen Dämonen zu sein, hatte mich die Einladung annehmen lassen.

Tanja holte mich pünktlich um halb sechs ab. Ich hatte Beruhigungstabletten geschluckt, zusätzlich zu dem Antidepressivum, und wusste eigentlich, dass Alkohol bei diesem Cocktail eine verheerende Wirkung haben würde. Trotzdem bestellte ich mir gleich nach unserer Ankunft in der stylischen Sushibar ein Glas Wein. Es gab zu viele Menschen hier und zu wenig frische Luft. Zudem war ich mir Tanjas aufmerksamer Blicke durchaus bewusst. Sie zählte quasi jedes Reiskorn, das ich aß, und würde mir vermutlich hinterher vorhalten, dass ich nicht genug zu mir genommen hatte.

»Was machen Annabell und Lord Rupert?«, erkundigte

sie sich. Sie ließ sich immer gerne die kitschigen Geschichten erzählen, an denen ich gerade arbeitete.

Ich nahm einen großen Schluck Wein, weil meine Kehle trocken war und weil der Mann am Nebentisch einen ähnlichen Pullover trug, wie David einen besessen hatte, dann sagte ich: »Annabell lag mit hohem Fieber darnieder, und Lord Rupert hat sie in einem Gasthof auf dem Weg nach London ausfindig gemacht, wo sie fast der Krankheit erlegen wäre. Er hat ihr dann endlich seine Liebe gestanden und sie danach wieder auf sein Schloss gebracht. Ich wette, im Epilog ist sie guter Hoffnung.« Meine letzte Mutmaßung musste ich ebenfalls mit Wein herunterspülen. Der Traum von neulich kam mir in den Sinn, das goldige Baby, unser Glück, und ich spürte, wie sich mir die Kehle zuschnürte.

Tanja lächelte nicht mehr. Stattdessen sah sie auf meine Hand, die zitterte, als ich versuchte, das Weinglas, ohne etwas zu verschütten, wieder auf dem Tisch abzustellen. Ich blickte verstohlen auf meine Armbanduhr. 18.13 Uhr. Nur noch wenige Minuten, dann jährte sich der Augenblick, in dem zwei Polizeibeamte mit betretenen Gesichtern vor meiner Tür aufgetaucht waren, um mir das Unfassbare mitzuteilen. Obwohl mein Glas noch nicht leer war, bedeutete ich dem Kellner, dass er mir ein zweites bringen solle.

»Das ist keine gute Idee, Mel, du hast kaum etwas gegessen«, erhob Tanja Einspruch.

Sie hatte recht, und sie wusste nicht einmal etwas von dem Tablettenmix – ein Umstand, der mich zum Kichern brachte.

Der Kellner kam und stellte den Wein vor mich hin. Als er nach meinem fast leeren Glas greifen wollte, schlug ich ihm auf die Finger und stürzte die letzten Tropfen hinunter, als ginge es um mein Leben. Ich weiß nicht, wer entsetzter dreinschaute – Tanja oder der Kellner.

»Ups«, sagte ich und stand schwankend auf, wobei ich die Tischdecke mitriss, sodass die Gläser sowie der Rest Sushi mitsamt den Porzellantellern zu Boden segelten und dort zu Bruch gingen. Die Gespräche um mich herum verstummten. Ich konnte die neugierigen Blicke in meinem Rücken spüren. Tanja war ebenfalls aufgesprungen und sah mich ungläubig an. »Ich ruf mir ein Taxi«, sagte ich und warf einen Fünfzig-Euro-Schein auf den Tisch, der wohl ausreichen sollte für das bisschen Essen und den Schaden, den ich verursacht hatte.

Nach diesem Abend ließ Tanja mich in Ruhe, und ich klammerte mich daran, dass ich es zumindest probiert hatte. Ich musste nicht mal lügen, als ich meiner Mutter am nächsten Tag am Telefon erzählte, ich sei mit Tanja essen gewesen. Sie wollte alles genau wissen, deshalb berichtete ich ihr pflichtschuldig von den hippen Kellnern, den teuren Designer-Lampen und dem fantasievoll angerichteten Essen. Über den Rest der Geschichte hüllte ich lieber den Mantel des Schweigens; ich hatte meiner Mutter schon genug Kummer bereitet. Als sie mir am Ende des Gespräches allerdings das Versprechen abringen wollte, wieder mehr unter Leute zu gehen, musste ich die Finger hinter meinem Rücken kreuzen. Dieses Versprechen würde ich nicht einhalten können. Ich hatte genug von der Welt da draußen. Dabei war ich früher oft ausgegangen – vor dem Unfall. David und ich waren nach dem Abitur fürs Studium aus unserem kleinen Dorf im Westerwald nach Köln gezogen. Ich hatte Sprachen und Literaturwissenschaften studiert und David Informatik. Wir hatten uns ein kleines Zimmer geteilt, und ich hatte nebenher in einer Kneipe gekellnert, während David an einer Tankstelle aushalf. Mit dem Geld und unserem Bafög kamen wir ganz gut über die Runden, konnten es uns leisten, abends öfter loszuziehen, und auch die Kurzurlaube und Davids Hobbys finanzierten wir damit. Nicht, dass ich dauernd andere Menschen um mich herum gebraucht hätte. Ich war ziemlich genügsam, solange David an meiner Seite war. Aber er mochte es, sich mit den Kommilitonen von Zeit zu Zeit auf ein Bier zu treffen oder nach dem Sport auch mal irgendwo zum Tanzen zu gehen. Ich ging mit, weil er es gerne tat und weil mir alle Dinge Freude bereiteten, die ihn glücklich machten.

Außerdem veranstalteten wir gelegentliche Pärchen-Abende mit Tanja und einer ihrer Eroberungen, alternativ mit Davids bestem Freund Mattes und einer seiner Flammen. Mattes, den ich seitdem nicht mehr gesehen hatte. Wir trafen uns irgendwo, meistens bei uns, weil hier keine anderen WG-Bewohner störten, kochten, tranken jede Menge Alkohol und spielten Gesellschaftsspiele. David hatte sich immer so herrlich geärgert, wenn ich bei »Tabu« seine Hinweise nicht verstand. Wir verloren jedes Mal. Und egal, wie nett der Abend gewesen sein mochte – mein Höhepunkt war es stets, wenn wir endlich wieder allein waren und ich mich in seine Arme kuscheln konnte.

Ich war kein Einsiedler oder Sozialkrüppel. Ich hatte lediglich meinen Seelenverwandten gefunden, was es mir ersparte, unter die Leute zu gehen, um genau danach zu suchen. Und auch jetzt musste ich nicht raus, denn die einzige Gewissheit, die ich noch besaß, war die, dass mein Seelenverwandter fort war – für immer.

Ein paar Tage später hatte ich nach einem langen Tag den Rechner noch einmal hochgefahren, was zwar gegen meine übliche Routine verstieß, doch mir saß die Deadline im Nacken. Immerhin war ich bereits beim Epilog, und Annabell war natürlich guter Hoffnung. Lord Rupert hatte sich um hundertachtzig Grad gewandelt und betete nun den Boden unter ihren Füßen an. Mir fehlte nur noch der letzte Satz. Zitternd wanderten meine klammen Finger über die Tastatur, während sie Lord Ruperts finale Liebeserklärung ins Deutsche übersetzten. »Zu lieben bedeutet nicht, jemanden zu finden, mit dem man leben möchte, Annabell, sondern jemanden zu finden, ohne den man nicht mehr leben kann.« Der Mann hatte so recht. Ich hatte diesen Jemand gefunden, und ich konnte nicht ohne ihn leben.

Ich stützte mich mit den Ellbogen rechts und links neben dem Rechner ab und ließ meinen Kopf in die Hände sinken. Verzweiflung war nicht nur ein Gefühl, es war etwas Lebendiges, und es drohte mich zu verschlingen.

Ich weiß nicht, was geschehen wäre, hätte in diesem Augenblick nicht das Telefon geklingelt. Ohne auf die Nummer zu sehen, nahm ich ab und hörte sogleich die aufgeregte Stimme meiner Mutter. »Mel, wir haben ein Problem.« Ich hielt die Hand über die Muschel, damit sie mein zittriges Luftholen nicht hörte, und räusperte mich dann, um Zeit zu gewinnen. Im Augenblick fühlte ich mich überhaupt nicht in der Lage, ein offenes Ohr für die Probleme anderer zu haben, aber sie war meine Mutter; ich konnte jetzt unmöglich einfach auflegen.

»Was gibt es denn?«, brachte ich schließlich heraus.

»Oma Lene liegt im Krankenhaus, Oberschenkelhalsbruch.«

Ich war erleichtert. Damit konnte ich gut leben, zumal meine Großmutter väterlicherseits nicht gerade meine liebste Anverwandte war. Sie war keine besonders herzliche Frau, und als Kind hatte ich es immer fast als Strafe empfunden, wenn ich sie in ihrem alten, zugigen Haus besuchen musste. So hatte sich der Kontakt in den vergangenen Jahren auf sporadische Besuche an Weihnachten und an ihrem Geburtstag beschränkt. Oma Lene lebte immer noch allein in dem alten Fachwerkhaus im Nachbardorf, das die Leute auch den »Windhof« nannten. Es gab eine Erklärung für den kuriosen Namen, doch die hatte ich mir nicht merken können als Kind. Hängen geblieben waren dafür die Geräusche, die der Wind nachts machte, wenn er mit den klapprigen Fensterläden spielte oder wütend die Zweige der alten Bäume gegen das Fensterglas schlug. Das ehemalige Bauernhaus war das letzte Mal Ende der Sechzigerjahre renoviert worden. Damals wurden immerhin ein Badezimmer mit Toilette und eine neue Heizung eingebaut, das aber auch erst, nachdem meine Eltern sie quasi angefleht hatten, endlich etwas zu unternehmen. Davor war meine Großmutter noch jeden Tag zu dem kleinen Plumpsklo hinter dem Haus gestiefelt, um ihre

Notdurft zu verrichten. Oma Lene hatte nicht viel übrig für Luxus oder »Schnickschnack«, wie sie sagte. Und sie war ein Sparfuchs. Obwohl die Fenster undicht waren und die uralten Nachtspeicheröfen der Kälte im Winter kaum Einhalt gebieten konnten, hatte Oma Lene es abgelehnt, »schon wieder« eine neue Heizung anzuschaffen. Gut, die alte hatte ja auch gerade erst vierzig Jahre auf dem Buckel. Lieber zog sie wollene Wäsche unter ihr bodenlanges Leinennachthemd und trug eine Bettjacke. So ausgestattet thronte sie dann unter zwei Daunenplumeaus und einer selbst gestrickten Wolldecke im Bett, einen heißen Stein an den Füßen. So etwas Neumodisches wie Körnerkissen oder Wärmflaschen brauchte Oma Lene nicht. Wenn ich als kleines Mädchen ab und an bei ihr übernachten musste, weil meine Eltern etwas ohne mich unternehmen wollten, dann gruselte es mich stets in dem alten Haus, in dem die Schatten tanzten und die Dunkelheit ein Eigenleben hatte. Immer knarrte oder knarzte es irgendwo. Und weil die Scheune, in der früher das Vieh gestanden hatte, gleich ans Haus angrenzte und man von Oma Lenes Badezimmer aus durch eine klapprige Holztür über eine Treppe auf den alten Heuboden gelangte, war man auch nie sicher vor tierischen Besuchern wie Mäusen, Ratten oder jeglicher Art von Krabbeltieren. Mit zehn hatte ich das letzte Mal in ihrem Haus schlafen müssen und mich nach der Begegnung mit einer riesigen Spinne unter meiner Decke geweigert, jemals wieder dort zu nächtigen. Auch Papa räumte ein, dass seine Beziehung zu seiner Mutter nicht immer leicht gewesen sei, weshalb er mir meinen Widerwillen, bei ihr zu bleiben, nicht wirklich übelnahm. Nur meine Mutter versuchte hin und wieder zu intervenieren, indem sie ihn daran erinnerte, dass es seine Mutter »doch auch nicht immer leicht gehabt habe« – was immer das hieß.

Alles in allem war Oma Lene mit ihren fast neunzig Jahren kein allzu großes Thema in unserem Haus, höchstens wenn es um ihr bevorstehendes Begräbnis ging. Das meinten wir gar nicht böse, Oma Lene selbst erinnerte uns jedes Mal daran, dass sie nicht mehr die Jüngste war. Wenn man sich von ihr verabschiedete und »Bis nächstes Mal« sagte, dann konnte man getrost höhere Summen darauf wetten, dass sie mit »Wenn ich dann noch da bin« antwortete.

Warum meine Mutter nun so aufgeregt klang, war mir deshalb schleierhaft. Dann hatte sich die alte Krähe eben die Gräten gebrochen, na und? »Inwiefern stellt Oma Lenes Oberschenkelhals für uns ein Problem dar?«, bohrte ich nach und hörte meine Mutter seufzen.

»Wie du weißt, macht dein Vater gerade eine harte Zeit durch. Immerhin hab ich ihn dazu gebracht, die Golfausrüstung zurückzubringen. Das Geld hat er in eine Kreuzfahrt zu den Lofoten gesteckt – ganze vier Wochen! Mel, er hat seit Jahren keinen Urlaub mehr gemacht, und es würde ihm … es würde uns beiden so guttun. Das ist das erste Mal seit Beginn seiner verspäteten Midlife-Crisis, dass er Geld für etwas Sinnvolles ausgegeben hat.« Meine Mutter stockte. Mir schwante nichts Gutes.

»Ja und?«, fragte ich vorsichtig. Ich konnte sie vor mir sehen, wie sie in der kleinen, gemütlichen Küche saß, den Hörer zwischen Ohr und Schulter geklemmt, und mit beiden Händen den Saum ihres Pullovers drehte, etwas, was meine Mutter stets tat, wenn sie aufgeregt war.

»Nun ja, die Sache ist die: Oma Lene kommt nächste Woche nach Hause. Sie weigert sich, eine Reha zu machen, und bei dem Vorschlag, einen Pflegedienst kommen zu lassen, ist sie deinem Vater fast ins Gesicht gesprungen. Aber sie wird sich selbst nicht helfen können. Sie ist noch völlig immobil.«

Ich ahnte, was jetzt kommen würde, und wappnete mich innerlich schon einmal für eine entsprechende Antwort.

»Mel, wir fahren in fünf Tagen nach Kiel, von wo aus es mit dem Schiff weitergeht. Wenn wir die Reise jetzt absagen, verlieren wir achtzig Prozent des Reisepreises, und ich möchte da auch wirklich gerne hin. Wir können uns unmöglich um Oma Lene kümmern.« Sie holte tief Luft für ihren nächsten Satz. »Mel, ich flehe dich an. Ich weiß, dass es viel verlangt ist, aber wir sind ihre einzigen Verwandten, wer sollte sich sonst um sie kümmern?«

»Mama, ich bin derzeit kaum in der Verfassung, mich um mich selbst zu kümmern«, platzte es aus mir heraus, woraufhin meine Mutter entsetzt die Luft einzog.

»Ich dachte, es ginge dir besser. Als du neulich von dem netten Essen mit Tanja erzählt hast, da dachte ich …« Sie war immer leiser geworden zum Satzende hin, und ich konnte mir denken, wohin das jetzt führen würde. »Es tut mir leid, Schatz, das war mir nicht klar. Wenn es nicht geht, dann sagen wir die Reise eben ab.«

Prima, jetzt war ich der Bösewicht. Ich fühlte mich augenblicklich schuldig und konnte förmlich sehen, wie der Glanz, den die Vorfreude auf die Reise in Mamas müde Augen gezaubert hatte, erstarb. Meine Eltern hatten wirklich seit Jahren keinen Urlaub mehr gemacht. Irgendetwas gab es immer, was mein Vater regeln musste und weshalb er nicht fortkonnte. Mehr als ein Wochenende bei Freunden im Saarland war deshalb nie drin gewesen. Der Wunsch, Mama etwas von all ihrer Liebe und Fürsorge zurückzugeben, war auf einmal übermächtig. Und obwohl es mir bereits in dem Augenblick, in dem ich die Entscheidung fällte, eng in der Brust wurde und ich beim Sprechen all meine Beherrschung zusammennehmen musste, damit meine Stimme nicht durch die aufkeimende Panik zu zittern begann, hörte ich mich sagen: »Nein, nein, Mama, ist schon gut. Ich komme nächste Woche und bleibe so lange bei Oma Lene, bis ihr wieder da seid.«

Dieser Plan hatte gleich mehrere Fallstricke. Der erste würde sein, mich überhaupt aus meinem Apartment zu quälen und mir eine Fahrgelegenheit in den Westerwald zu organisieren. Und selbst wenn ich irgendwie dort landete, war mir schleierhaft, wie ich einen ganzen Monat mit Oma Lene in einem Haus überstehen sollte. Doch als ich meine Mutter vor Erleichterung tief aufseufzen hörte, hätte ich um nichts in der Welt einen Rückzieher gemacht. »Hey, das wird mir vielleicht ganz guttun. Ich habe ohnehin noch Arbeit, die ich mitnehmen kann«, versuchte ich mich in Zweckoptimismus.

Mama lachte. »Annabell und Lord Rupert?«

»Nein, die beiden haben sich schon im ›Happy-ever-after-Land‹ gefunden. Frau Setzer hat mir ein neues Machwerk der gleichen Autorin geschickt. Dieses Mal geht es um das Mauerblümchen Lady Claire Spencer und den notorischen Schürzenjäger Lord Devlin Dareham.«

Mama schnaubte. »Mel, du könntest mehr aus deinem beruflichen Leben machen.«

Mir war klar, dass »beruflich« für sie in Klammern stand. Ganz allgemein hätte ich mehr aus meinem Leben machen können – ihrer Meinung nach. Ich beneidete sie fast um diese rosarote Sicht auf meine Existenz. Ich war schon froh, wenn ich morgens aus dem Bett kam. Mehr von mir zu erwarten wäre, als würde man vom Schicksal Gerechtigkeit erwarten – nutzlos und unrealistisch.

Mama versprach, sich um alles zu kümmern. Sie wollte vor meiner Ankunft noch aufräumen, saubermachen und schon einmal das Nötigste einkaufen. »Ach ja, Oma Lenes Arzt ist übrigens ein echter Schatz. Ich habe schon mit ihm gesprochen und ihm die Sachlage geschildert, und er hat zugesagt, in der Zeit regelmäßig nach deiner Großmutter zu sehen. Dr. Berkamp heißt er. Ein ausgesprochen netter Mann und zudem Single, soweit ich weiß.«

Ich verdrehte die Augen. Seit dem Unfall hatte meine Mutter schon ein paarmal erfolglos versucht, mich zu verkuppeln. Mama hatte ein weiches Herz, und ihr taten immer die besonders aussichtslosen Kandidaten leid. Der Sohn ihrer Kegelfreundin Gertrud rief mich einmal auf Drängen beider Mütter an, hatte aber selbst keinerlei Interesse, da er schwul war. Und der Enkel ihrer Nachbarin, der ebenfalls in Köln wohnte, hatte mir außer seinem Konterfei, das nebenbei nur eine Mutter lieben konnte, schlüpfrige Textnachrichten aufs Handy geschickt. Als ich anbot, seine Konversation mit der Familie oder besser noch mit der Polizei zu teilen, meldete er sich gottlob nie wieder. Nein, danke. Dr. Berkamp war sicher ein übergewichtiger

Endvierziger, der aus gutem Grund Landarzt und noch Single war. »Ich lasse dir eine Liste mit ihren Medikamenten da und die Notfallnummern, außerdem …«

»Mama, das funktioniert schon, mach dir keine Sorgen«, schnitt ich ihr das Wort ab, weil mir ohnehin schon der Schädel brummte. Als ich auflegte, war mir die Lust vergangen, mich weiter mit Lady Claire und Lord Devlin zu befassen. Obwohl es noch früh war, ließ ich den letzten Satz unvollendet und beschloss stattdessen, mich um ein Auto zu bemühen. Irgendwie musste ich ja zum Windhof kommen.

Kapitel 6

Ich hatte ganz vergessen, wie furchtbar die Straßen im Westerwald waren, was darauf schließen ließ, dass ich meinen Eltern schon ewig keinen Besuch mehr abgestattet hatte. Tanja hatte mir ihren alten Golf geliehen. Sie war so begeistert darüber, dass ich freiwillig mein Apartment verlassen wollte, dass sie mir die Rostlaube vermutlich sogar geschenkt hätte.

»Bei mir steht der Wagen eh nur rum. In Köln brauch ich kein Auto, und wenn ich woanders hinwill, kann Sönke mich fahren. Du kannst ihn ruhig nehmen«, sagte sie spontan, als ich sie nach dem Telefonat mit meiner Mutter anrief. Sönke war ihre neueste Eroberung. Ich hatte ihn noch nicht kennengelernt, aber Tanja schwärmte in den höchsten Tönen von ihm. Er arbeitete bei den städtischen Verkehrsbetrieben, wo er für das Marketing verantwortlich war. Tanja hatte ihn in einer Bar getroffen, und er hatte sie gleich am nächsten Tag zurückgerufen, was ihn eindeutig als »beziehungswillig« qualifizierte, wie Tanja mir versicherte. Ich hatte keine Ahnung von solchen Spielchen. Entweder man wollte mit jemandem zusammen sein oder nicht. Dieses ganze Hin und Her fand ich furchtbar öde, und wieder verspürte ich Wut auf das Schicksal, dass ich mich vielleicht selbst irgendwann solch albernen Spielchen würde aussetzen müssen, wollte ich nicht bis zum Sankt Nimmerleinstag allein bleiben. Was mir im Augenblick jedoch als die angenehmste Lösung erschien.

Jedenfalls lenkte ich jetzt »Hubsi«, wie der rostige laubfroschgrüne VW hieß, durch Schlaglöcher, die so tief waren, dass meine Zähne klappernd aufeinanderschlugen. Der früh einsetzende Frost und die lange Kälte im Winter setzten stets dem Asphalt zu, und die kleinen Gemeinden hatten kein Geld für mehr als notdürftige Flickschusterei. Der Westerwald war um diese Jahreszeit landschaftlich ungefähr so heiter wie mein Gemütszustand. Die Bäume waren noch kahl, die Wiesen verschlammt, die Felder braun und nicht beackert. Die Wolken hingen regenschwer am grauen Himmel, die rechts und links entlang der Strecke verstreuten Dörfchen wirkten verschlafen und trostlos. Beklommenheit machte mein Herz schwer. Ich hatte mir immer vorgestellt, mit David hierher zurückzukehren, vielleicht irgendwann sogar für immer. Seit seinem Tod hatte ich jedoch meine alte Heimat gemieden. Zu schmerzhaft waren die Erinnerungen an unsere gemeinsame Jugend, an ein Leben ohne Schmerz und Sorgen. Irgendwann passierte ich die lang gezogene Kurve, hinter der das windschiefe Fachwerkhaus am Ortseingang in Sicht kam. Obwohl fast zwei Jahre ins Land gegangen waren, seitdem ich meine Oma das letzte Mal besucht hatte, schien alles unverändert, als hätte die Zeit stillgestanden. Das Haus sah genauso aus, wie ich es seit frühester Kindheit in Erinnerung hatte.

Ein altes schmiedeeisernes Tor umschloss das Grundstück, das an einen Hang gebaut war, sodass man zuerst mehrere Bruchsteinstufen hinaufsteigen musste, ehe man zur Haustür gelangte. Hier einen Rollstuhl hoch- und runterzuwuchten würde Schwerstarbeit sein. Das Haupthaus war winzig, hatte vielleicht gerade mal siebzig Quadratmeter. Als Kind war es mir trotzdem groß erschienen, mit dunklen Ecken, die zum Verstecken oder zu Geheimniskrämereien einluden. Oma Lene war jedoch kein Fan von Kinderspielen. Wenn ich damals zu Besuch war, musste ich stattdessen mit ihr den Garten nach Nacktschnecken absuchen, deren schleimige Körper ich in einen kleinen Blecheimer fallen ließ, wo sie langsam hin und her krochen, bis Oma Lene der Meinung war, es seien genug für den Tag. Danach marschierten wir in den nahegelegenen Wald, wo wir die Eindringlinge ins Dickicht kippten.

Gleich hinter der Eingangstür führte eine steile, schmale Treppe nach oben, die nach heutigem Baurecht verboten wäre. Die Stufen waren aus dunklem Eichenholz, ebenso das Geländer. Im oberen Stockwerk konnten hochgewachsene Menschen kaum aufrecht stehen, so niedrig waren die Decken des alten Fachwerkhauses. »Dein Opa Paul ging immer mit eingezogenem Kopf, weil er so groß war«, hatte Oma Lene mir einmal in einem der raren Momente anvertraut, in denen sie es sich gestattete, in der Vergangenheit zu schwelgen. Wenn ich sie dann bat, mir mehr zu erzählen, verschloss sie sich wie eine Auster vor meinen Augen. »Was soll das bringen? Was vorbei ist, ist vorbei, Kind«, pflegte sie dann zu sagen.

Die kleinen Fenster waren spärlich gesetzt, weshalb es drinnen immer düster und irgendwie traurig wirkte. Kein

Wunder, dass ich während der wenigen Male, die ich bei Oma Lene übernachten musste, von Albträumen geplagt wurde. Die Wände waren im Flurbereich unverputzt, die alten Holzbalken zogen sich wie Adern durch die Außenwände. Der Wind hatte bei dieser Art der Fassade wirklich leichtes Spiel, sich pfeifend durch die Ritzen zu pressen. Die gute Stube war relativ groß. Hier dominierte ein Esstisch mit sechs klapprigen Stühlen, die mein Großvater einst selbst gezimmert hatte, das Bild. An der hinteren Wand stand unter einem Fenster ein altes Klavier, welches früher immer meine Neugier geweckt hatte. Zu gerne hätte ich damals den schmalen hölzernen Deckel gehoben und meine Finger über die schwarzen und weißen Tasten gleiten lassen, doch das Klavier war tabu, da war Oma Lene rigoros. Einmal hatte ich es gewagt, den Deckel aufzuklappen, doch sofort war sie neben mir aufgetaucht und hatte mich schroff angefahren: »Das ist kein Spielzeug, Kind, lass besser die Finger davon.« Danach hatte ich mich nicht mehr getraut, auch nur in die Nähe des Instruments zu kommen. Ein braun-beige gemustertes Sofa, ein Bücherschrank aus derselben Eiche wie die Treppenstufen sowie ein kleiner, fast schon antiker Röhrenfernseher rundeten das Bild ab. Im Flur standen ein altes Butterfass und ein Spinnrad auf einem fadenscheinigen Teppich. Außerdem gab es eine kleine Küche mit einem Ofen, der mit Holz und Kohle betrieben wurde, einem Holztisch mit zwei Stühlen sowie einem abgenutzten Zweisitzer mit einem Holzrahmen, staubigen Polstern und einer grob geflochtenen Rückenlehne. Darauf hatte ich als Kind geschlafen, wenn ich Oma Lene einen Übernachtungsbesuch abstatten musste, weil die gute Stube als Schlafraum nicht zur Debatte stand – auch da war sie rigoros.

Von der Küche aus gelangte man in ihre mit einem Vorhang abgetrennte Schlafkammer. Das Bad mit dem Ausgang zum angrenzenden Stall komplettierte das obere Geschoss. Im unteren Bereich befand sich nur noch eine alte Gesindeküche, von der aus man in den hinteren Garten sowie in den Stall gelangte. Auf dem Grundstück gab es sogar noch einen Backes – ein winziges Gebäude mit einem gemauerten Ofen, der schon seit Jahren nicht mehr in Betrieb war. Gerne hätte ich ihr als Kind geholfen, wenn sie den Bottich mit Teig in den Backes trug, um das knusprige Brot zu backen, dessen Duft so verführerisch durch Haus und Garten wehte und sich mit dem der Lavendel- und Kräuterbüsche vermischte, doch Oma Lene machte das lieber allein. Die noch warmen Stullen mit Wurst waren so ziemlich die einzige positive Erinnerung, die ich an die Kindheitstage mit meiner Großmutter in mir trug.

Ein windschiefer Schober, in dem Gartengeräte und landwirtschaftliches Zubehör aus früheren Zeiten verstaut waren, komplettierte das Bild des alten Gehöftes. Ein Antiquitätenhändler hätte hier sicher seine reine Freude gehabt.

Ich hatte gar nicht gemerkt, dass ich schon vor dem Haus stand, so tief war ich in meine Gedanken versunken. Ich parkte Hubsi vor dem Tor und holte meine Reisetasche aus dem Kofferraum. Es hatte angefangen zu regnen, weshalb ich den kurzen Weg rannte, bis ich atemlos vor der Haustür stand. Mama hatte mir den Ersatzschlüssel per

Post geschickt, damit ich reinkam, denn Oma Lene konnte noch nicht selbstständig aus dem Bett aufstehen, um mir zu öffnen.

»Oma Lene, ich bin's!«, rief ich in die Dunkelheit und merkte, wie mich der vertraute, leicht modrige Geruch umfing, der dem alten Gebäude anhaftete. Ich bekam eine Gänsehaut, so hoffnungslos und traurig kam mir hier alles vor – und zudem schien Oma Lene mal wieder an den Heizkosten zu sparen.

»Hier oben«, hörte ich ihre kratzige Stimme, die genauso gereizt und unfreundlich klang, wie ich sie in Erinnerung hatte.

Ich stieg die steilen Stufen hinauf und ging zu ihrer Schlafkammer, wo ich sie kaum ausmachen konnte unter dem bauschigen Daunenplumeau. Ihr Kopf sah winzig aus auf dem üppigen Kissen. Das schlohweiße dünne Haar war zu einem langen Zopf geflochten, der über ihre Schulter hing. Sie zog die Lesebrille ein Stück weit auf ihrer spitzen Nase herab, um mich skeptisch über deren Rand hinweg zu betrachten. Sie konnte immer noch sehen wie ein Luchs, trotz ihres hohen Alters. Die Brille war lediglich einer leichten Kurzsichtigkeit geschuldet. »Dürr biste«, sagte sie zur Begrüßung und starrte mich dann weiter unverwandt an, als ob damit alles gesagt sei. Mir lag eine kleine Gemeinheit auf der Zunge, doch ich verkniff sie mir, weil ich unser erzwungenes Zusammenleben nicht gleich mit einem Streit belasten wollte.

»Hallo, Oma«, sagte ich, darum bemüht, meine Stimme möglichst freundlich klingen zu lassen.

»Spar dir die Oma, du bist kein kleines Mädchen mehr,

und zudem komme ich mir auch so schon wie ein Fossil vor. Lene reicht.«

Ich spürte, wie sich meine Hände zu Fäusten ballten. Oma Lene war und blieb eine streitsüchtige alte Schachtel, und mir fehlte einfach die Kraft, ihren Spitzen Konter zu geben. »Gut, dann eben Lene. Wie geht es dir?«, presste ich hervor. Mir war durchaus bewusst, dass ich mittlerweile ähnlich gereizt klang wie sie.

»Wie soll es mir schon gehen? Ich bin alt, meine Knochen sind kaputt, ich liege hier herum und warte auf den Tod. Du kannst dir also selbst ausmalen, wie es mir geht.«

Puh, sie wollte es mir aber auch wirklich schwermachen. »Kann ich dir etwas bringen? Einen Tee vielleicht?«, unternahm ich einen neuen Anlauf.

»Du kannst mich in Frieden lassen, ich versuche zu lesen, und wer weiß schon, ob ich es bis zum Ende des Buches schaffe, also stiehl mir nicht meine Zeit.« Mit diesen Worten schob sie die Brille wieder nach oben und hob das Buch vors Gesicht, sodass ich mir vorkam wie eine Dienstmagd, die von der Herrin gerade des Zimmers verwiesen worden war. Ich verdrehte genervt die Augen. Das würde ja ein heiterer Monat werden. Vielen Dank, Mama und Papa.

Wütend stiefelte ich in den Flur und griff nach meiner Tasche, blieb dann aber unschlüssig stehen. Ich hatte keine Ahnung, wo ich schlafen sollte. Das Haus verfügte meines Wissens nach nicht über ein Gästezimmer. Die Kammer, in der Lene mit ihrem Mann geschlafen hatte, gab es schon lange nicht mehr, und da Oma Lene ihren Prinzipien bis heute mit geradezu sturer Konsequenz folgte, war die gute Stube vermutlich immer noch tabu. Blieb also nur der durchgesessene Zweisitzer in der Küche, der schon in meiner Kindheit ausgesprochen unbequem gewesen war. Ich musste wohl oder übel in die Höhle des Löwen zurückkehren und sie fragen. Am Türrahmen zu ihrer Schlafkammer blieb ich stehen und räusperte mich. Lene ließ ihr Buch sinken und betrachtete mich missmutig.

»Was ist denn jetzt schon wieder?«

»Wo soll ich schlafen?«, fragte ich und sah mich suchend um.

»Du kannst dir das Sofa in der Küche zurechtmachen«, lautete ihre knappe Antwort, bevor sie sich wieder in ihr Buch vertiefte.

Ich starrte resigniert auf das altersschwache Sitzmöbel – das Teil »Sofa« zu nennen wäre eine Beleidigung für alle Sofas gewesen. Schon im Sitzen hatte ich Mühe, eine bequeme Position darauf zu finden, nach einer ganzen Nacht im Liegen würde ich vermutlich einen Bandscheibenvorfall erleiden.

»Deine Mutter hat Bettzeug parat gelegt«, fügte sie hinzu, ohne ihren Schmöker ein weiteres Mal sinken zu lassen. Wunderbar. Nicht nur, dass ich wohl nach meinem Aufenthalt hier einen Meter kleiner sein würde, ich hatte nicht einmal Privatsphäre, da es keine Tür gab zwischen der alten Küche und der Bettkammer. Nur den angegrauten Vorhang, der die beiden Zimmer voneinander trennte. Leise fluchend begann ich, die Bettwäsche aufzuziehen und meine paar Habseligkeiten auf den kleinen Tisch vor dem Zweisitzer zu stapeln. Dann packte ich meinen Rechner aus und suchte in der winzigen Küche vergebens nach einer freien Steckdose. Im Wohnzimmer wurde ich fündig, also beschloss ich, meinen Arbeitsplatz dort einzurichten. Internet gab es hier natürlich keins, ich würde, wollte ich medialen Kontakt zur Außenwelt aufnehmen, in die kleine Kreisstadt einige Kilometer von hier fahren müssen, wo es immerhin ein Internetcafé gab. Vier Wochen, es sind nur vier Wochen, betete ich mir wie ein Mantra vor.

Nachdem ich erfolglos versucht hatte, an der neuen Übersetzung zu arbeiten, beschloss ich mit Blick auf die Uhr, uns beiden ein Mittagessen zu kochen. Mama hatte den Kühlschrank gut gefüllt, das größere Hindernis war der Herd. Ich hatte keinen blassen Schimmer, wie ich diesen in Gang setzen sollte, mir fehlte aber auch der Mut, den Drachen im Nebenzimmer danach zu fragen. Am Ende fand ich immerhin in einem der wenigen Schränke einen Wasserkocher, sodass ich uns Tee machte und Butterbrote schmierte. Dann las ich Mamas Liste mit Anweisungen und befüllte im Anschluss eine Tablettendose mit den entsprechenden Rationen für den Tag.

Als ich, ein Tablett mit Essen in der Hand, durch den Vorhang in Oma Lenes Schlafkammer trat, war sie eingenickt. Ich ließ den Blick schweifen. Auch hier hatte sich nichts verändert. Lenes Bett stand links an der Wand, darüber hing ein Holzkreuz, ansonsten waren die Wände nackt. Auf ihrem Nachttisch lagen zwei Bücher, daneben standen eine Nachttischlampe und ein Schälchen mit Lakritz, für das sie schon immer eine Schwäche gehabt hatte. Vor dem Bett an der Wand sah ich einen massiven Holzschrank, der – so wusste ich von meinen früheren Besuchen – ihre wenige, zweckmäßige Kleidung enthielt, auf einem Schrank mit Marmorplatte linker Hand befanden sich eine Waschschüssel und ein Krug, daneben eine Dose Nivea Creme und eine kleine Flasche Kölnisch Wasser – Lenes einzige Kosmetikartikel, und das schon seit Jahrzehnten. Ansonsten gab es nur noch einen Stuhl mit verschlissenen, verblichenen Polstern. Das einzige neue Möbelstück in diesem vertrauten Konglomerat war ein Toilettenstuhl, der wie ein Fremdkörper wirkte zwischen ihrem Hab und Gut.

Ich sah zu der schlafenden Gestalt hinüber. Das Buch lag auf ihrer Brust, die Brille war verrutscht, was sie beinahe menschlich wirken ließ. Ich stellte ihr das Tablett ans Bett, legte die Pillendose daneben und schlich mich wieder hinaus, um allein und unglücklich mein Mittagessen zu mir zu nehmen. Das war an und für sich nichts Neues, doch mir fehlte der Komfort meiner eigenen vier Wände.

Als ich mich in die gute Stube setzte, in meine Fleischwurststulle biss und aus dem Fenster sah, fiel mir auf, dass ich bis jetzt nicht ein einziges Mal an David gedacht hatte. Sogleich überfiel mich das schlechte Gewissen. Ich durfte ihn nicht vergessen, keine Minute des Tages. Sonst könnte es vielleicht irgendwann passieren, dass ich sein Gesicht nicht mehr vor mir sehen würde, und das wäre der Moment, an dem er mich endgültig verließ. Dafür war ich noch lange nicht bereit, würde es vermutlich niemals sein. Ich griff in meine Aktentasche, die zu meinen Füßen stand, und holte unser gerahmtes Hochzeitsbild heraus. Er lächelte mich an. In dem Moment fiel ein Sonnenstrahl durch das niedrige Fenster, sodass mir das erste Mal, seit ich dieses Mausoleum betreten hatte, warm ums Herz wurde. »Ich bin bald wieder zu Hause, irgendwie kriege ich die Zeit hier schon rum«, flüsterte ich, während meine Finger seine vertrauten Konturen nachzeichneten. Plötzlich klingelte es. Vor Schreck ließ ich den Rahmen fallen, das Glas splitterte. Erschrocken sprang ich auf und stieß mir dabei auch noch das Knie am Tisch. »Verdammt, wer klingelt denn jetzt?«, schrie ich ins Nichts, meine Wut über den zerbrochenen Rahmen nur schwerlich zügelnd. Mit pochendem Knie humpelte ich zur Treppe und klammerte mich an den rauen Handlauf, damit ich nicht die steile Stiege hinabstürzte und mir am Ende noch das Genick brach.

Kapitel 7

Mit mehr Vehemenz als nötig riss ich die Tür auf und starrte in ein Paar freundliche braune Augen, die umrahmt waren von kleinen Krähenfüßen. Die Nase war leicht schief, wie meine, als wäre sie mal gebrochen gewesen und schlecht verheilt. Der Mann, der da vor Oma Lenes Tür stand, verzog den Mund zu einem überraschten Lächeln. Ein Dreitagebart umrahmte die untere Hälfte seines nicht schönen, aber durchaus attraktiven Gesichts.

»Hallo, ich bin Noah Berkamp, Lenes Hausarzt. Sie müssen Melanie Winter sein, Lenes Enkelin?« Er hielt mir die Hand hin, die sich warm und etwas schwielig anfühlte, als ich meine hineinlegte, und sah mich abwartend an.

»O ja, klar, Entschuldigung, ja, das bin ich, meine Mutter hat mir gesagt, dass Sie vorbeischauen würden.«

Er trug einen großen braunen Lederkoffer bei sich, der schon bessere Tage gesehen hatte. Dasselbe konnte man von seiner Cordhose sagen. Himmel, wer trug denn noch Cordhosen? Ich sah noch einmal in sein Gesicht, einfach, weil es ein sympathisches Gesicht war, das man gerne betrachtete. Er mochte Mitte dreißig sein – schwer zu sagen, denn seine Züge waren wettergegerbt und ließen ihn dadurch vielleicht älter wirken, als er tatsächlich war.

Berkamp räusperte sich, und ich sah ihn einen Augenblick lang verständnislos an.

»Wenn ich nach Ihrer Großmutter sehen soll, müssten Sie mich schon reinlassen, ich bin nicht so gut in Ferndiagnosen.« Seine Augen blitzten verschmitzt auf.

Ich konnte fühlen, wie ich rot wurde. Wie peinlich! Hastig trat ich zurück, damit er an mir vorbei zur Treppe gehen konnte, dann schloss ich die Tür und folgte ihm.

Er schien sich gut auszukennen, denn er strebte ohne zu zögern die Treppe hinauf durch die Küche zu Lenes Schlafkammer. Vor dem Vorhang blieb er stehen und räusperte sich kurz. »Lene, hier ist Noah, ich komme jetzt rein.« Mit diesen Worten trat er zu ihr, während ich durch den Stoff spähte, um mit Überraschung festzustellen, dass Lene nicht nur wach, sondern noch dazu bester Laune war.

»Komm rein, Noah. Setz dich.« Sie lächelte ihn herzlich an, und er zog sich den alten Holzstuhl aus der Ecke an ihr Bett, um darauf Platz zu nehmen.

»Wie geht es dir heute?«, fragte er und ließ die Verschlüsse seines Arztkoffers aufschnappen.

»Ich komme klar«, antwortete sie und stemmte sich ein Stück hoch, um ihn besser sehen zu können.

»Keine Schmerzen?«

Sie schüttelte den Kopf so vehement, dass sich graue dünne Strähnen aus ihrem Zopf lösten. Einen Augenblick lang konnte ich sie mir fast als junges Mädchen vorstellen, mit großen Augen und roten Wangen. Der Moment war jedoch flüchtig, da sich ihre Züge sogleich verdunkelten, als sie mich beim Vorhang ausmachte. »Lauschst du?«, fragte sie, die Augen zu feindseligen Schlitzen verengt.

Ich zuckte zusammen, als hätte sie mich geohrfeigt, dann zog ich mich schnell zurück, und weil ich nichts mit mir anzufangen wusste, setzte ich erneut Teewasser auf.

»Es ist doch schön, dass sie da ist und sich um dich kümmert, warum bist du so grantig?«, hörte ich Berkamps leise, warme Stimme.

Lene schnaubte abfällig. »Ich kenne das Mädchen eigentlich gar nicht. Sie ist wie eine Fremde, kommt so gut wie nie zu Besuch, und wenn, dann sieht man ihr an, wie eilig sie es hat, wieder zu verschwinden. War schon als kleines Gör merkwürdig, so ängstlich und schreckhaft, schrie bei jedem kleinen Insekt, als wäre ihr der Leibhaftige erschienen. Na ja, wir stehen uns eben nicht sehr nahe, es hätte genauso gut irgendeine Fremde vom Pflegedienst hier einziehen können.«

Es war nicht sehr schön, diese Worte aus ihrem Mund zu hören, auch wenn sie durchaus der Wahrheit entsprachen. Ich schluckte kurz, weil das Brennen hinter meinen Lidern Tränen ankündigte, und ich wollte alles, nur nicht, mich von dieser alten Schachtel zum Weinen bringen lassen.

»Lene, sei nicht so hart zu ihr. Ihre Mutter hat mir das mit ihrem Mann erzählt. Gerade du müsstest besser als jeder andere verstehen, was sie durchmacht.«

Ich schlug mir die Hand vor den Mund, um ja kein Geräusch von mir zu geben, doch seine Worte hatten mich kalt erwischt. Zum einen fand ich es unangenehm, dass er von meiner Mutter offenbar detailreiche Einblicke in mein armseliges Leben erhalten hatte, während ich nicht viel mehr als seinen Namen wusste, zum anderen kam mir zum allerersten Mal der Gedanke, dass meine Großmutter ebenfalls ihren Mann verloren und vielleicht ähnlich schmerzhafte Erfahrungen durchgemacht hatte wie ich. Lautlos trat ich, zwei leere Teetassen in der Hand, an den Vorhang heran, um Lene besser zu verstehen, die ihre Stimme gesenkt hatte.

»Sei nicht so streng mit mir, Doktor, du weißt, dass ich nicht sehr gut mit Menschen bin, ich lebe eben schon zu lange allein.«

Ich hörte ihn leise lachen. »Lene, ich kenne dich jetzt schon mein ganzes Leben, und du bist mir nie wie die störrische Einsiedlerin vorgekommen, als die du dich hier gerade darstellst.«

Der Tag war voller unerwarteter Wendungen. Noah Berkamp und meine Großmutter hatten eine gemeinsame Vergangenheit. Ich musste zugeben, dass meine Neugier geweckt war. Er spritzte ihr ein Thrombosemittel, kontrollierte ihre Herz- und Blutdruckmedikamente und ließ sie dann mit der Bitte, sich zu benehmen, allein. Als er schwungvoll durch den Vorhang trat, wären wir um ein Haar kollidiert. Vor Schreck hätte ich beinahe die beiden Teetassen fallen lassen.

»Hoppla«, sagte er und lächelte so offen und strahlend, dass ich spürte, wie mir die Röte den Hals hinaufkroch. Er war wirklich attraktiv, stellte ich fest – ein Gedanke, der mich erschreckte. Es war das erste Mal nach Davids Tod, dass ich überhaupt einen Mann als solchen wahrnahm, und ich war so verwirrt darüber, dass ich mir beinahe vorkam wie eine Ehebrecherin.

»Ich … also … wollen Sie … ach was, Sie haben sicher …«, stammelte ich verlegen.

Noah Berkamp lachte. »Ich würde gerne eine Tasse Tee nehmen, wenn Sie mich das fragen wollten«, sagte er und zog den Vorhang hinter sich zu.

Ich hörte, wie Lene laut schnaubte. »Mein Tee ist auch kalt, aber das scheint hier ja niemanden zu interessieren«, rief sie unwirsch durch den Stoff.

Noah beugte sich zu mir und flüsterte mir ins Ohr: »Seit dem Sturz führt sie sich manchmal wie ein kleines Kind auf, aber eigentlich ist Ihre Großmutter der gütigste Mensch, den ich kenne.« Anscheinend bemerkte er die Überraschung in meinen Augen, denn er nickte noch einmal bekräftigend und fügte hinzu: »Na ja, mir ist klar, dass Lene ihr Herz nicht gerade auf der Zunge trägt, aber Sie wissen sicher selbst, dass sie alles tut für die Menschen, die ihr nahestehen.« Mit diesen Worten nahm er mir die leeren Tassen ab und strebte zu dem Kessel, der unberührt auf dem altertümlichen Herd stand. Er stellte die Becher ab und hob den Kessel an, der leer und kalt war.

Ich wusste es nicht, und auch mein Vater hatte sich nie in dieser Form über seine Mutter geäußert, aber jetzt war nicht der richtige Zeitpunkt, Noah Berkamp das zu erklären. »Wasserkocher«, erklärte ich stattdessen auf seinen fragenden Blick hin und deutete auf die kleine Anrichte hinter mir.

»Lassen Sie mich raten, Sie haben keinen Schimmer, wie Sie das Ding in Gang bringen sollen?« Er deutete auf den altertümlichen Herd. Ich schüttelte den Kopf und musste nun auch lächeln. Es fühlte sich merkwürdig an, als seien meine Mundwinkel eingerostet, weil sie schon so lange nicht mehr die Anstrengung erbringen mussten, nach oben zu zeigen. »Kleine Schulung?«, fragte er und pellte sich aus seinem Parka. Er trug ein braun kariertes Hemd zu der alten Cordhose; es fehlte nur noch ein Pullunder, und er hätte den Look der Siebzigerjahre-Serie *Der Doktor und das liebe Vieh* exakt kopiert. Es war schon eine Leistung, dass er trotz dieser modischen Entgleisungen nicht lächerlich, sondern sympathisch und zupackend wirkte.

Er kniete sich vor den Herd, zog einen Korb mit Holzscheiten und alten Zeitungen hervor und öffnete eine Luke, in die er zuerst die zusammengedrückten Zeitungsseiten schob, um dann ein paar Holzstücke hineinzuschichten. Danach entzündete er ein Streichholz und setzte das Papier in Brand. Es knackte und knisterte in dem Loch, und Noah Berkamp half nach, indem er mit einem Eisenstab Sauerstoff an die Glut brachte. Funken stoben, und es qualmte, dann flackerten kleine Flammen auf. Berkamp schloss die Luke mit einem Küchentuch. Anschließend öffnete er eine zweite Luke, die sich gleich darunter befand, allerdings nur einen Spalt breit. »Wegen der Belüftung«, erklärte er. Als er damit fertig war, richtete er sich wieder auf, nahm einen kleinen Haken von der Wand hinter dem Herd und schob eine Eisenplatte zur Seite, sodass die Flammen nun am Rand einer kreisrunden Öffnung leckten. »Lene hat einen Topf, der genau in diese Öffnung passt, den nimmt sie immer für Eintöpfe.« Er zeigte auf einen Schrank. Ich öffnete die Türen, hinter denen eine Reihe alter gusseiserner Töpfe und Pfannen zum Vorschein kamen. »Der mit dem Ring im unteren Drittel«, sagte er, und ich zog das Ungetüm heraus. Er nahm mir den Topf ab und setzte ihn genau in die Öffnung. Ich nickte, um zu signalisieren, dass ich das Prinzip verstanden hatte. Er schien zufrieden, denn er hob den Topf wieder heraus und schob den Eisenring mit dem Haken zurück auf die Flammen. »Soll ich den Herd anlassen?«, fragte er.

»Wie kriege ich ihn denn hinterher wieder aus?«

Er klappte die Lüftungsluke zu. »Schließen, der Rest brennt dann aus.«

Ich nickte ein weiteres Mal, und er zog die Luke auf, damit das Feuer neue Nahrung bekam.

»In etwa zwanzig Minuten ist die Temperatur gut, dann kann man kochen.« Er blieb erwartungsvoll neben dem Herd stehen, und ich brauchte wieder einen Moment, um meinen Blick von ihm loszureißen. Er machte mich nervös. Ich kam mir linkisch und unbeholfen neben ihm vor, wie der Sozialkrüppel, der ich geworden war.

»Tee, ich mache uns Tee«, schlug ich vor, auch, um mich selbst aus der Starre zu lösen. Während ich zwei Beutel in die Becher hängte und mit heißem Wasser auffüllte, spähte Berkamp noch einmal durch den Vorhang.

»Sie schläft wieder«, sagte er leise und drehte sich zu mir um. »Sie schläft sehr viel in letzter Zeit. Ich habe manchmal den Eindruck, dass sie müde ist vom Leben.«

Das musste ich erst einmal verdauen, weshalb ich nichts erwiderte und die Tassen in die gute Stube trug. Noah Berkamp folgte mir und setzte sich auf einen der klapprigen Stühle, der ob seines Gewichts ein verdächtiges Stöhnen von sich gab. Wir mussten beide lachen.

»Lenes Haus hat etwas von einer Puppenstube. Alles ist alt, niedrig und voller Geschichten«, sagte er, wobei er die Tasse zum Mund führte und leicht auf die heiße Flüssigkeit blies, um sich nicht zu verbrennen. Ich tat es ihm gleich und rang dabei mit mir und meiner Neugier, welche am Ende den Sieg davontrug.

»Woher kennen Sie meine Großmutter?«, fragte ich über den Rand meiner Tasse hinweg.

Er schwieg einen Augenblick, als müsse er erst abwägen, wie viel er mir erzählen konnte oder wollte. Dann räusperte er sich wieder. »Lene hat meiner Großmutter und meiner Mutter das Leben gerettet. Ohne sie gäbe es mich gar nicht.«

Ich starrte ihn ungläubig an, dann schüttelte ich den Kopf, um die Information sacken zu lassen. Lene war in der Tat eine völlig Fremde für mich, wie ich heute zum wiederholten Male feststellte.

Noah Berkamp zog den Ärmel hoch und sah auf die Uhr, eine alte Golduhr mit einem zerschlissenen Lederarmband. »Tut mir leid, Frau Winter, ich muss los. Es stehen noch zwei weitere Hausbesuche auf meiner Liste, bevor mein Tag zu Ende geht.« Er stand auf und machte sich daran, die steile Treppe zur Haustür hinunterzusteigen. Ich spürte Enttäuschung in mir aufsteigen, weil ich mehr wissen wollte von Lene und der Geschichte, die ihn mit ihr verband.

»Mel, sagen Sie einfach Mel«, rief ich ihm nach und sprang ebenfalls auf, um ihn hinauszubegleiten. Plötzlich kam mir mein kleiner Vorstoß zu plump vor, und ich ruderte hektisch zurück. »Also, verstehen Sie mich nicht falsch, ich dachte nur, weil Sie Lene ebenfalls verbunden sind …« Weiter kam ich nicht, da er wieder anfing zu lachen.

»Kein Problem, Mel, hier im Westerwald sind wir ohnehin nicht so förmlich.« Er streckte mir erneut die Hand entgegen. »Ich bin Noah.«

Wir schüttelten einander die Hand und ließen beide erst los, als klar war, dass wir eindeutig zu lange so stehen geblieben waren; Hände und Blicke ineinander verschlungen. Ich zog meinen Arm zurück, vergrub die Finger eilig in den Gesäßtaschen meiner Jeans und sah verlegen zu Boden. Aus dem Augenwinkel bemerkte ich, wie Noah sich ein paarmal über die Stirn strich und dabei ebenfalls deutlich irritiert wirkte.

»Ja, dann bis morgen, Mel. Ich komme wieder so gegen Abend, um nach Lene zu sehen. Sie braucht täglich ihre Spritze, damit sie keine Thrombose bekommt vom langen Liegen.« Er öffnete die Haustür.

Warum hüpfte mein Herz auf einmal aufgeregt bei der Aussicht, ihn bereits morgen wiederzusehen? Ich war fast wütend auf meinen Körper und seine verräterischen Signale, die er gen Noah aussandte. Schließlich war ich verheiratet und kein verliebter Teenager. Er war schon ein paar Schritte die alte Bruchsteintreppe vor Lenes kleinem Fachwerkhaus hinuntergestiegen, als er sich noch einmal umwandte. »Falls es dir hier während deines Aufenthaltes mal langweilig werden sollte, biete ich mich gerne als Fremdenführer an.« Er lächelte, doch dabei wirkte er fast so unsicher, wie ich mich fühlte.

Ich zögerte. »Ich weiß nicht … Ich kann Lene wohl kaum allein lassen.«

Er nickte etwas zu schnell, beinahe, als hätte er mit der Abfuhr gerechnet. »Kein Problem, wenn etwas ist, ruf mich an. Meine Nummer steht auf der Pinnwand in der guten Stube, gleich über dem Klavier.« Damit drehte er sich endgültig um und ging zu seinem Wagen, einem alten grünen Jeep mit riesigen Reifen, die man auf den Buckelpisten des Westerwaldes sicher gut gebrauchen konnte. Ich sah ihm nach, wie er einstieg, den Motor anließ und hinter der Kurve am Ortsausgang im satten Grün eines kleinen Wäldchens verschwand. Ich atmete tief durch und ließ den Blick über die abendliche Landschaft schweifen, die so angenehm friedlich wirkte. Einige Vögel saßen auf dem dicken Draht einer Überlandstromleitung, ein Hase hoppelte über die weite Fläche eines frisch beackerten Feldes und suchte eilig Unterschlupf im dichten Gehölz. Meine Augen wanderten zu den Weiten des Himmels über mir, der nun einen Hauch Blau zeigte. Am Horizont ging die Farbe bereits in ein warmes Violett über, dort, wo die Sonne versank und die Dämmerung begann. Seltsam, in Köln nahm ich mir nie die Zeit, den Sonnenuntergang zu betrachten, aber hier war es etwas anderes. Die Weite, die schier endlos hügelige Landschaft lud das Auge geradezu ein, sich in der schlichten Schönheit eines solchen Augenblicks zu verlieren. Mir wurde bewusst, dass ich meine alte Heimat vermisst hatte, nicht offensichtlich, nicht aktiv, eher in einem kleinen, stillen Winkel meines Herzens. Ich hätte nach dem Studium nichts dagegen gehabt, mit David hierher zurückzukehren, doch er liebte die Stadt und das Leben dort, und ich wollte nirgendwo sein, wo er nicht war. Er war mein Zuhause, also stellte sich die Frage nie. Doch nun war er fort und ich heimatlos. Ich wollte nicht weinen, nicht hier, nicht jetzt, in diesem eigentlich friedvollen Augenblick, und so wandte ich mich schnell von dem prachtvollen Schauspiel der Natur ab und strebte dem düsteren Inneren des Windhofs entgegen.

Kapitel 8

Als ich in die Küche zurückkehrte, war ich Noah unendlich dankbar. Nicht nur, dass ich nun zum Abendbrot etwas Warmes kochen könnte, nein, der alte Herd hatte in dem sonst stets kalt-klammen Raum für eine behagliche Temperatur gesorgt. Ich zog die Eisenplatte mit dem Haken zur Seite, so wie er es mir gezeigt hatte, und wärmte mir kurz die Finger an der Glut, bevor ich den komischen Topf passgenau in das Loch sinken ließ. Dann holte ich Suppengemüse aus dem Kühlschrank und füllte Wasser in den Topf. Es beruhigte mich immer, wenn ich mit Lebensmitteln hantieren konnte. Der erdige Geruch der Möhren, das Aroma von Sellerie und Lauch, das sich mit dem von Petersilie und Maggikraut mischte. All das katapultierte mich in eine längst vergangene glücklichere Zeit, als ich als kleines Mädchen neben meiner Mutter stand und ihr beim Kochen zur Hand ging. In den vergangenen Monaten hatte ich jedoch einen großen Bogen um meine Küche gemacht, denn warum sollte ich kochen, wenn ich am Ende doch nur wieder alles in den Abfall schmeißen würde? Heute war es jedoch etwas anderes. Heute kochte ich für Lene, und ich wollte unbedingt, dass es ihr schmeckte. Als ich fertig geschnippelt hatte und alles im

Wasser vor sich hin köchelte, spürte ich eine ungewohnte Regung: Zum ersten Mal seit Langem hatte ich tatsächlich wieder einmal Appetit.

Plötzlich hörte ich einen Schrei. Erschrocken fuhr ich herum und stürmte durch den Vorhang. Lene kauerte in einer merkwürdigen Stellung an der Bettkante, ein Bein in einem ungesunden Winkel von sich gestreckt. Mit schmerzverzerrtem Gesicht ließ sie sich in die Kissen zurückfallen. Ich lief zu ihr und half ihr, sich aufzurichten. Sie war blass, ihre Züge waren schmerzverzerrt. »Wo wolltest du denn hin?«, fragte ich, während ich versuchte, ihr Bein wieder auf die Matratze zu heben.

»Ob du es glaubst oder nicht, aber auch ich habe ab und an menschliche Bedürfnisse«, knurrte sie mit zusammengebissenen Zähnen.

»Du kannst doch nicht allein bis zur Toilette gehen, dein Bein ist noch viel zu schwach«, tadelte ich sie.

»Ach was, Einstein, deshalb wollte ich ja auch nur bis da vorne zu diesem entwürdigenden Toilettenstuhl.«

Ich lächelte sie mitleidig an, was mir einen düsteren Blick einbrachte. »Lass mich dir helfen«, bot ich ihr an und sah, wie sie mit sich rang, doch am Ende siegte der menschliche Drang. Sie nickte kurz, und ich zog sie hoch und schob mir ihren dünnen Arm um den Hals, sodass sie ihr Gewicht auf meine Schultern verlagern konnte. Sie kniff die Augen zu, vermutlich, weil es trotzdem höllisch schmerzte. Die paar Schritte kosteten sie sichtlich Kraft, denn sie zitterte, als wir den Stuhl erreichten. Ich hob den Deckel an, zog ihr langes Nachthemd hoch und den unförmigen Baumwollschlüpfer, den sie darunter trug, bis auf die Knie herab. Sie duldete es mit stoischer Miene und ließ sich dann von mir auf den Stuhl helfen.

»Könntest du?«, fragte sie scharf und reckte ihren Kopf Richtung Küche.

»Ja, sicher«, beeilte ich mich zu sagen und sprintete los, um mich auf die andere Seite des Vorhangs zurückzuziehen. Ich wartete, bis ich sie leise rufen hörte. Es roch streng, als ich ihre Schlafkammer betrat, deshalb öffnete ich zuerst das Fenster, bevor ich sie anzog und wieder zum Bett geleitete. Sie kuschelte sich unter ihr riesiges Plumeau, ohne mir ein einziges Mal in die Augen zu blicken.

Anschließend leerte ich den Plastikeinsatz in der Toilette aus, desinfizierte ihn und versenkte ihn wieder im Stuhl. Ich hätte gedacht, dass mir das mehr ausmachen würde, aber eigentlich war es gar nicht so schlimm. Lene beobachtete mich vom Bett aus, die Decke bis zur Nasenspitze hochgezogen.

»Dir ist kalt«, sagte ich überflüssigerweise und schloss schnell das Fenster, hinter dem mittlerweile die Nacht lag, schwarz, eisig und sternenklar. »Hast du Hunger? Ich habe Suppe gekocht«, fügte ich nach einem kurzen Augenblick hinzu, um das ungemütliche Schweigen zu brechen. Sie zuckte ihre dürren Schultern, was ich als Zustimmung auffasste.

Kurze Zeit später trug ich ein Tablett mit zwei Tellern zu ihr herein und zog den Stuhl, auf dem am Nachmittag Noah gesessen hatte, zu ihrem Bett. Sie sah mich mit einer Mischung aus Überraschung und Misstrauen an. »Darf ich dir Gesellschaft leisten?«, fragte ich vorsichtig und erntete wieder nur Schulterzucken. Sie machte es mir wirklich nicht leicht. Schweigend klappte ich die Beine am Tablett aus und stellte es vor sie. Danach zog ich sie etwas hoch und rückte die Kissen in ihrem Rücken zurecht. »Gut so?«

Nicken.

Ich schenkte ihr Wasser ein und legte ein Küchentuch über ihr Nachthemd, was mir einen weiteren grimmigen Blick einbrachte. Dann setzte ich mich und stellte meinen eigenen Teller auf den Schoß.

Sie begann, die Suppe zu essen. »Ist gut«, murmelte sie zwischen zwei Löffeln, als würde der Umstand, dass ihre Enkelin brauchbare Nahrung zubereiten konnte, sie überraschen.

»Danke. Mama hat mir das Kochen beigebracht, sie hat ja mal eine Lehre als Köchin gemacht, bevor sie Papa geheiratet und sein Büro geführt hat.«

Lene aß schweigend, und auch ich sagte kein Wort. Vermutlich hatten wir jetzt schon mehr miteinander gesprochen als in den letzten zehn Jahren. Wir befanden uns auf ungewohntem Terrain, denn in der Vergangenheit waren meist meine Eltern dabei gewesen, wenn wir Lene besuchten. Den Großteil der Konversation bestritt dann ohnehin meine Mutter, die Stille nicht gut ertrug und jede Pause mit irgendeiner netten, kleinen Nichtigkeit füllte. Als Lene ihren Teller geleert hatte, wischte sie sich den Mund am Küchentuch ab und sah mich durchdringend an. Ich hatte nicht mal die Hälfte geschafft.

»Schmeckt dir dein eigenes Essen nicht?«, fragte sie scharf.

Schuldbewusst zuckte ich zusammen. »Ich bin nicht so hungrig«, sagte ich vage und stand auf, um abzuräumen.

Als ich nach ihrem Teller griff, hielt sie meinen Arm mit ihren dünnen, von Pigmentflecken übersäten Händen fest. Ihre Haut wirkte wie Pergament gegen meine. Sie konnte erstaunlich fest zupacken für eine Frau ihres Alters.

»Es wird besser, irgendwann. Aber du musst es zulassen.«

Ich befreite mich aus ihrem Griff und nahm ihr wortlos den Teller weg. Ich hätte gerne gesagt: »Was weißt du schon davon?«, aber sie hatte ebenfalls ihren Mann verloren, nur dass sie sich noch dazu um ein kleines Kind kümmern musste. Insofern verbat es sich also, ihren Rat zurückzuweisen. Ob ich ihn jedoch annehmen könnte, stand auf einem anderen Blatt.

Vor dem Schlafengehen brachte ich Lene noch einen Becher mit einer Kukident-Tablette, in den sie ihre Zähne für die Nacht legte. Sie sah nun aus wie eine dieser uralten Riesenschildkröten, wie man sie etwa auf den Galapagosinseln findet. Dann brachte ich sie noch einmal zum Toilettenstuhl; die Bettpfanne, die ich unter ihrem Nachttisch entdeckt hatte, verweigerte sie kategorisch. Als sie wieder lag, schickte ich mich an, den Raum zu verlassen, doch ihre leise Stimme in meinem Rücken ließ mich innehalten.

»Danke«, sagte sie – ein einziges schlichtes Wort, und doch – oder gerade deswegen – rührte es mich.

»Gern geschehen, gute Nacht, Lene«, erwiderte ich, ohne mich umzudrehen.

»Nacht, Kind«, fügte sie hinzu und löschte das Licht.

Ich fühlte mich wieder wie das kleine zehnjährige Mädchen, und das nicht nur, weil Lene mich »Kind« genannt hatte. Nein, ich lag in völliger Dunkelheit unter den Laken, die nach Staub und Mottenkugeln rochen, und lauschte auf jedes Knacken und Knarzen. Wie immer streifte der stets präsente Westerwälder Wind um die alten Fachwerkmauern und schien dabei sanft mit mir zu flüstern. Hatten mich diese Geräusche früher ängstlich wach gehalten, so lullten sie mich nun friedlich ein, und ich spürte, wie meine Lider schwer wurden und zufielen. Doch plötzlich hatte ich das Gefühl, etwas an meinem Bein zu spüren, und eingedenk meines Traumas mit der Riesenspinne sprang ich mit einem leisen, erstickten Schrei aus dem Bett. Ich wollte das große Licht nicht anmachen, damit Lene nichts mitbekam und mich wieder schalt, weil ich so albern und ängstlich war. Deshalb tastete ich nach der Packung mit den Streichhölzern und zündete eins an, um nachzusehen, ob ich mehrbeinige Besucher unter meiner Decke hatte. Das Zischen, mit dem das Zündholz zum Leben erwachte, kam mir unnatürlich laut vor in der ansonsten totenstillen Küche.

»Mach das Licht an, sonst fackelst du mir am Ende noch das Bettzeug ab!«, hörte ich Lene aus der Schlafkammer rufen. Sie lispelte ohne ihre Zähne, doch auch so klang sie eher amüsiert als genervt. Ich hatte nicht damit gerechnet, dass sie um diese Zeit noch wach sein würde, weshalb ich erschrocken zusammenfuhr, als ich ihre Stimme vernahm.

»Okay!«, rief ich zurück und ließ den Klappschalter nach oben schnellen, woraufhin eine alte Glühbirne aufflackerte. Ich hörte sie hantieren, etwas schlug klappernd an ein Glas, und ich vermutete, dass sie ihre Zähne einsetzte.

»Wieder eine Spinne?«, fragte Lene nun mit deutlicher Stimme aus dem Nebenzimmer.

Ich spähte vorsichtig unter die Decke und konnte gerade noch sehen, wie ein Tausendfüßler weiter unten in den Stofffalten verschwand. »IIIHHH!«, kreischte ich entsetzt und ließ die Decke wieder fallen.

»Und?« Lene lachte nun, und ich kam mir ziemlich dumm vor.

»Ein Tausendfüßler«, sagte ich kleinlaut.

»Fang ihn mit einem Glas und setz ihn vor die Tür«, kam die prompte Anweisung.

Da hatte jemand gut reden. Ich war mittlerweile ein Kind der Großstadt, und Ungeziefer gehörte nicht wirklich zu den Problemen, mit denen ich mich im Alltag herumschlagen musste – von meiner generellen Abneigung einmal ganz abgesehen. In mein Apartment im vierten Stock verirrte sich im Sommer höchstens mal eine Mücke, und selbst das nicht mehr, seit David vor ein paar Jahren Insektenschutzgitter vor den Fenstern angebracht hatte. Es half aber alles nichts; wollte ich noch Schlaf finden in dieser Nacht, so würde ich den Eindringling wohl oder übel fangen müssen. Mit einem Seufzer öffnete ich den Schrank mit dem Geschirr und nahm ein Glas heraus.

»Man wächst mit seinen Aufgaben«, dozierte Lene im Nebenraum.

Ich verdrehte die Augen und erwiderte nichts.

»Denkst du, ich hätte damals keine Angst vor den ganzen Kriechtieren gehabt, als ich hierherkam? Ich bin schließlich in einer Großstadt aufgewachsen«, fügte sie hinzu. Erstaunt schob ich den Vorhang beiseite und betrat ihre Schlafkammer. Der Tausendfüßler war auf einmal vergessen.

»Das wusste ich gar nicht, ich dachte, du seist auch von hier«, sagte ich und lehnte mich gegen die Wand. Das Licht aus der Küche warf Schatten auf ihr Gesicht, weshalb ich Lenes Züge nur undeutlich ausmachen konnte.

»Wir haben in Essen gelebt. Das war zu jener Zeit schon eine Großstadt. Mein Vater war Prokurist bei Krupp, hat für damalige Verhältnisse viel Geld verdient. Meine Schwester und ich haben eine gute Schule besucht, hatten Klavierunterricht und fuhren sogar zur Sommerfrische aufs Land. Vor dem Krieg natürlich.«

Ich war fasziniert. Es gab so vieles aus ihrem Leben, das ich nicht wusste. Entschlossen stieß ich mich von der Wand ab und zog mir den Stuhl ans Bett, dann sah ich sie erwartungsvoll an.

»Was tust du?«, fragte sie. Ihr Blick war misstrauisch.

»Ich will mehr über dich erfahren. Ich wusste ja nicht mal, dass ich eine Großtante hatte. Oder habe?«, fügte ich vorsichtig an.

Lene sah weg. Ihr Blick blieb an der Wand hängen. Sie schien mit sich zu ringen, ob sie weitererzählen oder lieber wieder die Kratzbürste auspacken sollte, um mich zu vertreiben.

»Bitte?«, sagte ich ganz leise, eine Frage, ein kleines Flehen um Waffenstillstand.

Sie sah mich nicht an, aber sie sprach weiter. »Meine Schwester Henriette starb im Kindbett.«

Ich musste mich kurz sortieren. »Das heißt ja, dass es irgendwo noch Familie gibt, von der ich nichts wusste.« Meine Stimme klang beinahe vorwurfsvoll, und Lene schien ein Stück tiefer in ihre Kissen zu sinken, bevor sie weitersprach.

»Nein, das stimmt so nicht ganz. Dein Vater ist dieses Kind.« Sie hatte so leise geredet, dass ich zuerst glaubte, ich hätte mich verhört, doch dann sickerte diese Enthüllung mit ihrer vollen Tragweite in mein Bewusstsein.

»Das heißt, dass du …« Ich starrte sie ungläubig an. »Das heißt, dass *du* meine Großtante bist?«

Zum ersten Mal, seit ich mich zu ihr gesetzt hatte, sah sie mir ins Gesicht. »So könnte man das sagen, ja.«

Essen, 1936

Lene lag auf ihrem Bett und starrte an die Zimmerdecke. Eigentlich hatte sie spazieren gehen wollen, aber allein machte ihr das keinen Spaß. Es war einsam, seit Henriette fort war, seit sie diesem schweigsamen Hünen auf seinen Bauernhof am Ende der Welt gefolgt war. Lene hatte nicht verstehen können, was ihre grazile und gebildete Schwester an dem ungehobelten Kerl fand, den sie in der Straßenbahn kennengelernt hatte. Paul Fuhrmann war zu Besuch bei einem Freund in Essen gewesen, der ihn für ein paar Tage eingeladen hatte. Die blonde, hochgewachsene Schönheit hatte es ihm sogleich angetan, und so führte er sie aus in Caféhäuser und zu Spaziergängen am Baldeneysee, der unweit der Villa Hügel im Ruhrtal zum Flanieren einlud. Auf einem dieser Ausflüge hatte er um Henriettes Hand angehalten, und sie hatte eingewilligt. Lene warf sich auf die Seite und spürte, wie ihr schon wieder die Tränen kamen. Jette war ihre Freundin, ihre Verbündete. Sie war ihr Mutter und Vertraute, denn ihre eigene Mutter war von

»schwacher Konstitution«, wie die Ärzte es nannten. Sie hatte es auf der Lunge und musste oft das Bett hüten, sodass die Mädchen sich selbst überlassen blieben. Was Lene nur lieb gewesen war, solange sie Jette bei sich wusste.

Früher hatten sie zusammen in ihrem Zimmer auf dem Bett gelegen und heimlich in Zeitschriften geblättert oder einander aus Büchern vorgelesen, die Mutter sicher für unschicklich befunden hätte. Lene schwärmte für Paul Hörbiger, und sie hatte Jette immer zum Lachen gebracht, wenn sie sein Gesicht in der Zeitschrift küsste und anschließend so tat, als hätte der papierene Hörbiger sie zum Tanzen aufgefordert. Sie wirbelte dann durchs Zimmer, die Zeitschrift ans Herz gepresst, und drehte sich so lange, bis ihr schwindelig wurde und sie umfiel, wobei der Raum weiter um sie kreiste. Es war stets Lene, die solchen Unsinn im Kopf hatte, doch Jette, die ansonsten brav und angepasst war, konnte ihrer kleinen, wilden Schwester meist keinen Wunsch abschlagen. Sie waren oft spazieren gegangen oder hatten einander bei den Hausaufgaben geholfen. Manchmal spielten sie auch abwechselnd im Wohnzimmer auf dem Klavier, und die andere tanzte dazu. Jette war die Talentierte, ihre langen, grazilen Finger flogen geradezu über die Tasten, während ihre Mutter bei Lenes Spiel stets anmerkte, sie würde das arme Instrument quälen. Waren sie allein, dann spielten sie statt Beethoven oder Mozart lieber Schlager. Wenn Jette »Leben ohne Liebe kannst du nicht« von Marlene Dietrich anstimmte, dann wurde Lene immer ganz still und beobachtete ihre schöne Schwester, die sich völlig in ihrem Spiel verlor. Lene hatte sich nie einsam gefühlt, solange Jette da war, doch nun war sie fort, und sie hatte sogar das verdammte Klavier mitgenommen. Nur sie, Lene, hatte sie zurückgelassen. Lene musste schlucken, so groß war ihr Schmerz über den Verlust ihrer Schwester. Wie hatte sie nur in diese einsame Gegend fernab jeglicher Zivilisation ziehen können? Lene würde nicht einmal dabei sein, wenn sie Tante wurde. Mit zittrigen Fingern zog sie Jettes letzten Brief unter ihrem Kopfkissen hervor.

Liebes Äffchen,
wie geht es dir? Vermisst du mich? Ich dich schon. Es ist anders hier. Die Menschen im Westerwald sind wie das Land, rau und karg. Sie meiden mich und das nicht nur, weil ich fremd und aus der großen Stadt bin. Es hat wohl auch mit der Geschichte unseres Hauses zu tun. Sie nennen es hier im Dorf den Windhof. Das klingt eigentlich schön, oder? Es passt auch, weil der Wind hier einfach zum Leben gehört. Er ist immer da, streift wie ein ungezogenes Kind durch unseren Garten, spielt mit dem Laub und schubst leere Eimer um. Der Name kommt aber ursprünglich woanders her. Paul hat mir erzählt, dass sein Urgroßvater seinem Lieblingssohn das Stammhaus im Dorf hinterließ, dem Zweitgeborenen, der das schwarze Schaf der Familie war, jedoch nur ein Stück Wald am Ortsrand vererbte. Ein schwerer Sturm hatte dort eine Schneise zwischen die Bäume geschlagen, und an dieser Stelle baute sich der Sohn nun aller Widrigkeiten zum Trotz seinen eigenen Hof. Abseits der anderen Häuser und der Gemeinschaft. Auch wenn

der Wald heute verschwunden ist und Pauls Familie nun schon in dritter Generation hier lebt, bleibt das Gefühl, dass wir vom Windhof Außenseiter sind. Es schmerzt mich, aber Paul scheint es nicht zu stören. Er macht sich nichts aus den argwöhnischen Blicken der Menschen, genauso wie sich das Haus den Elementen ungerührt entgegenstemmt, denen es hier so allein und schutzlos ausgeliefert ist. Doch ich tröste mich damit, dass wir einander haben und nicht nur das: Ich habe Neuigkeiten: Ich bin guter Hoffnung. Das Kleine wird im März zur Welt kommen, so Gott will. Paul ist ganz aufgeregt. Er sagt es nicht; er sagt ja nie viel. Aber dafür ist er ständig um mich herum, liest mir jeden Wunsch von den Augen ab und hat mir sogar verboten, im Stall und auf dem Feld zu helfen, dabei braucht er jetzt zur Erntezeit eigentlich jede Hand. Die Kühe müssen von der Weide getrieben und das Heu eingebracht werden. Letzten Sommer hat Paul noch Land dazugekauft, da baut er Getreide an, was beim Verkauf hoffentlich gute Preise erzielt, denn das Geld ist immer knapp, etwas, was ich von zu Hause nicht gewohnt bin. Vorige Woche hat er damit begonnen, eine Wiege zu bauen für das Kleine. Ich bin so aufgeregt und wünschte, du wärst hier. Wie geht es Mutter? Hat sie wieder einen ihrer Zustände? Und Vati? Was macht sein Bein? Grüße sie von mir. Ich umarme dich und hoffe, dass du im kommenden Jahr zur Taufe kommst. Du sollst die Gode werden, meine Liebe.
Deine Jette

Lene faltete das Papier mit Jettes schwungvoller Handschrift liebevoll zusammen und schob es wieder unter ihr Kopfkissen, dann blickte sie sich in dem Zimmer um, das sie früher geteilt hatten. Jettes Bett stand nun unberührt an der gegenüberliegenden Wand, auch hatte ihre große Schwester einige ihrer Kleider dagelassen. »Die brauche ich im Kuhstall nicht«, hatte sie gesagt und dabei gelächelt, obwohl Lene gesehen hatte, dass da auch Schmerz in Jettes Augen stand. Sosehr sie diesen Paul liebte, so anders war das Leben, das nun auf sie wartete.

Lene ging zum Kleiderschrank und zog das Weißgeblümte heraus. Lene liebte dieses Kleid. Es hatte einen hochgeschlossenen Kragen mit kleinen Perlmuttknöpfen und Puffärmel. Die Taille war extrem schmal, der Rock fiel in weichen Bahnen bis über die Knie, wie es schicklich war, und umschmeichelte beim Gehen Jettes lange Beine. Lene zog ihr graues Alltagskleid über den Kopf und bändigte ihre langen mausbraunen Haare, die immer störrisch waren und sich auch jetzt wieder in dicken Strähnen aus dem Zopf gelöst hatten. Sie streifte Jettes Kleid über, doch schon an den Brüsten musste Lene einsehen, dass sie einfach eine andere Figur hatte. Während Jette wie Mutter groß und schlank war – eine »ätherische Schönheit«, wie sie Vater einmal sagen hörte –, kam sie selbst eher nach ihm: klein, dunkel und stämmig. »Gesund« hatte ihre Mutter einmal angemerkt, Lene sehe immer frisch und gesund aus. Das zumindest stimmte. Ihre Wangen waren stets rund und gerötet, und soweit sie sich erinnerte, war sie nie auch nur einen Tag krank gewesen. Jette hingegen hatte leider auch die gesundheitliche Konstitution der Mutter geerbt. Der Staub der Schornsteine, der immer in der Luft über dem Stahlwerk zu hängen schien, verursachte ihr oft Husten oder Schwindel. Auch deshalb waren sie so häufig in die Sommerfrische gefahren.

Lene zog das hübsche Kleid wieder aus und hängte es mit äußerster Vorsicht zurück in den Schrank, bevor sie wieder in ihr kratziges Alltagskleid schlüpfte, um sich auf den Weg nach unten zum Abendbrot zu machen. Sie ging gerade zur Treppe, als sie die Stimmen ihrer Eltern hörte.

»Hannes, ich bin so in Sorge«, sagte ihre Mutter gerade, und Lene konnte fast sehen, wie sie sich dabei zuerst an die Stirn und dann ans Herz griff.

»Es wird schon, Luise«, ertönte die tiefe Stimme ihres Vaters. »Wir können ohnehin nichts tun.«

Ihre Mutter seufzte schwer. »Aber wäre es nicht besser, sie käme her? Hier können wir Doktor Franck konsultieren; wie du weißt, ist er Experte auf dem Gebiet.« Die Antwort konnte Lene nicht verstehen, weil ihr Vater zu leise sprach, doch dann vernahm sie wieder die Stimme ihrer Mutter, diesmal mit doppelter Lautstärke. »Jette sagt, das Kind sei jetzt schon zu groß, und laut Hebamme sei sie zu schmal und schwächlich für die Geburt. Dabei sind es noch drei Monate.«

Lene erstarrte. Nun war sie es, die sich ans Herz griff, weil die Sorge um Jette dort wie ein tiefer Schnitt zu spüren war. Daran hatte sie nie gedacht, als die Nachricht von der Schwangerschaft sie erreichte. Aber natürlich, viele Frauen starben trotz aller medizinischen Fortschritte noch immer im Kindbett. Aufgewühlt rannte sie die Treppe hinunter und platzte ins Wohnzimmer, wo ihre Mutter auf der

Récamiere ausgestreckt lag und sich mit einem bestickten Taschentuch Luft zufächelte. Ihre vielen Goldringe stießen klackernd aneinander. Ihr Vater hatte sich ein Glas Port eingegossen und starrte blind aus dem Fenster, doch bei ihrem lautstarken Auftritt fuhr er erschrocken herum.

»Äffchen, was tust du denn hier? Ich dachte, du bist spazieren«, fragte er überrascht.

»Was ist mit Jette?«, stieß Lene atemlos hervor und sah panisch zwischen ihren Eltern hin und her. Ihre Mutter schloss die Augen und ließ sich in das brokatverzierte Kissen sinken.

»Oh, meine Nerven, so hol mir doch mein Riechsalz«, hauchte sie und fächelte weiter mit ihrem Taschentuch durch die Luft. Doch Lene stemmte ihre Beine in den Boden. So leicht würde sie sich nicht abfertigen lassen.

Ihr Vater betrachtete sie einen Augenblick, dann gab er nach. »Deine Schwester hat vorhin aus dem Dorf vom Fernsprecher aus angerufen. Sie hat frühzeitige Wehen und muss sich nun sehr schonen.«

Lene schluckte ihre Angst hinunter. »Hol sie her, Papa. Du kannst sie nicht dalassen. Sie muss zu uns kommen!« Ihre wütende Tirade endete in verzweifelten Schluchzern. Ihr Vater rieb sich unbehaglich den Nacken, was er immer tat, wenn eine seiner Frauen Tränen vergoss. Er war ein starker Mann, aber mit den Emotionen des schwachen Geschlechts konnte er nicht gut umgehen.

»Lene, deine Schwester ist eine verheiratete Frau, und ihr Mann weiß sicher, was das Beste für sie ist. Paul kümmert sich gut um sie, davon bin überzeugt. Wir können nichts tun, nur beten.«

Und das tat Lene. Jeden Abend. Fast drei lange Monate. Doch es half nichts. Paul Fuhrmann rief eines Morgens mit der Nachricht an, dass Jette im Kindbett gestorben sei. Er weinte so sehr, dass Vater zunächst kaum verstand, was geschehen war. Der Junge, groß und kräftig gebaut, lebte und wurde derzeit von einer Amme betreut. Jette hatte das Kind noch angesehen und gelächelt, doch dann war sie in die Kissen gesunken und nicht mehr aufgewacht.

Lene weinte den ganzen Tag und den nächsten und den darauf. Gleich nach dieser schrecklichen Nachricht hatte sie sich in ihr Zimmer zurückgezogen und lag seitdem fast unablässig auf Jettes Bett, zerrissen von quälenden Schluchzern. Allein der Hunger trieb sie dazu, dann und wann hinunterzugehen, um eine Kleinigkeit zu essen. Irgendwann hatte sie keine Tränen mehr. Sie fühlte sich taub und unendlich einsam und sehnte sich nach ihren Eltern, nach Trost und nach jemandem, mit dem sie ihren Schmerz teilen konnte, doch als sie am Wohnzimmer ankam, blieb sie abrupt stehen.

»Hannes, wir müssen ihm helfen, und das ist doch ein logischer Schritt«, drang die Stimme ihrer Mutter durch die einen Spalt breit geöffnete Tür.

Lene hörte, wie ihr Vater auf und ab ging und dann stehen blieb.

»Luise, sie ist erst siebzehn, und wir nehmen ihr damit jede Chance, ihr eigenes Glück zu finden.«

Kalte Angst erfasste Lene bei den Worten ihres Vaters. Es ging eindeutig um sie.

»Paul braucht eine Frau und der Junge eine Mutter«, widersprach Mama. »Und sieh dir Lene doch mal an. Sie ist nun wirklich keine Schönheit. Die Männer stehen nicht gerade Schlange, um sie zu freien.«

Lene fühlte sich, als hätte ihre Mutter sie geschlagen, dabei waren es doch nur Worte. Worte, die ausdrückten, was sie selbst dachte, also warum fühlte sie sich nun so klein und wertlos?

»Paul ist ein guter Mann, ruhig und zuverlässig. Er wird sich gut um sie und das Kind kümmern.«

Ihr Vater hatte wieder begonnen, den Raum mit langen, festen Schritten zu durchmessen. »Ich weiß nicht, Luise, ich habe kein gutes Gefühl dabei.«

»Hannes, wir tun ihr am Ende noch einen Gefallen. Sie wird ein gutes Zuhause finden und eine Familie, um die sie sich kümmern kann. Das bewahrt sie vor einem Schicksal, wie deine Tante Traudel es hatte.«

Lene schluckte. Tante Traudel war vor ein paar Jahren gestorben. Davor war sie wie ein Wanderpokal durch die Familie gereicht worden – die dicke, unglückliche und leicht verwirrte alte Schachtel, die niemand so recht bei sich haben wollte. Das also war in den Augen ihrer Mutter der vorbestimmte Lebensweg für ihre jüngere Tochter. Lene ließ sich auf die Treppenstufen sinken und umklammerte ihre Beine, die zitterten, als säße sie im Winter auf der eisigen Straße.

»Hannes?« Die Stimme ihrer Mutter hatte nun einen eindeutig fordernden Unterton, wohl auch, weil ihr Vater weiterhin schwieg. Lene konnte sich gut ausmalen, wie er mit stoischer Miene am Fenster stand und an seinem Monokel nestelte. Am Ende würde Mutter ihren Willen bekommen, so war es immer. Und richtig, nachdem sie noch einmal Tante Traudels Schicksal aufgerollt hatte, gab Vater klein bei. Lene sank das Herz bei seinen Worten. »Gut, wenn du meinst, Luise. Ich werde Paul ein Telegramm schicken, dass Lene sobald als möglich mit dem Zug kommen wird. Sie kann in Köln umsteigen, er soll sie dann in …« Ihr Vater stockte kurz, als müsse er überlegen. »Wie heißt diese kleine Kreisstadt noch mal, die in der Nähe seines Dorfes liegt?«

»Kaltenbach«, soufflierte Mutter hilfsbereit, und Lene konnte hören, wie erleichtert sie klang.

»Kaltenbach, ja.« Ihr Vater räusperte sich, und Lene ahnte, dass die Entscheidung ihn ebenso quälte wie sie. »Er soll sie in Kaltenbach abholen. Ich werde mich morgen um das Aufgebot und die Papiere sowie um die nötigen Genehmigungen kümmern, dann können sie sich dort trauen lassen. Anders wäre ihr Zusammenleben nicht schicklich, da hast du wohl recht.«

Mit diesen Worten war ihr Schicksal besiegelt. Sie würde Paul Fuhrmann heiraten und den Platz ihrer Schwester einnehmen, als zweite Frau, als Ersatz für die eine, die er wirklich geliebt hatte. Lene ließ den Kopf auf die Knie sinken. Das Zittern hatte aufgehört. Was hatte ihre Mutter noch gleich gesagt? Es wäre der logische Schritt? Wie sehr das doch stimmte. Zu Hause war sie auch stets die Nummer zwei gewesen, die weniger schöne, weniger kluge, weniger geliebte Tochter. Dieses Schicksal zog sich anscheinend wie ein roter Faden durch ihr ganzes Leben. »Oh, Jette, warum hast du mich verlassen?«, flüsterte sie in die Dunkelheit des Treppenhauses, doch niemand antwortete ihr.

Kapitel 9

Lene gähnte und sah mich aus müden, kleinen Augen an. Ich hatte wie gebannt an ihren Lippen gehangen und wollte unbedingt erfahren, wie es mit ihr weitergegangen war, doch sie schwieg nun. Immer wieder sackten ihre Lider hinab. Ich räusperte mich, und sie schlug die Augen noch einmal auf und blickte mir erschöpft ins Gesicht.

»Ich lass dich jetzt mal schlafen«, sagte ich und stand auf, um den Stuhl zur Seite zu stellen.

»Denk an den Tausendfüßler«, erinnerte sie mich, dann nahm sie ihre Zähne heraus und legte sie in das Kukident-Glas, bevor sie erneut die Augen schloss.

Ich ging hinüber in die Küche und nahm den Becher von der Anrichte.

»Mach das Licht an, sonst findest du ihn nie, und beeil dich, ich will endlich schlafen!«, rief sie mir nach.

Ich musste lächeln. Der Tausendfüßler hockte noch am Fußende meines provisorischen Bettes. Ich stülpte mit einem leisen Wimmern den Becher über den ungebetenen Gast, schob ein Blatt Papier darunter und öffnete das Fenster, um ihn hinauszubefördern. Früher hatte Lene das für mich getan, schoss es mir durch den Kopf. Sie hatte die ekeligen Krabbeltiere für mich beseitigt, auch wenn sie mich jedes Mal schalt, was für ein albernes Gänschen ich sei, wegen eines so kleinen Insekts einen solchen Aufstand zu machen. Trotzdem hatte sie die Eindringlinge stets für mich eingefangen. Als der Tausendfüßler draußen war, schloss ich schnell die Läden und machte es mir auf dem durchgesessenen, viel zu kurzen Zweisitzer so bequem, wie es eben ging. Die Kälte ging durch und durch, daran konnte auch der Rest Glut im Herd nichts ändern. Seufzend zog ich mir die muffige Decke bis zum Kinn, um nicht zu erfrieren.

Ich war gerade eingenickt, als mich ein merkwürdiges Geräusch aus meinem Dämmerzustand riss. Benommen setzte ich mich auf und lauschte in die Dunkelheit. Es klang, als würde jemand mit einem Lkw vor dem Fenster rangieren. Unwillig stand ich auf, stieß mit dem Schienbein an mein provisorisches Nachtlager und fluchte leise.

»Himmel, was ist denn jetzt schon wieder?«, vernahm ich Lenes Stimme, die nun genervt klang.

»Ich habe draußen ein Geräusch gehört«, erwiderte ich kleinlaut und humpelte zum Fenster, dessen Holzläden im Wind leicht klapperten. Vorsichtig spähte ich durch die Lamellen. »Da fährt jemand mit einem Gabelstapler im Kreis«, bemerkte ich ungläubig.

»Herrje, das ist doch nur der Fritz«, kam es von drüben, begleitet von einem herzhaften Gähnen.

»Der Fritz?«, bohrte ich nach.

»Der hat sich sicher wieder mit seiner Helga gestritten und sich zulaufen lassen, und jetzt fährt er sich den Frust raus.« Lene klang, als sei das hier nichts Unübliches, doch ich schüttelte verwundert den Kopf.

»Passiert das öfter?«, hakte ich nach.

Lene lachte leise. »Immer am Anfang des Monats; da hat er noch Geld, um sich zu besaufen. So, und jetzt schlaf endlich, Kind.« Für Lene war das Thema damit beendet. Ich kam jedoch nicht umhin, dort am Fenster zu bleiben und dem bedauernswerten Fritz dabei zuzusehen, wie er seine Kreise zog. Es war verrückt, aber ich fühlte mich nicht mehr ganz so einsam. Vielleicht, weil wir beide unseren Schmerz mit der Nacht teilten. Ich wartete so lange, bis Fritz seiner Runden überdrüssig wurde und den Gabelstapler vom Feld zurück auf die Straße lenkte, wo er in leichten Schlangenlinien dem Dorf entgegenfuhr. Die Wiese würde am nächsten Tag aussehen, als hätten Außerirdische dort ein UFO gelandet.

Lene schnarchte leise, während ich mir sicher war, dass ich in dieser Nacht kein Auge zutun würde. Umso überraschter war ich am nächsten Morgen, als ich feststellte, dass ich durchgeschlafen hatte bis um sieben – ganz ohne chemische Hilfe. Als ich mich aufsetzte, hörte ich Lene durch den Vorhang rufen.

»Auch schon wach, Schlafmütze? Ich könnte deine Hilfe gebrauchen.«

Ich schlüpfte schnell in die Pantoffeln und zog meinen Pullover über den Schlafanzug, bevor ich zu ihr ging und ihr auf den Toilettenstuhl half. Anschließend machte ich Frühstück. Das Anheizen des Herdes funktionierte diesmal ganz gut, nur dass ich mit dem Handrücken an die Eisenluke stieß und mich verbrannte. »Mist«, fluchte ich leise, während ich kaltes Wasser über die Blase laufen ließ, die sich bereits bildete. Es brannte höllisch, weshalb ich mein mageres Gepäck nach Brandsalbe durchforstete, doch ich fand keine. Immerhin hatte ich Pflaster in meinen Kulturbeutel gepackt, weshalb ich die Blase nun wenigstens abkleben konnte.

Nach dem Frühstück ging ich ins Bad, das kein Fenster hatte und nach Heu roch, weil es gleich neben dem Stall lag. Es war blassblau gefliest und mit einer Sitzbadewanne ausgestattet, in der ich mich umständlich abduschte und danach meine Haare mit dem nur noch lauwarmen Wasser wusch. Während ich mich mit einem steinharten Frotteetuch abrubbelte, überlegte ich, wie ich Lene ins Bad schaffen könnte – irgendwie musste sie sich ja waschen. Ihr allein in die Wanne und wieder heraus zu helfen, wäre unmöglich – dafür benötigte ich eindeutig Unterstützung. Sofort kam mir Noah Berkamp in den Sinn, doch gleich darauf verwarf ich den Gedanken wieder. Lene würde sich von einem Mann, selbst wenn sie irgendeine Geschichte mit ihm verband, nicht beim Baden helfen lassen, davon war ich überzeugt. Am Ende füllte ich eine große Plastikschüssel mit Wasser und Schaumbad und schleppte beides in ihre Schlafkammer. Sie gab sich heute weitaus weniger feindselig, auch wenn sie immer noch kein Sonnenschein war.

»Rieche ich etwa schon?«, fragte sie spitz, als ich mit dem Wasser durch den Vorhang trat.

»Ich dachte, das würde dich erfrischen«, erwiderte ich lächelnd. Sie blickte finster auf die Waschschüssel und rümpfte die Nase, sodass sie in diesem Moment wie ein kleines Mädchen wirkte, dass samstags nicht als Letzte ins abgestandene Badewasser will.

»Ich mag das nicht im Liegen machen.« Ich nickte und half ihr hoch. Dann zog ich ihr das Nachthemd aus und reichte ihr einen Waschlappen. »Frische Wäsche ist in dem Schrank da hinten.« Sie deutete auf den massiven Holzschrank an der Wand ihrem Bett gegenüber. »Was ist mit deiner Hand?«, hörte ich sie hinter mir fragen.

»Ach, nichts weiter, ich habe mich nur eben am Ofen verbrannt.«

Sie schnaubte, und ich konnte nicht sagen, ob sie damit ausdrücken wollte, dass diese Ungeschicklichkeit typisch für mich sei, oder ob sie auf diese Weise ihr Mitgefühl bekundete. »Lass Noah nachher mal draufschauen, Brandwunden entzünden sich gerne.«

Ich verdrängte den Gedanken an den Landarzt und daran, was seine Gegenwart gestern mit mir angestellt hatte. Viel lieber wollte ich hören, wie Lenes Geschichte weiterging, weshalb ich mich beeilte, ihr frische Unterwäsche, Socken sowie ein sorgfältig gebügeltes Nachthemd herauszusuchen. Ich legte ihr alles zurecht, dann ließ ich sie allein, damit sie sich in ihrem eigenen Tempo waschen konnte. Es dauerte, doch am Ende lag sie wieder unter ihrem riesigen Plumeau, frisch und sauber und mit ordentlich geflochtenem Zopf.

»Erzählst du jetzt weiter?«, platzte es aus mir heraus, weil mir diese Bitte schon seit dem Aufstehen auf der Zunge lag. Sie legte den Kopf schief und musterte mich aufmerksam.

»Zuerst musst du in den Garten«, stellte sie sachlich fest. Ich sah sie verwirrt an.

»Muss ich?«, fragte ich vorsichtshalber, denn mir war

nicht bewusst, dass wir über irgendeine Tätigkeit gesprochen hatten, die sich im Garten abspielte.

»Das Gemüsebeet muss umgegraben werden, und die Saat gehört bald in den Boden. Es ist schon Ende März, sonst gibt das nichts mehr mit dem Salat und den Möhren.«

»Gott, Lene, ich habe keinen blassen Schimmer von Gartenarbeit, ich mache dir am Ende noch etwas kaputt.« Ich ging zum Fenster und starrte auf ihr Grundstück, dass mir gerade viel größer vorkam als sonst.

Sie reagierte gar nicht erst auf meinen lahmen Einwand. »Im Schuppen stehen die Gartengeräte. Zuerst muss das Unkraut raus und das, was im letzten Herbst stehen geblieben ist, dann lockerst du den Boden, und anschließend kannst du die Samen in die Erde bringen. Die Päckchen mit Saatgut findest du ebenfalls im Schuppen. In das Beet neben dem Backes setzt du den Salat, die Möhren kannst du weiter hinten pflanzen. Wenn du noch Erde brauchst, holst du sie dir vom Misthaufen da hinten.«

Mir schwirrte der Kopf. Das waren zu viele Befehle auf einmal.

»Ach, und Hände weg von den Disteln«, fügte sie hinzu, so plötzlich und schroff, dass ich überrascht zu ihr herumfuhr.

»Warum denn das? Disteln sind doch Unkraut?« Ich hatte ja nicht viel Ahnung, aber so viel glaubte ich zu wissen.

Lenes Gesichtszüge wurden weich, und ein Lächeln überlagerte den sonst oft so strengen Zug um ihren Mund. »O nein, Kind, Disteln sind kein Unkraut. Sie sind zwar dornig und wachsen ungefragt überall da, wo man sie vielleicht nicht haben will, aber die Bienen lieben sie. Und sie gehören einfach zur Landschaft hier. Karg und rau, weshalb sie um so vieles stärker und widerstandsfähiger sind als etwa Rosen, die immer verhätschelt und umsorgt werden müssen und nicht wirklich in diese Gegend passen.« Sie blickte nun fast versonnen zum Fenster rüber. »Aber Disteln lassen nicht jeden an sich ran, man muss sich ihnen mit Vorsicht nähern, dann jedoch findet man wahre Schönheit, wo man keine erwartet hätte.« Irgendwie hatte ich das Gefühl, dass sie mittlerweile über weitaus mehr sprach als über Pflanzen, aber ich traute mich nicht nachzufragen, denn ihre Augen sahen durch mich hindurch, vielleicht in eine Zeit, in der sie wie eine Distel gezwungen gewesen war, hier, im kargen Westerwälder Boden, Wurzeln zu schlagen. Ihre Stimme riss mich aus meinen Gedanken. »Wartest du auf eine Einladung? Los, der Salat sät sich nicht von allein.«

Brav trottete ich zur Tür hinaus, um meine Jacke und meine Mütze zu holen, dann verharrte ich jedoch unschlüssig im Flur. Mein Blick fiel auf meinen Ehering, den ich noch nie abgenommen hatte, seit David ihn mir vor fünf Jahren an den Finger gesteckt hatte. Damals hatten uns alle geraten zu warten. »Ihr seid noch so jung, warum wollt ihr euch jetzt schon festlegen?«, fragten unsere Freunde, und selbst meine Eltern regten an, dass ich doch zuerst mein Studium beenden und ein bisschen von der Welt sehen solle. Dabei waren wir uns so sicher. Ich sah noch genau vor mir, wie wir in unserer gemeinsamen Wohnung auf dem großen Bett lümmelten. Es war ein

Sonntag, und wir hatten Semesterferien. David wollte am Nachmittag noch mit dem Rad raus, und ich hatte mir einen Roman von meiner Leseliste für den Literaturkurs vorgenommen. Den Kopf auf seinen Bauch gelegt arbeitete ich mich durch die ersten Kapitel von William Faulkners *Als ich im Sterben lag*. David hatte einen Arm um mich gelegt und las Zeitung. Es war so friedlich und still, dass ich zusammenzuckte, als er plötzlich anfing zu sprechen.

»Warum heiraten wir nicht?«

Ich rollte mich auf den Bauch, um ihn ansehen zu können. »Was?«, fragte ich ungläubig.

»Na ja, einen Besseren als mich findest du eh nicht«, scherzte er. Seine schönen Augen blitzten. Ich stieß ihn in die Rippen. Er drückte in gespieltem Schmerz die Hand auf die Stelle, an der mein Ellbogen ihn getroffen hatte, dann fing er an zu lachen, weil ich mich auf ihn stürzte und durchkitzelte. Doch plötzlich war der alberne Moment vorbei, und er sah mich wieder völlig ernst an. »Mel, du bist meine große Liebe. Ich will, ich kann mir mein Leben nicht ohne dich vorstellen. Warum also sollten wir warten? Es sei denn, du siehst das anders?«, fügte er leicht unsicher hinzu.

Da waren mir bereits die Tränen in die Augen geschossen. »Ja, natürlich will ich dich heiraten, was denkst du denn?« Mit diesen Worten warf ich mich in seine Arme, und er küsste mich leidenschaftlich und voller Liebe.

Nur drei Monate später standen wir in der kleinen Kirche in unserem Dorf, wo der Pastor, der mich schon getauft hatte, uns den Segen erteilte. Ich hatte unbedingt zu Hause heiraten wollen, nicht in der Stadt, denn obwohl ich es vor David nie zugab, plagte mich ab und zu das Heimweh.

Die kleine Kirche war wunderschön geschmückt mit weißen Rosen, Buchs und Schleierkraut, durch die hohen Buntglasfenster brach sich das Licht in tausend schillernden Farben. Mama weinte, und Papa fotografierte wie wild, weil es ihn davon entband, zu nah am Geschehen zu sein. Es waren viele Schaulustige gekommen, denn als Tochter des langjährigen Bürgermeisters gehörte ich sozusagen zur Lokalprominenz. Sogar die Presse war da, um den Moment für die Nachwelt festzuhalten. Wir hatten nicht viele Freunde eingeladen, denn wir wollten das Geld anstatt für eine üppige Feier lieber für eine tolle Reise ausgeben. Tanja und zwei meiner ältesten Schulfreundinnen waren da, David hatte Mattes und ein paar Jungs aus seiner Sport- und Uniclique eingeladen. Ansonsten waren nur meine und seine Familie anwesend. Wir hatten beide keine Geschwister und nur wenige Onkel und Tanten, sodass es eine intime, kleine Feier wurde. Mein Vater hatte eine alte Mühle im Nachbarort angemietet, wo wir nach der Zeremonie hinfuhren. Die Sieg plätscherte träge vor sich hin, und auf dem stillgelegten Mühlrad saßen Vögel, die ihr Gefieder putzten und sich wenig von dem festlichen Treiben um sie herum beeindrucken ließen. Eine lange, weiß eingedeckte Tafel lud zum Verweilen ein, später am Abend tauchten unzählige Lampions den Mühlenhof in ein warmes Licht. Ein DJ spielte furchtbare Musik, doch niemand störte sich daran. Alle lachten und tanzten und fielen später über die dreistöckige Hochzeitstorte her. Unsere Freunde hatten uns sogar ein Feuerwerk geschenkt. Es war der glücklichste Tag meines Lebens. Als ich jetzt den Ring berührte, spürte ich wieder den vertrauten Schmerz und die Wut und die Einsamkeit.

»Wirst du es noch vor Einbruch der Dunkelheit schaffen?«, riss mich Lenes Stimme aus meinen melancholischen Gedanken, die mich davor bewahrte, tiefer in das Loch der Erinnerung zu stürzen. Ich zog den Ring ab, was kaum Mühe kostete, da meine Finger so dünn geworden waren, dann küsste ich ihn und legte ihn vorsichtig im Flur auf die Fensterbank.

»Bis gleich«, sagte ich zu dem Ring, doch Lene fühlte sich angesprochen.

»Das wird ja auch mal Zeit«, hörte ich sie rufen. Doch da hatte ich bereits die Tür zum Garten geöffnet und trat hinaus, wo der Wind mich empfing und an meinen Haaren zog.

Ich fand eine Harke, Gartenhandschuhe, die Saat und eine Schaufel im Schuppen und machte mich, so bewaffnet, auf, um Lenes wildem Paradies hinter dem Haus zu Leibe zu rücken. Liebhaber von Struktur und Ordnung hätten hier Schweißausbrüche bekommen. Lenes Garten wuchs, wie und wo er wollte. Das Gras war fast kniehoch. Überall hatte sich Löwenzahn ausgesät, sodass es von Weitem aussah, als hätte ein Kind einen dicken Pinsel mit gelber Farbe über dem Grün ausgeschüttelt. Hinter einer kleinen metallenen Abgrenzung vermutete ich das Gemüsebeet, doch auch hier hatte das Unkraut seinen Siegeszug ungehindert fortgesetzt. An der Wand zur Scheune machte ich Lenes geliebte Disteln aus und ging neugierig hin, um sie mir aus der Nähe anzusehen. Sie hatte recht, die Pflanzen waren von einer schlichten Schönheit mit ihren blauen Blüten. Ich war versucht, ein paar zu pflücken, um sie Lene in einer Vase ans Bett zu stellen, doch dann fiel mir ihre Warnung wieder ein, und ich ließ sie blühen, im Schatten eines knorrigen Apfelbaumes und angeschmiegt an die Bruchsteinmauer des Schuppens, die vermutlich jetzt schon genug Wärme speicherte, um den Pflanzen optimale Bedingungen zu bieten. Die Sonne hatte bereits mehr Kraft als noch vor ein paar Tagen, und ich reckte für einen Augenblick mein Gesicht nach oben, um die Wärme in mich aufzunehmen. Mit geschlossenen Augen waren meine anderen Sinne auf einmal wie geschärft. Ich konnte die Hummeln hören, die träge über dem Klee summten. Ich roch den Lavendel und den weißen Flieder, der ganz hinten am Zaun wuchs. Ich fühlte das Gras, das an meinen nackten Knien oberhalb der alten Gummistiefel kitzelte, die ich im Schuppen gefunden hatte. Es lag eindeutig die Verheißung auf Frühling in der Luft. Früher hatte ich diese Jahreszeit geliebt – vor dem Unfall. Heute fiel es mir schwerer, mich auf das Erblühen um mich herum zu freuen, zumal in mir drin immer noch alles abgestorben zu sein schien, egal, wie warm sich die Sonne gerade auf meiner Haut anfühlte oder wie gut die Luft um mich herum roch. Ich öffnete die Augen, wütend auf mich selbst, dass ich selbst einen so kleinen Augenblick des Friedens nicht genießen konnte, weil meine Geschichte nun einmal da war, immer und überall.

Im Gemüsebeet ließ ich mich auf die Knie fallen und begann verzweifelt, in der Erde zu wühlen. Obwohl mir nach einer Stunde der Rücken und die Knie wehtaten, meine Finger sogar in den Handschuhen eisig waren und ich gerade mal die Hälfte geschafft hatte, merkte ich plötzlich, dass mein Kopf völlig leer war, und zwar seit geraumer Zeit. Es war eine angenehme Leere, die jeglichen Raum für sonst trübe Gedanken einnahm. Zudem hatte es etwas Reinigendes, mit den Händen den Boden zu bearbeiten, Ordnung zu schaffen, etwas Neues in die Welt zu bringen. So beschäftigt merkte ich gar nicht, wie die Schatten länger wurden und der Tag sich seinem Ende entgegenneigte. Ich war zwischendurch nur kurz bei Lene gewesen, um ihr auf den Toilettenstuhl zu helfen und uns beiden den Rest Suppe von gestern aufzuwärmen. Die frische Luft und die Arbeit hatten mich hungrig gemacht, weshalb ich einen ganzen Teller geleert hatte, nur um anschließend gleich wieder rauszugehen und weiterzugraben. Am Ende stand ich stolz vor dem leeren Beet und der vollen Schubkarre, die Hände in die Hüften und die erdverkrusteten Stiefel in den Boden gestemmt wie ein Bezwinger, ein Eroberer, der sich fremdes Land zu eigen gemacht hat in einem mühsamen Kampf gegen einen unbeugsamen Gegner.

»Fleißig«, hörte ich auf einmal eine dunkle Stimme hinter mir sagen. Ich wirbelte herum und wäre beinahe gegen Noah Berkamp geprallt, der, ohne dass ich es bemerkt hatte, hinter mich getreten war. Überrascht machte ich einen Schritt zurück und strich mir ein paar verirrte Strähnen aus den Augen. Noah lächelte, wobei sich eine Art Sonnenkranz aus Krähenfüßen um seine Augen bildete.

»Darf ich?«, fragte er und kam noch näher. Ich sah ihn verständnislos an. Er streckte die Hand aus und berührte meine Schläfe, was mein Herz zum Stolpern brachte. Ich schlug seine Finger weg, verwirrt und wütend zugleich, dass mich eine so flüchtige Berührung derart aus der Bahn werfen konnte. »Entschuldige«, sagte er, als er meinen ungehaltenen Gesichtsausdruck bemerkte, und trat ein Stück zurück. »Du hattest Erde an der Stirn«, fügte er erklärend hinzu, dann tippte er an seine eigene Schläfe, um mir zu zeigen, wo ich mich schmutzig gemacht hatte. Für einen kurzen Moment sah ich verlegen zu Boden, dann musste ich lachen.

»Es tut mir leid, du hast mich nur überrascht«, gestand ich, während ich ein Taschentuch aus meiner Jacke zog, um mich zu säubern.

»Wie geht es unserer Patientin heute?«, fragte er, dann bückte er sich und half mir, die Gartengeräte aufzusammeln und in den Schuppen zurückzutragen.

»Ganz gut, würde ich sagen. Sie hat ordentlich gegessen und eben ein neues Buch angefangen, als ich in den Garten gegangen bin.«

Noah nickte anerkennend. »Ich finde, du machst das sehr gut mit ihr. Du hast dich nicht in die Flucht schlagen lassen von ihrer Bissigkeit. Ihr seid eben von einem Blut, beide stur, aber mit dem Herzen am rechten Fleck.«

Ich drehte mich zu ihm um, die Harke noch in der Hand, die nun wie eine Barriere zwischen uns stand. »Wie kannst du das behaupten? Du kennst mich doch überhaupt nicht«, stellte ich fast ungehalten fest. Sein Kompliment brachte eine tot geglaubte Saite in mir zum Klingen, was Unbehagen in mir hervorrief.

»Vielleicht kenne ich dich besser, als du glaubst«, antwortete er geheimnisvoll.

Ich verengte meine Augen zu misstrauischen Schlitzen. »Willst du etwa mit mir flirten?«

Er blickte mich weiterhin nur amüsiert an.

»Wer steckt dahinter? Meine Mutter? Will sie uns verkuppeln?«

Jetzt lachte Noah, ein volles, lautes Lachen, das von den morschen Holzwänden des Schuppens widerhallte. »Mel, ich habe dir nur ein Kompliment machen wollen. Ich sehe in meinem Beruf oft genug, wie einsam die Menschen im Alter sind, wie selten es geworden ist, dass sich die Angehörigen kümmern – das ist eine Tatsache und hat mit Flirten herzlich wenig zu tun.«

Erleichtert stieß ich die Luft aus, die ich, ohne es zu merken, angehalten hatte. Ich kam mir ziemlich blöd vor, weil ich seine Worte so falsch verstanden hatte. »Wollen wir reingehen? Ich könnte einen Tee vertragen«, schlug ich ein wenig kleinlaut vor, nachdem ich die Harke wieder an ihren Platz gehängt und die erdverkrusteten Handschuhe abgestreift hatte. Nun stand nichts mehr zwischen uns und Noah neben mir, nah, zu nah.

»Bei der Gartenarbeit passiert?«, fragte er und deutete auf meine verpflasterte Hand. Lenes Worte hallten in mir nach. »Lass Noah nachher mal draufschauen.« Aber ich wollte ihm nicht noch näher kommen, und so zuckte ich nur die Schultern und wollte schon an ihm vorbei ins Freie streben, als er mich sanft am Arm festhielt, um sich zu mir zu beugen. »Im Übrigen wirst du es merken, wenn ich mit dir flirte, versprochen«, flüsterte er mir ins Ohr, dann verließ er vor mir den Schuppen.

Ich spürte, wie mir das Blut in die Wangen schoss, und

atmete tief durch, damit sich mein plötzlich rasender Herzschlag wieder beruhigte. Erst dann folgte ich ihm nach draußen. Er stand vor der Schubkarre, in der ich das Unkraut aufgetürmt hatte.

»Du weißt schon, dass das nicht alles Unkraut ist, oder?«, fragte er amüsiert und hielt mir ein paar dürre gräuliche Stängel hin. »Das ist zum Beispiel Salbei.« Ich errötete erneut. Mistkerl.

»Oh«, brachte ich schließlich heraus. »Das muss gut versteckt gewesen sein zwischen dem anderen Unkraut«, fügte ich in einem lahmen Versuch hinzu, die Schuld von mir zu weisen.

»Keine Sorge, ich verpetze dich nicht«, sagte er und ließ den Salbei wieder in die Schubkarre fallen. Natürlich kannte ich Salbei, schließlich war meine Mutter gelernte Köchin. Allerdings hatte ich vor lauter Eifer gar nicht mehr darauf geachtet, was ich da aus dem Boden riss. Es hatte sich so gut angefühlt. Ich hatte vorher nicht einmal ansatzweise geahnt, wie viele Aggressionen ich in mir aufgestaut hatte und wie gut es sich anfühlte, diese an den nutzlos wuchernden Pflanzen auszulassen. Am Ende hatte das Beet nur noch aus lockerem Mutterboden bestanden.

Ich nahm mir vor, am nächsten Tag Saat für neue Kräuter in Kaltenbach zu kaufen. Die kleine Kreisstadt lag ganz in der Nähe von Lenes Dorf. Als ich noch bei meinen Eltern wohnte, war ich oft dort gewesen, war mit meinen Freundinnen ins Kino oder zum Eisessen gegangen. Für einen Augenblick hing ich meinen Erinnerungen nach, sah mich mit süßen siebzehn, die Haare zu einem Pferdeschwanz hochgebunden, in löchrigen Jeans und einem Shirt, das nur eine Schulter bedeckte. Ich konnte fast spüren, wie meine Hand in Davids lag, wie er mich zur Bushaltestelle schleppte, wo sich unsere Clique an lauen Sommerabenden traf, um heimlich zu rauchen oder ein Bier zu trinken, weil es sonst für uns Kids nicht viel zu tun gab. Ich schüttelte unwirsch den Kopf, wollte mich nicht schon wieder dorthin begeben, wo die Erinnerung nur Schmerz verursachte.

Noah war schon zur Haustür gegangen und wartete dort auf mich. Er machte mich nervös. Ich brauchte drei Anläufe, um den Schlüssel ins Schloss zu stecken. Immerhin verlor er kein Wort darüber. Er stand mit unergründlichem Blick neben mir und beobachtete meine fruchtlosen Bemühungen. Endlich schnappte der Riegel an der Innenseite zurück, und die Tür gab quietschend nach.

An der Treppe schlüpfte ich aus den alten Gummistiefeln, dann ging ich vor ihm her nach oben und kündigte Noah bei Lene an, die wieder besonders herzlich auf seine Ankunft reagierte.

»Ich mach uns Tee!«, rief ich in Richtung Kammer, doch ich bekam keine Antwort. Auch gut.

Ich hatte gerade die Beutel aus der Kanne gefischt und ein paar Kekse auf einen Teller geschichtet, als sich der Vorhang teilte und Noah wieder vor mir stand. Er bedeutete mir, ihm aus der Küche zu folgen. Im Flur blieb er stehen und rieb sich mit der Hand über die Stirn.

»Was ist, Noah?«, fragte ich und spürte, wie ich nervös wurde.

Er zögerte, dann holte er tief Luft. »Lene hat Wasser in der Lunge«, antwortete er leise. »Ihr Herz arbeitet nicht mehr richtig, Mel.«

Ich starrte ihn mit offenem Mund an. »Und was heißt das?«, fragte ich eine Spur zu scharf.

»Mel, sie ist fast neunzig. Irgendwann müssen wir alle mal gehen.«

Ich schüttelte den Kopf. »Nein, nein, das werde ich nicht zulassen. Nicht, wenn ich für sie verantwortlich bin. Nicht jetzt. Ich werde einen anderen Arzt hinzuziehen. Es muss etwas geben, was man tun kann.«

Noah runzelte die Brauen, doch er nickte. »Natürlich kannst du dir eine zweite Meinung einholen. Ich habe ihre Herzmedikamente umgestellt und ihr Tabletten zum Entwässern gegeben. Aber mehr kann ich nicht tun. Letztendlich ist es für einen so alten Körper immer schlecht, wenn er ans Liegen kommt.«

Ich verschränkte wütend die Arme vor der Brust. »Du gehst jetzt besser«, sagte ich und vermied es, ihn anzusehen.

Er schien etwas erwidern zu wollen, besann sich dann aber anders. Wortlos drehte er sich um, nahm seinen Koffer und verschwand. Ich hatte genug vom Tod, ich wollte ihn nicht mehr in meinem Leben. Lene durfte jetzt auf keinen Fall sterben.

Vom Fenster aus sah ich, wie sein grüner Jeep in der breiten Kurve verschwand. Mein Blick wanderte zum Himmel, wo die Dämmerung langsam den sterbenden Tag verschlang. Aus Gewohnheit suchte ich Trost in der Berührung meines Eherings, doch mein Finger war nackt. Sofort galoppierte mein Herz los vor Panik, bis mir einfiel, dass der Ring vor mir auf der Fensterbank lag. Erleichterung durchströmte mich, als ich das kühle Metall hochnahm, küsste und wieder an meinen Finger schob. Ich musste mich noch einige Augenblicke sammeln, bevor ich zu Lene gehen konnte. Noahs Worte hallten in mir nach. »Irgendwann müssen wir alle mal gehen.« Sie sollte nicht mitbekommen, wie besorgt ich war.

»Gibt es heute noch etwas zu essen?«, hörte ich sie rufen, wieder im genau richtigen Augenblick, um mich vor den finsteren Abgründen in meinem Kopf zu retten.

»Ich mache gleich etwas, muss mir noch rasch die Hände waschen!«, rief ich zurück, ging ins Bad und anschließend in die Küche, um uns ein paar Spiegeleier auf Brot zu machen.

Wir aßen schweigend. Als wir fertig waren, trug ich die Teller zurück in die Küche und half ihr, sich für die Nacht vorzubereiten. Kaum lag sie wieder im Bett, stellte ich mich mit fragendem Blick neben den Stuhl. Sie gab sich Mühe, genervt auszusehen, doch unter ihrer grimmigen Maske blitzte die Bereitschaft durch, ihre Geschichte weiterzuerzählen. »Wenn es denn sein muss«, gab sie schließlich nach, und ich schob eilig meinen Stuhl ganz nah an sie heran, um ja kein Wort zu verpassen.

Westerwald, 1936

Lene stand mit ihren Eltern am Bahnhof in Essen, den Koffer umklammert, der ihr ganzes Hab und Gut enthielt. Sie vermied es, Mutter und Vater ins Gesicht zu sehen, denn auch so kämpfte sie schon mit der Angst, der Aufregung und der Wut. Um sich abzulenken, betrachtete sie die anderen Reisenden, Männer in dunklen Anzügen, mit Hüten und hochgeschlagenen Kragen, die sie gegen die Kälte schützen sollten. Eine junge Frau mit drei Buben zwischen vier und zehn mühte sich mit einem Gepäckwagen ab, bis der Schaffner herbeieilte und ihr zur Hand ging.

»Halt dich an die Dame auf der Reise«, sagte ihre Mutter mit Blick auf die Frau, und Lene nickte pflichtschuldig.

»Alles einsteigen!«, ertönte die sonore Stimme des Schaffners, der schon an der Tür stand und Lene ungeduldig musterte. Wegen einer kleinen grauen Maus wie ihr wollte er sicher keine Verspätung in Kauf nehmen. Vater trat einen Schritt auf sie zu und umschloss sie in einer steifen Umarmung, wobei er ihr unbeholfen auf den Rücken klopfte. Er räusperte sich und trat dann zurück.

»Pass auf dich auf, Äffchen«, sagte er leise, bevor er sich umdrehte und eilig in Richtung Ausgang strebte.

Der Abschied von ihrer Mutter fiel weit weniger emotional aus. Lene konnte nicht vergessen, was sie oben auf dem Treppenabsatz belauscht hatte, und war noch immer viel zu aufgebracht, um traurig über die Trennung zu sein. »Mutter«, sagte sie deshalb nur unterkühlt.

Ihre Mutter seufzte und zupfte sich nicht vorhandene Flusen von ihrer pelzbesetzten Jacke. »Du wirst sehen, es ist zu deinem Besten, Helene.«

Lene schüttelte ungläubig den Kopf, eine bissige Antwort auf der Zunge, die sie hinunterschluckte, als sie den ungeduldigen Blick des Schaffners sah. Sie ließ sich von ihm den Koffer abnehmen und hielt ihm ihr Billet hin, damit er es mit seiner Zange abknipsen konnte. Danach wies er ihr ihren Platz in der ersten Klasse an. Lene entdeckte die junge Mutter, die damit beschäftigt war, ihre Buben im

Zaum zu halten. Ihr Platz lag am gegenüberliegenden Ende des Abteils, weshalb Lene dem Rat ihrer Mutter gottlob nicht folgen musste.

Der Zug rollte mit einem Pfeifen und Ruckeln an, der Dampf, den die alte Lok dabei ausstieß, zog wie dunkler Nebel an den Fenstern vorbei, sodass Lene nur den Schemen ihrer Mutter sah, die immer noch am Bahnsteig stand und ihr nachblickte. Lene winkte nicht.

Sie hatte sich ein Buch mitgenommen, in dem sie las, bis der Zug Köln erreichte, wo sie in die kleine Regionalbahn umsteigen musste, die sie nach Kaltenbach bringen sollte. Als sie ihren Platz eingenommen hatte, versuchte sie, sich wieder auf ihr Buch zu konzentrieren, doch vergebens. Ihre Gedanken wanderten zu Paul Fuhrmann und der ungewissen Zukunft, die sie mit ihm erwartete. Ihre Mutter hatte es sich nicht nehmen lassen, sie vor ihrer Abreise noch in die Geheimnisse der ehelichen Pflichten einzuweihen, obwohl Lene das meiste schon von Jette gehört hatte, die dieses Gespräch mit Mutter kurz vor ihrer Hochzeitsnacht hatte führen müssen. Lene musste fast lächeln bei dem Gedanken daran, wie versteinert Mamas Miene gewirkt hatte, als sie dieses Thema anschnitt.

»Nun, Lene, wie du vielleicht weißt, haben Männer gewisse Bedürfnisse. Wenn dein Mann also zu dir kommt, dann wirst du ihm seine Wünsche nicht abschlagen.« Sie hatte dann noch sehr umständlich und unter ständigem Räuspern den Akt an sich beschrieben, was bei Lene den Eindruck hinterließ, das alles sei eine recht unerfreuliche Erfahrung.

»Und ist man dabei nackt?«, hatte sie unschuldig gefragt und sich insgeheim gefreut über die Röte, die nun die Wangen der Mutter überzog.

»Aber Kind, wie kannst du so etwas fragen? Dein Vater hat mich in vierundzwanzig Jahren Ehe noch nie nackt gesehen. Das Licht ist stets gelöscht, und es reicht aus, wenn du dein Nachthemd hebst.« Mit diesen Worten war sie aufgestanden, womit das Gespräch offiziell beendet war.

Lene schluckte, als sie sich vorstellte, wie der hünenhafte Paul sich »dafür« auf sie legen würde. Aber vielleicht hatte sie Glück, vielleicht wollte er das ja gar nicht von seiner neuen Braut. Vielleicht genügte es, wenn sie kochte und wusch und sich um den Jungen kümmerte. Mit diesem Gedanken versuchte sie, sich zu beruhigen, doch als der Schaffner lautstark verkündete, dass der nächste Halt Kaltenbach sei, schlug ihr das Herz bis zum Hals. Sie lehnte sich vor und spähte aus dem Fenster. Am Bahnsteig konnte sie eine große, reglose Gestalt ausmachen. Paul. Der Himmel hinter ihm war grau und weit, so weit, wie Lene ihn aus der Stadt nicht kannte. Als der Zug mit einem Ruck zum Stehen kam, blieb sie einen Augenblick sitzen, um ihn zu betrachten. Er hatte den Hut abgenommen, den er zwischen seinen großen Händen an der Krempe drehte. Er war also ebenfalls nervös, was Lene wiederum ein wenig beruhigte. Sein Haar stand in wilden blonden Strähnen von seinem Kopf ab, die Wangen waren von der Kälte gerötet. Jette hatte ihr in einem ihrer Briefe berichtet, dass im Westerwald immer ein kalter Wind blies, was die Menschen hier wohl so übellaunig und wortkarg machte.

Paul Fuhrmann war noch größer, als Lene ihn in Erinnerung hatte. Seine Schultern waren so breit, dass sich die fadenscheinige Wolljacke, die er trug, über seinem Kreuz spannte. Jetzt drehte er sein Gesicht, das eine gesunde Farbe von der vielen Feldarbeit hatte, in ihre Richtung. Lene wusste, dass seine Augen, die gerade konzentriert den Bahnsteig nach ihr absuchten, blau waren. Er dagegen erinnerte sich vermutlich nur ungenau an Lene, was daran lag, dass er stets nur Augen für Jette gehabt hatte.

»Junges Fräulein, hier ist Endstation, der Zug fährt nicht weiter«, sagte der Schaffner, der plötzlich neben ihr aufgetaucht war und sie nun neugierig betrachtete.

»Sehen Sie den Mann da? Den soll ich morgen heiraten«, platzte es aus Lene heraus. Erschrocken wandte sie den Blick von dem väterlichen Zugaufseher ab, weil sie sich für ihre Offenheit schämte. Der Mann, der bei Weitem netter schien als sein Kollege in dem anderen Zug, legte ihr freundlich eine Hand auf die Schulter.

»Er sieht nett aus, Fräulein«, erwiderte er und lächelte nun aufmunternd.

»Ich kenne ihn nicht mal, er ist der Mann meiner Schwester.« Lene stockte und schluckte schwer. »Ich meine, er *war* der Mann meiner Schwester. Sie ist im Kindbett gestorben.«

Der Mann nickte. »Das ist ein schweres Schicksal für Sie beide«, sagte er, und zum ersten Mal wurde Lene bewusst, dass sie und Paul Fuhrmann immerhin eine Sache gemein hatten: den Schmerz um Jette.

»Danke«, sagte sie leise und ließ sich von dem Fremden, dem sie sich so plötzlich anvertraut hatte, den Koffer hinaustragen. Mittlerweile war der Bahnsteig bis auf Paul, der schon leicht besorgt dreinblickte, menschenleer. Der Schaffner stellte den Koffer vor ihm ab.

»Passen Sie gut auf Ihre Verlobte auf, sie ist ein ganz besonderes Fräulein.«

Lene lächelte ihn dankbar an, Paul jedoch sah verständnislos zwischen ihr und dem Zugaufseher hin und her, der ihnen zunickte, bevor er in einen der Waggons einstieg.

Lene und Paul blieben allein zurück. Paul setzte seinen Hut auf und reichte ihr die Hand, die Lene unsicher ergriff. Seine Handfläche war schwielig und rau, sein Griff warm und fest.

»Ich hoffe, du hattest eine angenehme Reise?«, erkundigte er sich.

Lene nickte. »Ja, danke.«

Er nahm ihren Koffer und ging ohne ein weiteres Wort mit langen Schritten ihr voran aus dem Bahnhof, sodass Lene fast rennen musste, um mit ihm mitzuhalten. Vor dem Gebäude stand ein Einspänner mit einem Pferd, das so breit und massig wirkte wie der Mann, der nun ihren Koffer auf die Fläche hinter den Kutschbock warf und ihr dann die Hand hinhielt, damit sie neben ihm aufsteigen konnte. Lene nahm Platz, und er umrundete die Kutsche, um sich auf der anderen Seite mit einer geübten Bewegung auf den Bock zu schwingen. Er fühlte sich so groß und einschüchternd neben ihr an, dass Lene spürte, wie sie erschauderte.

»Ist dir kalt?«, fragte er und griff dabei schon hinter sich, um eine alte Wolldecke hervorzuziehen, die er über ihre Beine legte. Lene nickte. Ein flüchtiges Lächeln huschte über seine Züge, was ihn sogleich weicher und weniger streng erscheinen ließ. »Ist verdammt kalt hier bei uns. Jette hat auch immer gefroren, für sie hatte ich stets die Decke dabei«, sagte er, dann wandte er den Blick ab. Lene hatte trotzdem den Schmerz in seinen Augen gesehen, den gleichen Schmerz, den sie in ihrem Herzen trug.

Die Fahrt verlief schweigend. Das Pferd trabte mit gleichmäßig trommelnden Hufen über den Straßenbelag, und Lene merkte, wie ihr trotz der Kälte und der Aufregung die Augen zufielen. Erst als Paul sie anstupste, wurde ihr bewusst, dass sie geschlafen hatte. Sie öffnete die Augen. Ihr Blick fiel auf ein einsames Fachwerkhaus, das sich am Dorfrand klein und windschief gegen die um einiges größere Scheune lehnte, in der neben Heu, Stroh und Ackergeräten vermutlich auch das Vieh untergebracht war. Das war also der Windhof, schoss es ihr durch den Kopf. Ihr Blick blieb an der Fensterreihe im Obergeschoss hängen, wo rechts die Läden noch geschlossen, links aber geöffnet waren. Es sah aus, als würde das Haus ihr zuzwinkern, und Lene spürte, wie ein kleines Lächeln an ihren Mundwinkeln zupfte.

Ein Mann stand davor und schaufelte Heu von einem Wagen ins Scheuneninnere. Paul hob die Hand, und der Mann winkte. Als er Lenes fragenden Blick bemerkte, erklärte er: »Das ist Wilhelm, unser Knecht. Da vorne im Hühnerstall ist noch Ruth, unsere Magd, und im Haus ist die Amme mit dem Kind. Du kannst schon hineingehen, ich muss noch melken.« Er stieg ab, holte ihren Koffer und streckte ihr die Hand hin, damit sie sicher absteigen konnte. Während Lene langsam über den Hof zur Tür des kleinen Hauses ging, sah sie, wie Paul das Pferd ausschirrte und zur Weide brachte. Nun, da er sich unbeobachtet fühlte, blickte er finster drein, und seine Züge waren verkniffen. Lene schluckte schwer. Sie fühlte sich hier so fehl am Platz, so ausgestoßen und allein wie das Haus, das sie gleich betreten würde. Entsetzt stellte sie fest, dass ihr die Tränen in die Augen stiegen, und sie blinzelte wie wild dagegen an, um zu verhindern, dass sie jetzt schon weinte. Das würde sie in der Nacht tun, wenn sie unter diesem fremden Dach auf ihre Vermählung mit dem grimmigen Hünen wartete, der bald ihr Ehemann sein würde.

Im Haus war es dunkel und kalt. Hinter der steilen Treppe, die ins Obergeschoss führte, sah sie den Schein eines Feuers und trat ein. Sie fand sich in einer geräumigen, einfach gehaltenen Küche mit einem langen Holztisch und zwei Bänken wieder. Über einer offenen Feuerstelle hing ein Topf, in dem Suppe kochte, an der Wand stand eine große Holztruhe. Am Tisch saß eine Frau etwa in Jettes Alter, die einen Säugling in den Armen hielt. Als Lene eintrat, stand sie auf und kam auf sie zu.

»Gut, dass Sie da sind. Ich muss zu meinem eigenen Kind. Der hier hat Hunger für zwei, ich bin schon ganz wund, so gierig saugt er. Ich habe ihm heute die Flasche angeboten, doch von mir will er sie nicht. Vielleicht haben Sie mehr Glück.« Mit diesen Worten drückte sie Lene das Bündel in den Arm und verließ die Küche.

Lene sah ihr einen Augenblick nach, dann schob sie das weiße Deckchen ein Stück weit herunter, um das Baby zu betrachten. Es war ein hübscher Junge, mit dem blonden

Flaum seiner Eltern und langen Wimpern, die Lene an Jette erinnerten. Im Schlaf hob er sein kleines Händchen und rieb sich unbewusst suchend über den winzigen Mund, wobei er schmatzende Geräusche von sich gab. Lene betrachtete ihren Neffen verzückt, doch der öffnete im nächsten Augenblick die Augen – Pauls Augen –, sah sie an und begann zu schreien. Starr vor Schreck, blickte sich Lene hilflos in der Küche um, dann begann sie instinktiv, das wütend krähende Bündel im Arm zu schaukeln, doch der Kleine schrie nur noch lauter. »Du hast sicher Hunger«, sagte Lene und entdeckte eine Glasflasche mit Gumminippel, die in einem Wasserbad neben dem Herd stand. Erleichtert zog sie ihre Jacke aus, wobei sie den Jungen unbeholfen von rechts nach links manövrierte und mit dem Mund an ihren Ärmeln zog, um sich daraus zu befreien. Als sie es geschafft hatte, nahm sie die Flasche, setzte sich hin und versuchte, den Nippel in den Mund des Säuglings zu bekommen, der sich nur wenig entgegenkommend zeigte. Er schlug mit den Fäustchen nach der Flasche, die Lene fast hätte fallen lassen, weil sie mit so viel Gegenwehr nicht gerechnet hatte. Immer wieder versuchte sie, das Kind zum Trinken zu bewegen, doch es weigerte sich mit aller Kraft. Am Ende saß Lene weinend mit dem immer noch schreienden Säugling in der Küche, als Paul hereinkam. Genervt blickte er auf sie und den Jungen.

»Warum gibst du ihm nichts?«, fuhr er sie an.

Lene sah rot. Sie stand auf, ging zu ihm und drückte ihm das schreiende Bündel in den Arm. »Was denkst du denn, was ich in der vergangenen Stunde versucht habe, du Ochse? Er will es nicht. Du kannst ja gerne dein Glück versuchen!«, rief sie über den Lärm des Babys hinweg. Paul sah sie überrascht an. Vermutlich kannte er solche Ausbrüche von Jette nicht, die immer die Stillere, Sanftmütige von ihnen beiden gewesen war. Doch Lene scherte sich einen feuchten Kehricht darum, was der Hüne von ihr dachte. Sie war in dieses Leben gestoßen worden wie ein Kind, das nicht schwimmen konnte, in einen großen See – mit dem Unterschied, dass sie sich weigerte unterzugehen. Herausfordernd reckte sie ihm ihr Kinn entgegen und wartete. Pauls Miene blieb verschlossen. Er sagte nichts, doch irgendwann streckte er die Hand aus und nahm Lene die nur noch lauwarme Flasche Milch ab. Vorsichtig schob er seinem Sohn den Nippel in den Mund, doch der Kleine war auch seinem Vater gegenüber nicht nachgiebiger. Er drehte den Kopf hin und her, sodass die Milch über sein Kinn und auf das Deckchen floss. Irgendwann trat Paul auf sie zu und drückte ihr das Baby wieder in den Arm.

»Das ist Frauensache«, brummte er, »nur dafür bist du hier, also sieh zu, wie du mit ihm klarkommst.« Damit verließ er die Gesindeküche, und Lene blieb mit dem kleinen Schreihals zurück. Na, das war ja ein großartiger Anfang für ihr zukünftiges Zusammenleben! Erschöpft ließ sie sich mit dem Baby auf die Bank sinken und wiegte es abwesend hin und her, zu sehr in ihrem eigenen Elend gefangen, um wahrzunehmen, dass seine Schreie langsam leiser wurden. Irgendwann begriff sie, dass der Kleine eingeschlafen war. Sie betrachtete sein Gesichtchen, das noch ganz rot und fleckig vom Schreien war. Seine Züge wirkten jetzt weicher, und auch Lene spürte, wie sie sich zu entspannen begann. Ganz langsam stand sie auf, um die Milch wegzuschütten, die mittlerweile kalt geworden war. Dann ging sie mit dem Baby ins Obergeschoss, wo sie Paul in einer kleinen Küche fand. Er hatte den Herd angeheizt und seine riesigen Füße auf einen Schemel davor gestellt, um sie zu wärmen. Dabei trank er ein Bier. Als Lene eintrat, sah er sie ungeduldig an.

»Könntest du mir wenigstens ein paar grundlegende Dinge erklären, bevor du erwartest, dass ich hier alles in die Hand nehme?«, zischte sie ihn an. Seine Augen weiteten sich kurz. Offensichtlich war er es nicht gewohnt, dass eine Frau so mit ihm sprach. Dann jedoch zuckte er mit den Schultern und legte dabei den Kopf schief, als wolle er sie auffordern, ihm Fragen zu stellen. Lene ließ sich nicht zweimal bitten. »Wie ist sein Name?«, wollte sie von ihm wissen. Das war zwar nicht das drängendste Problem, doch Lene hatte gerade die härtesten zwei Stunden ihres Lebens mit dem kleinen Kerl verbracht und wusste nicht einmal, wie er hieß.

»Er hat noch keinen Namen.«

Jetzt war es Lene, die ihn überrascht ansah. »Aber er muss doch getauft worden sein. Sicher war der Pastor bei Henriette für die letzte Ölung und hat das gleich in einem erledigt.«

Paul schüttelte den Kopf. »Der Pastor kommt mir hier nicht rein.«

Lene seufzte. »Aber ihr habt euch doch sicher vorher Gedanken über einen passenden Namen gemacht?« Er schüttelte wieder den Kopf. Na großartig, ein Mann ohne Worte und ein Kind ohne Namen. »Soll ich ihm einen geben?«, fragte sie herausfordernd, überzeugt, dass er das lieber selbst übernehmen würde, doch Paul zuckte nur die Schultern.

»Mach. Nimm ihn mit, ich will ihn nicht sehen. Da drüben hinter dem Vorhang hab ich eine Kammer hergerichtet, da kannst du schlafen. Seine Wiege steht auch drin.« Er stellte mit einem lauten Knall die Bierflasche ab, aus der nun Schaum schoss, und stand auf, wobei der Schemel umkippte. Ohne sie weiter zu beachten, zog er die Hosenträger herunter und begann, sein Hemd aufzuknöpfen. Lene starrte auf sein breites Kreuz und beobachtete fasziniert, wie bei jeder Bewegung die Muskeln unter dem Stoff des Hemdes spielten. Umso erschrockener war sie, als er plötzlich herumfuhr. »Willst du weiter hierbei zusehen?«, fragte er und fasste an seinen Hosenknopf. Lene presste erschrocken das Baby an sich und stürmte aus der Küche, hinüber in die Kammer, die er ihr zugewiesen hatte. Erleichtert ließ sie den schweren Vorhang hinter sich fallen und lehnte sich an die Wand daneben. Ihr Atem ging stoßweise, ihr Herz pochte. Niemals würde sie sich damit abfinden, dass das jetzt ihr Leben sein sollte. Dass dieser ungehobelte Klotz morgen ihr Mann werden würde. Vorsichtig legte sie das Baby in die Wiege und streifte Schuhe und Strümpfe ab. Ihr Koffer stand noch unten in der Gesindeküche, doch Lene war zu erschöpft, um ihn zu holen. Todmüde und ernüchtert sank sie neben der Wiege aufs Bett und ließ endlich allen Tränen Lauf, die sich in ihr angestaut hatten.

Kapitel 10

Ich schüttelte ungläubig den Kopf. »Das war ja ein Albtraum. Ich habe immer gedacht, du und Opa, ihr hättet euch geliebt und dass du am Boden zerstört warst nach seinem Tod.«

Lene blickte an mir vorbei in eine Vergangenheit, die nur sie sehen konnte. Dann schaute sie mich versonnen an und sagte leise: »Nun, das ist ja erst der Anfang der Geschichte. Mit der Zeit ist viel passiert.« Ich wollte mich gerade zurücklehnen, um ihr weiter zuzuhören, doch sie schüttelte entschlossen den Kopf. »Ich bin müde, Kind. Lass uns schlafen.« Enttäuscht sah ich sie an, doch sie hatte bereits die Augen geschlossen. Als ich aufstand, schlug sie eines noch einmal auf und zwinkerte mir verschmitzt zu. »Aber morgen ist ja auch noch ein Tag.«

Ich lächelte und sah, dass auch ihre Mundwinkel zuckten. In diesem Moment spürte ich, dass es da eine Verbindung zwischen uns gab, dass wir mehr waren als eine alte Frau am Abend ihres Lebens und eine verzweifelte junge Witwe, die mit ihrem Lebensmut am Ende war. Dass wir uns vielleicht gegenseitig würden helfen können – ein Gedanke, der mir Trost spendete.

Ich wusch mich in dem kleinen, kalten Bad und schlüpfte dann unter meine Decke. Jeder Knochen im Leib schien zu schmerzen von der ungewohnten Arbeit im Beet. Doch meine Erschöpfung kam zum ersten Mal nicht von der Trauer, die sonst an mir zehrte. Das hier war rein körperliche Müdigkeit, und sie fühlte sich gut an, ja sogar gesund. Ich war so fertig, dass ich nicht einmal nach unserem Hochzeitsbild griff, um es mir an die Brust zu drücken. Im Halbschlaf registrierte ich noch, dass ich den zweiten Tag weder Beruhigungsmittel noch Antidepressiva gebraucht hatte. Es war ein dünner Triumph über die Trauer, ein fragiler, dessen war ich mir bewusst, dennoch schlief ich mit einem Gefühl von Hoffnung ein und wurde mit einem traumlosen Schlaf bis zum Morgengrauen belohnt.

Ich erwachte von einem Röcheln und brauchte einige Momente, bis ich begriff, dass es aus Lenes Schlafkammer kam. Sofort war ich hellwach und sprintete durch den Vorhang. Sie lag mit angstvoll aufgerissenen Augen im Bett und zog gierig Luft ein, von der aber nicht genug in ihrer Lunge ankam, was die Panik und die Atemnot nur noch verschlimmerte.

»Lene, ich bin da«, sagte ich und setzte mich zu ihr, um sie in meine Arme zu ziehen. Sie klammerte sich an mein Schlafanzugoberteil und deutete auf ihren Nachttisch.

»Medikamente«, presste sie röchelnd hervor, und ich öffnete hastig die Schublade, in der Noah Tabletten und Tropfen hinterlassen hatte. Mit zitternden Händen nahm ich eine Packung nach der anderen heraus, bis sie nickte. Es war ein Mittel zur Bronchienerweiterung. Ich überflog die Packungsbeilage, füllte die entsprechende Anzahl an Tropfen in einen Zerstäuber, den ich ebenfalls in ihrem Nachttisch gefunden hatte, dann stülpte ich die Maske über ihre Nase und ließ sie inhalieren, bis ihre Atemzüge ruhiger wurden und ihr Körper sich entspannte. Meiner hingegen war immer noch in Aufruhr. Adrenalin peitschte durch mein Blut wie eine Droge, und der Schreck über ihren Anfall hatte mir eine Gänsehaut am ganzen Körper bereitet.

»Geht es?«, fragte ich, darauf bedacht, dass sie die Erschütterung nicht aus meinen Worten hinaushören konnte. Lene nickte. Sanft löste ich ihre Hände von meinem Schlafanzugoberteil, das sie die ganze Zeit über umklammert gehalten hatte, und half ihr, wieder in die Kissen zu sinken. Sie war sehr blass und erschöpft von der Tortur, die sie gerade durchgemacht hatte.

»Ich rufe Noah an«, sagte ich, voller Angst, dass ein weiterer Anfall folgen könnte, weshalb ich völlig vergaß, dass ich ihm gestern die Kompetenz abgesprochen und den Fall entzogen hatte. So schnell es die engen Räume zuließen, stürmte ich zum Klavier, über dem seine Nummer hing, und riss den Hörer von dem grünen Telefon mit Wählscheibe, das Lene immer noch benutzte. Weil es noch so früh war, wählte ich seine Privatnummer. Es dauerte eine Weile, dann meldete sich eine weibliche Stimme. Konsterniert blickte ich auf den Hörer, aus dem nun mehrfach das »Hallo?« der Frau ertönte. Wieso hatte mir eigentlich niemand gesagt, dass es auch eine Frau Berkamp gab? Ich stellte fest, dass mich dieser Gedanke störte, warum, wollte ich lieber nicht ergründen. Aber ich rief ja ohnehin nicht zum Vergnügen an, also räusperte ich mich und holte tief Luft.

»Guten Tag, Melanie Winter, es geht um meine Großmutter Lene Fuhrmann. Könnte ich bitte mit Dr. Berkamp sprechen?« Es knackte in der Leitung.

»Einen Augenblick«, sagte die Frau und legte dann die Hand über den Hörer, weshalb ich nur dumpf vernahm, wie sie seinen Namen rief. Kurz darauf hörte ich am anderen Ende seine inzwischen schon vertraute Stimme.

»Mel, alles okay?«, fragte er.

»Lene geht es nicht gut. Sie hatte gerade so schlimme Atemnot. Ich mache mir wirklich Sorgen. Könntest du zu uns kommen?« Mit klopfendem Herzen und schlechtem Gewissen, weil ich ihn gestern sozusagen des Hauses verwiesen hatte, nur um ihn jetzt am frühen Morgen um Hilfe anzuflehen, wartete ich auf seine Antwort.

»Bin gleich da, die ersten Patienten hab ich um acht, das schaffe ich noch vorher.«

»Danke«, sagte ich mit vor Erleichterung zittriger Stimme, doch er hatte schon aufgelegt.

Keine zehn Minuten später – ich hatte gerade noch etwas überziehen und mir hastig die Zähne putzen können – hielt sein Jeep vor dem Tor. Noah stieg aus, und mir wurde bewusst, wie attraktiv er war, wenn auch auf eine ganz andere Art als David. Bei dem Gedanken an meinen verstorbenen Mann griff ich kurz nach meinem Ring und drehte ihn einmal – eine Angewohnheit, die mich wohl für immer begleiten würde. Dann lief ich hinunter, um ihm die Haustür aufzusperren.

»Hallo«, stieß ich etwas atemlos hervor, als er vor mir stand.

»Hallo«, erwiderte er kurz angebunden und drängte sich an mir vorbei die Treppe hoch. Ich verspürte einen kleinen Stich, doch ich war ja selbst schuld. Als ich oben ankam, war er schon bei Lene. Sie hatte die Knöpfe vorne an ihrem Nachthemd geöffnet, damit er sie abhören konnte. Danach maß er den Blutdruck und fühlte den Puls. »Inhalier regelmäßig mit dem Bronchienerweiterer«, riet er ihr, »das verschafft dir Luft und verhindert solche extremen Anfälle wie vorhin. Es dauert, bis die neuen Herzmittel wirken, sie werden dir Erleichterung bringen.«

Lene tätschelte seine Hand. »Danke, mein Junge. Es ist nun mal so, dass es in den seltensten Fällen schön ist, wenn man gehen muss.«

Er legte seine Hand auf ihre und drückte sie, dann erhob er sich und folgte mir in die Küche. Mir blieb kaum genug Zeit, die verräterischen Tränen aus meinen Augenwinkeln zu wischen.

»Das sieht mir aber nicht nach einem harmlosen Kratzer aus dem Gemüsebeet aus«, sagte er und griff nach meiner Hand, um die Stelle zu inspizieren, an der ich mich verbrannt hatte. Das schützende Pflaster hatte sich während der Nacht gelöst und klebte nun vermutlich irgendwo an meiner Decke.

»Die Ofenluke hat mich angegriffen«, versuchte ich, die Situation mit einem Scherz aufzulockern, doch seine Miene blieb ernst.

»Das hat sich entzündet, die Ofenluke ist schmutzig, bist du gegen Tetanus geimpft?«, wollte er wissen.

Ich zuckte die Schultern. »Ich glaube nicht, in den letzten zehn Jahren habe ich mich jedenfalls nicht impfen lassen.«

»Darf ich?« Ohne meine Antwort abzuwarten, zog er mich mit sich und drückte mich auf mein provisorisches Nachtlager, dann setzte er sich neben mich und tastete vorsichtig die Haut um die dicke Blase herum ab. Ich versuchte, nicht zu zucken, obwohl die Stelle ungut pochte. Noah holte etwas zum Desinfizieren und Betäuben aus seinem Arztkoffer, dann stach er die Blase auf und fing die Flüssigkeit in einer sterilen Kompresse auf. Ich wandte den Blick ab und zog scharf die Luft ein. Er drückte noch ein paarmal und verband mich anschließend. Ich spürte jede Berührung, fühlte seine Nähe und Wärme, doch ich schaute weiterhin weg, um nicht sehen zu müssen, was er da tat. »So, du kannst wieder hingucken, alles fertig«, sagte er schließlich, und ich machte den Fehler, in seine Augen statt auf meine Hand zu schauen. Ich spürte, wie mir heiß wurde, und senkte verlegen den Blick in der Hoffnung, dass er nicht ahnte, was gerade in mir vorging. Doch auch er wirkte nun nicht mehr ganz so professionell. Er wischte sich mehrfach über die Stirn, was er wohl immer tat, wenn er nach Worten suchte, dann räusperte er sich. »Ich muss dir noch die Spritze geben.« Mit zitternder Hand schob ich den Ärmel meines Pullovers hoch, während er in den Arztmodus zurückschaltete und alles Nötige aus seinem Koffer holte.

Als er einen alkoholgetränkten Tupfer aus einer Plastikfolie zog, schloss ich die Augen und hielt ihm ergeben den Arm hin. Er rieb mit dem kalten Tupfer darüber.

»Jetzt piekst es kurz«, sagte er leise. Seine Stimme klang rau, doch der Einstich und das Brennen der Impfflüssigkeit lenkten mich schnell von dieser Tatsache ab.

»Au«, protestierte ich und rieb über die schmerzende Stelle, als er endlich die Nadel herauszog.

»Sei kein Baby«, neckte er mich, sein Blick jedoch blieb warm, während er die Stelle erneut desinfizierte und dann ein kleines Pflaster aufklebte. »So gut wie neu«, sagte er, ohne aufzustehen.

Das alte Sofa erschien mir noch kleiner als sonst. Ich musste etwas sagen, musste das von gestern irgendwie wieder geradebiegen. Während ich meinen Ärmel hinunterrollte, überlegte ich fieberhaft, wie ich mich entschuldigen sollte.

»Magst du morgen Abend zu mir zum Essen kommen?«

Seine leise Frage riss mich aus meinen Gedanken. Ich sah ihn prüfend an. »Was wird deine Frau dazu sagen?« Der Satz war heraus, bevor ich darüber hatte nachdenken können. Am liebsten hätte ich mir die Hand vor den Mund geschlagen. Ich klang wie die eifersüchtige Geliebte. Davon abgesehen, dass der aggressive Unterton kein guter Anfang für eine Entschuldigung war. Doch Noah sah eher amüsiert als konsterniert aus.

»Falls du die Frau meinst, die heute Morgen am Telefon war – das war meine Schwester Natalie. Sie hat mir meine Hemden gebracht.«

Ich sah ihn ungläubig an. »Das ist doch nicht dein Ernst? Du lässt dir von deiner Schwester die Hemden bügeln?«

Verlegen grinsend rieb er seine Stirn. »Ja, ertappt. Es war aber nicht meine Idee. Früher habe ich das selbst gemacht, aber Natty war mit dem Ergebnis unzufrieden. Ihr Mann Kai ist Banker und braucht jeden Tag ein Hemd, da meinte sie, es würde auf die paar mehr auch nicht ankommen.«

Wir schwiegen beide einen Moment, dann fingen wir zeitgleich an zu sprechen.

Noah lachte und nickte mir zu. »Du zuerst.«

Ich holte Luft. »Es tut mir leid wegen gestern. Ich wollte dir nicht zu nahe treten und auf keinen Fall dein Urteilsvermögen als Arzt anzweifeln. Du bist gut in deinem Beruf, und Lene vertraut dir. Es ist nur so, dass ich mit dem Thema Tod an sich nicht besonders gut umgehen kann.« Den Zusatz am Ende hatte ich sehr leise angefügt, doch Noah hatte mich trotzdem verstanden.

»Ist schon in Ordnung, Mel, ich kann das gut verstehen. Und glaube nicht, dass mir nicht selbst schwer ums Herz wird bei dem Gedanken, dass Lene von uns gehen könnte. Sie war schon immer ein wichtiger Teil meines Lebens, meiner Familie.«

Ich war so neugierig, wollte unbedingt die ganze Geschichte hören, also platzte aus mir heraus: »Gut. Ich esse morgen mit dir. Aber ich will wissen, was dich und Lene verbindet. Deal?«

Er stand auf und trat ans Fenster, und ich folgte ihm durch den Raum. Als er sich wieder zu mir umdrehte, waren seine Augen dunkel und sehr ernst. »Keine Deals, Mel; es ist Lenes Geschichte, und sie soll sie dir erzählen. Entweder du kommst, weil du mit mir essen willst, oder du gibst mir hier und jetzt einen Korb, dann verspreche ich, dass ich nicht mehr fragen werde.« Er sah mich durchdringend an.

»Lene, ich kann sie nicht allein lassen«, unternahm ich einen halbherzigen Versuch, mich um das Essen zu drücken.

»Keine Sorge, ich kann meine Schwester fragen, ob sie ein paar Stunden herkommt und Lene Gesellschaft leistet. Sie wohnt nur zwei Dörfer weiter.«

Ich fühlte mich unwohl. Das war keine unverfängliche Einladung, das war ein Date, und wir wussten es beide. Ich spielte mit den Fingern an meinem Ring, drehte und drehte ihn, als könne er mir so den Weg zu einer Entscheidung weisen. Noah wartete geduldig auf meine Antwort. Am Ende knickte ich ein. »Also schön, wann soll ich wo sein?«

Vielleicht bildete ich es mir nur ein, aber ich hätte schwören können, dass er bis zu diesem Moment die Luft angehalten hatte. Seine Augen leuchteten kurz auf, dann rieb er wieder seine Stirn. Ich mochte diese Geste, sie machte ihn jung und verlegen, und ich fühlte mich weniger eingeschüchtert als sonst, wenn er sich so selbstsicher und professionell gab.

»Ich wohne in Holzbach. Wenn du durchs Dorf fährst und vor dem Wald links abbiegst, bist du gleich dort. Es ist das alte Backsteinhaus am Ortsende, das auf dem Hügel steht. Du kannst es nicht verfehlen. Halb acht?« Ich nickte, und er bückte sich nach seinem Koffer. Als er wieder hochkam, wären wir fast zusammengestoßen, weil ich in diesem Moment einen Schritt auf die Küchentür zu machte. »Ich freue mich auf den Abend«, sagte er und strich mir eine Strähne aus dem Gesicht. Ich versteifte mich etwas ob der unerwarteten Geste, was ihn zum Schmunzeln brachte. »Falls du es nicht gemerkt haben solltest: Jetzt flirte ich mit dir.« Seine scherzhaften Worte kitzelten in meinem Ohr und meinem Bauch. Zu verwirrt, um die Form zu wahren und ihn die Treppe hinunter zur Haustür zu begleiten, blieb ich oben im Flur stehen und sah zu, wie er schwungvoll die Stufen nahm.

Kapitel 11

Lene musterte mich neugierig, als ich zu ihr ins Schlafzimmer zurückkehrte. Ich strich mir nervös genau die vorwitzige Strähne aus dem Gesicht, die kurz zuvor Noah berührt hatte, und ärgerte mich über mich selbst, weil ich nicht wusste, was ich eigentlich wollte. Das alles ging mir viel zu schnell, ich hatte nur eingewilligt, weil Noah mich in die Ecke gedrängt hatte. Ich mochte ihn, aber ich liebte David, und daran würde sich auch in Zukunft nichts ändern. Lene schien meine Gedanken zu ahnen, denn sie klopfte auf die Matratze neben sich. Ich setzte mich zu ihr, überrascht über diese intime Geste.

»Du solltest ihm keine Hoffnungen machen, wenn du sie nicht erfüllen kannst oder willst«, sagte sie ohne Vorwarnung.

»Was meinst du?« Ich stellte mich bewusst dumm. Natürlich wussten wir beide, was sie meinte.

»Glaube mir, es ist nicht schön zu lieben, wenn die Liebe nicht erwidert wird. Das hat Noah nicht verdient. Er ist ein guter Kerl, aufrichtig, loyal, gutmütig. Seine letzte Beziehung ist in die Brüche gegangen, weil er wieder aufs Land gezogen ist, um sich hier um seine Mutter zu kümmern.«

Ich rückte automatisch ein Stück zu ihr, weil ich nicht leugnen konnte, dass ich trotz meiner gemischten Gefühle mehr über Noah Berkamp erfahren wollte. »Geht es ihr wieder besser?«, hakte ich nach, doch Lene schüttelte betrübt den Kopf.

»Sie ist kurze Zeit später gestorben. Brustkrebs, da war nichts mehr zu machen. Noah war zu dem Zeitpunkt gerade mit dem Studium fertig und wollte eigentlich zurück nach München. Er hatte dort eine Stelle im Klinikum Rechts der Isar in Aussicht. Und Bea war natürlich auch dort, seine alte Flamme. Als er aber erfuhr, dass Doktor Wiechmann keinen Nachfolger für seine Praxis fand und die Menschen aus den umliegenden Dörfern zu einer Gemeinschaftspraxis in der Kreisstadt hätten wechseln müssen, entschied er sich hierzubleiben. Er kaufte den Kassensitz, und seine Praxis wächst stetig, weil sich herumgesprochen hat, was für ein verdammt guter Arzt er ist. Diese Bea war noch einmal hier, aber ihr war der Westerwald zu provinziell, Noahs Lebensstil zu einfach und seine Ziele zu armselig. Er hat lange gelitten und sich seither für keine Frau ernsthaft interessiert.« Sie blickte mich prüfend an und fügte mit hochgezogener Braue hinzu: »Bis du hier vor drei Tagen aufgekreuzt bist.«

Ich rutschte unbehaglich auf der Matratze hin und her, weil ich nicht wusste, was ich darauf sagen sollte. »Ich mag ihn, er ist nett.«

Lene sah mich an. »Das reicht aber nicht. Das reicht für euch beide nicht.«

»Herrgott noch mal, Lene! Ich bin doch gerade erst angekommen, und ich werde mich wohl kaum Hals über

Kopf in den Landarzt verlieben! Das hier ist doch kein Groschenroman. Außerdem bin ich verheiratet …«

»Du bist *verwitwet,* Kind«, fiel mir Lene ins Wort, »auch wenn es sich noch anders anfühlen mag.« So deutlich hatte schon lange niemand mehr mit mir gesprochen. Ich musste schlucken. Betreten blickte ich zu Boden. Lene atmete tief ein und aus und fuhr dann sanfter fort: »Ich kann gut verstehen, wie sehr du unter dem Tod deines Mannes leidest, und ich weiß genau, was du durchmachst. Aber ihn kann ich auch verstehen. Man kann sich nicht aussuchen, in wen man sich verliebt, und es tut weh, zurückgewiesen zu werden. Das sollte ihm nicht noch einmal passieren.«

Ich nickte zögerlich. »Aber verliebt? Das wäre doch etwas vorschnell, oder?«

»Nun, zumindest fühlt er sich zu dir hingezogen, das ist ja wohl kaum zu übersehen.«

»Denkst du, dass ich das Essen absagen sollte?«

Lene schüttelte den Kopf. Ihre Lippen verzogen sich zu einem Lächeln. »Herrje, Kind, du bist noch jung. Geh hin, mach dir einen schönen Abend, genieße es, dass du frei und am Leben bist. Du solltest ihm nur keine falschen Hoffnungen machen.«

Ich erwiderte ihr Lächeln und stand auf. »Nein, das werde ich ganz bestimmt nicht. Das mit uns würde ohnehin zu nichts führen, ich sage den Abend besser gleich ab. Ich bin in einem Monat wieder in Köln, und ich habe mein Leben dort. Außerdem will ich dich nicht allein lassen.«

Nun sah Lene wütend aus. »Papperlapapp, schieb nicht mir den Schwarzen Peter zu. Ich komme schon zurecht, und wenn meine Ohren mich nicht im Stich gelassen haben, dann hat Noah doch sogar schon einen Babysitter für mich engagiert.« Ich wollte etwas erwidern, doch sie hob abwehrend die Hände. »Das ist in Ordnung, ich freue mich, wenn Natalie vorbeikommt. Sie weiß immer den neuesten Tratsch und Klatsch, ist quasi die Bildzeitung der Region.«

Ich beließ es zunächst dabei, doch in meinem Kopf fuhren die Gedanken Karussell. Lene hatte recht – wenn ich hinging, machte ich Noah womöglich falsche Hoffnungen. Himmel, ich war nicht sehr gut in solchen Dingen. Irgendwie war David ja immer da gewesen. Ich hatte nie auch nur ein einziges Date mit einem anderen Mann gehabt, daher hatte ich auch keine Ahnung, ob eine Einladung zum Essen schon eine gewisse Verpflichtung mit sich brachte. Während ich Kartoffeln schälte, starrte ich immer wieder zu meinem Hochzeitsbild, das ich auf der Anrichte aufgestellt hatte. Das Glas fehlte nun, und ich nahm mir vor, auf jeden Fall am nächsten Tag einen Ausflug in die Kreisstadt zu machen, um einen neuen Rahmen zu kaufen. »Es tut mir leid, dass ich überhaupt darüber nachdenke, zu diesem blöden Essen zu gehen«, flüsterte ich und spürte, wie mir die Tränen kamen. David lächelte mich an, wie immer, eingefroren in diesem glücklichen, längst vergangenen Augenblick. Ich ließ das kleine Schälmesser sinken, um sein Gesicht zu berühren. »Du grübelst wie immer zu viel«, hatte er oft gesagt, wenn ich wieder einmal Probleme hatte, eine Entscheidung zu treffen. Ich war Meister darin, die Dinge ewig abzuwägen. Jedes Pro und Kontra, jedes Detail, jede Unwägbarkeit in Betracht zu ziehen. »Mel, es kann dir nichts passieren, ich bin doch bei dir.« Mit diesen Worten brachte er mich dazu, mich endlich für einen Studiengang zu entscheiden, für ein Urlaubsziel, manchmal auch nur für ein Paar Schuhe. Er nahm meine Schrulligkeit mit Humor, sodass ich mir an seiner Seite nie so albern und verloren vorkam wie jetzt gerade. Ich wünschte mir so sehr, seine Stimme zu hören, die mir diese Worte zuflüstern würde, doch natürlich blieb sein zweidimensionales Abbild auf dem Foto stumm.

Während ich weiterweinte und Kartoffeln schälte, beschloss ich, Noah definitiv für morgen abzusagen, denn das entband mich davon, mir weiter den Kopf zu zermartern, ob der Abend mehr Bedeutung bekommen sollte. Als ich später das Geschirr abgewaschen und in die Schränke geräumt hatte, spähte ich durch den Vorhang in der Hoffnung, dass Lene noch wach war. Ich wurde nicht enttäuscht; sie schien ebenfalls auf mich gewartet zu haben. Ohne zu fragen, zog ich den Stuhl an ihr Bett, und sie begann zu erzählen.

Westerwald, 1936

Lene hatte geschlafen, einen unruhigen Schlaf, der sie an der Oberfläche hielt zwischen Traum und Wachsein, weil sie mit einem Ohr immer auf die ungewohnten Geräusche des Kindes lauschte. Irgendwann begann der Kleine wieder, unruhig zu werden. Er strampelte und schmatzte, dann fing er erneut an zu greinen. Ein leiser Protestlaut, der in ohrenbetäubendes Gebrüll überging, sobald Lene ihn hochhob. Sie schaukelte und gurrte in ihrer Verzweiflung, was aber in keiner Weise dazu beitrug, den wütenden kleinen Kerl zu besänftigen. Lene war ratlos. Schon wieder kamen ihr die Tränen, dieses Mal, weil sie sich so hilflos fühlte und weil ihr das Bündel in ihren Armen leidtat. Plötzlich vernahm sie ein leises Klopfen. Sie zog die Tür einen Spalt auf und blickte in das junge, hübsche Gesicht der Magd. Ruth hieß sie, soweit Lene sich erinnerte.

»Entschuldigung, Fräulein, ich dachte, Sie bräuchten wohl Hilfe«, sagte sie zaghaft.

Lene riss die Tür auf und zog die überraschte junge Frau in ihre Schlafkammer. »Kennst du dich mit Babys aus?«, fragte sie und stellte erleichtert fest, dass die Magd bekräftigend nickte.

»Ich habe vier Brüder zu Hause, bin die Älteste«, erwiderte Ruth und nahm Lene den Jungen aus dem Arm. Sie legte ihn aufs Bett und löste zunächst das Deckchen und dann die Stoffwindel, die vor Nässe triefte. Die warf sie in einen Eimer in der Zimmerecke und hockte sich dann vor einen Schrank, in dem neue Stoffwindeln zu finden waren. »Holen Fräulein mir bitte ein nasses Tuch und das Puder da vorne.« Die Magd zeigte zu der Kommode, auf der eine Schüssel und eine Karaffe standen. Lene fand Puder und Handtücher, machte eines nass und reichte alles der jungen Frau, die nun mit versierten Bewegungen den stark geröteten Po wusch, einpuderte und in eine neue Windel wickelte. »Ich gehe die Milch warm machen«, sagte sie dann, doch Lene wollte nicht wieder allein mit dem Kind sein, weshalb sie es eilig auf den Arm hob und Ruth an einer geschlossenen Tür vorbei durch den engen Flur folgte. Vermutlich lag dahinter das Schlafzimmer ihres zukünftigen Ehemanns. Eine zweite Tür stand offen. Das musste wohl die gute Stube sein, denn dort, gleich gegenüber der Tür, machte Lene das Klavier aus, auf dem sie früher mit Jette gespielt und welches diese nach ihrer Hochzeit mitgenommen hatte. Wehmut stieg in ihr auf, Sehnsucht nach ihrer Schwester und dem großzügigen, warmen Haus in Essen, und beinahe hätte sie die gute Stube betreten, den Deckel aufgeklappt und ein paar Noten angeschlagen. Doch das Baby in ihren Armen wurde immer unwirscher, und so tapste sie barfuß hinter Ruth die steile Treppe hinunter, vorsichtig einen Fuß vor den anderen setzend, damit sie ja nicht ausrutschte. Die Magd öffnete einen Schrank und holte Milchpulver heraus, das sie in einer kleinen Glasflasche mit Wasser mischte und erwärmte. Sobald die Flasche die richtige Temperatur hatte, setzte Ruth den Sauger auf und stellte sie kurz ab, um Lene den Kleinen abzunehmen. Als er sicher in ihrem Arm lag, gab sie ihm lächelnd die Flasche, die er gierig schmatzend in wenigen Augenblicken leerte. *Kleiner Verräter*, schoss es Lene durch den Kopf. »Nun muss er noch aufstoßen«, sagte Ruth und legte sich ein altes Tuch über die Schulter. Dann klopfte sie sanft auf den Rücken des Kindes, bis es aufstieß und einen kleinen Schwall Milch erbrach.

»Oje, er hat sich erbrochen!«, rief Lene, doch Ruth lachte.

»Nein, nein, das ist schon gut so, das müssen die Kleinen tun, damit die Luft aus dem Bauch kommt, die sie beim Trinken geschluckt haben, sonst gibt es Koliken.«

Lene war beeindruckt von dem Wissen des Mädchens, das kaum älter als sie selbst sein konnte. »Wie lange arbeitest du schon hier?«, fragte Lene, die sich davor fürchtete, dass Ruth sich auf der Holzbank schlafen legen und sie mit der Verantwortung allein lassen würde.

Ruth sah sie an, plötzlich voller Unbehagen. »Erst ein paar Monate. Ich durfte nicht mehr zur Schule gehen, und eine andere Arbeit habe ich nicht gefunden. Bitte nicht falsch verstehen, Fräulein«, fügte sie hastig hinzu, »ich bin dem Herrn so dankbar, dass er mir Arbeit gegeben hat, als es sonst keiner hier im Ort tun wollte, es ist nur, dass ich eigentlich gerne Lehrerin geworden wäre.« Traurig drückte sie den Kleinen an sich, der nun wieder selig schlief.

»Warum musstest du die Schule denn verlassen?«, fragte Lene neugierig, auch wenn sie sah, wie sich die Magd unter ihrem forschenden Blick wand.

»Nun, ich bin Jüdin, Fräulein.«

Lene betrachtete Ruth eingehend – sie war die erste Jüdin, die Lene traf. In Essen hatte ihr Leben in einem engen Kreis stattgefunden, der maßgeblich aus der Familie und ein paar Freunden bestand. In der Schule, die Lene und Jette besucht hatten, gab es keine Juden, und Lene hatte sich nie gefragt, warum das so war. Doch nun war ihre Neugier geweckt. »Wo sind denn deine Eltern?«, fragte sie.

Ruths dunkle Augen verfinsterten sich. »Mein Vater hatte den Gemischtwarenladen in Kaltenbach, aber weil kaum noch jemand bei Juden einkauft, ist er pleitegegangen. Eine andere Arbeit hat er nicht gefunden. Mein Bruder Simon und ich ernähren jetzt alle, Simon arbeitet drüben im Sägewerk. Aber der alte Fender liegt im Sterben, und sein Sohn ist ganz dicke mit dem Gauleiter. Simon weiß, dass er nicht mehr lange Arbeit haben wird.«

Lene war geschockt. »Vielleicht kann er auch hier anfangen«, schlug sie vor, doch Ruth schüttelte den Kopf.

»Fräulein, nicht böse sein, aber eigentlich kann sich der Herr mich schon kaum leisten. Im letzten Winter war die Ernte schlecht, und er hat die Hälfte der Kühe wegen einer Seuche töten müssen.«

Lene hatte keine Ahnung von der Bewirtschaftung eines Bauernhofs, doch sie verspürte Wärme und Respekt für Paul, der Ruth trotz allem Arbeit gegeben hatte. Entschlossen nahm sie der jungen Magd das Baby aus dem Arm. »Geh ruhig schlafen, ich komme jetzt klar. Und danke dir.«

Ruth knickste, doch noch bevor Lene die Küche verlassen konnte, fragte sie plötzlich mit einem Blick auf den Jungen: »Hat er denn nun einen Namen?«

Lene sah ebenfalls auf sein kleines Gesichtchen, auf seine im Schlaf zu Fäusten geballten Händchen. »Anton. Er heißt Anton. So wie mein Großvater.«

Ruth nickte. »Ist gut, dass er nun einen Namen hat. Der Herr ist so getroffen vom Tod der Herrin, er kann den Jungen nicht mal ansehen. Armer Wurm. Bin froh, dass Sie gekommen sind, Fräulein.« Sie knickste noch einmal, dann verließ sie die Küche.

Lene trug den Kleinen zurück in ihre gemeinsame Schlafkammer, wo sie ihn in die Wiege legte. Dann kroch sie wieder unter ihr Plumeau und stieß sein Bettchen an, das nun sanft auf den Kufen schaukelte. Nach einer Weile drehte sie sich auf den Rücken und starrte in die Dunkelheit. »Ich werd gut auf ihn achtgeben, Jette, ich versprech's dir«, flüsterte sie.

Am nächsten Morgen räusperte sich Paul lautstark vor Lenes Kammer. Erschrocken fuhr sie aus dem Schlaf. Der Kleine neben ihr riss ebenfalls seine Äuglein auf und greinte wieder, leiser als in der Nacht, aber doch so laut, dass Lene sich sogleich versteifte.

»Bist du so weit? Der Pfarrer wartet.«

Eilig sprang Lene aus dem Bett und sah an sich herunter. Sie trug ihr bestes Kleid, das nun schmutzig von der Reise und knittrig von der Nacht war. Warum hatte sie es auch nicht ausgezogen und auf einen Bügel gehängt, wie sie es sonst tat? »Mist«, fluchte sie leise und hielt sich gleich darauf den Finger an die Lippen, als wolle sie Anton bedeuten, ihr Fluchen nicht zu verraten. »Ich brauche meinen Koffer«, rief sie, bekam aber zur Antwort lediglich ein Schnauben. Nur Augenblicke später hörte sie erneut seine Stimme.

»Steht hinter dem Vorhang. Jetzt mach schon.«

Lene schob den Stoff beiseite und zog ihren Koffer ins Zimmer. Paul hatte die Küche bereits verlassen. Erschöpft ließ sie sich aufs Bett fallen. Alles ging so schnell, dass ihr schwindelte. Ihr Vater hatte noch in Essen das Aufgebot bestellt und die nötigen Papiere besorgt, alles Weitere hatte Paul hier vor Ort in die Wege geleitet. Sie hatte nichts damit zu tun gehabt, obwohl sie heute eine der Hauptpersonen war, obwohl es um ihre Zukunft ging. Selten hatte sie sich so hilflos gefühlt. »Tief durchatmen, Lene, es hilft ja doch nichts, wenn du dich sträubst«, ermahnte sie sich und musste lächeln, weil der Kleine sie interessiert beobachtete. Entschlossen ließ sie die Kofferschnallen aufschnappen und begann, wahllos ihre Sachen aufs Bett zu werfen. Sie entdeckte nichts wirklich Brauchbares darunter. Ihre gesamte Garderobe war zweckmäßig und alltagstauglich. Für den Hof war sie damit gut gerüstet – für eine Hochzeit, noch dazu ihre eigene, war die Ausbeute erbärmlich. Am Ende trat sie in ihrem grauen Wollkleid in die Küche, den kleinen Anton in seinem Deckchen an sich gedrückt. Langsam bezwang sie die steile Treppe, an deren Fuß Ruth auf sie wartete. Lene senkte beschämt die Augen, weil sie wusste, wie wenig feierlich ihr Kleid war.

Statt Mitleid sah Lene jedoch ein Leuchten in den Augen der Magd.

»Einen Augenblick«, rief Ruth und verschwand in der Gesindeküche. Kurz darauf kehrte sie mit einem hübschen gehäkelten Schal zurück. Er war in einem schlichten Cremeton gehalten, hatte dafür aber ein aufwendiges Lochmuster. »Den hat meine Mutter gemacht, der passt gut zu dem Kleid«, sagte sie und legte Lene den Schal mit flinken Fingern um die Schultern.

Lene strich gerührt über die sorgfältig ausgeführte Häkelei. »Danke«, sagte sie leise, dann öffnete sie die Tür und trat hinaus in die eisige Morgenkälte.

Paul saß schon auf dem Kutschbock, eine Zigarette im Mundwinkel, den Hut tief in die Stirn gezogen. Er trug einen dunklen Anzug und ein weißes Hemd, doch wegen der Kälte hatte er seine dicke Jacke darübergezogen. Er nickte nur, machte aber keine Anstalten, ihr zur Hand zu gehen, weshalb Lene sehen musste, wie sie auf den Platz neben ihm kam. Gar kein einfaches Unterfangen, da das Wollkleid eng geschnitten war. Sie unternahm ein paar Versuche, auf den Kutschbock zu klettern, doch mit dem

Baby im Arm ging es schon zweimal nicht. Ruth eilte ihr schließlich zur Hilfe und nahm den Kleinen, aber auch ohne den Jungen kam sie nicht recht hoch. Schließlich hatte Lene genug, hob ihr enges Kleid an und stieg auf. Ruth und der Knecht, der sich ebenfalls auf dem Hof herumdrückte, machten große Augen, als sie ihr Bein mit den knöchelhohen derben Stiefeln entblößte, und selbst Paul wirkte überrascht, vermied es aber, ihr wenig damenhaftes Verhalten in irgendeiner Weise zu kommentieren. Als sie neben ihm saß, zog sie den Rock wieder ordentlich bis zum Knöchel. Aus dem Augenwinkel konnte sie Pauls interessierten Blick wahrnehmen, den er schnell zu verstecken verstand, als sie den Kopf zu ihm drehte. Ruth hatte Anton mittlerweile in ein kleines Bastkörbchen gelegt und stellte ihn zu Lenes Füßen, woraufhin Paul die Zügel auf den breiten Rücken des Pferdes knallen ließ, das sich eher unwillig in Bewegung setzte.

Kurze Zeit später erreichten sie die kleine Dorfkirche. Paul lenkte das Kaltblut zu einem Zaun, an den er es anband. Dann griff er hinter den Kutschbock und holte einen kleinen Strauß hervor. Lenes Augen weiteten sich kurz vor Überraschung. Sie musste zweimal hinschauen, um sicher zu sein, dass sie sich nicht verguckt hatte. Doch es blieb dabei – es waren Disteln. Er hatte die langen Stiele gekappt und die stacheligen Reste mit einem weißen Stück Mull umwickelt. Mit einem verlegenen Räuspern hielt Paul ihr das selbst gemachte Gebinde hin.

»Du schenkst mir Unkraut?«, fragte sie ungläubig.

»Blumen sind Blumen«, knurrte er ungehalten. »Wir

sind hier auf dem Land, in meinem Garten wachsen eben keine Rosen oder Tulpen.«

Da sie sich nicht regte, wollte er die Disteln schon wieder wegnehmen, doch da zog Lene das Sträußchen an sich. Die kleine, freundliche Geste rührte sie, und wenn sie genauer hinsah, waren die Disteln auch tatsächlich recht hübsch mit ihren blauen struppigen Köpfen. Es war ein ungewöhnlicher Brautstrauß, aber schließlich war das hier ja auch keine gewöhnliche Hochzeit. Als sie ihm zur Kirche folgte, umspielte ein Lächeln ihren Mund.

Der Pfarrer stand schon vor der Tür. Er war ein kleiner dickbäuchiger Mann mit Glatze, dafür umso üppigeren Augenbrauen, der wenig Herzlichkeit ausstrahlte. Nach der knappen Begrüßung ging er ihnen voran Richtung Altar, wo er seine Bibel nahm und sich dann an das Brautpaar wandte. Pauls Gesicht war wie versteinert. Er würdigte Lene während der schlichten Zeremonie keines Blickes mehr und murmelte nur ein unwirsches »Ja, ich will«, als er gefragt wurde, ob er die hier Anwesende Helene Köhler zu seiner rechtmäßig angetrauten Ehefrau nehmen wolle. Lene drückte ihren Brautstrauß an sich und willigte ebenfalls ein, als der Pfarrer sich im Anschluss an sie wandte.

»Der Ring?«, forderte er dann Paul auf, der schuldbewusst auf seine staubigen Schuhspitzen starrte.

»Den muss ich noch besorgen«, antwortete er, und Lene fühlte, wie der Gottesmann sie mit einer Mischung aus Herablassung und Mitleid musterte.

»Sie dürfen die Braut nun küssen«, schloss er, doch es klang eher wie eine Frage.

Steif wandte sich Lene ihrem frisch angetrauten Ehemann zu, der sie um einiges überragte, und hob ihm ihr Gesicht entgegen. Für einen kurzen Moment fürchtete sie, er würde sie einfach so stehen lassen, ihr selbst diese kleine Aufmerksamkeit verweigern, aber dann beugte er sich hinunter, und seine Lippen streiften ihren Mund. Kaum ein Kuss, mehr eine Ahnung davon. Doch Lene spürte, wie ihr Herz zu rasen begann. Ihre Beine zitterten. Es war ein berauschendes Gefühl, das sie während dieser flüchtigen Berührung durchströmte, eine Art Hunger, von dem sie nicht einmal geahnt hatte, dass er in ihr wohnte. Sie schloss überwältigt die Augen, um sich zu sammeln. Als sie sie wieder öffnete, hatte Paul schon mit seinen langen Schritten die halbe Kirche durchquert und fast den Ausgang erreicht.

»Halt!«, rief sie und wunderte sich selbst, dass ihre Stimme klar und sicher klang, obwohl sie sich so aufgewühlt fühlte. »Der Junge muss getauft werden«, fügte sie an den Pfarrer gewandt hinzu. Dieser blickte in Pauls Richtung, der zwar stehen geblieben war, ihnen aber weiterhin den Rücken zukehrte. Lene sah deutlich, wie er unter dem feinen Stoff seines Anzugs die Muskeln anspannte. Es schien eine kleine Ewigkeit zu vergehen, bis er sich umdrehte und antwortete.

»Von mir aus.«

Der Pfarrer blickte noch einmal zwischen Lene und Paul hin und her, dann nickte er und ging zu dem kleinen steinernen Taufbecken, das sich nahe der Sakristei befand. Lene hob das schlafende Baby aus dem Bastkörbchen, das während der kleinen Zeremonie zwischen ihnen gestanden hatte.

»Wie soll das Kind heißen?«, fragte er.

Lene sah, dass Paul sie nun vom Ausgang her herausfordernd musterte. »Anton, er soll Anton heißen, wie mein und Jettes Großvater.«

Mit einem knappen Nicken bestätigte Paul Lenes Wahl, und der Pfarrer ließ nach ein paar kurzen Worten das Weihwasser über Antons kahles Köpfchen laufen. Dieser begann sogleich zu weinen, was Lene ein Lächeln entlockte. Aus dem Augenwinkel bemerkte sie, dass Paul den Blick abwandte, als würde es ihm körperliche Schmerzen bereiten, das Kind anzusehen.

Wortlos verließen sie danach die kleine Kirche, um den Heimweg anzutreten, doch Lene fuhr plötzlich herum. »Ich muss noch mal zurück, ich habe meinen Brautstrauß liegen lassen.« Paul sah überrascht aus, sagte aber nichts. Erst als sie ihm das Körbchen, in dem Anton wieder lag, entgegenstreckte, trat er einen Schritt von ihr fort und sah sie finster an. Lene fragte sich, ob ihr Mann vor dem gestrigen Abend seinen Sohn jemals gehalten, geschweige denn betrachtet hatte. »Nun nimm ihn schon, dann bin ich schneller wieder hier.«

Er seufzte, doch er machte keinerlei Anstalten, ihr das Körbchen abzunehmen. Das Unbehagen war ihm deutlich anzusehen. Lene seufzte leise, stellte den Korb ab und holte das Baby hinaus, das ohnehin unruhig geworden war.

»So«, sagte sie leise und hielt Anton in ihre Armbeuge gebettet hoch, damit er es ihr nachtun konnte. Ihr frischgebackener Ehemann kratzte sich kurz am Nacken, dann verschränkte er die Arme so, dass Lene Anton vorsichtig hineinlegen konnte. Anton starrte mit seinen großen blauen Augen zu seinem Vater hoch. Lene sah, wie Pauls Adamsapfel hüpfte, da er mehrfach schlucken musste. Als der Kleine plötzlich herzhaft gähnte und dann wieder die Äuglein schloss, zuckten seine Mundwinkel zu einem kleinen Lächeln in die Höhe.

»Er sieht dir ähnlich«, sagte Lene leise.

»Der Arme«, gab Paul trocken zurück, und Lene musste ebenfalls lächeln. Ihre Blicke trafen sich, und Lene spürte, wie ihr kurz die Luft wegblieb. In diesem Augenblick konnte sie ihre Schwester verstehen. Paul Fuhrmann war ein atemberaubend gutaussehender Mann. Groß, mit kantigen Zügen, die nun ganz weich wurden, als er ungläubig seinen schlafenden Sohn betrachtete. Mit dem winzigen Bündel Mensch im Arm wirkte er wie das Sinnbild des beschützenden, starken Vaters, bereit, jeden in Stücke zu reißen, der sich zwischen ihn und seine Liebsten stellte.

Paul wandte als Erster den Blick ab. »Geh schon, ich warte hier«, sagte er.

Lene rannte den kurzen Weg zurück und trat atemlos durch die schwere Holztür der Kirche, genau in dem Moment, in dem der Pfarrer ihr Sträußchen nahm, vermutlich um es hinter dem Kirchhof auf den Kompost zu befördern.

»Halt, nicht! Das gehört mir«, rief sie und stürmte durch die Bankreihen auf ihn zu.

»Das ist Unkraut«, sagte er barsch, doch Lene schüttelte den Kopf.

»Nein, ist es nicht. Es sind die schönsten Blumen, die ich je gesehen habe«, widersprach sie, während sie ihm mit einem Lächeln ihren Brautstrauß entriss.

Kopfschüttelnd blickte der Pfarrer ihr nach, doch Lene scherte sich nicht darum. Pauls kleine Aufmerksamkeit bedeutete ihr viel, und somit bedeutete ihr auch der Strauß viel, Unkraut hin oder her.

Als sie zur Kutsche zurückkehrte, hatte Paul seinen Sohn zurück in das Bastkörbchen gelegt, wo er nun friedlich schlummerte. Sie stieg auf, die Disteln an sich gepresst, während er die Kutsche umrundete, um ebenfalls den Kutschbock zu erklimmen. Gerade, als sie losfahren wollten, tauchte ein Mann neben dem Pferd auf. Lene sah, wie sich Pauls Miene schlagartig verfinsterte.

»Na, wenn das nicht Paul Fuhrmann ist, der Judenfreund«, sagte der Fremde und griff nach dem Zügel, sodass Paul ihn hätte umfahren müssen, um fortzukommen. Er war kleiner als Paul und stämmig, seinen Mund hatte er unter dem geschwungenen Schnäuzer zu einem falschen Lächeln verzogen. Seiner Kleidung nach zu urteilen war er bessergestellt, vielleicht ein Kaufmann oder sogar ein Advokat. Lene blickte besorgt auf ihren Mann, in dessen Augen Wut aufloderte.

»Geh zur Seite, Kurt«, sagte er, seinen Zorn nur mühsam beherrschend.

»Du weißt, dass du keine Jüdin beschäftigen solltest. Die Schlampe nimmt einer guten deutschen Frau die Arbeit fort.« Der Mann spuckte vor der Kutsche auf den Boden.

»Wer sagt das?«, wollte Paul wissen. In seiner Stimme lag nichts als Kälte.

»Paul, ich kann dich nicht länger decken, auch wenn wir zusammen zur Schule gegangen sind. Wirf sie raus, dann wirst du keine Probleme kriegen.«

Paul schnaubte abfällig und ließ die Zügel so fest auf die Flanken des Pferdes knallen, dass dieses einen Satz nach vorne machte. Der Mann musste einen Sprung zur Seite machen, um nicht unter die Hufe zu geraten. Die Kutsche setzte sich in Bewegung.

»Dreckskerl, wirst schon sehen, was du davon hast!«, brüllte der andere ihnen nach, Wut und Speichel speiend.

»Wer war das?«, fragte Lene aufgewühlt, als sie ein Stück gefahren waren. Sie drehte sich um und sah, wie der Mann langsam kleiner wurde, bis er schließlich aus ihrem Sichtfeld verschwand.

»Brauner Dreck war das, ein armseliger Emporkömmling, der nur wegen seines Parteibuches Bürgermeister geworden ist.«

»Bürgermeister?«, echote sie ungläubig, und Paul nickte finster. Lene starrte nachdenklich vor sich hin. »Er hat von Ruth gesprochen?«, hakte sie vorsichtig nach.

»So ist es«, gab er kurz angebunden zur Antwort.

»Ich finde es gut, dass du sie beschäftigst.«

Paul sah sie überrascht an. »Jette war da anderer Meinung. Sie wollte nicht, dass ich Ärger kriege, und hat mich angefleht, Ruth zu entlassen.«

Lene wunderte sich nicht. Jette war immer die Angepasste, Artige gewesen, die nichts mehr verabscheute, als gegen die Regeln zu verstoßen. »Nun, ich bitte dich, es nicht zu tun.«

Er musterte sie aus zusammengekniffenen Augen. »Auch wenn das heißt, dass es an dein eigenes Wohl geht?«

Lene legte den Kopf schief. »Wie meinst du das?«

Er lachte ein freudloses Lachen. »Was denkst du, warum der Hof so armselig dasteht? Warum ich im letzten Jahr zwanzig meiner Kühe töten musste? Da hat jemand nachgeholfen. Angeblich wusste niemand, wie die kranke Kuh in meinen Stall geraten ist. Und es hilft sicher auch nicht, dass der feine Herr Bürgermeister andere davor warnt, mein Getreide zu kaufen.« Er schwieg einen Augenblick lang, dann fragte er herausfordernd: »Willst du immer noch, dass sie bleibt?«

Lene musste all das erst einmal verdauen, doch über diese Antwort musste sie nicht lange nachdenken. »Ja, bitte.«

Sie war sich nicht sicher, aber sie hätte schwören können, so etwas wie den Anflug eines Lächelns in den blauen Tiefen seiner Augen zu lesen, doch vielleicht irrte sie auch.

Lene hatte angenommen, dass die Abläufe auf dem Hof an ihrem Hochzeitstag anders wären, doch kaum, dass sie ankamen, sprang Paul von der Kutsche, scherte das Kaltblut aus und verschwand im Stall, wo er mit dem Knecht die Kühe melkte und das übrige Vieh fütterte. Ruth hatte einen Eintopf gekocht, und nun saß Lene am Tisch und wartete, doch Paul kam nicht, weshalb sie irgendwann allein ihr »Hochzeitsmahl« einnahm, bevor es ganz kalt wurde. Paul bekam sie den ganzen restlichen Tag über nicht mehr zu Gesicht. Irgendwann ging sie zu Bett, obwohl es noch recht früh war, jedoch nicht, ohne zuvor den kleinen Strauß Disteln in eine Vase zu stecken und in ihre Kammer zu stellen. Mit einem letzten Blick darauf schlief sie ein, ein kleines Lächeln auf den Lippen.

Sie war gerade weggedämmert, als sie Pauls Stimme hörte.

»Lene«, rief er, »bist du noch wach?«

Mit hämmerndem Herzen setzte sie sich auf. »Was ist?«, fragte sie leise, um Anton nicht zu wecken.

»Die Berta kalbt, und das Junge ist stecken geblieben.«

Lene warf einen schnellen Blick auf den Säugling, der tief und fest schlief, dann zog sie sich eine Wolljacke über und trat zu ihm vor die Schlafkammer. »Was soll ich tun?«, fragte sie atemlos, und Paul nahm ihre Hand und zog sie mit sich. Lene musste beinahe rennen, um mit seinen großen Schritten mithalten zu können, und wäre auf der steilen Stiege fast gestolpert, hätte Paul sie nicht aufgefangen und in seinen Arm gezogen. Er hielt sie einen Augenblick fest und sah sie forschend an, dann schob er sie von sich.

»Wir müssen uns beeilen, sonst kommen die beiden vielleicht nicht durch.« Seine Miene verfinsterte sich. »Das darf nicht geschehen, Lene, nicht, nachdem ich im Winter schon so viele Kühe verloren habe.«

Sie konnte die Sorge in seiner Stimme hören und versuchte, ihre eigene Nervosität zu unterdrücken. »Wäre Wilhelm dir jetzt nicht mehr von Nutzen, Paul? Ich weiß doch nicht viel übers Vieh«, sagte sie fast flehentlich.

»Ich habe ihm und Ruth heute Abend freigegeben, wir sind allein«, sagte er und setzte sich wieder in Bewegung.

Lene blieb stehen und schluckte. Paul wandte sich ungeduldig zu ihr um.

»Komm einfach mit«, befahl er schroff und zog sie weiter hinter sich her.

Im Stall brannte Licht, die Kuh lag bereits im Stroh, die Fruchtblase war geplatzt. Das Tier schnaubte nervös und schlug ungeduldig mit dem Kopf. Paul wusch sich die Hände bis zu den Ellenbogen in einem Eimer und trocknete sie danach mit einem sauberen Handtuch ab.

»Nimm den Strick da und gib ihn mir, wenn ich es dir sage.«

Lene tat, wie ihr geheißen, und folgte ihm in die Box. Paul kniete sich vor die Kuh, die Hemdsärmel bis zu den Oberarmen aufgekrempelt. Er lockerte die Muskeln, dann griff er tief in die Kuh hinein, deren Schweif er zuvor zur Seite gebunden hatte.

»Das Kalb lebt, aber es steckt fest, wir müssen nachhelfen. Gib mir den Strick.« Lene trat zu ihm, und er zog den Arm heraus, dann nahm er ihr das Seil ab und führte es mit beiden Armen in die Kuh ein. »Nimm das Seil und zieh, wenn ich es dir sage«, befahl er kurz darauf, und Lene griff mit zittrigen Fingern nach dem Strick. Paul redete beruhigend auf das Tier ein, das sich von Krämpfen geschüttelt auf dem Strohbett wand. »Jetzt!«, rief er, und Lene zog. Sie spürte den Widerstand und ließ etwas locker, doch Paul schüttelte den Kopf. »Fester, hab keine Angst.« Sie zog erneut, während er die Arme noch weiter in die Kuh schob. Auf einmal sah Lene, wie zwei kleine Hufe und gleich darauf der Kopf zum Vorschein kamen. Ein Schwall Flüssigkeit ergoss sich ins Stroh, gefolgt vom Rest des Kalbs. Paul löste den Strick von den dünnen Hufen und begann, das Jungtier mit Stroh trocken zu reiben, das sich kurz darauf auf die staksigen Beine stellte und muhte. »Na komm, altes Mädchen«, sagte er und klopfte dem Muttertier auf die

Flanke, das nach mehreren Versuchen endlich aufstand und ihr Kälbchen ans Euter ließ.

Lene merkte erst jetzt, dass ihr die Tränen über die Wangen liefen. Sie trat aus der Box und lehnte sich erschöpft und aufgewühlt an einen großen Strohballen. Paul folgte ihr und wusch sich die Hände, erst danach trat er zu ihr. Dicht vor ihr blieb er stehen und nickte anerkennend.

»Danke, ohne dich hätte ich es nicht geschafft«, sagte er leise. Er klang beeindruckt, seine Stimme war voller Wärme. »Geh wieder rein, sonst holst du dir noch den Tod, Lene. Es war ein langer Tag.«

»Und du?«, fragte sie und versuchte, das leichte Zittern in ihrer Stimme zu verbergen. Es war in der Tat ein langer Tag gewesen, voller neuer Eindrücke und ständig wechselnder Emotionen.

»Ich sehe noch mal nach dem Kalb, dann gehe ich auch schlafen.«

Sie wollte noch etwas erwidern, doch da hatte er sich bereits umgedreht und kehrte mit großen Schritten zurück in die Box.

Kapitel 12

Ich lag lange wach, nachdem Lene ihre Erzählung aus Müdigkeit beendet hatte. Es war unglaublich, ihr zuzuhören. In eine Zeit einzutauchen, die man selbst nur als abstraktes Konstrukt aus Geschichtsbüchern und Filmen kannte. Zudem wuchsen mein Respekt und meine Zuneigung zu dieser ungewöhnlichen Frau mit jedem Wort, das aus ihrem Mund kam. Ihre Geschichte tröstete mich auf eine Weise, wie es bislang nichts und niemand vermocht hatte. Nicht, dass der Schmerz nicht immer noch allgegenwärtig gewesen wäre, aber es fühlte sich an, als würde er langsam müde, als wäre sein Griff hier im Windhof nicht mehr ganz so erdrückend, als würde seine Macht, mich in den Abgrund zu reißen, langsam schwinden. Mit diesem tröstlichen Gedanken schlief ich ein, aber dann träumte ich von David.

Er stand am Strand, das Meer vor ihm war unruhig und aufgepeitscht, der Himmel fast schwarz. Ich rief ihn, weil ich Angst hatte, doch der Sturm riss mir seinen Namen von den Lippen, die Worte kamen nie bei ihm an. Ich wollte zu ihm, aber der Boden schien sich in Treibsand zu verwandeln, kein Schritt brachte mich von der Stelle, stattdessen sank ich langsam ein. David drehte sich um und winkte mir zu, das Gesicht jung und sorgenfrei und heiter – ein irritierender Kontrast zum Meer, das die Gischt nun in wütenden Stößen ans Ufer peitschte. Ich hatte es geschafft, ein Bein aus dem Sand zu ziehen, und wollte es gerade mit dem anderen versuchen, als eine haushohe Welle auf David zurollte und ihn verschlang. Im selben Moment riss der Himmel auf, und die Sonne brach durch. Das Meer beruhigte sich, der Boden gab mich frei. Es war, als sei die Natur besänftigt, jetzt, da sie ihn hatte. Dafür tobte der Sturm nun in meinem Inneren, alles in mir bebte, Wellen von Zorn und Trauer schüttelten mich, wie der Wind es eben mit dem Wasser getan hatte.

»Mel, wach auf, du träumst.« Es brauchte etwas, bis ich begriff, dass Lene mich rief, dass es nur ein Traum gewesen war. Mein Gesicht war tränennass, und ich hörte mich selbst, wie ich heiser seinen Namen schrie. Abrupt setzte ich mich auf und blinzelte in die Dunkelheit, zu dem Vorhang, hinter dem schwaches Licht zu sehen war. Mit zitternden Händen wischte ich mir die Tränen ab und atmete tief durch.

»Geht es?«, fragte Lene besorgt, doch ich konnte nur den Kopf schütteln. Es ging nicht. Es würde niemals gehen. »Komm her, Kind!«, rief sie, als könne sie meine Verzweiflung durch den Vorhang hindurch spüren.

Ich stand auf und stolperte durch die Nacht auf das Licht zu, zu ihr. Als ich eintrat, konnte ich sehen, wie meine Trauer sie ebenfalls erfasste. Es war, als würde ich in einen Spiegel blicken. Lene verstand meinen Schmerz, sie teilte ihn und das Wissen darum, wie sehr einen der Verlust eines geliebten Menschen bis in die Grundfesten seines

Seins erschütterte. Ich fand mich selbst in ihren wissenden Zügen, und das geteilte Leid nahm meinem Schmerz die Schärfe. Sie bedeutete mir, auf dem Stuhl Platz zu nehmen.

»Ich kann nicht schlafen, möchtest du mir Gesellschaft leisten?«, fragte sie, und ich nickte, dankbar, dass sie nicht weiter auf meinen Zustand einging oder auf die Tatsache, dass ich der Grund war, weshalb sie keinen Schlaf mehr fand.

Westerwald, 1936

Drei Monate schon war Lene jetzt hier, drei Monate, in denen Paul ihr meist aus dem Weg gegangen war. Sie sah ihn oft nur kurz in der frühen Morgendämmerung, wenn er in der kleinen Küche wortlos und ohne Dank den Kaffee trank, den sie zubereitet hatte. Dann verschwand er im Stall, um die Kühe zu melken, zu misten, das Vieh auf die Weide zu treiben, Zäune zu setzen oder das Saatgut auszustreuen. Lene hatte irgendwann begonnen, ihm das Essen in einem Henkelmann aufs Feld zu bringen. Sie sah ihm dabei zu, wie er die Mahlzeit gierig verschlang, die Hände an seiner Arbeitshose abwischte, ihr kurz zunickte und sich anschließend wieder an die Arbeit machte. Abends nahmen sie gemeinsam das Essen ein – Brot, das Lene frisch buk, und Wurst, wenn Paul geschlachtet hatte. Auch dann vermied es Paul, sie anzusehen oder mit ihr zu reden. Sobald er Platz genommen hatte, vertiefte er sich in die Tageszeitung, die neben seinem Teller lag. Er war nicht unfreundlich zu ihr, das konnte Lene nicht behaupten.

Wenn sie etwas brauchte, dann sorgte er dafür, dass sie es bekam. Wenn sie ihn etwas fragte, dann antwortete er. Doch ansonsten ging er ihr aus dem Weg, als sei ihre Anwesenheit auf dem Hof eine stete Erinnerung an das, was er verloren hatte.

Immerhin schien er kein Problem mehr mit Anton zu haben. Bevor er morgens ging, beugte er sich zu einem schnellen Kuss zu ihm hinunter, und wenn er abends heimkam, dann ließ er ihn zur Decke fliegen oder auf seinen Beinen reiten, bis der Kleine gluckste und sabberte vor Vergnügen. Lene ging dann jedes Mal das Herz auf, das der Junge im Sturm erobert hatte.

Sie hatte dank Ruth schnell gelernt, für Anton zu sorgen. Überhaupt war ihr die Gesellschaft der anderen nicht nur eine Hilfe, um den Alltag zu meistern, sondern mittlerweile eine Freude, ein Lichtblick in ihrem ansonsten eher trostlosen Leben als Frau Fuhrmann. Obwohl Magd und Herrin, waren sie so etwas wie Freundinnen geworden, und nach und nach vertraute Lene der etwas älteren Ruth auch ihre Sorgen, Nöte und Träume an. Diese wusste im Gegenzug oft Rat, spendete Trost und baute sie auf, während sie zusammen einkochten, Wäsche machten oder Brot buken.

»Er erträgt es nicht mal, mich anzusehen. Ich bin eben nicht Jette. Sie war so schön und strahlend, und ich bin … na ja, ich bin ich«, sagte Lene eines Morgens, während sie Teig knetete und Ruth die Backformen fettete.

»Stell dein Licht nicht so unter den Scheffel, er wird schon noch erkennen, was er an dir hat«, erwiderte Ruth und wischte sich über die Stirn, an der nun Mehl klebte.

Lene warf ihr lachend ein Küchentuch zu, damit sie es wegwischen konnte.

»Ich wünschte, ich hätte deinen Optimismus«, sagte sie und sah, wie sich Ruths Augen kurz verdunkelten.

»Was hab ich denn sonst noch?«, fragte die Magd leise.

Darauf wusste Lene keine Antwort, also schwieg sie lieber. Doch sie kam nicht umhin, ihre neue Freundin nun genauer zu betrachten. Ruth war eine schöne Frau, groß und schlank, mit dunklem, fast schwarzem Haar und ebensolchen Augen. Sie war stets freundlich und geduldig, sodass Lene sich gut vorstellen konnte, wie sie vor einer Klasse Rechenaufgaben an die Tafel schrieb oder mit den Kindern Lieder sang. Stattdessen stand sie hier in ihrer kleinen Küche, um für einen Hungerlohn zu schuften, in einem Kleid, das so fadenscheinig und armselig war wie die Zukunft, die sie als Jüdin in Deutschland erwartete. Die Welt war ein ungerechter Ort, schoss es Lene durch den Kopf.

Später am Tag ging Lene die paar Kilometer nach Kaltenbach, um dort einzukaufen. Sie hatte gerade beim Gemischtwarenhandel Zucker, Kaffee und ein paar Flaschen Bier für Paul in den Korb gelegt, als ihr Blick auf ein Plakat fiel, das im Schaufenster des Ladens hing und zum jährlichen Schützenumzug und einem anschließenden Fest einlud. Lene studierte das Plakat eingehend, und es ging ihr auf dem ganzen Heimweg nicht aus dem Kopf. Die Wochen auf dem Hof waren lang und hart gewesen, und sie sehnte sich nach ein wenig Spaß und Abwechslung.

Zurück auf dem Hof, brachte sie Anton zu Bett, schmierte

für Paul ein paar Stullen und stellte ihm ein Bier bereit, während sie in Gedanken zu formulieren versuchte, was ihr auf der Seele brannte.

Als Paul später vom Feld kam und sich gesäubert hatte, trat sie vor ihn, nervös die Hände knetend.

»Was gibt's?«, fragte er und drängte sich an ihr vorbei, um nach der Bierflasche auf der Küchenanrichte zu greifen. Er nahm einen großen Schluck und schloss kurz zufrieden die Augen, bevor er zum Tisch hinüberging, auf dem der Teller mit den belegten Broten auf ihn wartete.

Lene räusperte sich. Sie hatte ihn in all der Zeit noch nie um etwas gebeten, und sie spürte, wie ihr der Mund trocken wurde, nun, da sie nach den passenden Worten suchte.

»Herrgott, Frau, spuck schon aus, was dir auf der Zunge liegt«, fuhr er sie unwirsch an, doch als er sah, wie Lene einen Schritt zurückwich und den Blick senkte, wurde er sanfter. »Sag schon, was los ist«, schob er freundlicher nach, sodass Lene all ihren Mut zusammennahm und ihn offen anblickte.

»Ich will gerne morgen zum Schützenfest nach Kaltenbach und mir den Umzug ansehen.« Sie hatte so schnell gesprochen, dass sie ihre Bitte wiederholen musste, weil er sie nicht verstanden hatte, doch kaum hatte sie ihren Satz zu Ende gebracht, wurde sein Blick finster und verschlossen.

»Ich halte nichts von dem Fest. Der feine Herr Bürgermeister ist – wenig überraschend – der neue Schützenkönig. Ausgerechnet Weiler, dieser Mistkerl. Er wird sich feiern lassen und Hof halten, da muss ich nicht hin.« Er hatte mit wenigen Bissen sein Abendbrot hinuntergeschlungen und schob nun ungeduldig den Stuhl zurück. Anscheinend hatte ihre Bitte ihn verärgert, denn Lene konnte sehen, wie eine kleine Ader an seiner Schläfe zu pochen begann.

»Aber ich dachte nur …«, hob sie noch einmal an, doch Paul schnitt ihr das Wort ab.

»Du denkst zu viel, geh lieber schlafen.« Er strebte zur Küchentür und zog im Vorbeigehen seine Wolljacke von einem Haken, in deren Taschen er nach einer Zigarette kramte. »Ich bin draußen, wenn du mich suchst. Gute Nacht.« Seine wütenden Schritte hallten durch den Flur.

Lene ließ sich zittrig auf dem Stuhl nieder, auf dem Paul eben noch seine Stullen gegessen hatte. Sie fühlte sich, als hätte er sie geohrfeigt. Warum schlug er ihr diese kleine Bitte ab? Sie hatte ihn nicht gerade als herzlich erlebt in den vergangenen Wochen, aber grausam war er auch nicht. Er musste doch verstehen, wie sehr sie sich danach sehnte, mal wieder unter Menschen zu gehen und sich zu amüsieren! Obwohl sie nicht zu Selbstmitleid neigte, spürte sie nun, wie ihr die Tränen kamen, und sie gestattete sich, ihnen wenigstens ein paar Minuten freien Lauf zu lassen. Erschrocken fuhr sie zusammen, als die Küchentür plötzlich aufgerissen wurde und Paul wieder vor ihr stand. Er senkte betreten den Kopf.

»Lene, es tut mir leid, ich wollte dich nicht so anfahren. Du hast schon recht, es war sicher nicht leicht für dich in den letzten Wochen. Was hältst du davon, wenn ich dich und Ruth morgen nach Kaltenbach fahre und ihr beide euch den Umzug anschaut?«

Lene wischte sich schnell die Tränen vom Gesicht und schenkte ihm ein kleines Lächeln. »Und was ist mit dir?«

Sein Blick verfinsterte sich wieder. »Ich muss mir das nicht ansehen.« Mit diesen Worten schloss er die Tür, und sie hörte, wie er die Treppe hinunterstapfte und diesmal wirklich in der Dunkelheit verschwand.

Am nächsten Tag hielt Paul sein Versprechen und fuhr sie und Ruth am Nachmittag nach Kaltenbach. »Ich hole euch gegen neun wieder ab«, sagte er kurz angebunden, und obwohl Lene ihm ein dankbares Lächeln schenkte, blieb sein Blick stur geradeaus gerichtet. Nachdem die beiden Frauen abgestiegen waren, ließ er ohne ein weiteres Wort die Zügel auf den breiten Rücken des Kaltblutes schnellen, das sich daraufhin unwillig in Bewegung setzte.

Lene seufzte kurz, doch dann straffte sie die Schultern, fest entschlossen, sich von ihm nicht die Stimmung verderben zu lassen. Auch Ruth war aufgeregt. Lene konnte sehen, wie ihre Augen glänzten. Ihre Wangen waren gerötet. Die beiden hakten sich unter und strebten zum Marktplatz, wo sich die Grünröcke bereits in ihren prächtigen Uniformen versammelt hatten. »Sehr hübsch«, bemerkte ein Schütze, der an Lene und Ruth vorbeieilte, um sich in die Zugaufstellung einzugliedern, und die zwei kicherten so ausgelassen wie Schulmädchen. Lene hatte sich seit Jettes Tod nicht mehr so jung und unbeschwert gefühlt.

Der Ort war festlich geschmückt für das Schützenfest, das einen Höhepunkt im Jahreskalender markierte. Überall hingen grün-weiße Fahnen und Wimpel. Frauen, Männer und Kinder lehnten aus den Fenstern und winkten.

Hier und dort sah Lene auch die rote Flagge mit dem Hakenkreuz. Sie blickte verstohlen zu Ruth, doch die schien sich die gute Stimmung nicht nehmen lassen zu wollen. Als Letztes betrat der Bürgermeister den Platz. Lene erkannte sofort seine stämmige Gestalt und sein aufgesetztes Lächeln unter dem gedrehten Schnurrbart. Kurt Weiler trug die Königskrone und eine Schärpe, die über seinem Bauch spannte. Seine Uniformbrust war über und über mit Medaillen behängt, die von seinen Triumphen am Gewehr zeugten. Eine kleine, unscheinbare Frau in einem langen, wallenden Kleid, das dünne Haar zu einem Turm frisiert, auf dem das Diadem der Königin thronte, hatte sich bei ihm untergehakt und sah voller Ehrfurcht zu ihm auf. Weiler winkte huldvoll in die Menge und ließ sich bejubeln. Nun konnte Lene verstehen, warum Paul sich diesen Anblick hatte ersparen wollen. Sie hatte die tief wurzelnde Feindschaft zwischen den beiden Männern sogleich gespürt und teilte Pauls Abneigung Weiler gegenüber. Der Bürgermeister strahlte etwas Bösartiges aus, selbst in diesem Augenblick, in dem er sich wie ein echter Monarch lächelnd durch das Volk schob. Als endlich Ruhe einkehrte, ließ er sich einen Trichter bringen, um das Wort an die Menge zu richten.

»Ich habe eine Ansage zu machen«, verkündete er gewichtig und wartete, bis alle Augen auf ihm ruhten. »Wir werden in diesem Jahr die Umzugstrecke ändern. Statt wie gewohnt die Bachstraße zu nehmen, werden wir hinten herum über die Kirchstraße zurück zum Marktplatz marschieren.«

Lene hörte, wie Ruth neben ihr scharf die Luft einzog,

und sah ihre Freundin verständnislos an. In diesem Augenblick hob der Bürgermeister seinen Trichter wieder zum Mund.

»Ich weigere mich, an diesem Schandfleck in unserer schönen Stadt vorbeizuziehen. Wir werden den Weg entlang der katholischen und der evangelischen Kirche nehmen. Ein anderes Gotteshaus gibt es hier nicht – weder für mich noch für jeden anderen anständigen Deutschen.« Seine letzten Worte gingen im lauten Jubel unter, und Lene sah, dass nun vermehrt die Hakenkreuzfahne aus dem grün-weißen Meer der Schützenbrüder hinausstach. Der Zug setzte sich in Bewegung, angeführt von einer Kapelle, die zackige Marschmusik spielte, während die Schützen, den Blick stolz geradeaus gerichtet, den neuen Weg einschlugen.

Lene starrte ihnen wie betäubt nach. Auch ohne Ortskenntnis war ihr schlagartig klar geworden, dass der Bürgermeister von der Synagoge gesprochen hatte.

Ruth war leichenblass. Sie hatte die Hand vor den Mund geschlagen und blickte der Menge nun ebenfalls mit einer Mischung aus Unglauben und Abscheu hinterher.

»Mein Vater war jahrelang im Schützenverein«, sagte sie zu Lene. »Er hat der Bruderschaft als angesehener Geschäftsmann nicht nur angehört, sondern auch viel Geld gespendet. In diesem Jahr haben sie ihm verwehrt, am Umzug teilzunehmen. Und jetzt das.« In ihren Augen standen Tränen. Lene zog sie mitfühlend an sich. »Es sind merkwürdige Zeiten, in denen Menschen gegeneinander angehen, die zuvor über Jahrzehnte hinweg in Frieden miteinander gelebt haben«, sagte Ruth leise und löste sich sanft aus Lenes Umarmung. »Du solltest vorsichtig sein. Judenfreunden wird hier das Leben gern schwergemacht.«

»Das schert mich nicht im Geringsten«, gab Lene mit fester Stimme zurück und zog die Freundin fort vom Marktplatz, über dem sich jetzt, da das Spektakel vorüber war, die letzten Fenster schlossen.

Lene hatte versucht, Ruth zu überreden, im Anschluss an den Umzug noch mit zum Tanz zu gehen, doch die Magd hatte mit einem traurigen Lächeln abgelehnt.

»Lass gut sein, Lene. Ich besuche meine Eltern und sehe nach dem Rechten. Vater ging es vergangene Woche nicht gut. Vielleicht kann ich zu Hause etwas zur Hand gehen. Ich bin morgen früh zum Melken wieder auf dem Hof, wenn es dir recht ist.«

Lene nickte. Sie ließ Ruth schweren Herzens ziehen und schlenderte allein durch die geschmückten Gassen hinunter zum Marktplatz, auf dem auch das Festzelt stand, aus dessen Inneren bereits laute Tanzmusik erklang. Nach dem Umzug waren die Schützen in ausgelassener Feierstimmung, und das Bier floss in Strömen. Lene war die Lust auf Tanz und Fröhlichkeit ebenfalls vergangen, doch sie hatte mit Paul verabredet, dass er sie am Zelt abholte, und so blieb sie in der kühlen Abendluft stehen und blickte zu der schwach beleuchteten Straße hinüber, auf der sich hoffentlich bald seine hünenhafte Gestalt auf dem Kutschbock vor dem dunklen Nachthimmel abzeichnen würde.

Plötzlich fasste sie jemand am Arm.

»Na, hübsches Fräulein, so allein hier draußen? Wollen wir nicht ins Zelt gehen und einen Tanz wagen?« Es war der Schütze von vorhin, der ihr und Ruth ein Kompliment gemacht hatte, bevor er sich in den Zug einreihte.

Sie roch das Bier in seinem Atem und wich ein Stück vor ihm zurück, als er sie mit trüben Augen fixierte. Seine Berührung löste Übelkeit bei ihr aus. Lene straffte die Schultern. »Danke, aber ich warte hier auf meinen Mann. Wenn Sie mich bitte entschuldigen würden.«

Der Kerl machte jedoch keine Anstalten, sie in Frieden zu lassen. Stattdessen trat er erneut einen Schritt auf sie zu. »Aber, aber, ein kleines Tänzchen wird doch sicher nicht schaden.«

Lene schluckte. Sie spürte, wie ihr die Angst den Rücken hochkroch. Der Mann war einen guten Kopf größer als sie, und sie würde ihm nur wenig entgegensetzen können, würde er es drauf ankommen lassen. Plötzlich vernahm sie das Schlagen schwerer Hufe, und Pauls Einspänner kam in Sicht. Vor lauter Erleichterung hätte sie am liebsten geweint. »Da, da ist mein Mann! Wenn Sie mich nun bitte durchlassen würden …«

Der angetrunkene Schützenbruder warf zunächst ihr und dann Paul einen verächtlichen Blick zu, dann machte er einen Schritt zur Seite. Lene drängte sich an ihm vorbei zur Kutsche. Sie wusste nicht, ob ihr Herz vor lauter Panik so schnell schlug oder einfach, weil sie sich unglaublich freute, Paul in diesem Augenblick zu sehen.

Mit einer flüssigen Bewegung sprang er vom Kutschbock und baute sich wie eine Mauer zwischen Lene und dem Schützen auf. Seine Augen blickten kalt. »Gibt es ein Problem?«, fragte er, nur mühsam beherrscht.

Sein Kontrahent erkannte sofort, dass er unterliegen

würde, und obwohl er vermutlich nicht der Hellste war, war ihm seine Haut doch lieb, weshalb er nun abwehrend die Hände hob und ein paar Schritte rückwärtsging. »Kein Problem, guter Mann. Ich hab mir nur Sorgen um Ihr Frauchen gemacht, das so allein hier draußen stand.«

Paul machte einen Schritt auf ihn zu, während er betont langsam seine zu Fäusten geballten Hände wieder entspannte. »Danke, wie freundlich. Ich bin nun da, Sie können also getrost wieder hineingehen.«

Das ließ sich der Kerl nicht zweimal sagen. Er stolperte bei dem Versuch, möglichst schnell von hier fortzukommen, und wäre gefallen, hätte ihn nicht ein gerade aus dem Zelt kommender Schützenbruder gestützt.

»Immer mit der Ruhe, Majert, machst dir noch deine schöne Uniform schmutzig!«, rief der ältere Schütze amüsiert und ging an Lene und Paul vorbei, um sich im nahen Gebüsch zu erleichtern.

Paul zog Lene mit steinerner Miene zur Kutsche.

»Es tut mir leid, ich habe ihn in keiner Weise ermutigt«, verteidigte sie sich, doch Paul blickte finster zu Boden.

»Wo ist Ruth?«, fragte er, ohne sie anzusehen. Lene erzählte ihm, was am Nachmittag beim Umzug geschehen war, woraufhin Paul verächtlich schnaubte. »Jetzt weißt du, warum ich nicht herkommen wollte«, sagte er und trat wütend nach einem Stein, der polternd gegen einen Laternenpfahl flog.

Nun war Lene diejenige, die in betretenem Schweigen zu Boden blickte. »Du hattest recht. Es war dumm von mir, ich wollte doch nur so gerne noch mal tanzen. Es ist eine Ewigkeit her, seit ich das letzte Mal getanzt habe …«, sagte sie mehr zu sich selbst als zu ihm. Als sie aufsah, lag sein Blick auf ihr.

»Mir tut es leid, ich wollte eben nicht so barsch sein, und außerdem hätte ich dich begleiten müssen. Gerade weil ich weiß, wie hier nach dem Umzug das Bier fließt und was es mit den Kerlen macht«, lenkte er ein und kratzte sich verlegen am Schopf. Drinnen ebbte die Polka ab, die gerade noch das Zelt zum Kochen gebracht hatte; stattdessen erklangen nun die leisen Töne eines Walzers. Lene wollte schon auf den Kutschbock klettern, als er ihr den Arm bot.

»Darf ich bitten?«, fragte er. Seine sonst oft harten Gesichtszüge waren plötzlich weich, der Anflug eines Lächelns lag auf seinen Lippen.

Lene spürte, wie ihre Knie wackelig wurden. Ohne einen Ton über die Lippen zu bringen, trat sie mit pochendem Herzen auf ihn zu. Paul zog sie näher und umfasste ihre schmale Hand mit seiner großen, während er begann, sich langsam im Walzertakt zu wiegen. Lene schluckte schwer, sie hatte Angst, er könne ihre Aufregung bemerken und sie wieder loslassen, und das war das Letzte auf der Welt, was sie jetzt wollte. Wäre es nach ihr gegangen, hätte er sie für immer so halten können. Noch nie im Leben hatte sie sich so warm, so sicher und geborgen gefühlt.

Lene schloss die Augen und nahm den Moment in gierigen Zügen in sich auf, um sich für immer an das Gefühl erinnern zu können, so gehalten zu werden. Irgendwann wagte sie es, zu ihm aufzublicken, und stellte fest, dass seine Miene unergründlich war. Seine Augen ruhten auf ihrem Gesicht, und sie verfing sich in seinem Blick. Für einen verrückten kurzen Augenblick war sie davon überzeugt, dass er sich gleich zu ihr herunterbeugen und sie küssen würde, doch plötzlich fiel Licht aus dem Zeltinneren auf den Vorplatz, und eine Handvoll Grünröcke stolperte singend und grölend hinaus, um sich lautstark voneinander zu verabschieden. Der Moment war dahin. Paul ließ sie los und trat vor sie, um sie von den anderen abzuschirmen. Lene versuchte trotzdem, hinter seinen breiten Schultern hervorzuspähen.

»Ah, Fuhrmann, der Judenfreund«, lallte einer der Männer, der so stark wankte, dass ein anderer ihn stützen musste.

Paul schüttelte angewidert den Kopf, doch schien er nicht auf weiteren Ärger aus zu sein. Stumm wandte er sich um und bedeutete Lene, auf den Kutschbock zu steigen.

Der Rest des Heimweges verlief schweigend. Sie hingen beide ihren Gedanken nach, doch Lene fragte sich, warum ihr Herz noch immer so schnell schlug.

Es war in der Nacht zum Sonntag, einen Abend nach dem Vorfall auf dem Schützenfest, als Lene aus dem Schlaf schreckte, weil etwas mit einem lauten Klirren durch die Scheibe flog und in der Zimmerecke aufprallte. Sie stieß einen erschrockenen Schrei aus und griff instinktiv nach der kleinen Wiege, um diese näher an ihr Bett zu ziehen. Anton war ebenfalls erwacht und stimmte ein ohrenbetäubendes Gebrüll an, sodass sie ihn hochnahm und tröstete, bevor sie nachsah, was dort am Boden lag.

»Lene, alles in Ordnung?«, hörte sie Paul gleich darauf durch den Vorhang fragen. Anscheinend war auch er von dem Geräusch geweckt worden.

»Da ist etwas durchs Fenster geflogen!«, rief sie.

Der Vorhang wurde zur Seite gerissen, und Paul stürmte herein. Er trug ein langes Unterhemd und hatte in der Eile nur schnell seine Hose mitsamt Hosenträgern angezogen. Lene zeigte auf den Gegenstand in der Ecke, und Paul ging in die Hocke, um ihn aufzuheben. Er wickelte ein Papier ab, das mit Band um einen Stein geschlungen war. »Judenfreund«, stand da in krakeligen Lettern.

»Saukerle«, sagte Paul leise und wog den Stein in den Händen. »Sie hätten dich oder Anton töten können damit.«

Lene begann zu zittern. Paul stand auf und zog sie in eine unbeholfene Umarmung. Seit ihrem Tanz hatte er es vermieden, ihr zu nahe zu kommen, geschweige denn, sie zu berühren. Erneut überraschte es sie, wie vehement ihr Körper auf ihn reagierte. Ihr Herz begann zu rasen, ihr Mund wurde trocken, ihre Knie fühlten sich weich an wie Butter. Anton schien zu spüren, wie aufgewühlt sie war, denn er fing augenblicklich an, sich unruhig in ihrem Arm hin und her zu winden. Paul rückte ein kleines Stück von ihr ab und betrachtete seinen Sohn, dann strich er ihm sanft über das flaumige Köpfchen. Sein Blick wanderte zu Lene, und sie erkannte, dass er ebenso aufgewühlt war wie sie, auch wenn er das besser verbarg.

»Es wird schlimmer«, sagte er, den Blick auf den Stein gerichtet, den er auf ihren Nachttisch gelegt hatte.

Lene hatte es auch bemerkt, nicht erst seit dem Fest gestern. Die Menschen im Ort vermieden es, mit ihr zu reden, und kürzlich hatte eine alte Frau vor ihr auf den Gehweg gespuckt und sie eine »Judenhure« geschimpft. Sie hatte es

Paul nicht erzählt, denn sie wollte auf keinen Fall, dass er Ruth entließ.

»Neulich ist wer mit einem Fahrzeug durch das Weizenfeld geprescht, die Hälfte der Ähren ist abgeknickt.«

Lene ließ sich aufs Bett sinken und sah ihn ungläubig an. »Davon hast du mir gar nichts gesagt.«

Er blickte zu Boden. »Ich wollte nicht, dass du dich sorgst.« Paul ging vor ihr in die Hocke, sodass sie nun auf Augenhöhe waren. Sein Blick wanderte über ihr Gesicht, und Lene spürte, wie ihr heiß wurde. »Wenn ich sie gehen lasse, dann hungert die ganze Familie. Der Junge ist seine Arbeit drüben im Sägewerk los.«

Lene nickte. Ruth hatte erzählt, dass Simon gleich nach dem Tod des alten Fenders entlassen worden war. Sie sah den Schmerz in Pauls Augen und spürte den Zwiespalt, in dem er sich befand. Ein warmes Gefühl breitete sich in ihr aus. Er war ein guter Mann, ein aufrichtiger, loyaler Mann mit einem großen Herzen, in dem nur leider für sie kein Platz war. Bei diesem Gedanken verspürte sie einen Stich.

»Ich kann dich und den Kleinen nicht weiter in Gefahr bringen, was soll ich tun?«, fragte Paul hilflos.

Sie legte ihm eine Hand auf den Arm, glücklich darüber, dass er sie um Rat bat. »Wir finden einen Weg, Paul. Egal, wie, aber Ruth muss bleiben.«

Er nickte und stand auf, sodass sie gezwungen war, ihre Hand wegzuziehen. Augenblicklich fühlte sie sich leer.

Paul trat ans Fenster und hob die Scherben auf, die der Stein hinterlassen hatte. Draußen war es noch dunkel.

»Diese feigen Steinewerfer sind im Schutz der Nacht gekommen, weil sie Angst säen, aber nicht das Gesicht zeigen wollten«, sagte er.

Ein kalter Wind zog durch das Loch im Glas. Lene drückte Anton an sich, um ihn vor der Kälte zu schützen.

»Ich bringe euch rüber in meine Schlafkammer, hier könnt ihr nicht bleiben.« Paul nahm die Wiege und trug sie durch den Vorhang und zum Ende des Flurs, ohne auf Antwort zu warten.

Lene starrte ihm mit großen Augen nach. Sie war sich bewusst, dass sie begann, Gefühle für ihren Mann zu entwickeln, Gefühle, die dieser nicht erwiderte. Mit ihm ein Zimmer zu teilen wäre eine Qual, eine süße Qual, die sie nicht in Worte fassen konnte, aber tief in der Magengrube spürte. Doch er ließ ihr keine andere Wahl. Wie zur Bestätigung kam ein besonders eisiger Windstoß durchs Fenster, und Lene eilte Paul nach, um Anton in das andere Zimmer zu bringen, bevor er sich eine Lungenentzündung holte.

Der Raum, in dem Paul schlief, war größer als ihre Kammer, aber immer noch klein. Ein Doppelbett stand an der Wand, ein Schrank nahm beinahe die ganze gegenüberliegende Seite des Raums ein. Nahe der Tür entdeckte Lene eine Kommode, auf der Jettes silberne Haarbürste und ihre Kämme neben ihrer Schmuckschatulle lagen. Sie fühlte sich wie ein Eindringling. Paul stellte die Wiege auf die linke Seite des Bettes, dann ließ er sich auf die rechte Hälfte fallen und knöpfte sich die Hose auf, während Lene wie versteinert an der Tür stehen blieb.

»Ich tu dir nichts, keine Sorge, und davon abgesehen bist du mein Weib. Selbst dein Gott hat nichts dagegen, dass du das Bett mit mir teilst.« Er klang unwirsch, und Lene setzte sich in Bewegung, weil sie keinen Streit vom Zaun brechen wollte. Sie legte den inzwischen wieder schlummernden Anton in seine Wiege und kroch dann eilig unter die Decke. Paul stand kurz auf, um die Hose abzustreifen. Darunter trug er eine lange Unterhose, die Lene wenig ansehnlich fand. Doch nun, wo er sich bückte und sie einen Blick auf sein Hinterteil werfen konnte, zeigte das eng anliegende Beinkleid durchaus Wirkung. Schnell sah sie zur Seite, damit er nicht bemerkte, wie ihr das Blut in die Wangen schoss. Doch Paul würdigte sie ohnehin keines Blickes mehr. Die Matratze neben ihr quietschte kurz unter seinem Gewicht, dann drehte er sich zur Seite, löschte die Öllampe, und nur wenig später waren seine Atemzüge gleichmäßig und tief.

Sie beneidete ihn, denn sie selbst fand in dieser Nacht keinen Schlaf. Stocksteif lag sie auf dem Rücken, neben ihrem Mann, den Blick zur dunklen Decke gewandt. Neben dem Mann, den sie still und heimlich zu lieben begonnen hatte. Sie sehnte sich aus tiefster Seele nach ihm. Danach, von ihm gehalten zu werden, seine Lippen auf ihren zu spüren, sein Herz zu besitzen. In manchen Augenblicken glaubte sie, dass er auch etwas für sie empfinden würde, doch dann schien er wieder unerreichbar, so wie jetzt. Sein widersprüchliches Verhalten – mal gab er sich ihr gegenüber fürsorglich, beinahe zärtlich, dann wiederum abweisend und schroff – sorgte dafür, dass sie sich in seiner Nähe noch einsamer fühlte als sonst. Doch selbst wenn er sich ihr gegenüber frostiger als der Westerwälder Frühling mit seinen eisigen Winden und seinen kaltherzigen Menschen zeigte, so ahnte sie doch, dass sich in ihm eine Wärme verbarg, die die Kälte vertreiben und die Herzen zum Schmelzen bringen konnte.

Kapitel 13

Dank Lenes Geschichte hatte ich irgendwann in dieser Nacht doch noch Schlaf gefunden, aber wirklich erholt hatte ich mich in den wenigen Stunden nicht. Und so fühlte ich mich weder erfrischt noch ausgeruht, sondern eher wie gerädert. Im Spiegel sah ich die dunklen Ränder unter meinen Augen, die mich an das Meer und den Himmel aus meinem Traum erinnerten. Lene hingegen wirkte wie der taufrische Frühlingsmorgen. Gut gelaunt fiel sie hungrig über ihr Frühstück her, während sie mir eine Einkaufsliste diktierte.

»Vergiss nicht, beim Baumarkt Kalk zu besorgen, der hält die Schnecken vom Salat fern. Und drüben am Zaun ist ein Baum eingegangen, den kannst du ausgraben und einen neuen setzen, vielleicht einen Obstbaum. Ist zwar nicht die beste Jahreszeit dafür, aber ich kann den traurigen Anblick des toten Gehölzes nicht mehr ertragen. Such einen mit einem schön dicken Wurzelballen aus und grab ihn tief in den Boden. Was die Sorte angeht, lässt du dich am besten beraten, die Mitarbeiter der Gartenabteilung können dir einen empfehlen.«

Ich sah sie müde an. »Wie kannst du so gut drauf sein? Du hast doch auch nicht viel mehr geschlafen als ich.«

Sie lachte. »Das ist einer der wenigen Vorteile, die das Alter mit sich bringt: Man braucht kaum noch Schlaf.«

Ich wünschte, ich könnte ebenso mit wenig bis gar keinem Schlaf auskommen. Die Träume waren gleich nach dem Unfall besonders schlimm gewesen, und die Angst davor hatte mich wach gehalten, bis ich vor Erschöpfung wegdämmerte, nur um noch schlimmer zu träumen als zuvor. Lange Zeit war ich ausschließlich mit chemischer Hilfe zur Ruhe gekommen. Die Schlafmittel sedierten nicht nur mich, sondern auch die Trauer und den Schmerz, sodass ich meist aus einem milchigen Nichts erwachte, was um vieles besser war, als David Nacht für Nacht beim Sterben zuzusehen. Eigentlich war es erst besser geworden, seit ich bei Lene war, weshalb mich die letzte Nacht doppelt aus der Bahn warf. Ich hatte geglaubt, hier, auf dem Windhof, in meiner alten Heimat, ein klein wenig Linderung gefunden zu haben, und dieser Rückschritt erschütterte mich zutiefst. Vermutlich würde ich mich nie wieder ans Licht kämpfen, so übermächtig fühlte sich die Dunkelheit in mir an, seit er fort war.

Missmutig zog ich mich an und fuhr nach Kaltenbach, wo es einen großen Supermarkt gab. In Gedanken versunken schob ich meinen Wagen durch die Gänge und arbeitete mechanisch meine und Lenes Liste ab, bis ich gegen etwas oder jemanden stieß. Ich sah hoch und genau in Noah Berkamps Augen. Er hielt mit beiden Händen meinen Wagen fest. Nervös blickte ich an ihm vorbei zu den Kassen.

»Hallo«, sagte er, und ich war gezwungen, ihn erneut anzusehen – alles andere wäre unhöflich gewesen. »Ich kaufe für heute Abend ein. Ich hoffe, du magst Lachs?«, fragte er und hielt einen Plastikkorb mit dem Logo der Supermarktkette hoch, in den er neben dem Fisch noch Kartoffeln, Wein und Erdbeeren gepackt hatte. Ich wandte eilig den Blick ab, weil es mir noch schwererfiel, ihm abzusagen, wenn ich dabei in sein sympathisches Gesicht schauen musste.

»Ich glaube nicht, dass das eine so gute Idee ist mit dem Essen, Noah«, stieß ich leise hervor und sah aus dem Augenwinkel, wie kurz Enttäuschung über seine Züge huschte. Doch er fing sich schnell wieder.

»Mel, es ist doch nur ein Abendessen, ganz ohne Verpflichtungen.«

»Da bin ich mir nicht so sicher«, entgegnete ich und versuchte, meinen Wagen an ihm vorbeizuschieben.

»Feigling«, sagte er plötzlich, und ich blieb wie angewurzelt stehen.

»Wie bitte?«

Er baute sich erneut vor mir auf. »›Feigling‹ habe ich gesagt, Mel.«

»Nur, weil ich bei einer Einladung von Doktor Charme nicht sofort weiche Knie bekomme, heißt das noch lange nicht, dass ich ein Feigling bin«, stieß ich wütend hervor, doch Noah sah mich eher belustigt an.

»Du findest mich also charmant?« Seine Lippen verzogen sich zu einem schiefen Grinsen, das mich irgendwo tief in der Magengrube traf. Genervt über meine Reaktion stieß ich einen Seufzer aus und blickte zur Decke. Er wurde wieder ernst. »Mel, du denkst zu viel nach, schalte doch einfach mal deinen Kopf aus und lass dein Herz entscheiden. Ich wette, es hätte nichts gegen einen netten Abend einzuwenden.« Als ich weiterhin beharrlich schwieg, trat er einen Schritt auf mich zu und flüsterte: »Was hast du schon zu verlieren?«

Mein Herz? Meinen Verstand? Meine Vergangenheit? Einfach alles?, hätte ich ihm gerne an den Kopf geworfen, doch stattdessen blickte ich ihn resigniert an. »Du wirst keine Ruhe geben, bis ich dieses Essen annehme, oder?«

Er tat kurz so, als würde er überlegen, dann schüttelte er den Kopf.

Ich wusste nicht, was mich dazu bewog, doch ich entriss ihm meinen Wagen und drehte mich im Vorbeigehen noch einmal zu ihm um. »Ich werde um halb acht bei dir sein.«

Sein Grinsen wurde breiter, und ich fragte mich, wie man einen Entschluss im gleichen Augenblick bereuen und sich dazu beglückwünschen konnte.

In Gedanken bei der bevorstehenden Einladung, verließ ich den Supermarkt und lenkte den Laubfrosch rüber zum Baumarkt, um Samen und einen neuen Baum zu kaufen. Ein Teil von mir freute sich auf den Abend, auf ihn, das musste ich mir eingestehen, doch die Frage, was daraus werden könnte, bereitete mir Kopfzerbrechen.

In der entsprechenden Abteilung schwankte ich zwischen einem Apfel- und einem Kirschbaum, als ich schon wieder seine vertraute Stimme vernahm.

»Verfolgst du mich?«, fragte Noah belustigt.

Ich fuhr herum und wäre beinahe gegen seine Brust geprallt, weil er so dicht hinter mir stand.

»Die Frage müsste ich wohl dir stellen«, sagte ich und

trat von ihm weg, um etwas Abstand zwischen uns zu bringen. Kaum war ich in seiner Nähe, begannen meine Gefühle, Achterbahn zu fahren. Freude, Aufregung, Angst und Ablehnung wirbelten wild durcheinander in einem rasend schnellen Auf und Ab.

»Ich würde den Kirschbaum nehmen, die Blüten sind eine Pracht«, sagte er und sah dabei über meine Schulter hinweg zu den ordentlich aufgereihten Obstbäumen.

Ich nickte, weil mein Mund plötzlich trocken wurde, weshalb ich auf den von mir ausgewählten Topf zeigte, den Noah mir in den Einkaufswagen hob.

»Wenn du kurz wartest, helfe ich dir, den Baum im Auto zu verstauen, ich brauche nur noch ein paar Schrauben und Bretter. Ich will in der Praxis eine weitere Regalwand anbauen, wir platzen da aus allen Nähten.«

»Klar, danke«, willigte ich ein und schob meinen Wagen hinter ihm her, bis er seine Erledigungen gemacht hatte. Auf dem Parkplatz schlenderte ich auf den Laubfrosch zu und sah, wie er den Kopf schief legte und die Stirn runzelte.

»Ich mag zwar kein Experte sein, aber wenn du den Baum da reinquetschst, wird er dir das sicher übelnehmen.«

Ich blickte von meinem Einkauf zu Hubsi und musste ihm recht geben. Weil ich Lene eine Freude machen wollte, hatte ich einen der etwas älteren Bäume gekauft, der schon größer war und zarte Knospen an den Ästen trug. Die anderen waren mir so mickrig und klein vorgekommen, dass sie nicht einmal den Namen Baum verdienten, doch logistisch stand ich jetzt vor einem Problem.

»Wenn du willst, bringe ich ihn dir rüber, der Jeep ist ziemlich hoch, da müsste er reingehen.«

Er hatte recht, das wäre die einfachste Lösung, doch das hieß auch, dass ich weiterhin in seiner Nähe sein würde, dabei hätte ich gerade jetzt Zeit für mich gebraucht – auch im Hinblick auf den bevorstehenden Abend. Noah schien mein Zögern nicht zu bemerken.

»Ich muss ohnehin noch nach Lene sehen«, bekräftigte er sein Angebot, »es liegt also auf dem Weg.«

Dagegen ließ sich nichts einwenden, und so hob er den stattlichen Baum in seinen Jeep, um vor mir her zurück zu Lene zu fahren.

Während Noah den Baum am Zaun auslud und anschließend nach Lene sah, bereitete ich ein schnelles Mittagessen aus Rühreiern und frischem Krustenbrot zu, welches ich am Vortag nach Lenes altem Rezept gebacken hatte. Ich brachte Lene ihren Teller ans Bett und stellte zwei weitere in der Küche auf den Tisch.

»Als Dankeschön«, sagte ich, als Noah mir aus Lenes Kammer folgte, und deutete mit dem Kinn auf den kleinen Imbiss. Offenbar hatte er großen Hunger, denn er ließ sich gleich am Tisch nieder und fiel über das Essen her.

»Mel, das ist das beste Brot, das ich je gegessen habe«, lobte er mich kurz darauf mit vollem Mund.

Ich musste lächeln. »Der Ruhm gebührt Lene, es ist ihr Rezept«, gab ich zu, doch Lene, die uns durch den offenen Vorhang sehen konnte, schüttelte vehement den Kopf.

»Nein, er hat recht, es schmeckt besser. Du hast etwas verändert.«

Ich bekam rote Wangen, als wäre das etwas Verbotenes. »Na ja, ich habe den Kümmel durch Koriander ersetzt und statt Weizen Dinkel genommen. Und eine Prise Kräutersalz hinzugefügt«, gestand ich und erntete anerkennende Blicke.

Nach dem Essen ließ Lene sich von Noah zum offenen Fenster tragen, wo sie in eine Wolldecke gehüllt dabei zusehen konnte, wie wir im Garten arbeiteten. Es hatte ein leichter Nieselregen eingesetzt, weshalb es für ihre Gesundheit besser war, von hier aus frische Luft zu schnappen.

Noah ließ es sich nicht nehmen, mir beim Pflanzen zur Hand zu gehen. Allerdings fühlte ich mich jetzt um einiges wohler in seiner Gegenwart. Seine ruhige, freundliche Art hatte meine aufgeregte Befangenheit von vorhin verschwinden lassen. Stattdessen genoss ich den Anblick, wie er die große Schaufel mit dem Fuß in die Erde trat, um den alten Baum auszugraben und Platz für den neuen zu schaffen. Er war auf eine schlichte Art muskulös wie jemand, der sich nicht vor ehrlicher Arbeit im Freien drückt.

Als er das tote Geäst beseitigt hatte, setzten wir den dicken Wurzelballen gemeinsam in die Erde und schaufelten das Loch darum herum wieder zu.

»So, von der Liste, was ein Mann im Leben tun sollte, kann ich ›einen Baum pflanzen‹ dank dir schon einmal abhaken.«

Ich musste lachen. »Und was steht noch so auf der Liste?«

Er suchte meinen Blick und grinste. »Eine tolle Frau finden und einen Sohn zeugen.«

Ich hörte Lene am Fenster lachen.

»Na, du fällst ja mit der Tür ins Haus!«, rief sie zu uns herunter.

Zum Glück wandte Noah sich ab, um zu ihr hinaufzuschauen, sodass er nicht sehen konnte, wie meine Wangen wieder einmal feuerrot wurden.

Nachdem Noah gefahren war, arbeitete ich halbherzig an meiner Übersetzung, während Lene ein Nickerchen machte. Als ich auf die Uhr schaute, stellte ich überrascht fest, dass es schon an der Zeit war, mich fertig zu machen. Ebenso überrascht stellte ich fest, dass ich begann, mich auf den Abend zu freuen.

Nachdem ich geduscht hatte, zog ich Jeans und einen Pullover an und band mein noch feuchtes Haar zu einem Zopf. Ich trug etwas Mascara auf, damit meine grünen Augen besser zur Geltung kamen, und legte einen Hauch von Rouge auf – genug, um frisch auszusehen, aber nicht zu viel, denn es sollte auf keinen Fall geschminkt wirken. Es war ja nur ein Abendessen und kein Date, sagte ich mir. Mit Verwunderung bemerkte ich, dass ich den Gürtel ein Loch weiter stellen musste. Ich hatte zugenommen.

Lene las, als ich in ihre Kammer trat. Sie schob die Brille von der Nasenspitze zurück und musterte mich prüfend.

»Hattest du nichts Netteres zum Anziehen?«, fragte sie mit der für sie typischen Direktheit.

»Es ist ja kein Date«, wiederholte ich mein Mantra, und Lene zog die Brille wieder ein Stück herunter, um mir über den Rand hinweg einen wissenden Blick zuzuwerfen.

»Wenn du meinst«, sagte sie lakonisch und vertiefte sich wieder in ihre Lektüre.

Die Türklingel ersparte mir eine Antwort. Ich lief hinunter, um zu öffnen, und sah mich einer etwas jüngeren, weiblichen Ausgabe von Noah Berkamp gegenüber. Seine Schwester hatte die gleichen sympathischen braunen Augen und das leicht schiefe Grinsen. Sie trug einen angesagten Kurzhaarschnitt und knalligen Lippenstift, der zu ihren hohen roten Stiefeln passte.

»Du musst Mel sein, ich habe schon viel von dir gehört«, platzte sie heraus, ohne weitere Begrüßungsfloskeln zu bemühen, und trat an mir vorbei ins Haus.

»Lene freut sich schon«, sagte ich und nahm Natalie die Jacke ab.

»Sie ist ein Goldstück, die Freude ist ganz meinerseits. Und nun los, ich halte nicht allzu viel von Noahs Kochkünsten, und ich befürchte, kalt ist der Fisch erst recht ungenießbar.« Sie zog mich in eine kurze, aber herzliche Umarmung und ging dann selbstsicher die Treppe hoch. »Lene, du wirst nie erraten, wer sich getrennt hat!«

Das Dorf, in dem Noah lebte, war eines der wenigen in der Gegend, in dem der alte Ortskern noch intakt war. Fast jedes Haus war im typischen Fachwerkstil erbaut, in der Ortsmitte stand ein alter Brunnen, daneben eine riesige Eiche, die einer kleinen Sitzgruppe Schatten spendete. Überall in den Blumenkästen an den Häusern blühten Geranien, mal leuchtend rot, mal blassrosa, mal weiß. Es sah aus wie eine Filmkulisse. Noahs Haus lag, wie der Windhof auch, etwas abseits, allerdings auf einem Hügel, wodurch er einen unverbaubaren Blick über das Dorf und den angrenzenden Wald hatte.

Ich parkte in der Auffahrt und stieg aus. Der Kies knirschte unter meinen Stiefeln, als ich aufs Haus zuging. Es war groß, zumindest größer als die meisten der kleinen Fachwerkhäuschen im Ortskern, hatte einen Sockel aus rotem Bruchstein und war in einem warmen Cremeton gestrichen. Die Fenster schienen neu zu sein, waren jedoch durch Sprossen an die Optik des alten Gemäuers angepasst. Alles in allem wirkte es heimelig und einladend. Gerade, als ich die Klingel drücken wollte, öffnete sich die Tür.

»Du bist aber pünktlich«, stellte Noah fest, als wäre das ein Manko. Ein fleckiges Spültuch lag über seiner Schulter, und er hielt Topflappen in der Hand, weshalb ich annahm, dass er mit seinen Vorbereitungen noch nicht ganz so weit war, wie er es gerne gewesen wäre.

»Soll ich noch mal gehen?«, fragte ich und blickte ihm forschend ins Gesicht.

»Auf keinen Fall«, sagte er und trat zur Seite, sodass ich an ihm vorbei in den Hausflur gelangen konnte.

Auch von innen war sein Zuhause schön, mit hohen Decken und großen Fenstern, wie es in den Zwanziger- und Dreißigerjahren üblich gewesen war. Der Eingangsbereich war dunkel gefliest, an einer Garderobe standen sein Arztkoffer und ein paar Gummistiefel, die er als Landarzt sicher oft brauchte. Er ging mir voran in die Küche, in der es nach dem Fisch und Kräutern roch. Auf der Arbeitsplatte standen Teller, Gewürze, Schüsseln und ein Schneidebrett.

»Eigentlich wollte ich das aufräumen, bevor du kommst«, sagte er entschuldigend, als mein Blick daran hängen blieb.

»Kein Problem, ich brauche auch immer Platz und jede Menge Zubehör beim Kochen«, gestand ich, und er lächelte.

Er hatte den großen Holztisch eingedeckt, der die Raummitte dominierte – Stoffservietten und Kerzenhalter inklusive. So viel zu einem unverfänglichen Essen. Ich musste schlucken. Noah holte eine Flasche Weißwein aus dem Kühlschrank, entkorkte sie und goss die bernsteinfarbene Flüssigkeit in zwei Gläser.

»Schön, dass du da bist«, sagte er und reichte mir ein Glas.

Ich prostete ihm zu und trank einen Schluck. Der Wein war köstlich, weich und rund, und vor allem beruhigte er meine flatternden Nerven. Während Noah die Unordnung beseitigte, schlenderte ich mit meinem Glas durch die Küche und spähte durch eine geöffnete Flügeltür auf eine Terrasse und in den angrenzenden Garten.

»Sieh dich ruhig um«, sagte er und deutete in Richtung Garten, während ich schon in die kühle Abendluft trat. Es war atemberaubend schön. Aus Paletten hatte er eine Art Hollywoodschaukel gebaut und an den dicken Balken angebracht, die das Terrassendach hielten. Die hügelige Landschaft des Westerwaldes schmiegte sich vor meinen Augen an den schier endlosen Horizont. In der Ferne schimmerte ein kleiner See, hinter dessen Ufern langsam die Sonne unterging und den Himmel in glühendes Orange und warmes Violett hüllte.

»Können wir draußen sitzen?«, fragte ich spontan, weil der Anblick so schön war.

»Du bist tief im Innern eben doch ein Westerwälder Mädchen«, erwiderte er lachend.

»Wie meinst du das?«, fragte ich, als er zu mir hinaustrat.

»Wer hart genug ist, bei diesen Temperaturen draußen zu essen, der muss Wäller Blut in sich haben«, erklärte er, trug dann aber ohne Widerspruch die Teller und Gläser hinaus zu einem Gartentisch, an dem mehrere Stühle standen.

Ich setzte mich jedoch nicht an den Tisch, sondern ließ mich mit meinem Weinglas in die Palettenschaukel fallen und vom Wind leicht anstoßen. Noah kehrte in die Küche zurück, um den Fisch aus dem Ofen zu nehmen und zusätzliche Decken und Kissen zu holen.

»Hunger?«, fragte er, als das Essen draußen auf dem Tisch stand.

Ich nickte und rutschte von der Schaukel, um zu ihm zu schlendern.

»Wie geht es deiner Hand?«, erkundigte er sich, als ich nach dem Besteck griff und er meinen Verband sah.

»Gut, es pocht nicht mehr. Ich habe ihn eben erneuert, als ich aus der Dusche gekommen bin.«

»Ich werfe gleich noch mal einen Blick drauf«, sagte er, ganz der professionelle Arzt.

Er hatte den Lachs zubereitet, den ich am Morgen in seinem Einkaufskorb entdeckt hatte. Der Fisch war mit einer goldenen Käsekruste überbacken und hübsch angerichtet auf einem Bett aus Spinat und frischen Kräutern. Der Duft ließ mir tatsächlich das Wasser im Mund zusammenlaufen. Vorsichtig führte ich eine Gabel voll zum Mund und kostete. »Hmm!«, lobte ich Noah begeistert, was ihn aufrichtig zu freuen schien. Es schmeckte köstlich – offenbar unterschätzte Natalie ihren Bruder gewaltig, was dessen Kochkünste anbetraf.

Während wir aßen, verschwand die Sonne am Horizont; ihre letzten Strahlen vermischten sich mit der bereits heraufziehenden Dunkelheit und ließen die Welt um uns herum weicher erscheinen, fast wie in einem Traum.

»Ist das dein Haus?«, wollte ich wissen, um wieder in die Wirklichkeit zu finden.

Noah betrachtete das Haus. »Es hat meinen Eltern gehört. Mein Vater ist leider früh gestorben, er hatte einen Herzinfarkt, da war ich gerade vierzehn und Natty zwölf. Meine Mutter habe ich voriges Jahr verloren, sie hatte Brustkrebs. Wir hatten alle geglaubt, sie sei auf dem Weg der Besserung. Die letzte Chemo schien angeschlagen zu haben, doch dann bekam sie starke Knochenschmerzen. Der Krebs hatte Metastasen gebildet, sie hat nur noch wenige Wochen gelebt. Der Tod war am Ende eine Erlösung.«

Er klang schrecklich traurig in diesem Augenblick, und ich griff spontan über den Tisch nach seiner Hand. Meine kleine Geste hatte ihn aus der Vergangenheit geholt, er lächelte mich an, die Augen nun dunkel und fragend, als er langsam seine Hand unter meiner wegzog und unsere Finger verschränkte. Auch wenn ich seine Berührung mochte, war sie mir in diesem Augenblick zu intim, weshalb ich meine Finger mit einem entschuldigenden Lächeln löste und einen großen Schluck Wein trank, um mein pochendes Herz zu beruhigen.

»Erzähl mir noch etwas von deiner Familie«, bat ich ihn, und er lehnte sich auf seinem Stuhl zurück.

»Na ja, ich bin mit vielen Frauen aufgewachsen. Als Papa starb, ist meine Großmutter zu uns gezogen, um Mama zur Hand zu gehen. Sie war eine großartige Frau, die es liebte, uns mit Süßigkeiten und Geschichten zu verwöhnen. An meinen Großvater habe ich nur noch wenige Erinnerungen. Er war Bergmann und hat meine Großmutter kurz nach dem Krieg auf einer Kirmes kennengelernt. Er hat sie geheiratet, obwohl sie schon ein Kind hatte.« Ich sah ihn erstaunt an. »Meine Mutter wurde im Krieg geboren, ihr Vater war wohl Omas große Liebe, aber er ist umgekommen.«

Ich musste wieder an Lene denken und daran, wie viel Leid und Schmerz ihre Generation durchgemacht hatte. Er schien meine Gedanken zu erraten, denn lächelnd fügte er an: »Sie waren starke Frauen, alle beide. Als Mama starb, schien es mir falsch, das Haus zu verkaufen. Ich hatte so viele Erinnerungen daran. Also habe ich meine Schwester ausbezahlt und bin hiergeblieben.«

Ich drehte mich auf meinem Gartenstuhl um und blickte ins Hausinnere, auf einen Kamin, in dem ein Feuer das geräumige Wohnzimmer für später heizte. Als ich mich wieder umwandte, stellte ich fest, dass seine Augen warm und eine Spur herausfordernd auf mir ruhten.

»Hast du deinen Entschluss je bereut?«, wollte ich wissen und hielt seinem Blick stand.

»Manchmal schon, jetzt gerade bereue ich es aber nicht.«

Ich nahm erneut einen großen Schluck Wein, und Noah schenkte mir belustigt nach. Er machte mich so nervös, dass ich kaum wusste, wohin mit mir. Dankbar stellte ich fest, dass er das Gespräch wieder in andere Bahnen lenkte.

»Was ist mit dir? Hast du was Eigenes in Köln?«, wollte er wissen.

Ich lachte kurz auf. »Bin ich Krösus? Weißt du, was eine Immobilie da kostet? Nein, wir haben die Wohnung vor drei Jahren angemietet, weil David ganz gut verdiente und wir etwas Größeres suchten, falls das mit dem Baby geklappt hätte.« An dieser Stelle brach ich ab. Wir schwiegen einige ungemütliche Momente lang, dann räusperte er sich und zeigte auf meinen leeren Teller.

»Es hat dir wirklich geschmeckt«, stellte er fest.

Ich nickte bekräftigend. »Es war wunderbar.«

Er lächelte, und seine Augen funkelten dabei. »Wenn du jetzt nicht ganz so überrascht geklungen hättest, wäre es vermutlich ein Kompliment gewesen.«

»Oh, tut mir leid, es ist nur so, dass deine Schwester meinte, mit deinen Kochkünsten wäre es nicht weit her.«

Er verdrehte die Augen. »Kleine Schwestern sind die Pest!« Doch die Wärme in seinem Blick strafte seine Worte Lügen.

Mit der hereinbrechenden Nacht kam die Kälte, die sich feucht und gnadenlos in unseren Sachen festsetzte und mich frösteln ließ. Wir räumten ab, dann genossen wir draußen eine noch warme Mousse au Chocolat mit Erdbeeren und blickten in den Sternenhimmel, der nicht zu vergleichen war mit dem über Köln, auch wenn es der gleiche Himmel war. Die Weite und die undurchdringliche Dunkelheit, die nicht von zu viel künstlichem Licht beeinträchtigt wurde, ließen die Sterne viel heller strahlen und die Welt endlos und voller Geheimnisse erscheinen.

»Lass uns reingehen, du holst dir noch den Tod hier«, sagte Noah, der sah, dass ich trotz der Wolldecke fror. Ich folgte ihm ins Haus, und wir ließen uns vor dem Kamin nieder, der nun, da Noah frisches Holz nachgelegt hatte, prasselte und kleine Funken spie. Noah schenkte mir Wein nach, und ich spürte, dass ich mehr als nur beschwipst war. Ich fühlte mich leicht und sorglos, mein Kopf schien wie leergefegt, alle Bedenken hatte ich für den Moment mit Wein hinuntergespült. Und weil es sich so gut anfühlte, zog ich mich auch nicht zurück, als er dichter an mich rückte und mein Gesicht zu sich drehte.

»Ich weiß nicht, was mich so an dir fasziniert, Mel, aber ich kriege dich seit unserer ersten Begegnung einfach nicht mehr aus dem Kopf. Vielleicht ist es diese Traurigkeit, die dich umgibt und die ich gerne vertreiben würde. Vielleicht ist es die Tatsache, dass du so weit weg bist, obwohl du hier neben mir sitzt.« Er sah mich forschend an, sein Mund war nur wenige Zentimeter von mir entfernt. »Sag mir, wenn ich aufhören soll«, flüsterte er und beugte sich näher und näher zu mir, ohne den Blick von mir abzuwenden. Ich hätte alle Zeit der Welt gehabt, ihn zu stoppen, ihm Einhalt zu gebieten, stattdessen schloss ich die Augen und wartete darauf, dass sein Mund den meinen berührte. Im ersten Moment fühlte es sich gut an. Seine Lippen waren warm, sein Atem schmeckte nach Erdbeeren und Wein. Es war nur der Hauch einer Berührung, wie der Flügelschlag eines Schmetterlings. Als er merkte, dass ich mich nicht zurückzog, wurde er mutiger. Seine Zunge strich über meine Lippen, und ich öffnete sie, um ihm Einlass zu gewähren. Es war merkwürdig, weil ich plötzlich das Gefühl hatte, neben mir zu stehen, reglos, unbeteiligt, und mir dabei zuzusehen, wie er mich küsste. Kurz darauf brach er den Kuss ab und rückte von mir weg. Ich brauchte einen Augenblick, um mich zu sammeln, um den seltsamen Tumult in meinem Inneren zu bändigen. Ich verspürte Lust und auch Zuneigung. Für eine Sekunde war da die Möglichkeit gewesen, seinen Kuss zu erwidern, doch dann hatte ich plötzlich statt Noah David vor mir gesehen. Ich hatte niemals einen anderen Mann geküsst, da war immer nur er gewesen, und nun kam ich mir schmutzig vor, wie eine Verräterin.

»Es tut mir leid«, stammelte ich und erhob mich hastig, um Abstand zwischen uns zu bringen.

»Mir tut es leid, Mel. Ich habe mich hinreißen lassen vom Augenblick.« Er stand nun ebenfalls auf.

»Ich gehe jetzt besser«, sagte ich, während ich mich rückwärts von ihm fort in den Flur bewegte, wo ich fast über seine Gummistiefel gestolpert wäre. Eilig griff ich nach meiner Jacke und Tasche und strebte zur Tür, doch Noah war schneller und stellte sich mir in den Weg.

»Lass mich wenigstens ein Taxi rufen, du hast zu viel Wein getrunken.«

Ich umklammerte meine Tasche wie einen Schutzschild, doch ich stimmte ihm zu, denn er hatte recht. Ich wollte nicht Tanjas Golf an den nächsten Baum setzen. Eine Option, die mir vor wenigen Wochen noch reizvoll erschienen wäre – doch jetzt wollte ich zu Lene. Sie brauchte mich, und ich brauchte sie. Ich wollte nicht mehr sterben, auch wenn das Leben mir gerade höllische Angst einjagte.

Wir warteten schweigend auf das Taxi, das zehn Minuten später im Hof hupte. Noah öffnete mir die Autotür, und ich schob mich an ihm vorbei auf den kalten Ledersitz. Er beugte sich kurz zu mir herein, sein Gesicht war nur Zentimeter von meinem entfernt. »Du bist hinreißend«, flüsterte er.

»Danke für das Essen«, murmelte ich, wobei ich den Blick starr auf die ineinander gekrampften Finger in meinem Schoß heftete.

Er legte mir einen Finger unters Kinn und zwang mich sanft, ihn anzusehen. »Ich bringe dir den Laubfrosch morgen wieder. Komm gut nach Hause«, sagte er, und ehe ich ihm antworten konnte, hatte er dem Fahrer schon Lenes Adresse genannt, die Taxitür geschlossen und mit einem Klopfen aufs Dach bedeutet, dass wir fahren konnten.

Ich sah mich nicht nach ihm um. Ich wollte heim. Ich brauchte Lenes Geschichte, damit ich mich nicht mit meiner eigenen befassen musste.

Als ich nach Hause kam, war Lene noch wach und hörte sich mit Natalie eine Radiosendung an. Natalie sah aus, als würde sie mich am liebsten auf der Stelle nach meinem Abend ausfragen, doch Lene gähnte herzhaft und komplimentierte ihre Besucherin freundlich, aber bestimmt aus dem Haus. Ich brachte Noahs Schwester zur Tür und ignorierte weiterhin die brennende Neugier, die in ihren braunen Augen lag. Als ihr Wagen in der Dunkelheit verschwand und ich wie ein geschlagener Krieger die Treppe hochschlich, hörte ich nur, wie Lene leise lachte.

»Du hast ihn geküsst, oder?«, fragte sie, als ich durch den Vorhang trat. Ich schwieg, doch sie wusste auch so, dass sie recht hatte. »Vielleicht solltest du es einfach zulassen, Kind. Niemand sollte allein durchs Leben gehen.«

Ich lächelte ihren gut gemeinten Rat einfach fort. »Lass uns lieber von dir sprechen.«

Westerwald, 1936

Irgendwann hatte die Müdigkeit sie doch überwältigt, und Lene war in der ungewohnten Umgebung, die Pauls Schlafkammer für sie darstellte, eingenickt. Als nun die Sonne an ihrer Nase kitzelte, öffnete sie überrascht die Augen. Nicht nur der fremde Raum und das fremde Bett ließen sie stocken, auch das ungewohnte Gewicht, das auf ihr lag, brachte ihr Herz zum Hämmern. Vorsichtig sah sie an sich herunter. Sie lag auf der Seite, an ihrem Rücken spürte sie seine Wärme und seine gleichmäßigen Atemzüge. Paul hatte in der Nacht scheinbar den Weg auf ihre Seite der Matratze gefunden. Sein Arm lag besitzergreifend über ihr und umfasste ihren Bauch. Es fühlte sich unglaublich an, so gehalten zu werden. Als wäre es das Natürlichste auf der Welt, als wären sie wirklich Mann und Frau. Sie schloss für einen Moment die Augen und nahm das Gefühl in sich auf, genoss die Nähe, doch Anton war nun ebenfalls erwacht und stieß einen lauten Protestschrei aus, weil er noch keine Milch bekommen hatte. Paul regte sich hinter ihr, und Lene drehte sich um, damit sie ihn ansehen konnte. Er hob den Kopf und blickte sie verschlafen an. Seine Augen ruhten warm auf ihrem Gesicht, seine Haare standen in alle Richtungen, sodass es sie in den Fingern juckte, seinen Schopf zu bändigen. Dann schien ihn die Erkenntnis zu treffen, wer da neben ihm lag, und er zog irritiert den Arm weg, als hätte er sich verbrannt.

»Tut mir leid«, stammelte er, doch es klang eher anklagend als entschuldigend. Als sei es ihre Schuld, dass sie in seinen Armen aufgewacht war. Er rückte von ihr ab, und sie fühlte, wie kalt ihr ohne seine Nähe war.

Lene schluckte, doch dann schwang sie ihre Beine über die Bettkante und hob Anton hoch. Wenigstens ihn konnte sie nach Herzenslust in den Armen halten. »Ich mache ihm seine Milch«, sagte sie und verließ die Schlafkammer ohne ein weiteres Wort. Als sie sich angekleidet und den Kleinen nach einem Bad in seine Sonntagsgarnitur gesteckt hatte, betrat sie die Küche, wo Paul schon stand und seinen Kaffee trank, während er aus dem Fenster sah.

»Willst du zum Gottesdienst?«, fragte er, ohne sich umzudrehen.

»Gerne, wenn es dir passt«, antwortete sie leise und schüttete sich ebenfalls etwas von der heißen braunen Flüssigkeit in ihre Blechtasse. Der Kaffee war nicht stark, das Pulver war knapp, genau wie das Geld, weshalb Lene den Filter oft mehrfach verwendete, bis die Brühe kaum noch nach etwas schmeckte.

»Ich spanne Lotte an«, sagte er und ging zur Tür, wobei er sie sanft streifte, dann blieb er stehen und räusperte sich.

Lene war sich nicht sicher, aber er wirkte verlegen, unsicher, so wie sie ihn selten erlebt hatte. »Wir haben derzeit nicht genug, um den Glaser zu bezahlen. Ich hab Holz vor das Loch gemacht, aber der Raum ist kalt und zugig. Wenn du willst, kann ich in der Küche schlafen, dann könnt ihr, du und der Kleine, in der großen Schlafkammer bleiben.«

Sie griff nach seinem Arm und zwang ihn, sie anzusehen. »Paul, es ist in Ordnung, mich stört es nicht, das Zimmer mit dir zu teilen, wenn es dich nicht stört.«

Er sah aus, als hätte er eine ganz eigene Meinung zu dem Thema, doch dann zuckte er die Schultern, was vielleicht Gleichgültigkeit hatte ausdrücken sollen, doch seine dunkel gewordenen Augen und seine leicht geröteten Wangen sprachen eine andere Sprache. Er hustete verlegen in seine Hand, dann verschwand er eilig, um das gutmütige Kaltblut aus dem Stall zu holen. Lene musste lächeln. Vielleicht war sie ihm doch nicht ganz egal, dachte sie und holte sich einen Schal, weil der Sommer in diesem Jahr immer noch auf sich warten ließ. Die Natur war weit zurück, die Bäume und Sträucher schlugen gerade erst aus, obwohl der Mai fast vorüber war. Immerhin hatte die Sonne schon mehr Kraft, wenn sie denn mal schien, und die Luft roch nach frischer Erde und Gras. Lene liebte den Geruch, liebte die Natur. Sie war erst wenige Monate hier, doch sie vermisste die Großstadt kaum. Nur die Anonymität fehlte ihr. Das Gefühl, durch die Straßen zu gehen und nicht angesehen und beurteilt zu werden. Hier auf dem Land kannte jeder jeden, und sie hatte keinen leichten Stand, weil sie Paul geheiratet hatte. Doch statt darüber zu verzweifeln, ertrug sie die feindseligen Blicke der Dörfler mit einem Lächeln, denn es erfüllte sie mit Stolz, dass sie seine Frau war. Sie liebte ihn für seinen Mut und seine Anständigkeit. Doch gedanklich musste sie früher einen Punkt setzen: Sie liebte ihn. So einfach war das. Irgendwann in den vergangenen Wochen hatte er sich in ihr Herz geschlichen, und sie litt Qualen, weil das Gefühl einseitig war.

In dem Moment kam Paul mit der Kutsche. Lene stieg zu ihm auf den Bock, und er ließ die Peitsche schnalzen und fuhr los. Ihr Blick wanderte zur Seite. Paul lenkte still und konzentriert das Pferd, von dessen Rücken Dampf aufstieg, als er es zur Eile antrieb. Sie waren spät dran. Die Kirchenglocken läuteten bereits, als er unter einem Baum anhielt und vom Kutschbock sprang, um ihr herunterzuhelfen. Sie hatte Anton heute zu Hause gelassen, weil er zahnte und unleidlich war. Ruth hatte versprochen, sich um ihn zu kümmern. Lene nahm Pauls große, schwielige Hand und sprang vom Kutschbock, während er die andere Hand um ihre Taille legte, um ihr Halt zu geben. Sie standen nun dicht beieinander, und für eine Sekunde hatte Lene das Gefühl, er würde sich vorbeugen und tief einatmen, als wolle er sich ihren Duft einprägen. Sie war versucht, sich an seinen warmen Körper zu lehnen, doch da trat er auch schon wieder von ihr weg und zeigte mit dem Kopf Richtung Kirche.

»Geh, der Herr Pastor wartet auf seine Schäfchen.«

Lene zögerte einen Augenblick, doch dann ließ sie Paul zurück und strebte Richtung Kirche. Sie hätte ihn so gern an ihrer Seite gehabt, doch sie wusste, dass er freiwillig keinen Fuß in das Gotteshaus setzen würde. Der Pfarrer machte in seinen Predigten keinen Hehl daraus, dass er die Rassenlehre des Führers mit brennendem Eifer vertrat, und Lene konnte die Feindseligkeit in seinen Augen sehen, wenn sie vor ihm auf einer der Holzbänke Platz nahm. Kein Wunder also, dass Paul darauf gerne verzichtete. Sie selbst merkte zunehmend, wie ungern sie die kleine Kirche betrat, und wäre ihr Glauben nicht so fest und unerschütterlich gewesen, dass sie einfach das Gefühl hatte, sie sei es Gott schuldig, ihm diesen Dienst zu erweisen, wäre sie wohl auch nicht mehr hingegangen.

Die Predigt war lang und langweilig, und Lene atmete erleichtert auf, als sie endlich wieder ins Freie trat. Paul saß schon auf dem Kutschbock, den Blick auf sie gerichtet. Fast hätte sie gelächelt und gewinkt, so rührte sein Anblick an ihrem Herzen. Doch bevor ihre Gefühle die Oberhand gewannen, umfasste eine kalte, feuchte Hand ihren Arm. Lene wirbelte herum und blickte in die Augen des Bürgermeisters.

»Frau Fuhrmann, auf ein Wort«, sagte er. Sein Griff machte schmerzhaft klar, dass er keine Widerworte duldete.

»Da hat der gute Paul ja Glück gehabt. Gerade ist ihm die eine Braut im Kindbett geblieben, da schicken die Eltern Ersatz. Zwar nicht so reizvoll wie die erste, dafür mit mehr Kurven und feinen Brüsten, ansehnlich genug, um ihm das Bett schön warm zu halten. Aber eins lassen Sie sich gesagt sein: Wenn die Judenschlampe nicht geht, dann werde ich das melden. Der Gauleiter wird nicht erfreut sein darüber, und vielleicht holen sie Paul ab und vernehmen ihn. Mir ist zu Ohren gekommen, dass die Gestapo da sehr gründlich ist. Sie wollen doch nicht schon zur Witwe werden, wo Sie gerade erst geheiratet haben?« Sein Atem roch säuerlich, was die Bosheiten, die aus seinem Mund kamen, noch unerträglicher machte.

»Nimm deine Finger von meiner Frau, Kurt, sonst geschieht gleich ein Unglück.«

Lene atmete erleichtert aus, als sie Pauls Stimme hörte. Ihr Herz machte trotz der unangenehmen Situation, in die Weiler sie gebracht hatte, sogar einen kleinen Freudensprung, als sie realisierte, dass Paul sie »meine Frau« genannt hatte. Weiler trat einen Schritt zurück und schenkte Paul ein falsches Lächeln. »Habe deiner Gemahlin nur die Ehre erwiesen.« Mit diesen Worten griff er sich an die Hutkrempe und nickte in gespielter Freundlichkeit. »Gnädige Frau, Paul.«

Paul spuckte hinter ihm auf den Boden. »Wag dich noch einmal in ihre Nähe, und du wirst es bereuen, Bürgermeister.« Das letzte Wort klang aus Pauls Mund wie eine Beleidigung.

Kurt Weiler drehte sich um, ein kaltes Lächeln auf den schmalen Lippen. »Du drohst mir? Ich kann dich anzeigen dafür.«

»Ja, zeig mich an, das ist alles, was du kannst: denunzieren und anzeigen und alle aus dem Weg schaffen, die wissen, was für ein armseliger Wicht du bist.«

»Pass bloß auf, Fuhrmann, du willst mich nicht zum Feind haben.«

Paul wollte etwas erwidern, doch Lene hielt ihn zurück. »Lass gut sein, er ist es nicht wert«, wisperte sie und legte besänftigend die Hand auf seinen Arm. Sie spürte, wie er sich anspannte, doch dann drehte er sich zu ihr um und suchte ihr Gesicht ab. Sein Blick war voller Sorge.

»Hat er dir wehgetan?«

Lene schüttelte den Kopf, auch wenn sie wusste, dass sie blaue Flecken von der Begegnung davontragen würde. »So einer kann mir nicht wehtun«, sagte sie, und Paul musste lächeln. Lene konnte nicht ahnen, wie unrecht sie damit hatte.

Kapitel 14

Der nächste Morgen hatte Sonnenschein und mörderische Kopfschmerzen für mich im Gepäck. Ich hatte wieder nicht gut geschlafen, und langsam machte sich mein Rücken bemerkbar, weil ich auf dem kurzen Zweisitzer zusammengekrümmt wie ein Embryo liegen musste, um überhaupt in einer halbwegs erträglichen Position etwas Ruhe finden zu können. Als ich mit dem Frühstückstablett Lenes Kammer betrat, sah sie wehmütig aus dem Fenster.

»Der Kirschbaum wird bestimmt prächtig aussehen, wenn er blüht. Auch wenn ich nicht glaube, dass ich das noch erleben werde«, fügte sie leise an.

Mir schnürte es die Kehle zu. »Sag so etwas nicht«, schalt ich sie, bevor ich das Tablett auf ihrem Bett absetzte.

Sie sah mich liebevoll an. »Kind, ich gehe auf die neunzig zu, ich sehe das nur realistisch. Davon abgesehen bin ich langsam müde. Es macht keinen Spaß, in einem so alten, gebrechlichen Körper gefangen zu sein. Und irgendwo da draußen wartet Paul auf mich.« Bei den letzten Worten lächelte sie und sah wieder zum Fenster hinaus.

Ich wollte diese Diskussion jetzt partout nicht führen, wollte sie unbedingt aufheitern. Ohne nachzudenken, platzte ich deshalb mit einer Idee heraus, deren Umsetzung mich im Anschluss noch vor einige Probleme stellen würde. »Lass uns in den Garten gehen.«

Lene sah vom Fenster weg zu mir, einen unergründlichen Ausdruck im Gesicht. »Herrje, Kind, ich schaffe es doch nicht einmal allein auf den verdammten Toilettenstuhl, wie soll ich da in den Garten kommen?« Ihr Blick schweifte wieder zum Fenster. Ich konnte die Sehnsucht in ihren Augen sehen und wusste auf einmal, dass es genau das Richtige war, ganz gleich, wie wir beide es bewerkstelligen würden.

»Ich stütze dich, Lene, wir bekommen das hin«, behauptete ich enthusiastisch, doch sie sah wenig überzeugt aus.

»Ich bin schwer wie ein Sack Zement, weil ich mich kaum auf den Beinen halten kann, am Ende fallen wir noch beide.«

Es war nicht so, dass ich nicht ebenfalls diese Befürchtung hegte, doch ich wollte sie um alles in der Welt nach draußen bekommen. Wollte, dass sie noch einmal ihren geliebten Garten mit allen Sinnen genießen konnte und ihn nicht nur aus der Ferne durch ein beschlagenes Fensterglas hindurch betrachtete.

»Ich rufe Noah an, er wird uns helfen«, schlug ich vor, obwohl mir der Gedanke an ein so baldiges Wiedersehen fast körperliche Schmerzen bereitete. Nach dem gestrigen Abend war ich noch nicht so weit, ihm gegenüberzutreten, doch für Lene würde ich über meinen Schatten springen.

»Lass gut sein, Kind. Noah hat auch noch andere Patienten, er kann nicht immer springen, wenn du rufst.«

Ich war mir nicht sicher, inwieweit der letzte Zusatz sich noch auf unser akutes Problem oder auf die Sache mit Noah und mir bezog, doch ich ignorierte ihren Einwand und ließ sie im Schlafzimmer zurück, um ihn anzurufen.

»Geht es dir gut?«, fragte er sanft und ohne weitere Begrüßung, als er nach dem zweiten Klingeln ans Handy ging. Ich schluckte kurz. Mir ging es alles andere als gut; ich fühlte mich roh und offengelegt – zerrissen zwischen dem Gestern und dem Hier und Jetzt, doch all das versteckte ich hinter einem gespielt lässigen »Ich habe nur etwas Kopfweh vom Wein«.

Er schwieg kurz. »Wegen gestern, Mel …«

»Deshalb rufe ich nicht an«, fuhr ich dazwischen. Ich konnte förmlich sehen, wie er sich resigniert über die Stirn fuhr.

»Und weshalb dann?«, wollte er wissen.

Ich schilderte ihm mein Problem und hörte erleichtert, wie er versprach, am frühen Nachmittag vorbeizukommen. Auch wenn ich am liebsten sofort mit Lene nach draußen gegangen wäre, war es vernünftiger, auf ihn zu warten, obwohl sich der Tag endlos hinzog und ich mich kaum auf mein Tun konzentrieren konnte, egal, ob es sich um das Richten des Mittagessens oder andere Haushaltspflichten handelte. Zwischendurch ging mir immer wieder der gestrige Abend durch den Kopf, und jedes Mal, wenn ich an Noah dachte, war es, als hätte mir jemand ein Päckchen Brausepulver in die Magengrube gelegt, das schäumte und kitzelte.

Als sein Jeep endlich hielt, stand ich schon ungeduldig und aufgekratzt vor der Tür in der Sonne. Er stieg aus und ging mit langen Schritten auf mich zu.

»Hallo«, flüsterte er, als er vor mir stehen blieb und mir einen sanften Kuss auf die Wange gab.

Ich zuckte zurück, und sein Blick wurde verschlossen. »Lene ist drinnen«, versuchte ich, meine verpatzte Begrüßung zu überspielen, und er nickte und folgte mir ins Dunkel des Hauses. Noah und Lene unterhielten sich kurz, während ich in der Küche wartete, dann trat er durch den Vorhang, um Lene die steile Treppe hinunterzutragen. In seinen Armen sah sie aus wie ein kleines Mädchen, das nach einem langen Tag müde geworden war. Ich ging ihnen voran die steile Treppe hinunter und hielt ihren Rollstuhl bereit. Unten angekommen setzte Noah sie vorsichtig darin ab. Als sie bequem saß, deckte ich ihre dürren Beine, die unter ihrem langen Mantel herauslugten, mit einer Wolldecke zu. Dann öffnete ich die Tür.

Sogleich wurde mir klar, dass der Ausflug alle Anstrengungen wert gewesen war. Die Sonne schickte uns einen warmen Strahlenkranz entgegen, vor der Haustür summten Bienen, Hummeln und Zitronenfalter im Lavendel, dessen Duft unsere Nasen kitzelte. Ich schob Lene in ihrem Stuhl ein Stück nach draußen, wobei ich bemerkte, wie ihre Finger im Vorbeifahren sanft über den Putz der Außenmauer glitten. Sie liebte den Windhof, und mir ging es mittlerweile ebenso, weshalb ich es ihr nachtat und die Wand berührte. Auch wenn es vielleicht albern war, aber es fühlte sich an, wie nach Hause zu kommen. Draußen reckte Lene sich der Sonne entgegen, so wie ich selbst es vor einigen Tagen hinter dem Haus in ihrem Gemüsebeet getan hatte. Auf ihren Zügen lag der Ausdruck purer

Freude, auch wenn sie die Augen geschlossen hatte. Sie holte tief Atem und ließ ihr Gesicht dem Himmel zugewandt. So blieben wir eine ganze Zeit stehen. Irgendwann sah sie mich an und lächelte. »Danke«, sagte sie leise und ließ ihren Blick dann wieder über den Garten schweifen, der zwar wild wucherte, aber in seiner schlichten Pracht wunderschön war.

Ich legte ihr eine Hand auf die Schulter, die sie mit ihrer tätschelte, wobei ich spürte, wie sie leicht zitterte. »Lene, frierst du, sollen wir wieder reingehen?«, fragte ich eingedenk ihrer Atemnot in den vergangenen Tagen. Nicht, dass sie sich noch verkühlte.

»Um nichts in der Welt«, sagte sie bestimmt und streckte sich wie eine ihrer Blumen wieder dem Licht entgegen.

Ich rang mit mir. Zwar wollte ich ihr die Freude nicht nehmen, auf der anderen Seite wusste ich, dass sie sich auf keinen Fall eine Erkältung holen durfte.

Da trat Noah zu mir und lächelte beruhigend. »Mel, der Ausflug tut ihr gut, mach dir nicht so viele Sorgen.«

Ich nickte und spürte, wie die Anspannung von mir abfiel. »Ich hole das Picknick«, sagte ich und sah, wie Noah sich anschickte zu gehen.

»Ich kann in ein, zwei Stunden nach euch beiden sehen und dich dann wieder reinbringen«, sagte er zu Lene, doch ich legte ihm eine Hand auf den Arm. »Wenn es geht, dann bleib doch.« Noah schaute auf meine Hand hinunter. »Bitte«, fügte ich leise und fragend hinzu.

Er sah auf und lächelte, was mich mehr wärmte als die Sonnenstrahlen. »Okay.« Er nickte und setzte sich zu Lenes Füßen auf die angewärmten Steine einer alten, zerfallenen Bruchsteinmauer, die den Garten von der freien Fläche vor der Tür trennte.

Ich bemerkte Lenes prüfenden Blick, der zwischen mir und Noah hin- und herwanderte, und sah das Funkeln in ihren Augen, das sie wieder so jung wirken ließ. *Alte Kupplerin*, schoss es mir liebevoll durch den Kopf, während ich nach oben ging, um Tee, Kuchen und eine weitere Decke für sie zu holen. Als ich wieder draußen war, dachte ich einen Augenblick lang, Lene wäre eingeschlafen. Sie sah so friedlich aus, ihre Züge wirkten so entspannt, wie ich sie schon lange nicht mehr gesehen hatte. Als ich leise zu ihr trat, um ihr die zweite Decke über die Beine zu legen, blickte sie mich an und deutete auf einen Baumstumpf nahe des Hauses.

»Dort stand früher eine Tanne. Paul hatte sie an unserem letzten gemeinsamen Weihnachtsfest im Wald ausgegraben, und wir haben sie in einen Topf gesetzt und geschmückt. Als er zurück an die Front musste, hat er die Tanne da vorne wieder eingepflanzt und gesagt, dass er sie bei unserem nächsten gemeinsamen Christfest wieder aus der Erde holen und mit mir zusammen schmücken werde.«

»Und?«, fragte ich leise.

»Nun, der Baum war irgendwann so riesig, dass seine Wurzeln drohten, ins Fundament zu wuchern, weshalb er gefällt werden musste. Ein Weihnachtsbaum ist nie mehr aus ihm geworden.«

Ich schluckte. Lenes Blick war in die Ferne geschweift, ihre Augen sahen in eine Vergangenheit, in der ich noch keine Rolle gespielt hatte. Ich wollte aber wenigstens jetzt daran teilhaben. »Erzähl doch noch ein bisschen, solange die Sonne uns hier draußen noch warm hält.«

Westerwald, 1936

Zu Hause angekommen bemerkten Lene und Paul gleich, dass etwas nicht stimmte. Im Hof stand ein Koffer, und Ruth lief aufgeregt hinter Wilhelm her, der gerade aus der Gesindeküche nach draußen trat, seinen Hut auf dem Kopf, eine zusammengerollte Decke unter dem Arm.

»Was ist hier los?«, fragte Paul, während er vom Kutschbock sprang und auf die beiden zutrat. Wilhelm sah betreten zu Boden. Lene konnte an Ruths gerötetem Gesicht erkennen, dass Ärger in der Luft lag. Nervös kratzte sich der Knecht am Kopf, wobei er seinen Hut vor- und zurückschob, dann holte er tief Luft und sah Paul direkt in die Augen.

»Herr, ich werde gehen. Ich habe Arbeit drüben beim Weiler Johann gefunden. Der zahlt das Doppelte, und Ihr könnt Euch meine Dienste doch ohnehin nicht mehr leisten. Tut mir leid.« Mit diesen Worten setzte er sich in Bewegung, während Paul mit unbewegter Miene verfolgte, wie sein treuer Knecht den Koffer nahm und mit eiligen Schritten den Hof verließ.

Lene sprang nun ebenfalls von der Kutsche und führte Lotte am Zügel zum Stall, wo Paul das Pferd ausschirrte. Niemand sagte ein Wort. Anton lag vor der Tür in seinem Kinderwagen in der Sonne, ein Tuch über das Verdeck gespannt, damit die Fliegen ihn in Ruhe schlafen ließen. Mit Tränen in den Augen ging Ruth ins Haus, um ihre Jacke zu holen. Lene wusste, dass die Magd den wesentlich älteren Wilhelm mochte, der stets zu Scherzen aufgelegt war und ihr so manche schwere Arbeit abgenommen hatte.

Als Ruth zurückkehrte, hatte sie sich gefangen. Sie zog das Tuch über Antons Wagen gerade und blieb kurz vor Lene stehen. »Bis morgen«, sagte sie und trat entschlossen durchs Tor.

Lene sah ihr nach. Sonntagsnachmittags hatte Ruth frei, dann ging sie zu Fuß die drei Kilometer nach Kaltenbach, um ihre Familie zu besuchen. Als sie allein waren, gesellte sich Lene zu Paul und betrachtete sein grimmiges Profil, das er ihr zuwandte, während er das Kaltblut striegelte.

»Ist Johann Weiler ein Verwandter vom Bürgermeister?«, fragte sie leise.

»Der Bruder«, antwortete Paul finster.

Lene nickte. Auch wenn es stimmte, dass sie sich Wilhelms Dienste kaum noch hatten leisten können, so war es doch schmerzlich, ihn ausgerechnet zu dieser Familie überlaufen zu sehen. Davon abgesehen war der Hof einfach zu groß, um von einem Mann allein bewirtschaftet zu werden.

»Ich kann helfen, Paul, dir mehr zur Hand gehen, ich bin stärker, als du denkst«, sagte Lene und stemmte dabei die Hände in die Hüften, was ihm ein Lächeln entlockte. »Wir bekommen das hin«, fügte sie mit mehr Zuversicht an, als sie verspürte.

Paul hörte auf, das Pferd zu striegeln, und trat einen Schritt auf sie zu. Dicht vor ihr blieb er stehen. Lene musste den Kopf heben, um ihm in die Augen sehen zu können. Er roch gut, nach Pferd und Leder und frischer Seife. Ihr Herz schlug nun doppelt so schnell, und sie spürte, dass ihr

Atem plötzlich stoßweise kam, als wäre sie gerannt. Auch Pauls Atem ging schneller, die Farbe seiner Augen war dunkler, wie immer in den kurzen Momenten, in denen er seinen Gefühlen gestattete, an die Oberfläche zu kommen. Langsam hob er die Hand und strich Lene eine Strähne aus dem Gesicht, die sich aus ihrem Zopf gelöst hatte. Bei seiner zarten Berührung schloss sie die Augen. Sie wünschte sich nichts sehnlicher, als dass er sie küssen möge, und für einen kurzen Moment glaubte sie, genau das würde er tun, doch dann schüttelte das Kaltblut seinen schweren Kopf, um ein paar lästige Fliegen zu vertreiben, und sie spürte, wie Paul von ihr zurückwich. Als sie die Augen wieder öffnete, striegelte er mit konzentrierten Bewegungen Lottes Fell, als sei nichts geschehen. Lene benetzte ihre trockenen Lippen mit der Zunge und strich sich erneut die lose Strähne hinters Ohr, die Paul eben erst gebändigt hatte.

»Ich sehe nach dem Kleinen«, sagte sie. Ihre Stimme zitterte genauso heftig wie ihre Beine, als sie sich mit unsicheren Schritten von ihrem Mann entfernte. Sie warf einen Blick in den Kinderwagen, dann ging sie in die Küche, um Antons Fläschchen warm zu machen. Als sie den Jungen gefüttert hatte, setzte sie Kartoffeln auf und schnitt ein Stück Schinken, das sie in der Pfanne anbriet. Für einen Sonntagsbraten, wie es ihn sonst manchmal gegeben hatte, reichte das, was der Hof abwarf, einfach nicht mehr aus. Ab und an ging Lene sogar an ihr eigenes Geld, welches sie in einer kleinen Schatulle in ihrem Koffer aufbewahrte. Ihr Vater hatte es ihr in einem Umschlag in die Hand gedrückt, bevor sie sich auf ihre Reise in eine ungewisse Zukunft machte. »Falls du mal was brauchst«, hatte er geflüstert, damit ihre Mutter es nicht mitbekam. Paul wollte kein Geld annehmen, das hätte sein Stolz nicht zugelassen, aber Lene war froh über diesen kleinen Rückhalt, der es ihr in den vergangenen Wochen immerhin ermöglichte, neben dem Nötigsten auch Extras wie Zucker, Kaffeepulver und Pauls Bier zu kaufen. Zum Glück hatten sie Hühner und Kühe, sodass immer genug Eier und Milch im Haus waren. Zudem gab der Garten vieles an Gemüse und Obst her, und was an Getreide nicht verkauft wurde, konnte sie zum Backen nehmen. Sie aßen zu Mittag, und anschließend verschwand Paul im Stall, während Lene Wäsche ausbesserte und Hemden flickte.

»Ich bin mal weg, warte nicht mit dem Essen!«, rief Paul gegen Abend, und sie hörte, wie er mit schweren Schritten die Treppe hinuntereilte und dann die Haustür hinter sich ins Schloss warf. Lene trat ans Fenster, um ihm nachzusehen. Er ging mit großen Schritten die Straße entlang, den Hut tief in die Stirn gezogen, die Jacke über die Schulter gehängt. Lene wusste nicht, wohin er wollte. Seit sie hergekommen war, hatte Paul seine Abende damit verbracht, allein in der Küche vor dem Radio zu sitzen oder in der Scheune zu arbeiten, um danach zeitig ins Bett zu gehen. Nun kniff sie besorgt die Augen zusammen, doch er war nur noch ein Punkt in der Landschaft, der im nächsten Augenblick aus ihrem Sichtfeld verschwand.

Sie fand keinen Schlaf, da die Sorge um Paul sie wach hielt. Auch deshalb vernahm sie sofort das ungewohnte Motorgeräusch in der Ferne, das die ansonsten stille Nacht durchbrach und immer näher kam. Lene hörte Bremsen quietschen, gefolgt von lauten Stimmen und gehässigem Gelächter. Sie bekam eine Gänsehaut. Etwas polterte, dann gellte eine Hupe. Lene sprang aus dem Bett und stürmte zum Flurfenster, von wo aus sie auf den Hof blicken konnte, der von zwei Scheinwerfern in gleißendes Licht getaucht wurde. Sie entdeckte ihn sofort. Er lag neben einem Automobil, in dessen Inneren sie die Silhouetten weiterer Männer ausmachen konnte – zusammengekrümmt, reglos.

Lene schlug das Herz bis zum Hals. Kurt Weiler lehnte sich aus dem offenen Wagenfenster und blickte zu dem Fenster hinauf, hinter dem Lene stand, den Mund zu einem unschönen Grinsen verzogen.

»Das passiert mit Judenfreunden!«, rief er, ohne sie aus den Augen zu lassen, und die anderen Männer reckten grölend die Fäuste. Einer spuckte und verfehlte Paul nur um Haaresbreite. Dann setzte sich das Automobil wieder in Bewegung und verschwand in der Dunkelheit.

Lene presste erschrocken die Hand vor den Mund, um einen Schrei zu unterdrücken. Ohne sich etwas überzuziehen, rannte sie hinaus. Barfuß und im Nachthemd, kniete sie sich im Schein des Vollmonds neben ihren Mann und fasste ihn an der Schulter, um ihn zu sich umzudrehen.

»Paul?«, flüsterte sie heiser. Als sie sein Gesicht sah, entfuhr ihr doch ein Schrei. Ein Auge war zugeschwollen, die Lippe aufgesprungen, angetrocknetes Blut klebte auf seiner Wange und am Kragen seines guten Hemdes. Er stöhnte und versuchte, sich von ihr wegzudrehen, doch Lene hielt ihn fest. »Diese Tiere«, stieß sie mit zornbebender Stimme hervor und fuhr sanft seine geschundenen Gesichtszüge nach.

Paul verzog den Mund zu einem Lächeln, was ihm erneut Schmerzen zu verursachen schien. Er schloss sein unverletztes Auge und ließ sich auf den Rücken fallen.

»Kannst du aufstehen?«, fragte Lene, nachdem sie ihm etwas Zeit gelassen hatte, wieder zu sich zu kommen.

Er nickte und stemmte sich mühsam hoch. Offenbar hatte auch der Rest seines Körpers einiges abbekommen. Lene biss die Zähne zusammen ob seines Gewichts, obwohl Paul versuchte, sich nicht allzu sehr auf sie zu stützen. Sie half ihm ins Haus und die Treppe hinauf in die Küche, wo er schwer auf einen Stuhl sackte. Völlig außer Atem lehnte sich Lene an die Anrichte.

»Was ist passiert?«, fragte sie, als sich ihr Puls beruhigt hatte, leise, um Anton nicht zu wecken.

»Der feine Herr Bürgermeister ist passiert«, antwortete Paul undeutlich. Er roch stark nach Alkohol.

»Wo warst du?«, bohrte sie nach, weil er keine Anstalten machte, mehr zu erzählen.

»Im Bürgerhof, drüben in Kaltenbach.« Sie nickte, auch wenn es sie überraschte, dass er das wenige Geld, das sie derzeit hatten, in die Kneipe trug. Die Hände in die Hüften gestemmt baute sie sich vor ihm auf.

»Das ist keine Erklärung.«

Paul musterte sie mit schmerzverzerrtem Gesicht. »Sieh an, meine kleine forsche Braut«, sagte er mit schwerer Zunge und umfing ihre Hüften so plötzlich, dass Lene fast das Gleichgewicht verlor. Seine Hände wanderten tiefer zu ihrem Po. Lene schnappte überrascht nach Luft, doch sie regte sich nicht. Langsam strichen seine Finger über ihre Rundungen. »Und ich habe dich für reizlos gehalten«, flüsterte er, und Lene wusste nicht, ob sie seine Worte als Kompliment oder Beleidigung werten sollte. »Ich habe mir nach dem Tod meiner Frau geschworen, kein anderes Weib auch nur anzusehen, da war es mir gerade recht, als der Zug dich kleine graue Maus ausspie. Aber mit jedem Tag, den du unter meinem Dach bist, fällt es mir schwerer, nur das in dir zu sehen.«

Obwohl er lallte, sah Lene die Aufrichtigkeit in seinem Blick, sah ihre eigene Leidenschaft, die sich dort spiegelte. Sie war versucht, sich hinabzubeugen und seine geschundene Lippe zu küssen, doch stattdessen schob sie seine Hände weg und hob störrisch das Kinn.

»Du bist betrunken, und du hast dich geprügelt, und ich will wissen, warum.«

Paul wandte den Blick ab und verschränkte die Arme vor der Brust. »Wenn du es genau wissen willst – Weiler hat Streit gesucht. Ich wollte nur in Ruhe ein paar Bier trinken, aber er und der braune Abschaum, mit dem er sich umgibt, mussten ja stänkern, die waren auf Ärger aus. Haben im Schankraum rumposaunt, dass mir eine Braut nicht reicht und ich deshalb noch die Jüdin halte. Dass das meine erste Frau ins Grab gebracht hat.« Seine Stimme bebte vor Zorn, und er musste tief Luft holen, bevor er weitersprechen konnte. »Er hat nur bekommen, was er verdient hat, Lene. Aber Weiler ist ja zu feige, sich selbst zu verteidigen. Die haben mir draußen vor der Tür zu viert aufgelauert, ich hatte keine Chance.«

Lene seufzte und ging zur Waschschüssel, um einen

Lappen nass zu machen. Dann trat sie wieder zu ihm, die Hitze in ihrem Gesicht und das Flattern in ihrer Magengrube ignorierend. Er zuckte, als sie vorsichtig begann, seine Lippe zu säubern. Danach tauchte sie den Lappen erneut ein, wrang ihn aus und legte ihn sanft auf sein schon blau verfärbtes Auge, um die Schwellung zu lindern. Paul hielt ganz still, nur sein Atem ging etwas beschleunigt, so wie ihrer. Versonnen hatte er angefangen, mit ihrem Zopf zu spielen, der über ihrer Schulter hing. Beinahe zärtlich ließ er ihre Haare durch seine Finger gleiten, während er mit seinem unversehrten Auge ihr Gesicht betrachtete.

»Ich weiß nicht, ob es am Bier liegt, aber jetzt gerade, in diesem Licht, siehst du wunderschön aus.« Seine Stimme klang jetzt weniger betrunken, dafür aber merkwürdig belegt.

Lene schnaubte leise. »Du weißt wirklich, wie man einer Frau Komplimente macht. Hier, kühl dir dein Auge selbst.« Sie warf ihm den nassen Lappen zu. »Du schläfst heute in der Küche, bis dein Rausch nachlässt. So will ich dich nicht im Bett haben.« Mit diesen Worten drehte sie sich um und verschwand Richtung Schlafkammer, wo sie sich mit pochendem Herzen gegen die Tür lehnte.

Seine Worte hallten in ihrem Kopf nach, sie hatte den Widerstand darin vernommen, seine innere Zerrissenheit, hatte gehört, wie er sich sträubte, Gefühle zuzulassen – Gefühle für die Frau, die er eigentlich nicht hatte haben wollen. Doch obwohl es nicht gerade schmeichelhaft war, dass der eigene Mann sie nur im Rausch attraktiv fand, konnte sie nicht verhindern, dass Hoffnung in ihr aufkeimte. Sie strich Anton über das Köpfchen, der im Schlaf mit den zu Fäustchen geballten Händen zuckte, und legte sich in das große Bett, das ihr ohne ihren Mann jetzt schon einsam erschien.

Kapitel 15

Ein kühler Wind war aufgekommen, der die Gräser zu Boden drückte und die Blätter in den nahen Bäumen zum Rauschen brachte. Lene fror, doch sie versuchte, diesen Umstand vor uns zu verbergen, indem sie immer dann, wenn sie glaubte, ich sähe nicht hin, ihren Mantel enger um sich zog. Ich dachte an jenen Morgen zurück, an dem ihre Atemnot uns beide zu Tode erschreckt hatte, und sogleich beschlich mich das schlechte Gewissen, dass ich sie so lange draußen an der Luft sein ließ.

»Lass uns reingehen, mir wird kalt«, log ich, obwohl der Wind mich gar nicht störte.

Noah schien ähnliche Befürchtungen zu hegen, denn er schien nun ebenfalls darauf bedacht, Lene wieder ins Haus zu schaffen. »Mel hat recht, es wird frisch, Lene, du holst dir noch was hier draußen.« Er schob den Rollstuhl trotz ihres leisen Protests wieder ins Haus und trug sie hinauf, während ich die Decken, Kissen und unser Geschirr aufsammelte, um alles in Sicherheit zu bringen. Die dicken grauen Wolken, die im Westerwald so plötzlich an einem klarblauen Himmel aufziehen konnten, verhießen nämlich meist heftigen Regen. Er war noch bei Lene, als ich wenig später die Küche betrat. Ich hörte seine warme Stimme, die mir in den Magen fuhr und mir die Röte ins Gesicht trieb, weil er Lene soeben leise gestand, dass er mich sehr gernhatte. Als er durch den Vorhang trat, war ich mir bewusst, dass meine Wangen glühten. Er zog mich etwas zur Seite.

»Können wir kurz reden?«, fragte er unsicher und suchte mein Gesicht nach einer Reaktion ab. Ich nickte, trotz des Aufruhrs in meinem Inneren.

Mit gesenkter Stimme, damit Lene ihn nicht hören konnte, fuhr er fort: »Mel, auch wenn es mir kein bisschen leidtut, dich geküsst zu haben, möchte ich mich dafür entschuldigen. Ich habe gespürt, dass du noch nicht so weit bist.« Er holte Luft. »Ich kann verstehen, wenn dir das alles zu schnell geht, und vielleicht ist es einfach nicht der richtige Zeitpunkt und ich bin auch nicht der richtige Kerl?« Er sah mich abwartend an.

Was sollte ich darauf antworten, wenn es die gleichen Fragen waren, die mir selbst seit Tagen durch den Kopf geisterten? Ein wenig hilflos zuckte ich die Schultern und blickte betreten zu Boden – ein Blick in sein Gesicht hätte meine Unentschlossenheit womöglich nur befeuert.

»Wir lassen es einfach langsam angehen, Mel, was meinst du?« Seine Stimme war leise geworden, vielleicht sogar eine Spur traurig, aber das konnten auch nur meine eigenen Gefühle sein. »Freunde?« Er streckte mir die Hand hin, und ich ergriff sie, verwirrt, weil ich selbst nicht wusste, ob es das war, was ich wollte.

»Noah, bleibst du zum Essen? Mel kocht so gut, es ist doch eine Schande, wenn sie das nur für mich tut«, drang Lenes Stimme hinter dem Vorhang zu uns herüber.

»Das ist nicht auf meinem Mist gewachsen«, beeilte er

sich, mir zu vergewissern, und ich schüttelte schnell den Kopf.

»Ich weiß«, formte ich tonlos mit den Lippen. »Gute Idee, Noah, warum bleibst du nicht?«, rief ich extra laut, und nun mussten wir uns beide ein Lachen verkneifen, was die fast greifbare Spannung im Raum zumindest in eine Ecke scheuchte.

»Na, wenn mich zwei so nette Frauen darum bitten, kann ich wohl schlecht Nein sagen.«

Ich nickte bekräftigend, als sein Blick fragend an mir hängen blieb.

»Kann ich helfen?«, erkundigte er sich, während ich zum Kühlschrank ging, um eine Bestandsaufnahme zu machen, was ich auf die Schnelle würde zubereiten können.

»Wie hört sich Risotto mit grünem Spargel an?«

Noah rieb sich die Hände. »Mir läuft schon das Wasser im Mund zusammen«, gestand er und nahm mir die Zutaten ab, die ich ihm reichte. Während er die Schalotten hackte und den Spargel schnitt, maß ich den Reis ab und ließ ihn in einer Pfanne im Wasser aufkochen, wobei ich ständig rühren musste, damit nichts anbrannte. Bald schon füllte der Geruch nach frischem Gemüse, Gewürzen und Reis Lenes kleine Küche. Noah deckte derweil den Tisch und fing ein unverfängliches Gespräch an, was mich jedoch zunehmend fahriger werden ließ. Jeglicher Unterton war aus seinen Worten verschwunden, er schien ernsthaft darum bemüht, die freundschaftliche Ebene unserer Beziehung auf keinen Fall zu verlassen. Und das wiederum passte mir nicht. Es war, als hätte mir jemand verboten, an einem Mückenstich zu kratzen, weshalb der Drang nun umso stärker war. Ich stand näher als nötig bei ihm, und unsere Hände berührten sich eine Spur zu lange, wann immer ich ihm etwas reichte oder abnahm. Er allerdings schien das nicht bemerken zu wollen und wich sowohl meinen Blicken als auch meinen Berührungen gekonnt aus. Was war mit mir los? Warum versetzte mir sein Verhalten jetzt einen Stich, wenn ich es doch war, die ihn in die Freundschaftsecke zurückgedrängt hatte? Ich fragte mich ernsthaft, ob ich dabei war, den Verstand zu verlieren. Dieses Hin und Her machte mich ganz schwindelig; ich wollte mir lieber gar nicht vorstellen, wie er sich dabei fühlte.

Beim Essen konnte ich den Blick kaum von seinem Mund abwenden, dessen Wärme ich noch immer auf den Lippen spürte. Versonnen strich ich über den Rand meines Weinglases und lauschte der Geschichte über eine Bäuerin, die ihn mitten in der Nacht angerufen hatte unter dem Vorwand, sie habe eine Nierenkolik. Am Ende stellte sich heraus, dass sie den Veterinär nicht hatte erreichen können und sich erhofft hatte, der Landarzt könne nicht nur menschlichen Patienten, sondern auch ihrem Pferd helfen. »Umgekehrt war das früher ja auf dem Land gang und gäbe, da hat der Tierarzt neben der Kuh auch mal den Bauern behandelt.«

Lene, die bei weit geöffnetem Vorhang im Bett saß und mit uns aß, nickte bekräftigend. »Da durfte man nicht wahlerisch sein«, sagte sie an Noah gewandt.

»Heute ist das aber weder üblich noch erlaubt, und ganz ehrlich? Ich hätte dem Pferd alle meine Schmerzmittel in den dicken Hintern jagen müssen, damit es überhaupt eine Wirkung spürt.«

Nun lachte Lene, bis ihr die Tränen liefen. Doch als die Teller leer und die beiden Kerzen heruntergebrannt waren, die ich auf den kleinen Holztisch gestellt hatte, um für eine gemütliche Stimmung zu sorgen, schien sie erschöpft. Ihre Augen waren eingesunken, und ihre Haut wirkte fahl im Licht der Nachttischlampe. Sie hustete rasselnd, und ich bekam auf der Stelle ein schlechtes Gewissen, weil sich womöglich durch unser heutiges Picknick im Garten ihr Gesundheitszustand verschlechtert hatte.

Noah ging zu ihr hinüber und zog den Vorhang hinter sich zu. »Ich untersuche dich noch einmal, Lene, und dann ruhst du dich aus.«

Nervös machte ich mich an den Abwasch, doch als Noah nach einiger Zeit wieder zu mir in die Küche kam, lächelte er. Er schien zu ahnen, was mich plagte, denn er strich mir beruhigend über den Arm.

»Sorg dich nicht, Mel. Es war eine gute Idee, sie an die Luft zu bringen, das hat ihr gutgetan. Ich habe sie schon seit Langem nicht mehr so aufgekratzt und lebendig erlebt.«

Ich spürte, wie mich Erleichterung durchflutete. »Ich habe nur Angst, dass sie sich was geholt hat, wo sie doch ohnehin so schlecht Luft bekommt.«

Er schüttelte den Kopf. »Lene ist zäh, ein bisschen Wind wird sie nicht gleich umbringen, und die Probleme mit der Luft kommen vom Herzen, daran können wir nichts ändern.«

Ich nickte und versuchte, den Kloß in meiner Kehle hinunterzuschlucken. Wir schwiegen einen Moment, doch dann trat er zu mir ans Spülbecken und griff nach dem Geschirrtuch.

»Du spülst, ich trockne ab«, schlug er vor, und gemeinsam beseitigten wir den kleinen Berg aus schmutzigem Geschirr. Als wir fertig waren, griff er entschlossen nach seinem Koffer und strebte zur Tür.

»Ich fahre jetzt. Bis morgen, Mel!«

Eilig ging ich ihm nach. »Ich bringe dich noch runter!«, rief ich und schnappte mir im Vorbeigehen meine Strickjacke. An der Tür wandte er sich kurz zu mir um, vermutlich, um mir eine gute Nacht zu wünschen. Und plötzlich schrie alles in mir nach seiner Nähe. Ich fiel ihm um den Hals und presste mich an ihn, nahm seine Wärme und Stärke in mich auf und suchte gierig nach seinem Mund. Noah versteifte sich, überrascht über meine unerwartete Attacke, doch nach kurzem Zögern gab er nach. Als seine Zunge diesmal über meine Lippen fuhr, hieß ich ihn hungrig willkommen. Sein Kuss war innig und voller Leidenschaft, und ich spürte, wie er Regionen in meinem Körper zum Leben erweckte, die ich für tot gehalten hatte. Mein Herz pochte, genau wie die einsame Stelle zwischen meinen Schenkeln. Auf einmal unterbrach er seinen Kuss und schob mich sanft von sich.

»Bist du dir wirklich sicher?«, fragte er, und ich schüttelte benommen den Kopf. Ich war mir in gar nichts sicher, nur darin, dass ich ihn in diesem Augenblick weiterküssen wollte, doch als ich ihn wieder an mich zog, trat er einen Schritt zurück. Seine vor Leidenschaft dunklen Augen blieben auf meinen Lippen liegen, die von seinem Kuss geschwollen waren. »Es tut mir leid, Mel. Vielleicht bin ich einfach aus der Übung, aber dieses Hin und Her ist gerade ziemlich verwirrend.«

Beschämt sah ich zu Boden. Er hatte recht, ich führte mich total bescheuert auf. »Nein, Noah, *mir* tut es leid. Ich weiß ja selbst nicht, was ich will. Ich war nie ein spontaner Typ und habe immer alles gut durchdacht und vorher abgewogen. Das eben war eines der wenigen Male, bei denen ich einfach getan habe, wonach mir gerade war.«

Er schüttelte den Kopf, doch auch diese kleine verzweifelte Geste konnte das Lächeln nicht verscheuchen, das mein Geständnis auf sein Gesicht gezaubert hatte. »Du machst mich verrückt, Mel. Aber ein bisschen Wahnsinn hat ja noch niemandem geschadet.« Mit diesen Worten zog er mich wieder in seine Arme und küsste mich, bis meine Beine zitterten und mein Kopf Karussell fuhr. Nach einer gefühlten Ewigkeit ließ er von mir ab und trat einen Schritt zurück.

»Ich sollte jetzt wirklich besser fahren«, sagte er heiser und löste behutsam meine Hände, die sich gerade an seinem Hemd zu schaffen machen wollten. Er bückte sich, nahm seinen Arztkoffer vom Boden und verschwand in der Dunkelheit.

Ich brauchte mehrere Minuten, bis ich mich endlich vom Fleck rühren und Lene unter die Augen treten konnte.

Lene hustete viel in dieser Nacht. Ich ließ sie zweimal inhalieren und blieb bei ihr sitzen, bis sie endlich in einen unruhigen Schlaf gesunken war. Danach sah ich dem guten alten Fritz dabei zu, wie er einmal mehr seine sinnlosen Runden mit dem Gabelstapler auf der Wiese zog. Der Streit mit seiner Helga musste heftiger gewesen sein als sonst, denn er war so betrunken, dass er irgendwann aufstand, sich vorbeugte und vom Sitz auf die Wiese kippte, während sein nun führerloses Gefährt den Kreis durchbrach und auf den nahen Wald zusteuerte. Fritz rappelte sich auf und rannte, als wäre der Leibhaftige hinter ihm her, bis er seinen Gabelstapler erreichte und – trotz seiner Trunkenheit und seines Alters – erstaunlich behände wieder auf den Sitz kletterte. Als er im Zickzackkurs in der Dunkelheit verschwand, musste ich mir eingestehen, dass mich seine Traurigkeit heute nicht getröstet hatte, im Gegenteil. Ich fühlte mich einsam, verwirrt und verletzlich, weshalb es kein Wunder war, dass der Schlaf einfach nicht kommen wollte. Unruhig warf ich mich auf meinem unbequemen Lager hin und her und stand lange vor Sonnenaufgang auf, weil mich mein Rücken schier um den Verstand brachte. Zumindest versuchte ich, mir einzureden, dass mein Rücken das Problem war und nicht mein aufgewühltes Inneres, das mir in dieser Nacht den Schlaf raubte.

In der gelösten Stimmung des Abends, im Schutz der Dunkelheit, hatte es sich so richtig angefühlt, Noah zu küssen, doch jetzt, als ich mit einer Tasse Tee am Fenster stand und auf die tiefen Furchen starrte, die Fritz in der Nacht ins Erdreich gegraben hatte, schien es mir wieder, als hätte ich David verraten. Warum konnte denn nichts im Leben einfach sein? Warum gab es für mich nicht einmal einen kleinen Höhenflug ohne Absturz am nächsten Tag?

Lene bemerkte meine gereizte Stimmung und ließ mich in Frieden. Weil der Tag ungemütlich war und der Regen beständig gegen die Scheiben trommelte, kam Gartenarbeit heute nicht in Frage. Ich half Lene auf den Toilettenstuhl und danach beim Waschen. Dann bezog ich das Bett frisch, spülte das Geschirr vom Frühstück und wischte Staub. In der Hoffnung, dass Lene noch etwas von ihrer Geschichte preisgeben würde, schielte ich im Anschluss in ihr Zimmer, doch sie hatte sich in ihr Buch vertieft, und ich beschloss, sie nicht zu stören.

Stattdessen putzte ich noch das Bad und kehrte den Flur. Als ich damit fertig war, schielte ich wieder hinter den Vorhang in ihr Zimmer, aber Lene war eingenickt, die Brille schief auf der Nase, das offene Buch auf dem Bauch. Ich schlich zu ihr hinein und befreite sie von beidem, bevor ich mich endlich einmal wieder an den Rechner setzte, um den neuen Auftrag mit dem vielversprechenden Titel *The Rakes Petulant Wallflower* – »Des Wüstlings gereiztes Mauerblümchen« – in Angriff zu nehmen. Übersetzt klang der Titel wenig einladend, also legte ich eine Liste mit Titelvorschlägen an, wobei mir *Ein Schürzenjäger für Lady Claire* am besten gefiel.

Es war die ewig gleiche Leier. Lady Claire war zwar hübsch, doch prüde und kratzbürstig, weshalb es der Liebe eines Mannes bedurfte, um ihr wahres, schönes Ich zu enthüllen. Lord Dareham hingegen verbarg hinter seiner nonchalanten, glatten Oberfläche selbstverständlich ein gutes Herz und einen aufrechten Charakter. Ich schätzte, spätestens auf Seite fünfundvierzig würde sie mit einem Seufzer auf den Lippen in seine Arme sinken, dann kämen ein paar kleine Irrungen und Wirrungen, bis auf Seite zweihundertneunundachtzig die Liebe wie immer den Sieg davontrug. Wenn es doch auch im wirklichen Leben so einfach wäre! Ich musste an Lene und Paul denken, daran, wie schwierig es gewesen sein musste für das junge siebzehnjährige Mädchen, das sie gewesen war, von einem Tag auf den anderen mit der Verantwortung für einen Säugling, einen Ehemann und einen Bauernhof belastet zu werden. Wie stark Lene hatte sein müssen, und wie schwach ich war. Zwei Jahre war David nun tot, und ich hatte es immer noch nicht geschafft, mein Leben wieder in den Griff zu kriegen. Meine Gedanken wanderten zu Noah, und ich berührte unbewusst meine Lippen. Allein die Erinnerung an unseren Kuss ließ meine Finger dabei zittern. Das Kribbeln in meiner Magengegend wurde überlagert von der kleinen Stimme in meinem Kopf, die Davids Namen vorwurfsvoll in Dauerschleife widerhallen ließ und damit jede andere Gefühlsregung außer Scham und Reue im Keim erstickte. Genervt klappte ich den Rechner zu. Ich konnte mich jetzt nicht auf Lady Claire und ihre Problemchen konzentrieren. Ich musste raus, an die Luft, mich bewegen, den Kopf frei kriegen.

Nachdem ich mich vergewissert hatte, dass Lene immer noch schlief, zog ich eine Strickjacke und Gummistiefel an und wanderte einfach los, querfeldein. Der Regen hatte für heute scheinbar aufgehört. Die Feuchte hatte sich über den Baumkronen gesammelt und stieg wie eine Rauchsäule in den nun wieder blauen Himmel. Die Luft roch nach nasser Erde, feuchtem Moos und Blättern. Einige Mücken tanzten bereits in den noch schwachen Strahlen der Sonne. Ich war so in Gedanken, dass ich den Hund erst bemerkte, als er bellend vor mir stand.

»Rufus, hierher!«, rief eine Stimme, die mir bekannt vorkam, und gleich darauf erschien Natalie am Waldrand, eine Leine in der einen Hand, die Finger der anderen zwischen den Lippen. Es ertönte ein ohrenbetäubender Pfiff, und der wuschelige Mischlingshund beeilte sich, wieder zu seinem Frauchen zu kommen. »Guter Hund«, lobte sie ihn, dann hob sie grüßend die Hand und kam auf mich zu.

»Dich hatte ich hier nicht erwartet«, sagte sie lachend und blieb erwartungsvoll vor mir stehen. »Gehst du ein Stück mit uns? Das hier ist Rufus' und meine Lieblingsrunde.«

Was sollte ich darauf sagen? Eine plausible Ausrede fiel mir so schnell nicht ein, und ich wollte nicht unhöflich sein, also nickte ich und schlug den gleichen Weg ein wie sie. Ich spürte, wie sie die Augen forschend auf mich richtete.

»Erzählst du jetzt von selbst was, oder muss ich dir alles aus der Nase ziehen?«, fragte sie nach wenigen Minuten so ungeduldig, dass ich anfing zu kichern.

Gleich darauf entfuhr mir ein Seufzen. »Natalie, da gibt es nichts zu erzählen. Der Abend bei Noah war sehr nett und das Essen köstlich, aber ich glaube nicht, dass aus mir und deinem Bruder etwas Ernstes wird. Ich bin einfach noch nicht so weit.« Ich hoffte, sie mit meiner Offenheit zum Schweigen zu bringen, doch stattdessen schien ich sie noch zu befeuern.

»Ich weiß, dass du vor zwei Jahren deinen Mann verloren hast. Mein Gott, Mel, das muss so furchtbar sein, ich kann mir ein Leben ohne meinen Kai gar nicht mehr vorstellen. Aber du weißt doch, was die Reiter sagen.« Sie sah mich erwartungsvoll an.

Ich zuckte ratlos mit den Schultern. »Keine Ahnung?«

»Wenn man runterfällt, muss man so schnell wie möglich wieder in den Sattel steigen, sonst bleibt die Angst«, erklärte sie und warf ein Stöckchen für Rufus, der der Beute mit Hechtsprüngen hinterherjagte.

Ich musste lachen ob ihres merkwürdigen Vergleichs. »Du willst mir also sagen, dass dein Bruder ein Pferd ist?«, stieg ich auf Natalies hinkenden Vergleich ein.

Sie grinste. »Na ja, ein Pferde*arsch* kann er manchmal sein und dann wieder stur wie ein Esel, aber er hat das Herz am rechten Fleck.«

Komisch, dass sie ausgerechnet diesen Satz wählte, den Noah bei einem unserer ersten Treffen zu mir gesagt hatte, doch da war es um Lene und mich gegangen. Rufus kam zurück und legte den vor Speichel triefenden Stock vor Natalies Füße, die ihn erneut in den Wald schleuderte. Sie schirmte die Augen vor der Sonne ab, um ihrem Hund hinterherzusehen, der schwanzwedelnd im Unterholz verschwand.

»Auch wenn ich ihn gerne hänsele, ist Noah ein toller Mensch«, fügte sie lächelnd hinzu. »Er ist sehr warmherzig und fürsorglich und würde sich ein Bein für diejenigen ausreißen, die ihm nahestehen. Das liegt ein bisschen in der Familie, fürchte ich.« Sie strich mir sanft über den Arm. »Er ist von dieser Bea tief verletzt worden, und ich freue mich einfach für ihn, dass er jemanden getroffen hat, für den er sich wieder öffnen will, Mel.«

Ich seufzte ob ihrer Hartnäckigkeit. »Natalie, ich glaube dir, dass Noah großartig ist. Soweit ich ihn kennengelernt habe, stimmt jedes Wort, das du über ihn gesagt hast. Es ist nur so, dass ich doch ohnehin bald wieder nach Köln gehe, und außerdem weiß ich gar nicht, ob ich schon bereit bin für was Festes. Wie du siehst, ist er nicht das Problem – ich bin es.«

Sie schlenderte weiter, ohne auf meine Worte einzugehen, doch plötzlich drehte sie sich zu mir um und zog mich in eine unerwartete Umarmung. »Gib dir, gib euch Zeit, Mel. Ich habe ein so gutes Bauchgefühl, und das hat mich noch nie im Stich gelassen.« Sie klopfte mir ein paarmal auf die Schulter, dann pfiff sie den Hund zurück, so gellend laut, dass mir die Ohren klingelten. »Ich mache mich auf den Heimweg, wir haben noch ein paar Kilometer vor uns. Grüß meinen Bruder von mir, wenn er nachher zu euch kommt. Und denk über das nach, was ich gesagt habe.« Sie winkte kurz, dann verschwand sie im Wald, den schwanzwedelnden Rufus im Schlepptau.

Westerwald, 1936

Paul war Lene am Morgen nach der Schlägerei aus dem Weg gegangen. Sie bekam ihn erst am Abend wieder zu Gesicht, als er sich zum Essen wusch. Sein versehrtes Auge war zwar noch übel geschwollen, genau wie seine Lippe, doch er konnte es mittlerweile wieder öffnen. Schweigend nahm er ihr gegenüber Platz und griff nach der Wurststulle, die Lene extra dick für ihn belegt hatte.

»Tut es noch weh?«, fragte sie und sah ihn forschend an.

Er kaute bedächtig, wohl, weil sein Kiefer von den Schlägen noch schmerzte. »Es geht besser«, sagte er, nachdem er geschluckt hatte. Kleinlaut wandte er den Blick ab, bevor er leise weitersprach. »Es tut mir leid, Lene. Ich hätte gar nicht erst gehen sollen, dann wäre auch nichts passiert. Und das Geld ist grad ohnehin zu knapp, um es zu versaufen.«

Sie lehnte sich in ihrem Stuhl zurück und lächelte ihn an. »Gut, dass wir kaum Geld haben, wer weiß, wie sie dich zugerichtet hätten, wärst du noch betrunkener gewesen.«

Er schnaubte, doch seine Mundwinkel zuckten verräterisch in die Höhe. »Wenn du mit den Händen genauso zuschlägst wie mit dem Mund, dann nehme ich dich das nächste Mal als Rückendeckung mit.«

Lene wurde ernst und ballte die Hände zu Fäusten. »Ich würde nichts lieber tun, als diesem Weiler eine zu verpassen.«

Paul griff über den Tisch und umschloss ihre kleinen Hände mit seinen großen. Er sah sie eindringlich an, in seinen Augen konnte sie seine Sorge erkennen. »Ich will nicht, dass du dir an so einem die Finger schmutzig machst.«

Sie blieben einen Moment lang so sitzen, ein wenig zu lange vielleicht, die Blicke ineinander verschlungen. Dann stand Paul abrupt auf.

»Ich lege mich hin, Lene, ich bin müde.«

Lene spürte seine Wärme noch auf ihrem Handrücken, als sie ebenfalls aufstand und anfing, den Tisch abzuräumen, bevor sie ihm ins Schlafzimmer folgte. Sie hoffte, dass er in dieser Nacht ihre Nähe suchen würde, doch ihre Hoffnung wurde enttäuscht. Er wartete, bis sie sich hingelegt hatte, dann löschte er das Licht und kehrte ihr gleich darauf den Rücken zu.

Wenn Lene sich eingebildet hatte, dass etwas Nähe zwischen ihnen aufgekommen war, so wurde sie in den kommenden Tagen bitter enttäuscht. Er war freundlich, aber unnahbar und vermied jegliche Berührung, sodass Lene sich zu fragen begann, ob sie etwas falsch gemacht hatte. Tagsüber ging er ihr aus dem Weg, und nachts lag er so nah am Rand der Matratze, den Rücken zu ihr gewandt, dass Lene ihn selbst mit ausgestrecktem Arm nicht hätte berühren können.

Sie fühlte sich einsamer als je zuvor und war deshalb umso glücklicher, dass sie wenigstens Anton und Ruth zur Gesellschaft hatte. Der Kleine wuchs und gedieh und bescherte ihr immer wieder Augenblicke reinster Freude, wie heute Morgen etwa. Er hatte auf seiner Decke im Schatten des alten Apfelbaums gesessen und mit seiner Rassel gespielt, als eine Hummel vorbeiflog und ihn so erschreckte, dass er umpurzelte und anfing zu greinen. Seine kleinen Beinchen strampelten in der Luft, und Lene lief zu ihm und hob ihn hoch, um ihn zu trösten. Als er sich beruhigt hatte, strahlte er sie zahnlos an, die Finger in das Leinen ihres Sommerkleides gegraben, und hauchte sein erstes »Mama«. Lene ging das Herz auf, und sie presste seinen kleinen, weichen Körper so fest an sich, dass er leise protestierte.

Gerade schlief er unter dem dichten Blätterdach seines geliebten Apfelbaums in seinem Korbwagen, während Ruth und sie schwitzend die Wäsche in einem großen Bottich schrubbten, die Hände voller Lauge und Schrunden. Als Lene die sauberen Laken auf eine Leine spannte, holte Ruth einen neuen Korb nach draußen und kniete sich wieder vor den Zuber. Lene wischte sich die feuchten Haare aus dem Gesicht und warf stöhnend einen Blick auf den vollen Korb mit schmutzigen Laken und Windeln. »Himmel, ich dachte, für heute hätten wir es geschafft!«

Ruth lachte und ließ sich auf ihre Fersen sinken. »Träum weiter, da drinnen steht noch mehr. So ist das eben, wenn man Familie hat. Was glaubst du, was wir zu Hause an Wäsche haben mit sieben Leuten? Aber geh ruhig, ich mache das fertig. Der Kleine schläft noch, vielleicht kannst du die Beine etwas in den Fluss halten.«

Lene seufzte. »Das hört sich himmlisch an, aber ich kann dich doch nicht allein schuften lassen.«

Ruth scheuchte sie jedoch trotz ihres Protestes fort. »Geh schon, erfrisch dich für mich mit.«

Lene zögerte kurz, doch die Aussicht auf eine kleine Abkühlung war zu verlockend. Sie drückte Ruth dankbar einen schnellen Kuss auf, sah noch einmal nach Anton, der fest schlief, und schlenderte dann den Weg hinter dem Haus hinunter zur Sieg, die einladend in der heißen Augustsonne vor sich hin plätscherte. Sogar der Westerwald, der für seine kalten Tage voller Wind und Regen bekannt war, wurde im Sommer heiß und träge. Kein Lüftchen ging, und am strahlend blauen Himmel war kein Wölkchen zu sehen.

Lene scheuchte mit dem Fuß ein paar Bienen weg, die über dem Klee summten. Sie wollte ein Stück weiter flussabwärts ins Wasser, dort, wo der Fluss tiefer war und mehr Strömung hatte. Ihr Weg führte über die Wiese und dann hin zu einem kleinen Wäldchen, wo sie auf trockenes Laub und alte Tannennadeln trat. Das leise Knirschen unter ihren Schuhen vermischte sich mit dem Schimpfen einiger vorlauter Spatzen, und Lene hob lächelnd ihr Gesicht zu den Baumwipfeln, wo ihre gefiederten Weggefährten im dichten Grün hockten. Hinter dem Wäldchen hörte sie den Fluss rauschen, und sie begann, das letzte Stück zu laufen. Leicht außer Atem erreichte sie das von Bäumen gesäumte Ufer und wollte sich gerade die Schuhe und Strümpfe abstreifen, als sie Paul bemerkte. Erschrocken versteckte sie sich hinter einem dicken Eichenstamm, sodass sie ihn, er aber nicht sie sehen konnte. Mit dem Rücken zu ihr stand er bis zu den Hüften im Wasser, das an dieser Stelle so tief war, dass man sogar ein paar Züge schwimmen konnte. Sein Oberkörper war nass, kleine Wassertropfen glänzten in der Sonne. Lene spürte, wie ihr Herz zu stolpern begann. Ihr Blick fiel auf seine Kleidung, die er achtlos am Ufer abgestreift hatte – Schuhe, Hemd, Hose. Sie hätte gehen sollen, doch anstatt sich ins Wäldchen zurückzuziehen, blieb sie wie angewurzelt stehen und beobachtete fasziniert, wie er sich umdrehte und aus dem Wasser stieg. Lene hatte noch nie einen nackten Mann gesehen. Hitze kroch ihr den Nacken hoch und stieg über ihre Wangen bis zu den Ohren, was eindeutig nichts mit der Augustsonne zu tun hatte. Ihr Mund wurde trocken. Automatisch wanderte ihr Blick zu der Stelle zwischen seinen Beinen, und sie fragte sich erschrocken, wie etwas so Großes in die kleine Öffnung einer Frau passen sollte. Paul stand nun am Ufer und schüttelte sein Haar aus, Tropfen flogen durch die Luft. Er schlüpfte in seine Hose und knöpfte sie zu, doch plötzlich hob er den Blick. Blitzschnell ging Lene hinter dem Baumstamm in Deckung, doch nicht schnell genug.

Pauls Lippen verzogen sich langsam zu einem kleinen Grinsen.

»Hast du genug gesehen?«, rief er, und Lene warf sich herum und rannte los, ohne sich noch einmal nach ihm umzudrehen. So bemerkte sie auch nicht, dass seine Finger zitterten, als er sich ungeschickt daranmachte, sein Hemd zuzuknöpfen.

Aufgewühlt kam Lene zu Hause an, wo Ruth sie bereits am Zaun mit steinerner Miene erwartete. Lene vergaß augenblicklich ihr erhitztes Gemüt und verdrängte alle Gedanken an den Augenblick am Flussufer eben. Sie konnte sehen, dass etwas Schlimmes passiert war, weshalb sie mit zittriger Stimme rief: »Ach du liebe Güte, Ruth, was ist denn bloß passiert?« Sofort war da die Angst, es könnte etwas mit Anton sein, und Lene schämte sich fast, weil sie im ersten Moment Erleichterung verspürte, als die Magd ein leises »Mein Vater …« ausstieß. Lene blickte ihr besorgt in die Augen, in denen nun Tränen schimmerten.

»Gerade war mein Bruder hier. Sie haben Papa zusammengeschlagen. Ich muss heim!« Ruth bebte am ganzen Leib und hatte die Arme fest um ihre Mitte geschlungen.

Lene schlug vor Schreck die Hand vor den Mund. »Gott, wie furchtbar, Ruth, natürlich musst du nach ihm sehen, ich kann dich fahren, wenn du magst.«

Ruth schüttelte jedoch entschlossen den Kopf und hängte sich einen Stoffbeutel mit ihren wenigen Habseligkeiten über die Schulter. »Nein, schon gut, Lene. Simon wartet da hinten mit dem Karren auf mich, aber es kann sein, dass ich einige Tage bleiben muss. Meine Mutter ist völlig überfordert.«

Lene nickte verständnisvoll. »Wenn du etwas brauchst, ganz gleich, was es ist – sag Bescheid, Ruth.« Sie drückte die klammen, kalten Hände der Frau, die ihr eine so gute Freundin geworden war, und zog sie dann kurz in eine feste Umarmung. »Jetzt geh. Ich werde deinen Vater heute Abend in meine Gebete einschließen.«

Ruth nickte dankbar und eilte los. Lene sah ihr nach. Eine Gänsehaut hatte sich trotz der Hitze auf ihren Armen ausgebreitet. Der arme Herr Nussbaum. Sie hoffte inständig, dass er nicht zu schlimm verletzt worden war. Was für furchtbare Zeiten.

Anton begann zu weinen und riss sie damit aus ihren Gedanken. Sie ging zum Kinderwagen und hob ihn hoch. Er lehnte schlaftrunken sein Köpfchen an ihre Schulter und begann, an seinem Däumchen zu lutschen. Lene schloss für einen Augenblick die Augen und atmete tief seinen süßen Babyduft nach Milch und Puder ein, bevor sie ihn ins Haus trug und dort das Mittagessen richtete, während der Kleine ihr von seiner Decke aus zusah. Hier, in der dunklen Stille der Küche, gestattete sie sich, noch einmal an den Moment am Fluss zu denken. Sie sehnte sich mit jeder Faser ihres Körpers nach Paul, und der Anblick, den er vorhin geboten hatte, als er aus dem Wasser gestiegen war, befeuerte diese fiebrige Sehnsucht noch zusätzlich.

Als Paul gegen Abend zum Hof zurückkehrte, fühlte sie sich fast ertappt, so eingehend hatte sie an ihn gedacht, weshalb sie es vermied, ihn direkt anzusehen. Die Erinnerung daran, wie er nackt aussah, ließ ihre Wangen noch immer brennen wie Feuer.

Auch Paul schien nicht erpicht darauf, ihr nach dieser Begegnung über den Weg zu laufen, denn er wusch sich nur schnell die Hände, aß im Stehen ein Brot, bemüht, sie nicht anzublicken, und entschuldigte sich dann damit, dass er noch Arbeit in der Werkstatt hätte. Lene blickte ihm bedauernd nach, als er mit eiligen Schritten im Flur verschwand.

»Und schon sind wir wieder allein«, sagte sie traurig zu Anton, der sie aus seinen Kulleraugen verständnislos anblickte und fröhlich »Mama« vor sich hin brabbelte. Sie musste lachen und nahm ihn hoch, um noch etwas mit ihm zu spielen, bevor es Zeit wurde, ihn zu füttern und hinzulegen und dann selbst etwas Schlaf zu finden, doch als sie schlussendlich ins Bett sank, warf sie sich nur unruhig hin und her.

Stunden später lag sie immer noch wach. Irgendwann hörte sie Pauls schwere Schritte auf der Treppe, doch er schlich nicht wie sonst leise in die Schlafkammer und legte sich fernab von ihr auf die andere Seite des Bettes, sondern ging unentschlossen vor der Tür auf und ab. Vielleicht gab es wieder Probleme im Stall, schoss es ihr durch den Kopf, weshalb sie eilig ihre Beine aus dem Bett schwang und zur Tür lief. Sie griff nach der Klinke und wollte sie gerade aufstoßen, als sie von außen aufgezogen wurde, weshalb Lene aus dem Zimmer und gegen seine Brust stolperte.

»Herrgott, Lene, du hast mich zu Tode erschreckt«, flüsterte er unwirsch.

Überrascht über seinen scharfen Ton machte Lene einen Schritt zurück. »Es tut mir leid, ich habe dich vor der Tür auf und ab gehen hören und dachte schon, es sei etwas im Stall.«

Sie spürte seinen Blick, dunkel und hungrig. Anstatt etwas zu sagen, machte er einen langen Schritt auf sie zu, umfasste sie entschlossen und presste seine Lippen auf ihre. Lene schluchzte überrascht auf. So lange hatte sie auf diesen Augenblick gewartet, hatte seinen Kuss herbeigesehnt, dass sie jetzt fast glaubte zu träumen, als er sie noch fester in seine Arme zog. Ihr Kopf schwirrte, und ihr Herz tanzte. Sie war noch nie von einem Mann geküsst worden, hatte nie den Geschmack eines anderen Menschen gekostet, nie eine solche Nähe zwischen Mann und Frau verspürt. Ihr Atem ging schneller, das Herz hämmerte in ihren Ohren, aber vielleicht war es auch seins, das sie durch den Stoff ihres dünnen Nachthemdes hindurch im gleichen jagenden Rhythmus schlagen spürte. Nun legte er seine Hände um ihr Gesicht und ließ kleine, verzweifelte Küsse auf sie regnen, wobei er mit den Daumen sanft über die zarte Haut an ihrem Hals strich, dort, wo ihr Puls flatterte. Plötzlich spürte Lene seine Zunge, die zunächst zärtlich, dann immer fordernder über ihren Mund fuhr, bis sie leise stöhnend die Lippen öffnete. Irgendwann löste sich Paul von ihr und nahm ihre Hand. Mit einem entschlossenen Ausdruck in den Augen zog er sie in ihre gemeinsame Schlafkammer.

»Komm«, flüsterte er lächelnd an ihren Lippen. »Ich will dir und mir nicht länger etwas vormachen; ich kann seit Wochen an nichts anderes mehr denken. Erst recht nicht, seit deinem Besuch heute Morgen am Fluss.«

Seine Worte legten sich wie eine sanfte Musik über den ohrenbetäubenden Lärm, den ihr pochendes Herz und das rauschende Blut in ihrem Kopf veranstalteten. Sie ließ sich fallen, in seinen Kuss, in seine Arme, in den Moment. Und als ihre Beine nachzugeben drohten, fing er sie auf und trug sie die letzten Schritte zum Bett, ohne den Kuss zu unterbrechen. Nachdem er sie behutsam auf die Matratze gelegt hatte, entledigte er sich hastig seiner Kleidung.

»Das hast du ja heute schon gesehen«, flüsterte er ihr zärtlich ins Ohr und kniete sich vor sie, um ihr das Nachthemd abzustreifen. Dann löste er ihren geflochtenen Zopf und fuhr ihr mit den Fingern durchs Haar, bis es über ihre Schultern fiel wie ein schützender Umhang.

Sie fing an zu zittern, und Paul legte sich neben sie und breitete die Decke über sie beide.

»Frierst du?«, fragte er und rieb über die Gänsehaut, die sich auf ihrem ganzen Körper ausgebreitet hatte. Als Lene den Kopf schüttelte, rückte er ein Stück von ihr ab und betrachtete sie prüfend. »Du hast keine Angst, oder?«, wollte er leise wissen.

Sie sah ihn offen an. »Nur Angst, dass ich noch träume.«

Er zog sie wieder an sich und vergrub sein Gesicht in der Flut ihrer Haare. »Es könnte wehtun beim ersten Mal, ich werde versuchen, vorsichtig zu sein.«

Lene nickte, legte sich zurück und schloss die Augen, so wie ihre Mutter es ihr geraten hatte, doch statt in sie einzudringen, spürte sie, wie er sanft ihren Kopf zu sich drehte.

»Sieh mich an, Lene«, befahl er ihr leise. Sein Blick wanderte liebevoll über ihr Gesicht, während er ihr mit dem

Daumen über die Wange strich und dann ihren Mund nachfuhr, bevor er die Lippen erneut zu einem langen Kuss auf ihre drückte. Leckend und neckend wanderte er anschließend an ihrem Hals hinab zu ihren Brüsten, wo er eine ihrer Brustwarzen zwischen seine Lippen nahm und daran saugte. Lene keuchte erschrocken. War das schicklich? Ihre Mutter hatte davon nichts erwähnt, jedoch fühlte sie schnell, wie seine Liebkosungen sie zwischen den Beinen feucht werden ließen und ein Verlangen in ihr weckten, das sie jeden Gedanken an Schicklichkeit vergessen ließ. Sie wollte mehr.

Lene schloss die Augen und überließ sich ganz seinen Berührungen. Sie spürte, wie seine Hand ihren Körper erkundete, bis seine Finger zwischen ihren Schenkeln einen Punkt fanden, der sie erschauern ließ. Paul strich immer wieder zärtlich darüber, sodass der Hunger, den sie all die Monate an seiner Seite verspürt hatte, endlich Sättigung bekam – ein schier unglaubliches, für Lene völlig unbekanntes Gefühl. Sie reckte sich ihm ein letztes Mal entgegen und stieß dann einen Schrei aus, den er hastig mit seinen Lippen erstickte, damit Anton nicht aufwachte. Mit einer geschmeidigen Bewegung schob er sich auf sie und drückte mit seinem Bein ihre Schenkel auseinander. Sein Blick war fragend, und als Lene kaum merklich nickte, drang er in sie ein. Sie verspürte ein kurzes, stechendes Brennen und verkrampfte sich, doch seine Küsse und seine leisen, geflüsterten Liebkosungen ließen sie entspannen. Er gab den Rhythmus vor, langsam und geduldig, bis sie sich seinen Bewegungen anpasste. Fasziniert verfolgte sie, wie er immer schneller wurde, bis er sich irgendwann anspannte und sich mit einem tiefen Stöhnen in sie ergoss. Zitternd stützte er sich auf seine Arme, um sie nicht mit seinem Gewicht zu erdrücken. Nur Sekunden später kam das unglaubliche Gefühl bei Lene zurück, sanfter dieses Mal, doch nicht weniger erfüllend, und sie erschauerte noch einmal unter ihm. Paul betrachtete sie lächelnd und schob ihr zärtlich eine verschwitzte Strähne hinters Ohr, dann zog er sich aus ihr zurück und ließ sich auf den Rücken fallen, wobei er Lene mit sich zog, die ihren Kopf auf seine Brust bettete. Sein Herzschlag hatte sich wieder beruhigt, gleichmäßig und beständig schlug es in seiner Brust. »Ich liebe dich«, sagte sie leise und spürte, wie er sich kurz versteifte. Dann presste er einen Kuss auf ihre Stirn und drehte den Kopf zur Seite, während er ein knappes »Schlaf jetzt« murmelte. Lene wartete, bis seine Atemzüge tief und gleichmäßig wurden, bevor sie ihm den Rücken zuwandte und leise in ihr Kissen weinte.

Kapitel 16

Das Telefon holte mich unsanft aus dem Schlaf. Der Morgen war hinter den alten Gardinen der Küche schon in vollem Gange, wie ich am Zwitschern der Vögel und dem leisen Brummen eines Traktors erkannte. Ich schielte auf meinen Wecker, der anzeigte, dass es bereits kurz vor acht war.

»Gehst du ran, Mel?«, hörte ich Lene durch den Vorhang fragen. Ich verdrehte die Augen. Natürlich ging ich ran, schließlich war ich ja hier, weil sie zu solchen Dingen nicht in der Lage war. Ich sprintete durch den Flur ins Wohnzimmer, wo das grüne Ungetüm mit der Wählscheibe unablässig bimmelte, bis ich endlich den Hörer hochriss und atemlos meinen Namen hineinrief.

»Hey, wo habe ich dich denn hergeholt?«

Noah. Ich spürte, wie ich, ohne es zu wollen, lächelte.

»Aus dem Bett«, gestand ich und setzte mich auf die Kante des Sofas, weil die kurze Schnur es mir nicht gestattete, ganz darauf Platz zu nehmen.

»Hast du die Nacht durchgemacht?«, neckte er.

»So ungefähr. Ich habe noch lange bei Lene gesessen. Sie hat weiter aus ihrer Vergangenheit erzählt, Noah, und die ist spannender als jedes Buch oder jeder Film.«

Ich konnte hören, wie er leise lachte ob meiner Begeisterung.

»Film ist ein gutes Schlagwort. Heute ist Sonntag, und ich habe keinen Dienst. Ich dachte, du magst vielleicht in Kaltenbach ins Kino gehen. Die Auswahl ist zwar begrenzt, ich glaube, du kannst zwischen dumpfer Action und hirnlosem Geballer entscheiden, aber immerhin haben wir hier noch ein Kino.«

Obwohl ich mich freute, spürte ich doch gleich wieder die zwei Herzen in meiner Brust, die ganz verschieden schlugen – ja, nein, ja, nein. Die Worte, die ich zu Natalie gesagt hatte, hallten durch meinen Kopf. *Ich bin das Problem und nicht er.* Ich schwieg einen Moment zu lange und konnte seine Anspannung förmlich durch den Hörer fühlen. »Okay«, sagte ich schließlich und hörte, wie er erleichtert ausatmete.

»Ich hole dich so gegen fünf ab; abends bist du wieder bei Lene. Ich habe einen zweiten Pieper, den könnte ich ihr dalassen, nur für alle Fälle.«

Ich bedankte mich bei ihm für die Einladung und legte auf. Dann zog ich mich an, um Frühstück zu machen: Toast, frisches Obst und dazu einen Quark, den ich am Abend zuvor zubereitet hatte. Strahlend trug ich das volle Tablett an ihr Bett, doch Lene schien kaum Notiz von meinen Mühen zu nehmen. Sie aß wie ein Vögelchen, nippte nur an ihrem Tee und biss mir zuliebe zweimal in ihren Toast, bevor sie den Teller von sich schob. Obst und Quark rührte sie gar nicht erst an. Wir hatten die Rollen getauscht, denn während sie nun die Nahrung verweigerte, hatte ich an diesem Morgen schon wieder ordentlich Appetit.

Als ich aufgegessen hatte, stand ich auf und griff nach ihrem Teller. »Fertig?«, fragte ich leise, und sie nickte. Ich räumte ab, weil ich wusste, wie sinnlos es war, jemanden zum Essen bewegen zu wollen, der den Hunger aufs Leben verloren hatte, dennoch machte mich die Erkenntnis unendlich traurig.

In der Küche nahm ich zärtlich meinen Ehering ab und legte ihn neben mich, während ich das Geschirr spülte. Als ich fertig war und ihn gerade zurück an meinen Finger schieben wollte, hielt ich plötzlich inne: Vielleicht war es Zeit, den Ring abzulegen. Ich küsste das kühle Metall und schob es in meine Handtasche, in das abgetrennte Fach, in dem auch meine Geldbörse steckte. Der erhoffte Effekt blieb aus – ich fühlte mich weder erleichtert noch beraubt. Es war mehr so, dass der schmale weiße Streifen mich auch ohne den Ring an das erinnerte, was ich verloren hatte.

Als ich danach zu Lene durch den Vorhang trat, biss ich mir kurz auf die Lippen, so erschreckte mich ihr Anblick. Seit dem Frühstück schien sie noch mehr in sich zusammengefallen zu sein. Blass und durchscheinend wirkte sie in ihren weißen Laken, die die leicht bläuliche Färbung ihrer Lippen noch betonten.

»Ich rufe Noah an«, sagte ich entschlossen, doch sie wehrte ab.

»Lass den Armen, heute ist Sonntag. Er will auch mal frei haben.«

Ich sah sie durchdringend an. »Lene, es geht hier um deine Gesundheit.«

Sie machte eine wegwerfende Handbewegung und nahm einen Schluck Wasser, wohl um mich zu beruhigen, doch ich behielt sie weiter im Auge, denn ihre Hand zitterte, als sie das Glas wieder abstellte. Als sie kurz darauf auf den verhassten Toilettenstuhl musste, wäre sie mir um ein Haar zusammengesackt, weshalb ich trotz ihrer Proteste dabeiblieb, bis sie fertig war. Ich war erleichtert, als ich sie endlich wieder im Bett hatte. Ich war nicht einmal so sehr auf eine Geschichte aus; vielmehr war es der Wunsch, bei ihr zu sein, falls sie mich brauchte, der dazu führte, dass ich den Stuhl an ihre Seite zog. Doch als sie sah, was ich vorhatte, schüttelte sie müde den Kopf.

»Heute nicht, Kind. Ich will etwas ruhen.«

Ich zögerte, doch sie hatte bereits die Augen geschlossen, und ihre Atemzüge wurden gleichmäßig, sodass ich leise den Stuhl zurück in die Ecke schob und die Läden schloss, damit die Sonne sie nicht blendete. Dann ließ ich sie schlafen.

Ich setzte mich lustlos an meine Arbeit, schaffte es aber immerhin, ein paar Seiten zu übersetzen. Als ich Hunger bekam, kochte ich eine Suppe, die ich allein aß, weil Lene immer noch tief und fest schlief. Zwischendurch schlich ich mich immer wieder zu ihr hinein und hielt meinen Handrücken unter ihre Nase, um ihren Atem zu fühlen, so bleich und völlig reglos lag sie da. Mein Puls jagte jedes Mal in die Höhe und beruhigte sich erst wieder, wenn ich endlich den schwachen Luftzug spürte. »Mach keinen Blödsinn«, flüsterte ich, als ich sie wieder allein ließ, um unruhig durch das alte Haus zu tigern. Ich suchte nach nichts Bestimmten, es war mehr der Drang, Spuren ihres bewegten Lebens zwischen den alten Mauern ihres geliebten Windhofs zu finden.

Ich ging von Raum zu Raum und ließ meine Finger über Wände und Oberflächen gleiten, als könnte ich so ihrer Geschichte näherkommen. Lene besaß nicht viele Möbel, doch die wenigen schienen einen langen Weg mit ihr gegangen zu sein. Das Holz war meist abgegriffen, an manchen Stellen waren Stücke herausgesplittert, unter dem Lack lugte die Maserung hervor. Hier hatten Lene, Paul und Papa gelebt, geliebt, gelacht. Auf den Stühlen gesessen und sich vielleicht an dem kleinen Fenster in der Küche einen Kuss gegeben, bevor sie zu Bett gingen. Ich war kein sehr gläubiger Mensch, doch ich betete in diesem Augenblick inständig darum, dass Gott mir noch mehr Zeit mit Lene gewähren möge, denn ihr Haus schien ähnlich verloren ohne sie wie ich.

Als ich die unteren Etagen durchforstet hatte, stieg ich zum Dachboden hoch, der durch eine Tür vom Flur getrennt und über eine steile Holzstiege zu erreichen war. Hier oben bedeckte eine dicke Staubschicht die wenigen ausrangierten Möbelstücke. Ich zog wahllos ein paar Schubladen aus einer alten Kommode und schaute in einen Schrank, dessen Türen nicht mehr richtig schlossen. Darin hing zwischen alten braunen Mänteln und zweckmäßigen Hosen und Blusen ein wunderschönes grünes Seidenkleid. Es war zum Schutz von einer Plastikhülle umgeben, und ich musste von unten durch die Öffnung greifen, um mit den Fingern ehrfürchtig über den kühlen, glänzenden Stoff zu streichen. Ob Lene dieses Kleid getragen hatte? Ob sie darin mit ihrem Paul getanzt hatte? Ich schloss die Schranktür und öffnete eine sperrige Holzkiste, in der mehrere Bücher sowie ein altes Album lagen.

Der dunkelblaue Ledereinband war an mehreren Stellen zerschlissen, die fleckige Pappe schaute heraus. Ich trug es wie einen Schatz zu dem kleinen Dachfenster, wo ich es besser betrachten konnte. Auf der ersten Seite klebte ein Foto von zwei jungen Frauen. Eine davon war groß und schlank. Ihre dicken blonden Locken waren schulterlang und umrahmten schmeichelnd ihr hübsches Gesicht. Sie hatte einen sanftmütigen Zug um den Mund und lächelte verträumt in die Kamera. Die andere war kleiner, stämmiger und schaute eher ernst drein. Ihr Haar war dunkel und lang und zu zwei Zöpfen geflochten, die über ihre Schulter fielen. Auch wenn sie längst nicht so gefällig wirkte wie die Blonde, war ich fasziniert von ihren Augen – große, ernste Augen, die ihrem ansonsten eher unscheinbaren Gesicht Ausdruck verliehen. Lenes Augen. »Helene und Henriette, Mai 1934« stand in geschwungenen Lettern unter dem Bild. Ich strich über das junge Gesicht, über die Fotografie, die an den Kanten geknickt war und mit Tesafilm zusammengehalten wurde, dann blätterte ich die Pappseite um und betrachtete das nächste Foto. Es zeigte einen Mann um die fünfzig, wobei das schlecht zu schätzen war, denn das Bild war körnig und verblasst. Ein Monokel am Auge, stand er in preußischer Manier stocksteif hinter einem Stuhl, auf dem eine zierliche blonde Frau in einem feinen Kleid und Pelzcape saß. »Mutter und Vater, Mai 1934« stand darunter. Ich suchte die Gesichter nach Ahnlichkeiten zu den beiden Mädchen auf der vorigen Seite ab. Lene hatte recht: Sie war das Ebenbild ihres Vaters, wohingegen Jette die feinen Züge und die schlanke Statur der Mutter geerbt hatte. Auf der nächsten Seite sah ich ein Bild, das mich sofort innehalten ließ. Ein großer blonder Mann mit breiten Schultern und strahlenden Augen hielt stolz seine Braut im Arm. Es war das Hochzeitsbild von Paul und Jette. Sie trug ein langes, schmal geschnittenes Kleid und eine Art gehäkelten Schleier, der von einem Blumenkranz gehalten wurde. Voller Ehrfurcht blickte sie zu dem groß gewachsenen Mann an ihrer Seite auf. Sie waren ein schönes Paar.

Nach einem Bild von Lenes und Pauls Hochzeit suchte ich vergebens. Dafür gab es eine Fotografie von Anton, meinem Vater, als er etwa zwei oder drei Jahre alt war und in einer Art Matrosenanzug auf dem Schoß seines Vaters saß. Dahinter stand Lene, sie lächelte und hatte eine Hand auf die Schulter ihres Mannes gelegt. Sie sah glücklich aus, zufrieden. »Lene, Paul und Anton, Kaltenbach, 1938« stand darunter. Danach fand sich nur noch eine Aufnahme von Paul in Uniform. Ernst blickte er in die Kamera. Er sah imposant aus, ich konnte verstehen, warum sich beide Schwestern haltlos in ihn verliebt hatten. Das Bild lag lose zwischen den Seiten, und ich hob es auf und drehte es um. »Für meine Frau, 1941« stand auf der Rückseite. Die nächsten Seiten waren leer, dafür fielen aus dem hinteren Drittel ein paar alte Briefe heraus. Die Handschrift war in Sütterlin, weshalb ich Schwierigkeiten hatte, sie zu entziffern, doch die Anrede »Liebste Lene« konnte ich relativ gut lesen. Die Tinte auf den folgenden Abschnitten war so verblasst, dass ich sie übersprang und die Seite umdrehte, wo mir ein Satz am Ende des Briefes ins Auge fiel. »Ich werde zu dir zurückkehren, meine geliebte Lene – egal, was dieser Krieg, egal, was dieses Leben noch für uns bereithält; ich werde immer zu dir zurückkehren.«

Ich ließ das Blatt sinken. Es kribbelte mir in den Fingern, auch die anderen Briefe zu lesen, doch ich brachte es nicht über mich. Ich wollte erst die ganze Geschichte von Lene selbst hören und ihre Erlaubnis einholen, in etwas so Persönliches Einblick nehmen zu dürfen. Also steckte ich die Briefe in das Album zurück und legte es wieder an seinen Platz in die alte Holzkiste. Als ich den Deckel schloss, wirbelte der Luftzug den Staub auf und brachte mich zum Niesen. Hier oben war schon länger niemand mehr gewesen, und ich hoffte, dass Lene mir den kleinen Spionagegang nicht übelnehmen würde.

Ich hatte gerade die knarrende Speichertür hinter mir zugezogen und mich vorsichtig auf die erste steile Stiege gestellt, als es klingelte. Vor Schreck hätte ich fast das Gleichgewicht verloren. Ich klammerte mich ans Geländer und balancierte eilig die übrigen Stufen hinunter, um zur Tür zu gelangen. Es war schon kurz vor fünf. Ich hatte ganz vergessen, dass Noah kommen wollte, so sehr war ich in Lenes Vergangenheit eingetaucht. Er blickte durch die kleine Scheibe an der Haustür und lächelte. Mein schlechtes Gewissen schien mir ins Gesicht geschrieben zu sein, als ich öffnete, denn sein Lächeln verblasste schlagartig.

»Du hast es dir anders überlegt«, sagte er ohne Begrüßung, und ich schüttelte hastig den Kopf, wobei mir der Staub vom Dachboden aus den Haaren fiel.

»Das ist es nicht, aber ich mache mir große Sorgen um Lene. Sie hat heute kaum etwas gegessen und eigentlich den ganzen Tag nur geschlafen. Am Morgen war sie sehr schwach und zittrig. Ich mag sie so nicht allein lassen.« Er nickte und zog mir eine Spinnwebe aus dem Haar. Ich lächelte entschuldigend. »Und irgendwie habe ich auch ein wenig die Zeit verloren, weil ich durchs Haus gestromert bin, während Lene geschlafen hat.«

Noah legte den Kopf schief und blieb unschlüssig vor der Tür stehen. Es war vermutlich nicht der Empfang, mit dem er gerechnet hatte, trotzdem wollte ich ihm zeigen, dass ich mich über seinen Besuch freute, egal, was wir nun zusammen unternehmen würden. »Wir müssen ja nicht unbedingt ins Kino gehen. Ich kann uns etwas zu essen machen, und im Fernsehen läuft ein *Tatort*«, unterbreitete ich ihm ein kleines Friedensangebot.

Er zögerte kurz, auf seinem Gesicht rangen unterschiedliche Emotionen miteinander, doch dann zeigte mir sein schiefes Grinsen, dass er mir das verschwitzte Date nicht übelnahm.

Ich ging voran, und Noah folgte mir nach oben, wo er nach Lene sah, während ich ein paar Kräuter aus Lenes Garten in eine Pfanne mit Butter schnitt, Zwiebeln und Knoblauch dazugab und dann ein paar Spaghetti darin schwenkte, die ich noch vom Vortag im Kühlschrank hatte. Noah war hinter mich getreten; seine Wärme ließ die feinen Härchen in meinem Nacken und an meinen Armen hochstehen, sein Atem kitzelte mein Ohr und einen Punkt ganz tief in meinem Bauch.

»Du weißt, was man uns Männern nachsagt?«

Ich drehte mich zu ihm um und spürte, wie mein Herz davongaloppierte, als sich bei seinem schelmischen Grinsen Grübchen in seinen Wangen zeigten.

»Was denn?«, fragte ich atemlos.

»Dass Liebe durch den Magen geht«, flüsterte er dicht an meinem Ohr und verstärkte meine Gänsehaut damit noch mehr. Doch dann trat er von mir fort und wurde ernst. »Ich muss noch mal ans Auto, ich will ein anderes Medikament für ihr Herz ausprobieren.« Mit diesen Worten verschwand er und kehrte nur Momente später mit verschiedenen Dingen in der Hand zurück. Ich wollte ihm folgen, doch Noah war schon zu ihr ins Zimmer getreten und hatte den Vorhang fallen lassen. Durch einen Schlitz am Rand konnte ich trotzdem hindurchspähen. Er saß mit dem Rücken zu mir auf der Bettkante und hatte ihre Hand genommen.

»Lass gut sein, Noah, das bringt doch nichts«, hörte ich Lene leise sagen.

»Die Blutwerte würden mir aber Aufschluss darüber geben, wie es in dir aussieht«, sagte er und legte eine Hand auf ihren dünnen Arm.

Sie schüttelte lächelnd den Kopf. »Das weiß ich selbst, Noah. Ich sterbe, und das ist auch gut so. Ich war lange genug auf dieser Welt. Und jetzt möchte ich schlafen.« Sie schloss die Augen. Noah seufzte. Hastig trat ich vom Vorhang weg, doch Noah wusste auch so, dass ich gelauscht hatte, als er mich, blass und mit Tränen in den Augen, am Herd stehen sah. Verstohlen fuhr ich mir mit dem Handrücken über die Lider.

»Mel, das ist der Lauf der Dinge. Es wäre ohnehin nur ein Aufschub. Sie hat ihren Frieden gemacht, sie ist bereit zu gehen.«

Jetzt war es vorbei mit meiner Fassung. Meine Lippen bebten, mein ganzer Körper schien sich gegen seine Aussage mit einem heftigen Schütteln zu wehren, und die Tränen stürzten wie Bäche aus meinen Augen. »*Ich* habe sie aber gerade erst gefunden, ich kann sie nicht schon wieder gehen lassen«, presste ich leise hervor.

Noah machte einen schnellen Schritt auf mich zu und zog mich in seine Arme, wo ich nun bitterlich schluchzte. »Ich weiß«, flüsterte er und strich mir dabei beruhigend übers Haar. »Und ich weiß, wie weh es tut, aber du kannst nicht mehr tun, als auf diesem letzten Weg für sie da zu sein.«

Ich lehnte mich haltsuchend an ihn und spürte den Schmerz in meiner Seele, denn seine Worte schlugen eine neue Kerbe in mein geschundenes Herz. Verzweifelt vergrub ich mein Gesicht in seiner Jacke und versuchte, meine Schluchzer zu unterdrücken, was in einem Schluckauf endete. Sein leises, warmes Lachen fühlte sich ein wenig wie sanftes Donnergrollen an. Ich beruhigte mich etwas und hickste und schniefte nun abwechselnd, und beides wenig damenhaft.

»Putz dir ruhig die Nase ab, das war ohnehin nicht meine Lieblingsjacke«, scherzte er.

Ich musste trotz allem in sein leises Lachen einstimmen und befreite mich vorsichtig aus seinen Armen. Mir war klar, dass er recht hatte, aber das machte es nicht weniger schmerzhaft.

»Können wir über etwas anderes reden? Ansonsten läufst du Gefahr, dass mein unerschöpfliches Reservoir an Tränen auch noch deine wunderschöne Cordhose ruiniert.« Ich blickte mit hochgezogener Augenbraue auf das Objekt meines Spotts und hoffte, dass er auf den abrupten Themenwechsel ansprang.

Noah fasste sich gespielt entsetzt ans Herz. »Autsch, das tat weh. Willst du mir sagen, dass ich meinen Kleidungsstil überdenken sollte?«

Dankbar fing ich seinen Konter auf wie eine Rettungsleine. »Also ich dachte, Cord wäre seit den Siebzigern out, aber vielleicht ist gerade retro in, und ich habe es nur nicht mitbekommen.«

»Na ja, als ich im Wartezimmer das letzte Mal eine Frauenzeitung durchgeblättert habe, waren ausgeleierte Pullover auch nicht gerade der neueste Trend.«

Mit gespielter Empörung holte ich aus, um ihm auf den Arm zu boxen, doch er ergriff blitzschnell meine Hand und zog mich mit Schwung zurück in seine Arme.

»Das war nicht sehr galant«, tadelte ich ihn, obwohl immer noch ein Lächeln an meinen Mundwinkeln zupfte.

»Hey, ich bin der Landarzt, galant habe ich zusammen mit meinen matschigen Gummistiefeln vor der Haustür abgestreift. Du weißt doch, wie wir Hinterwäldler sind – roh und ungehobelt.« Seine Augen wurden plötzlich dunkel, und noch bevor ich etwas erwidern konnte, beugte er sich zu mir. Einen kurzen Moment suchte er in meinem Blick nach Widerspruch, dann legte er seine Lippen auf meine und küsste mich so gefühlvoll, dass mir schwindelig wurde. Ein Schwarm Schmetterlinge flatterte in meinem Bauch, und für einen Augenblick vergaß ich alles, sogar Lene, sogar David, weil es sich so gut anfühlte, so lebendig, wo der Tod allgegenwärtig war.

»Das Essen war unglaublich, Mel. Jetzt komme ich mir vor wie ein Versager, weil ich Stunden in der Küche gestanden habe, um etwas halbwegs Essbares auf den Teller zu bringen, während du in wenigen Minuten einen kulinarischen Orgasmus gezaubert hast«, sagte Noah und wischte den letzten Rest Soße mit einem Stück von meinem selbst gebackenen Brot auf. Ich zwinkerte ihm zu und räumte den Tisch ab. Noah sprang auf, um mir zu helfen, doch weil die Küche so klein war, kamen wir uns dabei immer wieder lächelnd in die Quere. Von außen musste es aussehen, als tanzten wir zu einer Musik, deren Noten wir noch nicht richtig im Ohr hatten.

Als der Abwasch erledigt war, sah er noch einmal nach Lene, doch sie schlief noch immer. Ich machte mir Gedanken, weil sie noch gar nichts gegessen hatte, und hoffte, dass sie später den Teller Spaghetti leeren würde, den ich ihr zurückgestellt hatte.

»Komm, der *Tatort* wartet«, sagte Noah und zog mich vom Vorhang weg, durch den ich alle paar Minuten besorgt schielte.

Lenes alter Röhrenfernseher erwachte in der guten Stube mit kurzem Druck auf die Fernbedienung zum Leben, und wir machten es uns davor auf dem braun-beigen Sofa gemütlich. Er legte den Arm um mich, und ich lehnte mich in seine schützende Wärme. Es war ein so normales, so alltägliches Bild, als wären wir einfach ein Paar, das sonntagabends auf dem Sofa lümmelte und fernsah wie alle anderen auch. Ein Paar ohne Geschichte, ohne Tränen und ohne Vergangenheit – zumindest von außen betrachtet. Als der Abspann lief, stellte Noah den Fernseher auf stumm, dann zog er mich wortlos an sich und küsste mich. Der Raum um uns herum war lediglich vom Flackern des nun lautlosen Fernsehers erhellt. Nach einer kleinen Ewigkeit löste er sich von meinen bereits geschwollenen Lippen, schob meinen Pullover hoch und öffnete meinen BH. Mit einem leisen Stöhnen betrachtete er meine nackten Brüste, dann fing er an, sie zärtlich zu liebkosen. Ich schloss die Augen. Es war so lange her, dass mich jemand auf diese Weise berührt hatte, und ich kam mir linkisch und eingerostet vor. Als er zärtlich über meine Brustspitzen strich, beging ich den Fehler und öffnete die Augen. Es war, als stürzte ich aus einem schönen Traum und kollidierte schmerzhaft mit der Wirklichkeit. Mein Blick fiel auf den Rahmen mit Davids Bild, dessen Glas ich immer noch nicht ersetzt hatte. Statt Lust fühlte ich nur noch mein schlechtes Gewissen. Instinktiv rückte ich von Noah ab und rieb mir über die Arme, die ich nun abwehrend vor meinen bloßen Brüsten verschränkt hielt. Noah sah mir forschend ins Gesicht und folgte dann meinem Blick, der nach wie vor auf Davids Foto geheftet war. Auf seiner Miene hielten sich Resignation und Frustration die Waage.

»Ich fahre jetzt besser, Mel«, sagte er und stand abrupt auf. »Ich habe das Gefühl, dass einer von uns beiden nicht bei der Sache ist, und derjenige bin nicht ich.«

Niedergeschlagen starrte ich auf Lenes alten, zerschlissenen Teppich, der unter dem Sofa hervorlugte. Ich hatte es mal wieder vermasselt, hatte ihn erneut vor den Kopf gestoßen.

»Tut mir leid, Noah, das hier ist Neuland für mich. Seit David habe ich niemanden mehr so nah an mich herangelassen«, flüsterte ich, ohne den Blick zu heben.

Noahs Gesicht wurde weicher. Er setzte sich wieder zu

mir aufs Sofa und zog mich an sich, um mir einen brüderlichen Kuss auf mein wirres Haar zu drücken. »Wir haben noch alle Zeit der Welt«, murmelte er.

Ich sah David vor mir, der ebendiese Worte zu mir sagte, und mir war, als würde ich mich daran schneiden wie an einer scharfkantigen Scherbe. Er hätte nichts Falscheres sagen können in diesem Augenblick.

Schweigend zog ich meinen BH an, streifte meinen Pulli herunter und verließ das Wohnzimmer, um in der Küche einen Tee aufzusetzen, den ich später in den Ausguss schütten würde. Noah war mir nachgekommen, blieb jedoch im Türrahmen stehen. Sein Blick war bedauernd. »Ich fahre jetzt, Mel, ruf mich an, wenn etwas sein sollte, egal, was.« Mit diesen Worten verschwand er. Ich hörte, wie er die Treppe hinunterstieg, dann fiel die Haustür hinter ihm ins Schloss. Ich vermisste ihn jetzt schon, auch wenn ich seine Nähe im Augenblick nicht ertragen konnte.

Gedankenverloren griff ich an die Stelle, an der sonst mein Ring saß, doch da war nur nackte Haut. Hastig verließ ich die Küche, rannte zu meiner Tasche, die ich im Flur abgestellt hatte, und wühlte in dem Fach für die Geldbörse, bis meine Finger endlich fanden, was sie suchten: meinen Ehering. Nein, ich war definitiv noch nicht so weit.

Ich musste an Noahs sanftes Versprechen denken: »Wir haben noch alle Zeit der Welt.« Diesen einen verhängnisvollen Satz hatte ich schon einmal gehört – vor einer Ewigkeit, in einem anderen Leben. »Willst du mir etwas sagen, David?«, flüsterte ich in die Dunkelheit, doch natürlich bekam ich keine Antwort.

Mitten in der Nacht weckte mich Lenes leises Rufen. »Es tut mir leid, aber ich bin auf einmal so hungrig«, gestand sie, und ich beeilte mich, den Teller Spaghetti mit der köstlichen Kräutersoße für sie aufzuwärmen und ein Stück Brot mit Butter zu bestreichen. Als sie gegessen hatte, putzte sie sich den Mund mit einer Serviette ab und deutete auf den Stuhl an ihrem Bett. »Oder bist du etwa zu müde?«, fragte sie und zwinkerte mir verschmitzt zu. Sie wirkte ausgeruht und munter, und ich spürte, wie mich eine Woge der Erleichterung durchflutete. Mein breites Lächeln war Antwort genug.

Westerwald, 1936

Die kommenden Wochen waren eine emotionale Berg- und Talfahrt für Lene. Zwar lebten sie und Paul nun wie Mann und Frau zusammen, teilten das Bett und den Alltag, doch Jette stand immer noch wie eine unsichtbare Wand zwischen ihnen. Ihr hatte sein Herz gehört, und es fiel ihm augenscheinlich schwer, es nun seiner neuen Frau zu schenken. Tagsüber ging er höflich und freundschaftlich mit ihr um. Lene versuchte, ihm noch mehr im Stall und auf dem Hof zur Hand zu gehen, während die alte Frau Schuster von nebenan auf Anton achtgab. Allein hätte Paul die ganze Arbeit kaum bewältigen können.

Ruth hatte Nachricht gesandt, dass ihr Vater auf dem Weg der Besserung sei, jedoch noch ihrer Pflege und Hilfe bedürfe, weshalb sie zunächst nicht auf den Hof zurückkehren könne. Und ohne Wilhelm dauerte ohnehin alles viel länger. Paul sprach es nicht aus, doch an seinen verstohlenen Blicken und der manchmal unverhohlenen Bewunderung in seinen Augen erkannte sie, dass er ihre Hilfe mehr als zu schätzen wusste. Sie trug eine von Pauls alten Arbeitshosen und bändigte ihre Haare mit einem Tuch, wenn sie neben ihm auf der Kutsche zum Feld fuhr, um Pfähle zu setzen, das Vieh auf eine andere Weide zu treiben und im Herbst die Ernte einzuholen. Ihr Arbeitstag war nun um vieles härter und länger, da sie zudem die Hausarbeit zu erledigen hatte, doch Lene klagte nicht. Sie beschwerte sich nicht über ihre schmerzenden Knochen oder ihre schwieligen Handflächen. Sie fühlte sich glücklich und lebendig, wenn sie an Pauls Seite arbeitete.

Am Abend aßen sie gemeinsam, und Lene spülte ab, während Paul noch in der Werkstatt arbeitete oder an einem Stück Holz schnitzte, um für Anton eine kleine Kuh oder ein Auto zu fertigen. An einem dieser Abende hatte Lene die Teller in den Schrank in der guten Stube geräumt und wollte gerade in die Küche zurückkehren, als ihr Blick auf das Klavier fiel. Liebevoll strich sie über das Holz, und für einen Augenblick hatte sie fast das Gefühl, die Tür könne aufgehen und Jette hereinkommen, um auf dem kleinen Schemel davor Platz zu nehmen. Verträumt öffnete sie den Deckel und setzte sich. Ohne es zu wollen, schlugen ihre Finger die ersten Takte von »Leben ohne Liebe kannst du nicht« an. Lene schloss die Augen. Auch wenn ihr Spiel bei Weitem nicht so geübt war wie Jettes und ihre Stimme rauchiger und dunkler klang, versank sie ganz in dem Lied und hörte deshalb nicht, wie sich die Tür langsam öffnete. Als sie irgendwann endete und die Augen wieder aufschlug, sah sie Paul im Türrahmen lehnen, einen unergründlichen Ausdruck auf dem Gesicht. Lene stand erschrocken auf und klappte eilig den Deckel zu.

»Tut mir leid, stört es dich, wenn ich darauf spiele?«, fragte sie vorsichtig. Seine Augen wanderten über ihr Gesicht, und sie hielt die Luft an, weil sie nicht wusste, was in diesem Moment in ihm vorging. Hatte ihr Spiel ihn an Jette erinnert? Hatte es ihn traurig gemacht, vielleicht sogar zornig? Doch plötzlich breitete sich ein Lächeln auf seinen Zügen aus, und er legte den Kopf schief.

»Ich mag es, wenn du spielst, und ich mag deine Stimme, sie klingt so, wie gut gereifter Whiskey schmeckt.«

Lene atmete erleichtert aus und strahlte ihn an. »Ich kann ja von Zeit zu Zeit für dich spielen«, bot sie mit klopfendem Herzen an, und er nickte, bevor er sich für die Nacht fertig machte.

Lene hatte gelächelt über diesen kleinen Triumph, und sie lächelte immer noch, als sie sich später in der Dunkelheit ihres Schlafzimmers liebten. Er war ein geduldiger und aufmerksamer Liebhaber, und Lene hatte das Gefühl, dass sein Körper ihr schon lange seine Liebe gestanden hatte, auch wenn er es nicht in Worte fassen konnte. Sie selbst hatte es noch ein paarmal versucht, hatte ihm, wenn sie verschwitzt und außer Atem nebeneinanderlagen, ins Ohr geflüstert, wie sehr sie ihn liebe, doch er war jedes Mal abweisend geworden. Irgendwann hatte sie es sein lassen, waren es doch ohnehin nur Worte.

Als das Weihnachtsfest nahte, war Lene sich sicher, dass sie sein Kind unter dem Herzen trug. Ihr war morgens oft übel, und ihr Monatsfluss hatte schon vor Wochen ausgesetzt.

Ein paar Tage vor dem Heiligen Abend fuhr Lene mit der Kutsche nach Kaltenbach, um dort einzukaufen. Sie entdeckte einen hübschen Ball für Anton und kaufte Stoff für Paul, aus dem sie ihm ein Hemd nähen wollte. Als sie ihre Einkäufe zur Kutsche tragen wollte, wäre sie beinahe mit Kurt Weiler zusammengestoßen.

»Ja, die Frau Fuhrmann! Die Ernte war wohl erfolgreich, wenn die gnädige Frau so große Einkäufe tätigt.« Er verbeugte sich spöttisch und musterte sie mit verächtlich zusammengekniffenen Augen.

Lene reckte das Kinn und sah ihn fest an. »Lassen Sie mich durch.«

Doch Weiler trat noch näher an sie heran. »Vielleicht wollen Sie ja mal einen richtigen Mann zwischen Ihren Schenkeln haben?«

Lene musste schlucken, weil ihr von seinen widerlichen Worten übel wurde. »Lassen Sie mich durch«, wiederholte sie, nun mit mehr Nachdruck. Einen Moment blickte er sie noch triumphierend an, dann trat er zur Seite, weil gerade ein älteres Ehepaar den Gemischtwarenladen hinter ihnen verlassen hatte und über den Gehsteig in ihre Richtung strebte.

»Gnädige Frau«, sagte er mit einem Nicken und verzog den Mund zu einem höhnischen Grinsen.

Mit hämmerndem Herzen bestieg Lene die Kutsche und trieb Lotte zur Eile an. Sie wollte nichts als weg von diesem Menschen, der ihr jedes Mal einen eiskalten Schauer über den Rücken jagte.

Paul hatte im Wald eine Tanne geschlagen und den dicken Stamm in der guten Stube in einem Eimer mit Sand und Erde vergraben. Als Lene eintrat, sah er sofort, wie aufgewühlt sie war. Mit drei großen Schritten war er bei ihr und suchte besorgt ihr blasses Gesicht ab.

»Was ist passiert?«, fragte er, und sie schaute weg, weil sie nicht wollte, dass er ihretwegen einen neuen Streit mit dem Bürgermeister vom Zaun brach. Doch Paul ließ nicht locker. »Lene, du bist weiß wie ein Laken, es ist doch was?«

Seufzend stellte sie ihre Einkäufe ab. »Es ist nichts. Ich bin bloß in Weiler gerannt, als ich aus dem Gemischtwarenladen kam, und er …« Sie stockte, weil sie nicht wiederholen konnte, was er gesagt hatte. »Er macht mir einfach Angst«, brachte sie den Satz daher schnell zu Ende, dann ging sie in die Küche und band sich eine Schürze um, um das Essen zu richten. »Was ist das eigentlich mit euch beiden? Woher kommt diese Feindschaft?«, wollte sie wissen und griff nach dem großen Messer, um Brot zu schneiden. Paul, der ihr gefolgt war, zog ein finsteres Gesicht, wie immer, wenn es um Weiler ging.

»Sein Vater war Knecht bei meinem Vater«, antwortete er zögernd, als überlege er, wie viel er ihr erzählen sollte.

Lene hob überrascht den Kopf. »Davon wusste ich nichts.« Sie hielt mit dem Brotschneiden inne und lehnte sich an die Anrichte. Paul räusperte sich. Lene konnte sehen, wie schwer er sich mit der Geschichte tat.

»Der alte Weiler war ein Trinker und Raufbold«, sagte er schließlich. »Es gab immer Ärger, ganz gleich, wo er auftauchte, und am Monatsende trug er sein Geld in die Schankhäuser, anstatt nach Hause zu Frau und Kind.

Trotzdem beschäftigte mein Vater ihn, weil ihm die Familie leidtat. Wir hatten damals viel mehr Vieh als heute, mein Vater machte gute Geschäfte mit den jüdischen Viehhändlern in Kaltenbach, und neben dem alten Weiler arbeiteten auch ein paar jüdische Erntehelfer, Knechte und Mägde für ihn. Eines Nachts ist der alte Weiler betrunken über eine der jungen Frauen hergefallen, hat versucht, sich drüben in der Scheune an ihr zu vergehen. Mein Vater ist von ihren Schreien wach geworden und hat ihn erwischt. Er hat Weiler in dieser Nacht windelweich geprügelt und danach vom Hof gejagt und angezeigt. Doch bevor man den Kerl festnehmen konnte, verschwand er und wurde nie wiedergesehen. Mein Vater wollte seiner Frau Arbeit anbieten, weil er fürchtete, dass sie ohne ihren Mann nicht über die Runden kommen würde. Doch als er sie aufsuchte, tobte und spuckte die Alte nach ihm und schrie nur, dass er doch schuld sei an ihrem Elend, er, der Judenfreund, der dieses Pack über ihren Mann gestellt habe. Kurt hat das alles mitbekommen. Als er dann später mit mir zur Schule ging, galt sein ganzer Hass mir. Ich hatte Freunde, eine Familie, alles, was ihm fehlte. Er war ein dürrer, stiller und nicht allzu heller Kerl, den die anderen mieden, weil er gemein und schmutzig war. Er trat nach streunenden Tieren und warf Steine auf alte Leute. Von der Schule flog er, weil er ein Mädchen belästigt hatte, danach schlug er sich als Tagelöhner und Dieb durch und wäre vermutlich wie sein alter Herr geendet, hätte er nicht so frühzeitig das richtige Parteibuch gehabt. Schon vor Hitlers Machtergreifung war er in die NSDAP eingetreten. Er war ruchlos genug, um sich bei den Braunen schnell hochzudienen, und hatte bald genug dummen, machthungrigen Dreck um sich geschart, um Angst zu säen und seine Macht auszubauen. Bei den letzten Wahlen ist sein einziger Widersacher und Vorgänger im Amt bei einem ›Unfall‹ ums Leben gekommen.« Paul malte Anführungszeichen in die Luft. »Danach hat sich keiner mehr getraut, gegen ihn anzutreten. Und nun geriert er sich als der feine Herr Bürgermeister und führt sein Weib am heiligen Sonntag in die Kirche, während er seine Gegner denunziert oder sie gleich von seinen Schergen aus dem Weg schaffen lässt.«

Paul hatte sich so in Rage geredet, dass Lene irgendwann zu ihm trat und die Arme um ihn schlang, damit er sich wieder beruhigte. Er legte seinen Kopf in die weiche Kuhle zwischen ihrem Hals und ihrer Schulter und atmete ihren Duft ein. Dann schob er sie von sich und sah ihr ernst in die Augen. »Halt dich von ihm fern, Lene. Er ist dumm, aber voller Hass, vor allem auf mich. Das macht ihn für dich umso gefährlicher.«

Lene nickte; sie hatte die Gefahr, die von Weiler ausging, gleich bei ihrer ersten Begegnung gespürt und war nicht erpicht darauf, ihm öfter über den Weg zu laufen.

Paul versank in brütendes Schweigen. Lene wollte die dunklen Wolken verscheuchen, die über ihm zu hängen schienen, seit sie Weiler erwähnt hatte, und so platzte sie heraus: »Paul, ich wollte es dir eigentlich erst morgen am Heiligen Abend sagen, aber ich kann es nicht mehr für mich behalten!« Ihre Stimme zitterte kaum merklich.

Er drehte den Kopf und sah sie erwartungsvoll an. Die kleine Öllampe warf ein Wechselspiel von Licht und Schatten auf sein Gesicht, weshalb Lene nicht genau sagen konnte, ob es eine eher freudige oder beunruhigte Erwartung war. »Ich bin schwanger, Paul. Das Kind wird im Sommer kommen.«

Er schwieg. Lene spürte, wie die Enttäuschung sich in ihr breitmachte. Sie hatte sich so darauf gefreut, es ihm zu sagen. Hatte sich ausgemalt, wie er sie in den Arm nehmen und ihr vielleicht sogar endlich seine Liebe gestehen würde. Stattdessen starrte er nun finster zu Boden. Sie ließ sich auf einen Stuhl fallen und spürte, wie Tränen hinter ihren Lidern brannten.

»Willst du denn gar nichts sagen?«, flüsterte sie, und er wandte ihr wieder das Gesicht zu. Sie sah die Sorge in seinen Augen. Nach einer Weile, die ihr vorkam wie eine Ewigkeit, ging er vor ihr in die Hocke und fuhr ihr zärtlich mit den Fingerknöcheln über die Wange.

»Was willst du hören, Lene? Es war klar, dass das passieren konnte.«

Sie schluckte schwer und wandte sich ab, doch er fasste sie sanft unters Kinn und zwang sie, ihn anzusehen. »Ich will dich nicht auch noch verlieren, kannst du das verstehen?«, flüsterte er.

Ihr Herz ging auf, und sie strahlte ihn an, während ihr nun tatsächlich die Tränen über das Gesicht strömten. Das war so gut wie eine Liebeserklärung gewesen, und Lene hätte ihn am liebsten umarmt und ihre eigenen Gefühle hinausgeschrien. Stattdessen ließ sie sich in seine Arme ziehen und vergrub ihr Gesicht in seiner Wärme.

»Du verlierst mich nicht, ich habe nicht vor, irgendwohin zu gehen«, wisperte sie, und er erstickte jedes weitere Wort mit einem leidenschaftlichen Kuss.

Kapitel 16

Ich war zwar noch nicht lange bei Lene, trotzdem spürte ich, wie ich mich innerlich von Tag zu Tag mehr dagegen sträubte, in mein altes, einsames Leben nach Köln zurückzukehren. Ich hatte mich an die zu große und zu teure Wohnung geklammert, weil damit so viele Erinnerungen an David verbunden waren, doch eigentlich brauchte ich keine vier Wände und keine Möbel, um an ihn zu denken. Er war immer bei mir, in meinen Gedanken und in meinem Herzen, und daran würde sich auch nichts ändern.

Doch auch andere hatten das Liebste im Leben verloren und sich trotzdem auf das Wagnis eingelassen, ihr Herz noch einmal zu verschenken. Paul war dafür das beste Beispiel, und er hatte mit der zupackenden, lebensfrohen Lene eine Frau gefunden, die vermutlich viel besser zu ihm passte als die fragile Schönheit Jette, die schon auf der verblassten Fotografie nicht so wirkte, als sei sie für ein Leben in der Landwirtschaft, für harte Arbeit und lange Tage gemacht. Nicht, dass ich glaubte, irgendjemand würde besser zu mir passen als David, versicherte ich mir schnell in Gedanken. David war mein Seelenverwandter, mein Freund, meine bessere Hälfte gewesen.

Was Noah für mich war oder sein könnte, konnte ich

selbst nicht sagen. Immerhin war er seit dem Unfall der erste Mann, den ich überhaupt an mich herangelassen hatte. Ich fühlte mich wohl in seiner Gegenwart, mein Körper reagierte auf ihn, auch wenn mein Herz sich sträubte.

Wir hatten uns seit der Nacht in Lenes guter Stube nicht mehr berührt oder geküsst. Wenn Noah abends kam, um nach Lene zu sehen, wirkte er im Anschluss eilig und oft sogar abweisend, und ich war verunsichert. Abend um Abend ließ ich ihn wortlos ziehen, obwohl es mir zunehmend schwererfiel, wenn ich ihm hinterhersah, wie er mit langen Schritten den Hof überquerte und zu seinem Jeep ging. Doch ich hatte beschlossen, mir nicht »um ungelegte Eier einen Kopf zu machen«, wie Lene es so treffend ausdrückte. »Kommt Zeit, kommt Rat« zählte ebenfalls zu ihren Lieblingssprüchen, und irgendwie waren mir ihre kleinen Weisheiten ein Trost, und so klammerte ich mich daran und machte weiter. Immer langsam, Schritt für Schritt, bewegte ich mich durch die Tage, und eines Morgens fiel mir auf, dass der Abgrund, vor dem ich noch vor Kurzem gestanden hatte, nicht mehr so schwindelerregend nahe war.

»Vielleicht gehe ich nicht nach Köln zurück«, vertraute ich Lene beim Frühstück an.

Sie legte interessiert den Kopf schief. »Woher kommt der plötzliche Sinneswandel?«

Ich strahlte sie an. »Ich könnte vorerst bei Mama und Papa bleiben und mir später eine eigene Wohnung suchen. Dann könnte ich dich weiter jeden Tag sehen. Was meinst du?«

Lene musterte mich mit ernstem Blick, bevor sie den

Kopf wegdrehte und mit den Zipfeln ihres Plumeaus spielte. »Mach dein Leben, deine Entscheidungen nicht von anderen abhängig, Kind. Es geht um dich, darum, womit du dich wohlfühlst.«

Ich rückte näher zu ihr und legte meine Hände auf ihre. »Ich fühle mich wohl, wenn ich bei dir bin.«

Ihr Gesicht wurde traurig, sachte zog sie ihre Hände unter meinen hervor. »Ich werde aber nicht ewig hier sein.«

Andauernd musste sie vom Tod sprechen. Ich war es so leid. »Man soll sich nicht um ungelegte Eier einen Kopf machen«, zitierte ich sie, und Lene musste lachen.

»Du hast recht, Kind. Gib mir noch eine Scheibe Toast.«

Wir frühstückten schweigend zu Ende, und als ich den Abwasch erledigte, fragte ich mich, in welchem Maße ich meine Überlegungen, zurück aufs Land zu ziehen, tatsächlich von anderen Menschen abhängig machte. Welche Rolle spielte Lene und welche Noah? Welche Rolle spielten meine Eltern? Lene hatte wie immer den Nagel auf den Kopf getroffen. Ich hatte meine Entscheidungen viel zu oft unter dem Aspekt gefällt, was andere von mir erwarteten oder womit andere glücklich waren. Mich selbst verlor ich dabei manchmal völlig aus den Augen.

So wie damals, als David irgendwie für uns beide entschieden hatte, in der Stadt zu bleiben. »Ich kann mir einfach nicht mehr vorstellen, in die Provinz zurückzukehren, Mel. Du etwa?«, hatte er gefragt, als wir zusammen den Wohnungsmarkt durchforsteten, weil unsere kleine Studentenbude unseren wachsenden Ansprüchen nicht mehr lange genügen würde. Ich zögerte, als er mir diese Frage stellte. Warum eigentlich nicht?, dachte ich. Ich mochte das

Leben auf dem Dorf, mochte es ruhig und beschaulich. Und ich hätte es schön gefunden, in der Nähe meiner Eltern zu sein, wenn denn ein Baby käme. In meinen Träumen hatte ich uns immer auf dem Land gesehen, Hand in Hand mit einem kleinen Mädchen, dessen Zöpfe im Wind wippten, während es auf einer Wiese Gänseblümchen pflückte oder im Herbst auf einem noch nach Heu duftenden Stoppelfeld einen Drachen steigen ließ. Aber David war da weitaus weniger sentimental und heimatverbunden. Er liebte die Stadt. Oftmals war er wie elektrisiert, wenn er nach einem langen Arbeitstag nach Hause kam. Seine Energie schien grenzenlos, pulsierte wie das Leben in der Großstadt. Während ich oft erschöpft war und mich auf einen gemütlichen Abend freute, schleppte er mich ins Fitnessstudio und danach durch das Kölner Nachtleben. Ein schneller Burger irgendwo, ein Bier mit Freunden in der Altstadt, ein Spaziergang am Rhein. Wenn wir zu Hause ankamen, schien er endlich genug ausgepowert, um zu schlafen. Es war sein Rhythmus, den wir lebten, seine Idee von Gemeinsamkeit, aber es war okay, solange er da war.

Nun allerdings konnte ich für mich entscheiden, und ich fragte mich zunehmend, was mich in der Stadt hielt. Auf der anderen Seite musste ich Lene recht geben. Nur in den Westerwald zu ziehen, weil ich mich schon wieder an andere Menschen klammerte, wäre falsch. Ich wäre nichts weiter als ein Parasit, ein Pilz, der einen Wirt brauchte, um darauf zu gedeihen. Ich musste für mich allein eine Entscheidung treffen, und die sah womöglich ganz anders aus. Vielleicht lag mein Glück im Ausland? Oder am Meer?

Vielleicht doch in der Stadt oder am Ende hier, wo Fuchs und Hase einander Gute Nacht sagten. Aber das musste ich selbst herausfinden. Und genau das würde ich tun. Dieses Versprechen gab ich mir, als ich dort in Lenes Küche stand, meine Hände in der Schüssel mit Seifenlauge, mein Herz allein, aber frei.

Westerwald, 1936/1937

Lene streckte sich, wobei ihre Hand auf der anderen Seite des Bettes nur das leere Kopfkissen ertastete. Paul war schon aufgestanden. Sie schwang die Beine aus dem Bett und schauderte, weil der Boden eiskalt war. Einen Moment lang rieb sie sich die Füße warm, dann erst fand sie den Mut, auf die frostigen Dielen zu treten. Sie band ihr widerspenstiges Haar zu einem losen Dutt hoch und streifte sich einen Morgenmantel über, um ans Fenster zu treten. Der Weihnachtsmorgen hatte Schnee gebracht. An der Fensterscheibe waren unzählige Eisblumen erblüht. Versonnen zeichnete Lene deren feine Konturen mit dem Finger nach, während ihre andere Hand unbewusst über ihren noch flachen Bauch unter dem Stoff des Morgenmantels strich. Sie dachte an das neue Leben, das in ihr heranwuchs, und war so versunken in die Vorstellung dessen, was bald auf sie zukommen würde, dass sie Pauls Schritte gar nicht hörte. Erst als er plötzlich hinter ihr stand und seine große Hand auf ihre legte, bemerkte sie seine Anwesenheit. Überwältigt von ihren Gefühlen lehnte sie sich an ihn und schloss für einen Augenblick die Augen.

»Wollen wir den Baum schmücken?«, fragte er, während sein Mund ihren Nacken mit kleinen Küssen bedeckte. Lene bekam eine Gänsehaut. Sie war versucht, ihn wieder zurück in das warme Bett zu ziehen, doch dann dachte sie an Anton und wie viel Freude ihm das Schmücken bereiten würde, und so nickte sie und befreite sich widerwillig aus seiner Umarmung, nicht jedoch, ohne sich noch einen letzten, langen Kuss zu stehlen. Gemeinsam weckten sie Anton und aßen etwas, dann gingen sie hinüber in die gute Stube, wo Antons Augen vor Erstaunen über den Baum ganz groß und rund wurden. Lene nahm am Klavier Platz, Anton auf dem Schoß, und ließ ihn mit seinen süßen Patschhändchen auf die Tasten hauen. Als sie und Paul genug von Antons lärmendem Konzert hatten, setzte sie ihn mit seinen Holzspielsachen auf den Boden und schlug »Stille Nacht« an, während Paul die Wachskerzen anbrachte und Lametta in die dichten Zweige hängte, welches Anton, der mittlerweile unter den Baum gekrabbelt war, gleich wieder abzog, um es zu begutachten.

Später am Tag versorgten sie gemeinsam das Vieh, bevor Lene in der kleinen Küche verschwand und Würstchen mit Kartoffelsalat zubereitete. Anschließend zündete Paul in der guten Stube die Kerzen an, und sie sangen Weihnachtslieder, die Lene musikalisch begleitete. Anton spielte mit seinem neuen Ball, die Wangen gerötet vor Aufregung und Glückseligkeit, und wagte an Pauls Hand die ersten Schritte, um erneut das Lametta und die Kerzen am Baum zu inspizieren. Irgendwann fielen ihm vor lauter Erschöpfung die Äuglein zu, und Lene brachte ihn in sein Bettchen. Erst dann holte sie das Geschenk für Paul.

Zurück in der guten Stube, zog sie das in Papier eingeschlagene Hemd hinter ihrem Rücken hervor. »Für dich«, sagte sie mit leuchtenden Augen und beobachtete aufgeregt, wie er es auswickelte.

»Das sieht prächtig aus, hast du es selbst gemacht?«, fragte er, wobei er sich das Hemd vor die Brust hielt.

Lene nickte stolz.

»Dann werde ich es noch lieber tragen.« Er küsste sie liebevoll. »Einen Moment«, sagte er dann und löste sich von ihr, um ebenfalls aus der Stube zu verschwinden und mit einem kleinen Kästchen wiederzukehren.

Lene sah ihn mit großen Augen an, als er ihr die Schatulle in die Hände legte. Mit klopfendem Herzen öffnete sie den Deckel und entdeckte einen zarten Goldring.

»Den schulde ich dir noch«, sagte er mit belegter Stimme und nahm das dünne Goldband heraus, um es an ihren Ringfinger zu schieben. »Ich liebe dich«, flüsterte er, und das war das schönste Geschenk.

Der Schnee umgab sie wie ein Kokon, die Welt schien still zu stehen, und für eine Weile gab es nur sie beide unter ihrer kleinen Glocke aus Glück und Gemeinsamkeit. Sie versorgten die Tiere, und ab und zu musste Paul zum Schuppen gehen, um frisches Holz zu hacken. Doch ansonsten konnten sie nicht viel tun, weshalb sie die Zeit miteinander und mit Anton genossen. Paul zog sie manchmal mit einem Schlitten bis zu dem Hügel hinter dem Haus, wo Lene und Anton den Abhang hinunterfuhren, während der Kleine vor Freude jauchzte. Das neue Jahr schien so viele Versprechen mit sich zu bringen, und Lene freute sich darauf. Am Silvestermorgen erreichte sie ein Paket der Eltern, die Wäsche für den Kleinen und ein schickes Kleid für Lene gesandt hatten.

»Wo soll ich das tragen, etwa im Stall?«, rief sie lachend, als sie den seidigen grünen Stoff in den Händen hielt.

»Heute Abend ist Tanz, wusstest du das noch nicht?«, sagte er mit einem geheimnisvollen Lächeln, und Lene sah ihn fragend an. »Hier in der Stube um acht.«

Lene glaubte, er habe einen Spaß gemacht, doch als draußen der Tag seinem Ende zuging und die Dämmerung sich über das Abendrot legte, ging sie mit klopfendem Herzen in die Schlafkammer, um das grüne Kleid aus dem Schrank zu nehmen. Zärtlich strich sie über den kühlen Stoff, der wie Wasser durch ihre Finger glitt. Sie kam sich etwas albern vor. Was, wenn Paul wirklich nur gescherzt hatte und sie sich nun zurechtmachte wie für einen großen Ball? Auf der anderen Seite: Wann sonst sollte sie das edle Stück schon tragen? Entschlossen tauschte sie ihr schlichtes Wollkleid gegen die feine Seide. Dann band sie sich die Haare hoch und legte eine kleine Goldbrosche an, die sie von ihrem Vater geschenkt bekommen hatte.

Als sie kurz darauf in die Stube trat, verschlug es ihr den Atem. Paul hatte Kerzen angezündet und trug den Anzug, in dem er sie geheiratet hatte. Er sah so gut aus, so selbstsicher und stark, dass Lene weiche Knie bekam. Sie spähte über seine Schulter und schlug sich dann vor Überraschung und Aufregung die Hand vor den Mund. »Ein Grammophon, Paul? Wo kommt das denn her?«, jubelte sie und ging an ihm vorbei, um ihre Finger über den Trichter gleiten zu lassen.

»Es ist ein Hochzeitsgeschenk von meinem Freund aus Essen, bei dem ich damals zu Besuch war, als ich Jette kennenlernte. Jette hat aber lieber selbst gespielt, und wir hatten ohnehin keine Schallplatten dafür, also habe ich es auf den Speicher gebracht. Da ist es mir neulich in die Hände gefallen.«

Lenes Augen funkelten. »Und was für eine Platte hast du da?«, wollte sie wissen und beugte sich hinunter, um den Aufdruck auf dem Schellack zu entziffern. »Marlene Dietrich, ›Leben ohne Liebe kannst du nicht‹.« Sie drehte sich zu ihm um. »O Paul, wo hast du die denn bekommen?«

Paul zwinkerte ihr lächelnd zu. »Ich hab da so meine Verbindungen. Darf ich bitten?«, fragte er mit einer kleinen Verbeugung und ergriff ihre Hand, während er sie voller Bewunderung musterte. Marlenes rauchige Stimme erklang. »Eigentlich mag ich es lieber, wenn du singst«, flüsterte er ihr ins Ohr, und Lene begann, leise mitzusingen. So drehten sie sich langsam im Takt der Musik, während die Kerzen lange Schatten an die Wände warfen.

»Du siehst wunderschön aus«, sagte er irgendwann leise, und Lene brach ihr Lied ab und lächelte, weil sie sich in diesem Augenblick tatsächlich wunderschön fühlte. Ihre Augen leuchteten.

»Und du hast nicht einmal Bier getrunken«, neckte sie ihn, womit sie auf das letzte Mal anspielte, als er ihr ein Kompliment gemacht hatte.

»Ich hab es dir nicht leicht gemacht«, sagte er, und sein Blick wurde ernst.

»Es waren keine einfachen Zeiten, für keinen von uns«, flüsterte Lene und schmiegte sich in seine Arme. Sie bewegten sich langsam zur Musik, während seine Hände ihren eigenen Tanz über ihre Schulterblätter und den Rücken bis zu ihren Hüften vollführten. Sie spürte seine Lust durch den dünnen Stoff ihres Kleides und sah ihn mit gespielter Empörung an. »Herr Fuhrmann, wie unschicklich.« Doch statt zu antworten, hob er sie in seine Arme und trug sie ins Schlafzimmer, wo er ihr bewies, wie unschicklich seine Gedanken eben gewesen waren.

An einem Tag Ende Januar kehrte Ruth zurück. Lene freute sich, dass ihre Freundin und Vertraute wieder da war, und konnte es kaum erwarten, ihr zu erzählen, wie sehr sich ihre Ehe in den vergangenen Wochen zum Guten gewendet hatte.

»Ich liebe ihn, Ruth. Er ist der beste Mann, den man sich wünschen kann.«

Ruth schaute sie voller Wärme an. »Ich freue mich so für euch, Lene. Ich wusste, dass er erkennen wird, was er an dir hat.«

Lene entging nicht, wie traurig die junge Frau bei diesen Worten aussah. »Was ist? Du wirkst bedrückt«, hakte sie nach, doch anstatt zu antworten, knetete die Freundin den Brotteig nur noch geschäftiger. »Ruth«, mahnte Lene und sah, wie sich deren Schultern anspannten.

»Ich hatte einen Liebsten, Lene. Ich dachte, wir würden heiraten, aber er war kurz vor dem neuen Jahr bei mir, um seinen Ring zurückzufordern.«

Lene sah sie mit aufgerissenen Augen an. »Warum denn, Ruth, was ist passiert?«

Die Magd schnaubte. »Na, was wohl?«

Lene begriff. »Er ist kein Jude?«

Ruth schüttelte den Kopf, bevor sie mit bebender Stimme weitersprach. »Es tue ihm leid, hat er gesagt, aber eine Heirat sei durch die Rassengesetze ja nun ausgeschlossen. Dann hat er mich gebeten, mit niemandem über unsere Verlobung zu sprechen. Ich denke, es ist ihm peinlich.«

Lene spürte, wie das Mitgefühl für die Freundin ihr die Kehle zuschnürte. »Wie lange wart ihr denn verlobt?«, fragte sie.

»Ein Jahr«, antwortete Ruth verbittert.

Lene sah sie überrascht an. »So ein Strolch«, schimpfte sie entrüstet.

Ruth lächelte. »Vielleicht ist es besser so, ich wäre mit ihm ohnehin nicht so glücklich geworden, wie du es mit Paul bist. Dafür war er zu steif und zu korrekt.«

»Hast du mir deshalb nie von ihm erzählt?«

Ruth zuckte mit den Schultern.

»Aber du hast ihn geliebt?«, bohrte Lene. Sie glaubte schon, Ruth würde ihr diese Frage nicht beantworten, so lange dehnte sich ihr Schweigen.

Doch schließlich gestand sie: »Nein, aber ich mochte ihn, und er wäre ein Weg raus gewesen aus meinem elenden Leben.«

Lene legte ihr eine Hand auf die Schulter. Sie wusste, was Ruth meinte. Ihr Vater war seit der Prügelei ein Krüppel, ihre Brüder hatten ihre Arbeit verloren, und die Mutter war depressiv. Ruth trug für alle die Verantwortung – eine Last, die einfach zu viel war für ihre schmalen Schultern.

»Du hast uns, Ruth. Wir sind für dich da.« Es war ein schwacher Trost, doch es war alles, was Lene ihr anbieten konnte.

Der Frühling kam zögerlich, wie so oft im Westerwald. Die Natur erwachte nur langsam, der Frost saß noch in der Erde und hinderte das junge Grün daran zu sprießen. Trotzdem war es gerade die Zeit, in der die meiste Arbeit auf dem Hof anfiel. Die Zäune mussten ausgebessert und die Saat ausgebracht werden, und obwohl Paul protestierte, bestand Lene darauf, ihn aufs Feld zu begleiten. Ihr Bauch wölbte sich nun schon sanft nach außen, und manchmal spürte sie das Kleine, dessen Tritte sich anfühlten wie Bläschen, die in ihrem Inneren aufstiegen.

Lene stand in ihrem Schlafzimmer und band die alte Arbeitshose mit einem Gürtel, weil die Knöpfe schon nicht mehr zugingen. Ruth hatte ein paar von Lenes Kleidern weiter gemacht, doch Lene fand es zu unpraktisch, im Kleid zu arbeiten, weshalb sie sich weiterhin in die zu kleine Hose zwängte. Paul trat hinter sie und legte ihr seine großen Hände auf den Bauch, genau in dem Moment, in dem das Baby sich bewegte.

»Hast du es gefühlt?«, fragte sie aufgeregt und legte ihre Hände über seine, damit er sie nicht wegnahm.

»Ein Fußballer«, sagte er stolz.

»Oder eine Tänzerin«, konterte sie, und er strich ihr die Haare aus dem Nacken, um einen schnellen Kuss dorthin zu pflanzen.

»Egal, was es wird, Hauptsache gesund.« Lene nickte. »Bleib doch hier und ruh dich ein wenig aus«, schlug er ihr vor. »Ich kann heute auch allein rausfahren. Es ist nur noch das eine Feld.«

Lene schüttelte hartnäckig den Kopf. »Nein, ich komme mit. Zusammen sind wir viel schneller.«

Er seufzte, doch weil er ihren Sturkopf inzwischen kannte, widersprach er nicht. Stattdessen zog er sich an und ging hinüber in die Küche, um seinem Sohn, der mit Ruth Erbsen las, zum Abschied einen Kuss zu geben.

Der Morgen war noch kalt, und Lene zog auf dem Kutschbock ihre Wolljacke enger um den Leib, während Paul das Kaltblut antrieb, damit sie zum Feld kamen, bevor der dunkle Himmel seine Schleusen öffnete. Lottes Hufe trommelten auf der Straße, bis sie an die Abzweigung zum Wald gelangten, hinter dem das entlegenste Stück Land lag, das sie besaßen. Auf einmal vernahmen sie hinter sich Motorengeräusche. Lene sah sich um und schluckte. Ihre Kehle war plötzlich trocken, eine ungute Vorahnung ließ sie erschauern. Nur wenige Menschen in und um Kaltenbach konnten sich ein Automobil leisten.

Der Wagen kam näher. Hinter dem Lenkrad saß der Bürgermeister, der ungeduldig gestikulierte. Paul hatte ihn ebenfalls bemerkt und starrte nun finster geradeaus. Das Fahrzeug schloss auf, und Weiler begann zu hupen. »Idiot«, sagte Paul, der Mühe hatte, das Pferd ruhig zu halten, das nervös tänzelte und versuchte, gegen die Zügel zu gehen.

Weiler jedoch hörte nicht auf, immer wieder drückte er auf die Hupe, bevor er schließlich in einer Kurve zum

Überholen ansetzte. Er zog an der Kutsche vorbei und scherte so dicht vor dem Pferd ein, dass das gutmütige Kaltblut nun doch scheute und zur Seite ausbrach. Lenes Herz setzte einen Augenblick aus, nur um Sekunden später umso heftiger gegen ihre Rippen zu schlagen. »Paul!«, schrie sie, als die Kutsche ins Schlingern geriet und wie in Zeitlupe in den Graben kippte. Panisch umschlang sie ihren Bauch, als könnte sie so ihr Baby vor dem Aufprall schützen, der nun zwangsläufig folgen würde. Das Letzte, was Lene hörte, war Paul, der entsetzt ihren Namen rief, bevor ihr Kopf auf einem Stein aufschlug.

Alles tat weh, als Lene erwachte. Benommen versuchte sie, sich umzusehen, doch sie hatte Mühe, etwas zu erkennen, alles verschwamm vor ihren Augen. Trotzdem nahm sie wahr, dass sie in einem sehr weißen Raum lag, in einem Bett, neben dem sich ein Metalltisch befand. Sie blinzelte mehrmals, bis das Bild endlich an Schärfe gewann. Sie bemerkte eine Vase mit frischen Blumen, die neben dem Bett stand. Vor dem offenen Fenster wehte ein weißer Vorhang in der Brise. Ein Schild war ans Fußende des Betts geklemmt. Ein Krankenhaus. Sie war in einem Krankenhaus.

Lene versuchte, sich aufzusetzen, wobei ihr ein schneidender Schmerz in den Schädel fuhr. Stöhnend griff sie sich an den Kopf und ertastete einen Verband, der über ihrer Stirn angebracht war. Langsam kam die Erinnerung: Weiler, das Gehupe, das scheuende Pferd, der Unfall.

Eine Woge der Angst durchflutete sie, und sie zog eilig die Decke weg, um ihren Bauch zu betrachten. Doch anstelle der kleinen Wölbung war alles flach. Lene strich ungläubig mit den Händen darüber und betete, dass sie die kleinen Bläschen spüren möge, doch in ihrem Herzen wusste sie bereits, dass dort kein Leben mehr war. Ein Wimmern drang über ihre Lippen, dann ein seltsam unmenschlicher Klagelaut, der von den weißen Wänden widerhallte.

Die Tür flog auf, und eine Schwester stürmte herein, die Lenes Arme griff, weil diese begonnen hatte, wie wild um sich zu schlagen.

»Frau Fuhrmann, Sie müssen sich beruhigen, sonst reißt die Narbe wieder auf«, sagte die Schwester und drückte sie in die Kissen, doch Lene konnte keinen klaren Gedanken mehr fassen. Sie bestand nur noch aus Angst und Schmerz. »Dr. Gruber!«, rief die junge Schwester, und selbst in ihrem erregten Zustand konnte Lene hören, dass sie die junge Frau ängstigte mit dem Ausmaß ihrer Pein.

Ein älterer Arzt mit weißem Bart und schmaler Goldbrille trat ein, schob die Schwester beiseite und nahm Lenes Arm, um ihr eine brennende Flüssigkeit zu injizieren. »Stillhalten, sonst bricht die Nadel ab.« Seine Stimme klang nicht unfreundlich, sondern eher beruhigend. Nur Sekunden später umhüllte sie wieder ein sanftes Nichts.

Als Lene das nächste Mal erwachte, saß Paul an ihrem Bett. Erleichterung huschte über seine Züge, als er bemerkte, dass sie die Augen geöffnet hatte. »Du bist wach«, sagte er und führte ihre kalten Hände zu seinen Lippen, um sie mit Küssen zu übersäen.

»Paul, das Baby«, stieß sie zittrig hervor, und er ließ von ihr ab und setzte sich auf. Sein Blick war so traurig, so verzweifelt, als er den Kopf schüttelte und sich dann vornüberbeugte, um sein Gesicht in ihren Armen zu vergraben. Gemeinsam weinten sie um das Kind, das ihnen bei diesem sinnlosen und dazu noch absichtlich provozierten Unfall genommen worden war, bevor sie es überhaupt in den Armen halten durften. Lene fühlte sich leer, machtlos, verwundet innerlich wie außen. Dennoch wollte sie stark sein, wollte sich von Weiler nicht die Hoffnung nehmen lassen.

»Wenn es nicht mehr so wehtut, Paul, dann können wir es wieder versuchen, wir können immer noch ein Baby haben«, sagte sie leise und vielleicht auch mehr, um sich zu trösten, als ihn. Doch gleich darauf schnürte sich ihr Herz zusammen, als sie sah, wie er voller Schmerz die Augen schloss.

»Lene«, sagte er leise, »die Fehlgeburt durch den Unfall hat starke Blutungen bei dir ausgelöst.« Er schluckte. »Sie mussten dir die Gebärmutter entfernen.«

Lenes Verstand weigerte sich, seine Worte zu begreifen. »Was?«, stammelte sie verwirrt, doch als Paul den Satz wiederholte, hielt sie sich die Ohren zu. Ein Bild formte sich vor ihrem inneren Auge, ihr Herz verstand. Man hatte ihr die Möglichkeit genommen, ihm ein weiteres Kind zu schenken. Sie war keine Frau mehr, nur noch eine leere Hülle. Lene nahm die Hände von den Ohren, in denen weiter das Blut rauschte. Sie schien in einen Abgrund zu stürzen, und nichts und niemand würde sie halten können.

Paul wollte sie in seine Arme ziehen, ihr Trost geben, doch Lene war untröstlich. Sie drehte sich von ihm fort und würgte an dem Schmerz, der ihr die Kehle verstopfte, doch er blieb dort hocken und schnürte ihr unbarmherzig die Luft ab. Nicht einmal ihre Tränen kamen an diesem festen Kloß vorbei, obwohl sie das Gefühl hatte, ein ganzes Meer davon in sich zu tragen und nun langsam darin zu ertrinken, still und leise.

Kapitel 17

Ich hatte gar nicht gemerkt, dass ich mit ihr weinte, doch nun spürte ich, wie etwas Feuchtes in den Kragen meines Pullovers rann. Verstohlen wischte ich mir mit dem Handballen über die Wangen. Lene war in ihrer eigenen Welt. Der Schmerz von damals hatte sie wieder eingeholt, und sie starrte mit leeren Augen an die weiß getünchte Wand hinter ihrem Bett. Ich nahm ihre Hand.

»Lene, das ist furchtbar. Es tut mir so leid«, wisperte ich, und sie drückte meine klammen Finger.

»Das ist alles schon so lange her, Kind. Kein Grund, deswegen Tränen zu vergießen.«

Mein Mitgefühl mischte sich mit dem Zorn auf den Mann, der Lenes Unfall verursacht hatte. »Hat man diesen Weiler wenigstens zur Verantwortung gezogen?«

Lene schnaubte verächtlich. »Weiler stand damals schon über dem Gesetz. Natürlich wurde der Vorfall als Unfall deklariert, schließlich hat das Pferd gescheut.«

Ich schüttelte ungläubig den Kopf. »Aber Weiler hat euch abgedrängt!«

Lene zuckte mit ihren knochigen Schultern. »Das hat niemanden interessiert, Kind. Wir waren doch nur einfache Bauersleute und noch dazu Judenfreunde.«

Ich wollte mich weiter aufregen, wollte schimpfen über diese Ungerechtigkeit, doch Lene hielt mich davon ab.

»Kannst du drüben hinter dem Haus den Zaun ausbessern? Da kommen die Katzen durch, und die fressen mir die Vögel weg«, bat sie und zeigte aus dem Fenster. Im hinteren Bereich des Maschendrahtzauns klaffte ein faustgroßes Loch. Ich war etwas überrumpelt von ihrer plötzlichen Bitte, doch als ich ihr wieder in die Augen blickte, las ich darin den unmissverständlichen Wunsch, ein wenig allein zu sein – ein Gefühl, das ich nur zu gut verstand. Mancher Schmerz war einfach zu groß, um ihn zu teilen.

Kurze Zeit später stand ich draußen im kniehohen Gras, einen Werkzeugkasten und eine Rolle mit Maschendraht in der Hand, die ich im Schuppen gefunden hatte. Ich hatte keine Ahnung, wie man einen Zaun reparierte, aber irgendwie würde es schon klappen. Ich knipste das kaputte Stück zwischen den Holzpfählen ab und machte mich daran, den neuen Draht dort zu befestigen, doch der rollte sich immer wieder in seine ursprüngliche Form zurück, wobei mir ein ums andere Mal die scharfen Kanten über Arme und Beine kratzten und kleine blutige Schrammen hinterließen.

»Scheiße noch mal«, fluchte ich und hörte ein leises Lachen hinter mir. Grimmig fuhr ich herum und sah Noah vor dem Haus in der Sonne stehen, der mich amüsiert beobachtete.

»So wird das nie was«, stellte er sachlich fest, was meinen Ehrgeiz anfachte. Herausfordernd zog ich eine Augenbraue hoch und drehte mich wieder zu meinem unvollendeten Werk um. Genau in dem Augenblick gab nun auch noch der Holzpfahl nach und kippte mit dem wenig fachmännisch befestigten Draht zu Boden. Jetzt musste ich selbst lachen.

»Na gut, du hast gewonnen, ich werde meinen Plan, eine zweite Karriere als Zaunbauer zu starten, auf Eis legen.«

Noah trat neben mich und nahm mir Zange und Seitenschneider aus der Hand. »Darf ich?«, fragte er, und als ich etwas zu enthusiastisch nickte, schenkte er mir ein schiefes Grinsen, das meinen Herzschlag beschleunigte.

Er zog Jacke und Pullover aus, ließ beides achtlos hinter sich ins Gras fallen und knipste den Draht wieder ab, der schief und krumm an dem Pfahl hing. »Der Pfahl ist morsch«, stellte er fachmännisch fest. »Warte kurz.« Er verschwand in Lenes Scheune, aus der er ein paar Minuten später mit einem neuen Holzpfahl und einem großen Hammer zurückkehrte.

Während er sich schweigend an die Ausbesserung machte, schlenderte ich – insgeheim erleichtert – ins Haus, um Limonade zu holen, die ich am Morgen aus Zucker, Zitronen und frischer Minze gemacht hatte.

Als ich wieder hinauskam, war Noah verschwitzt und sein Gesicht von der Sonne gerötet, doch der Zaun sah so gut wie neu aus. Ich betrachtete sein Werk bewundernd, dann schweifte mein Blick zu ihm. Er sah gut aus, wie er dort in Lenes Garten stand und sich den Schweiß von der Stirn wischte. Sein Haar war unordentlich und stand nach allen Seiten ab, seine dunklen Augen leuchteten, und seine schlanke, definierte Statur kam in dem weißen Shirt, das nun an seinem Oberkörper klebte, hervorragend zur Geltung. Er trug ausnahmsweise Jeans, was ihm viel besser stand als die ausgebeulten Cordhosen, und ich fragte mich, ob er bei der Auswahl seiner Garderobe an mich gedacht hatte.

»Durst?« Ich hielt ihm einen Becher hin, den er wortlos in einem Zug leerte. Er wischte sich ein paar Tropfen vom Kinn, und ich unterdrückte den Impuls, seine Hand beiseitezuschieben und sie mit meinem Mund aufzufangen. Seine Gedanken schienen einen ähnlichen Weg zu nehmen, denn sein Blick wanderte wie in Zeitlupe von meinen Augen zu meinen Lippen. Die Luft zwischen uns knisterte förmlich vor Elektrizität. Noah ließ die Zange und ich meinen leeren Becher fallen, dann machten wir gleichzeitig einen großen Schritt aufeinander zu. Er umfasste mein Gesicht und zog es zu sich, und wir küssten uns so hungrig und verzweifelt, wie sich nur Menschen küssen, die viel zu lange ihre Gefühle unterdrückt hatten. Er hob mich hoch, und ich schlang meine Schenkel um seine Hüften, wobei ich deutlich spürte, wie erregt er war. Ohne seine Lippen von meinen zu lösen, trug er mich durch den Garten in Richtung Scheune.

»Ist das dein Ernst, hier im Stroh?«, stieß ich atemlos zwischen zwei Küssen hervor.

Noah grinste. »Besser als auf Lenes altem Sofa.«

Das Scheunentor stand offen, und Noah schloss es mit dem Fuß, weil er mich immer noch in seinen Armen hielt. Es schwang gerade so weit zu, dass noch ein wenig Sonne und frische Luft in das ansonsten finstere, staubige Innere drangen. Die Scheune, die früher gleichzeitig als Stall gedient hatte, wurde schon seit vielen Jahren nicht mehr genutzt, doch es standen nach wie vor jede Menge rostige

Gerätschaften herum. Ganz hinten befand sich die ausrangierte Kutsche, vor der ein kleiner Haufen Stroh lag, alt und vertrocknet, doch das schien Noah nicht zu stören. Er steuerte entschlossen darauf zu und zog, ohne zu zögern, eine alte Decke vom Kutschbock, die er über die pieksigen Halme warf. Sanft drängte er mich, darauf Platz zu nehmen, ging neben mir auf die Knie und küsste mich erneut, leidenschaftlich, ausgehungert, wobei er mir mit ungeduldigen Fingern die Bluse öffnete und über meine Schultern streifte. Der BH folgte, während ich ihm nicht minder hastig das Shirt über seine breiten Schultern zog.

Er strich mit der Zunge über meinen Hals, und ich erbebte. Voller Eile befreite er sich selbst aus seiner Jeans und zog mich an sich. Ich spürte seine warme Haut an meiner, stöhnte leise auf und streifte meine Hose ab. Seine Finger strichen über den zarten Stoff meines Slips. Vorsichtig schob er die hauchdünne Spitze nach unten und drang nach ein paar sanften Umkreisungen mit den Fingern in mich ein, während sein Mund wieder von meinem Besitz ergriff. Zunge und Finger bewegten sich nun im gleichen Rhythmus, vollführten die gleichen Stöße, und es dauerte nur Sekunden, bis ich mit einem kehligen Schrei kam. Wortlos zog Noah mich auf sich, und ich senkte mich auf ihn herab, nahm ihn in mich auf und warf den Kopf zurück. Immer schneller bewegte ich mich auf ihm, begann ihn, getrieben von etwas in meinem Inneren, das ich selbst nicht kannte, zu reiten, wild und ungehemmt. Da war keine Sanftheit mehr in mir, nur noch pure Lust. Noah schien meine ungehemmte Leidenschaft nicht zu stören – im Gegenteil. Er hob mir seine Hüften entgegen, damit ich ihn noch tiefer in mir aufnehmen konnte. Ich spürte, wie sich bei mir ein zweiter, alles überstrahlender Höhepunkt ankündigte.

Wir kamen im selben Augenblick, so heftig und erschütternd, wie ich noch nie in meinem Leben gekommen war, nicht einmal mit David. Die Erkenntnis versetzte mir einen Schlag. Ich fühlte mich wie jemand, der nach einem köstlichen Rausch plötzlich stocknüchtern ist. Obwohl noch immer die Wellen meines unglaublichen Orgasmus durch mich hindurchpulsierten, legte sich das schlechte Gewissen wie eine dunkle Decke über diesen Augenblick. Ich sackte auf Noah und spürte sein Herz unter mir, das im gleichen aufgeheizten Rhythmus schlug wie meins. Er schlang die Arme um mich, doch ich schob sie beiseite und krabbelte von ihm herunter bis ans andere Ende der alten Wolldecke, wo ich wie ein gehetztes Tier hocken blieb. »Das war ein Fehler«, stammelte mein Mund, bevor mein Kopf die Worte hätte festhalten können. Ich sah Noahs Gesicht, sah zuerst den Unglauben, dann den Schmerz.

»Mel, das gerade war der unglaublichste Moment meines Lebens, ich habe so etwas noch nie mit einem anderen Menschen erlebt. Mach es bitte nicht kaputt.« Er klang so erschüttert, wie ich mich fühlte, doch als er seine Hand nach mir ausstreckte, war da nur der Wunsch, noch weiter von ihm fortzukommen. Ich wurde förmlich von meinen widersprüchlichen Gefühlen überrollt. Meine Atemzüge wurden panisch, ich begann, zu viel Luft einzuziehen, die sich in meiner verkrampften Lunge festzusetzen schien wie Teer. Mir wurde schwindelig.

Noah sah, wie aufgewühlt ich war, und rückte zu mir, doch ich hob abwehrend die Hände.

»Nicht, lass mich«, keuchte ich, sprang auf und fing an, wie von Sinnen meine Kleidung vom staubigen Scheunenboden aufzusammeln.

Er sah mich verzweifelt an, schien nicht zu wissen, was er tun sollte, um mich aus meiner Ecke herauszuholen. »Mel, ich liebe dich«, stammelte er leise.

Sein schlichtes Bekenntnis traf mich wie ein Faustschlag. Ich schüttelte den Kopf, immer wieder, als könnte ich damit seine Worte aus mir herausschütteln. »Sag das nicht, sag so etwas nicht, Noah.«

Er fuhr sich hilflos mit der Hand über die Stirn, was mich in diesem Moment noch wütender machte.

Er fühlt sich anders an als David. Er riecht und schmeckt anders, wird immer anders sein, wird niemals er sein, dröhnte es in meinem Kopf. Ich musste hier weg, fort von ihm, fort von dem Gefühl, David und unsere Liebe verraten zu haben. Ich zitterte wie Espenlaub, als ich mich vor ihm aufbaute und mit erstickter Stimme hervorstieß: »Egal, was passiert ist, Noah – es wird für mich immer nur einen Mann geben: meinen.«

Ich wusste nicht, wen ich damit mehr verletzen wollte – ihn oder mich selbst, und ich würde nicht bleiben, um die Antwort in seinem Gesicht zu lesen. Ohne mich noch einmal umzudrehen, rannte ich zu der Treppe, die hinauf in Lenes Bad führte. Die Tür war zum Glück nicht verschlossen. Ich warf sie hinter mir zu und drehte den Schlüssel gleich zweimal, als könnte ich so alles ausschließen, was mich gerade verfolgte. Doch natürlich blieben meine Dämonen bei mir, mit oder ohne verriegelte Tür. Ich ließ mich an dem alten Holz hinabgleiten und legte den Kopf auf meine Knie, die ich mit beiden Armen umschlang, um mein Zittern unter Kontrolle zu bekommen. Ich hatte David mit einem anderen Mann betrogen und es genossen – mehr als das: Es hatte mich berührt. Er hatte mich berührt. Nicht nur meinen Körper, sondern auch mein Herz, wie mir nun klar wurde. »Ich liebe dich«, hatte Noah gesagt, und irgendwo tief in mir drin hallte das Echo seiner Worte. Vielleicht war es das, was ich mir nicht vergeben konnte.

Ich stand auf, weil die kalten Fliesen mein Zittern noch verstärkten. Damit ich wenigstens äußerlich nicht mehr so fror, stieg ich in Lenes winzige Sitzbadewanne und stellte das Wasser an, das mich kurz wärmend umschloss, bevor der altersschwache Boiler kein heißes Wasser mehr nachschickte und ich erneut eine Gänsehaut bekam. Es war mir gleich, ich blieb trotzdem hocken. Ich fühlte mich schmutzig, auch wenn ich fast Schwimmhäute bekam. Ich versuchte, an nichts zu denken, versuchte, meinen Kopf zu leeren, doch mein Körper ließ das nicht zu. Selbst jetzt, nachdem ich alles mutwillig zerstört hatte, spürte ich das Flattern in meinem Bauch und das Pochen zwischen meinen Beinen. Irgendwann stieg ich aus dem nun eisigen Wasser und zog meine leicht zerknitterten Sachen wieder an. Als ich das Bad verließ und durch den Flur in die Küche ging, hörte ich durch den Vorhang hindurch, wie Noah mit Lene redete.

»Es ist besser so, Lene. Katja leitet den kleinen Pflegedienst in Kaltenbach, und sie kann dir die Thrombosespritze ebenso gut setzen wie ich. Ich komme natürlich, wenn irgendetwas ist. Jederzeit, das weißt du.«

»Gib ihr Zeit, sie ist immer noch so verletzlich, und das mit dir wühlt alles wieder auf. Sie steht an einer Kreuzung und muss sich jetzt entscheiden, ob sie in der Vergangenheit stecken bleiben will oder einen Schritt nach vorne wagt«, hörte ich Lene leise sagen und konnte förmlich vor mir sehen, wie er sich mit der inzwischen vertrauten Geste über die Stirn strich.

»Sie hat sich schon entschlossen, Lene«, erwiderte er bitter, was mir die Kehle zuschnürte. »Darum ist es auch besser, wenn ich jetzt gehe. Sonst wird am Ende alles nur noch komplizierter.« Mit diesen Worten trat er durch den Vorhang und wäre fast gegen mich geprallt.

Er ging an mir vorbei, ohne mich anzusehen, doch an der Tür blieb er noch einmal stehen, die Hand schon an der Klinke, das Gesicht immer noch abgewandt. »Leb wohl, Mel.«

Mit diesen Worten verschwand er aus meinem Leben.

Westerwald, 1937 bis 1939

Lene entwickelte ein Fieber und verbrachte mehrere Tage in einem Zustand zwischen Leben und Tod. Der Raum um sie herum schien sich in seinen Proportionen ständig auszudehnen und wieder zusammenzuziehen, die Gesichter der Menschen verschwammen vor ihren Augen. Sie tauchte aus der Bewusstlosigkeit auf, nur um gleich darauf wieder darin zu versinken, bis am dritten Tag endlich das

Fieber brach. Sie wusste nicht, ob sie es geträumt hatte, doch in ihrem Herzen trug sie das Bild ihres Mannes, der verzweifelt an ihrem Bett weinte, ihre Hand umklammerte und sie anflehte, ihn nicht zu verlassen.

Als sie nun die Augen aufschlug, merkte sie gleich, dass es ihr besser ging, zumindest körperlich. Paul hatte tatsächlich neben ihr gewacht, und sie sah die Erleichterung in seinen Augen, als sie ihn anblickte.

»Gott sei Dank«, flüsterte er und beugte sich vor, um ihr einen Kuss auf die nun kühle Stirn zu drücken. Lene wandte den Kopf ab. Sie fühlte sich so elend und aufgewühlt und vor allem so wertlos. Was sollte er mit einer Frau, die ihm nichts mehr geben konnte? Er hatte so viel Besseres verdient.

»Schlaf etwas, ich komme später wieder«, sagte er leise und zog die Decke zärtlich über sie, bevor er aus dem kleinen Krankenzimmer trat und sie mit all dem Schmerz und der Verzweiflung allein ließ.

Lene musste Wochen im Krankenhaus bleiben, wo sie ihrem Schmerz und ihren finsteren Gedanken hilflos ausgesetzt war. Sie erholte sich nur langsam und war nach der langen Zeit, die sie liegen und sich schonen musste, so schwach und wackelig auf den Beinen, dass sie keinen Schritt ohne fremde Hilfe tun konnte. Paul war bei ihr, wann immer es ihm die Arbeit auf dem Hof erlaubte, doch Lene konnte es kaum ertragen, ihn anzusehen. Sie hatte das Gefühl, versagt zu haben, eine Enttäuschung für sich selbst und ihn zu sein, obwohl ihr Verstand ihr sagte, dass es natürlich nicht ihre Schuld war. Ein paarmal waren auch

Ruth und Anton bei ihr, doch selbst deren Besuch konnte sie nur kurz aufheitern, zu groß war die Dunkelheit in ihrem Inneren.

Endlich kam der Tag, an dem Paul sie mit nach Hause nehmen durfte. Er stützte sie, während er mit der anderen Hand ihre Tasche trug. Der kurze Moment der Freude, als die Sonne endlich wieder ihr Gesicht wärmte und der Spätsommer sie mit all seinen reifen Düften umhüllte, war in dem Augenblick verflogen, in dem sie die Kutsche sah. Lene verspannte sich und verlangsamte ihre Schritte. Die Erinnerung an den schrecklichen Tag traf sie mit voller Wucht, und Paul spürte, wie sie zu zittern begann.

»Lene, das Pferd konnte nichts dafür«, sagte er leise und griff nach ihrer Hand, die sie ihm verwehrte. Seufzend ging er voran, um die Tasche hinter dem Kutschbock zu verstauen, dann half er ihr beim Aufsteigen. Mit starrem Gesicht nahm Lene auf dem Kutschbock Platz. Ihre Hände krampften sich in den Stoff ihres Kleides. Paul setzte sich neben sie und legte ihr eine Decke über, bevor er die Zügel sanfter als sonst auf Lottes Rücken fallen ließ. Langsam setzte sich das Kaltblut in Bewegung. Lene sah ihn nicht ein einziges Mal an während der Fahrt, und als die Kutsche im Hof hielt und er ihr herabgeholfen hatte, brachte sie mit einem langen Schritt wieder Distanz zwischen sich und seine Wärme.

»Entschuldige mich, ich habe Kopfschmerzen, ich werde mich hinlegen.«

Er nickte traurig, und Lene verschwand im Haus.

Ruth hatte in der Küche mit Anton gewartet, der sich nun mit einem kleinen Freudenschrei auf Lene stürzte und sein Gesichtchen an ihre Beine presste. Sie legte die Arme um seine winzige Gestalt, doch der Schmerz über ihren Verlust traf sie plötzlich wieder mit ungeahnter Wucht, sodass sie Anton sanft von sich schob.

»Mama ist müde und muss schlafen«, log sie und übergab den Kleinen wieder an Ruth, deren Miene ihren Schmerz spiegelte.

»Es tut mir so leid«, flüsterte die Freundin, doch Lene konnte nicht einmal ihren Trost annehmen. Völlig ausgelaugt und leer zog sie sich in die gemeinsame Schlafkammer zurück, ließ sich aufs Bett fallen und starrte die Wand an. Sie hatte gemerkt, wie ihr Verhalten Paul heute verletzt hatte, doch sie konnte nicht anders, als bei jeder seiner noch so kleinen Berührungen zurückzuzucken. Es war, als hätte ihr Körper ein Eigenleben, denn tief in ihrem Inneren schrie ihre Seele nach seinem Trost.

Das änderte sich auch Tage später nicht. Lene zog sich von allen zurück, weigerte sich beharrlich, das Bett zu verlassen, aß und trank nur das Nötigste und starrte stundenlang mit leerem Blick zum Fenster hinaus. Paul verzweifelte. Eines Abends, als er zu ihr ins Bett kam und sie wie immer seit ihrer Rückkehr so weit wie möglich von ihm abrückte, platzte es aus ihm heraus: »Mein Gott, Lene, tu mir das nicht an. Wir haben das Kind verloren, aber ich will nicht auch noch dich verlieren!«

Lene holte zittrig Atem. »Was willst du mit einer Frau wie mir, Paul? Ich kann dir keine Kinder mehr schenken, ich bin zu nichts nütze. Vielleicht sollte ich wieder nach Essen gehen, dann bist du mich los.«

Er drehte sie mit einer zornigen Bewegung zu sich herum. Sie konnte sehen, wie er nach Fassung rang.

»Wie kannst du so etwas sagen? Ich habe dich doch nicht geheiratet, damit du mir möglichst viele Kinder schenkst.«

Sie riss sich von ihm los und kehrte ihm den Rücken zu. »Nein, du hast mich geheiratet, weil deine große Liebe gestorben ist und du einen schnellen Ersatz brauchtest, der dir das Kind abnahm und dir den Haushalt machte.«

Er ließ sich neben sie in die Kissen fallen und rieb sich müde über das Gesicht. »Das mag zu Beginn wahr gewesen sein, aber jetzt nicht mehr. Du bist meine große Liebe. Du, Lene, nicht Jette. Ich habe sie auch geliebt, aber nicht so, wie ich dich liebe. Du bist eine unglaubliche Frau, stolz und mutig und leidenschaftlich. Du bist großherzig und tüchtig und wunderschön. Ich will nicht mehr ohne dich sein, keinen Tag. Natürlich trauere ich um unser Kind, aber wir haben Anton, und wir haben uns. Bitte sag, dass wir uns haben, denn sonst weiß ich nicht, wie ich weitermachen soll.«

Sie hörte, wie er mit den Tränen kämpfte, hörte die Verzweiflung in seiner Stimme, und es brach ihr fast das Herz. Seine Worte hatten sie gewärmt, tief im Inneren, wo sie sich so tot und kalt fühlte. Mit Tränen in den Augen drehte sie sich zu ihm um und sah ihn an.

»Ich liebe dich, Paul, ich liebe dich so sehr. Natürlich haben wir uns, wenn dir das reicht«, wisperte sie und spürte, wie die Tränen ihr Gesicht benetzten. Er zog sie in seine Arme und küsste sie, küsste die Tränen fort und umschlang sie, wobei er fortwährend ihren Namen sprach wie ein Gebet.

Eng umschlungen schliefen sie ein und wachten gemeinsam auf, an einem neuen Tag.

Die Wochen glitten vorüber und wurden zu Monaten, der Alltag hatte wieder Einkehr bei ihnen gehalten. Doch je mehr Lene zu ihrem starken Willen zurückfand und die Vertrautheit und Normalität zwischen ihr und Paul wieder wuchs, umso irrsinniger schien die Welt um sie herum zu werden. Paul fand eines Morgens ein mannsgroßes Loch, das jemand in den Zaun an der Weide geschnitten hatte. Er brauchte Stunden, bis er seine Schafe wieder zusammengetrieben hatte. Sieben jedoch blieben verschwunden; alles Muttertiere, die bald geworfen hätten – ein herber Verlust. So fehlten ihnen gleich vierzehn Tiere, deren Wolle, Fleisch und Milch sie gut über den Winter gebracht hätten. Als er danach verbittert und übellaunig zum Hof zurückkehrte, sah er, wie Lene finster an einer schwarzen Schrift schrubbte, die zusammen mit der Seifenlauge in Rinnsalen an der weißen Wand ihres Wohnhauses hinunterlief.

»Was ist das?«, fragte er, als er bei ihr war, doch Lene brauchte nicht zu antworten, er konnte auch so die nun verblassten Buchstaben entziffern. *Hier schafft eine Judensau,* stand dort. Lene sah ihn an, bemüht, die Zornestranen zurückzuhalten. Paul schloss sie in seine Arme und hielt sie fest, und Lene ließ den Schwamm fallen, den sie fest umklammert hatte.

»Hat Ruth das gesehen?«, fragte er.

Lene schüttelte den Kopf. »Sie ist noch nicht wieder zurück, sie wollte gestern Abend zu ihrer Familie, weil es ihrem Vater nicht gut ging.«

»Gottlob«, flüsterte er. Das mit den Schafen würde er ihr erst später erzählen, im Moment war sie durch die Schmierereien schon aufgewühlt genug.

Als Ruth drei Tage später immer noch nicht zurückgekehrt war, zog Lene Anton an, um sich zu Fuß auf den Weg nach Kaltenbach zu machen. Sie hatte ein ungutes Gefühl. Es war nicht Ruths Art, der Arbeit fernzubleiben, ohne sich zu melden.

Ein kalter Novembermorgen empfing sie, als sie das Haus verließen. Die Luft roch bereits nach Schnee, und die Kälte fühlte sich durch die Feuchtigkeit noch schneidender an. Paul war früh rausgefahren, um den kaputten Zaun auf der Schafweide zu flicken. Er hatte ihr gestern von dem Loch und den fehlenden Muttertieren berichtet. Lene vermutete, dass jemand die Schafe gestohlen hatte; zu groß wäre der Zufall, wenn ausgerechnet die trächtigen Schafe bei dem Ausbruch verloren gegangen waren. Erneut loderte die Wut in ihr hoch bei dem Gedanken, doch sie verdrängte sie und konzentrierte sich darauf, Anton auf dem langen Fußmarsch bei Laune zu halten, der müde und quengelnd neben ihr hertrottete. Zu guter Letzt musste sie ihn tragen, weil seine kleinen Beine mit ihren eiligen Schritten nicht mehr mithalten konnten. Atemlos und erschöpft kamen sie in Kaltenbach an. Erst als sie weiter in Richtung Stadtmitte gingen, bemerkte Lene den Qualm, der wie schwarzer Nebel über allem zu hängen schien. Mit pochendem Herzen setzte sie Anton ab und nahm ihn fest an die Hand. Nun fiel ihr auch die nahezu gespenstische Ruhe auf, die sich über die Stadt gesenkt hatte. Die Straßen waren so gut wie menschenleer, an manchen Stellen sah es aus, als hätte ein Orkan gewütet. Überall lagen Schutt und zerbrochenes Glas. Lene musste Anton mehrmals hochheben, weil Steine und Scherben den Weg blockierten.

In der Ortsmitte, wo sonst die prächtige Synagoge das Stadtbild von Kaltenbach prägte, war nur noch ein Haufen Schutt übrig. Vereinzelte Rauchnester spien wütende Funken, rings um die Ruine lagen verbranntes Holz und verkohlte Mauerreste. Überall, wo Juden wohnten, waren die Fenster zerbrochen und die Türen und Wände beschmiert.

Lene starrte entsetzt in alle Richtungen. Außer ihr waren nur wenige Menschen da, die ungläubig auf das Ausmaß der Zerstörung blickten, welches sich vor ihren Augen entfaltete. Anton zupfte an ihrem Jackenärmel, und Lene hätte fast einen Schrei ausgestoßen, als ihr Blick seinem ausgestreckten Finger folgte. Auf einem Schuttberg lagen die verbrannten Reste eines Tieres – vermutlich eine Katze, die den Flammen nicht rechtzeitig hatte entkommen können.

Anton begann zu schluchzen, und Lene zog ihn eilig hinter sich her, fort von diesem Anblick. Sie musste ihn trösten, doch sie war selbst wie betäubt und kaum in der Lage, einen klaren Gedanken zu fassen. Die Angst um Ruth schnürte ihr die Kehle zu, deshalb stolperte sie einfach los, Anton im Schlepptau, und lief blind durch die Straßen, die ihr zwar vertraut waren, doch seltsam fremd wirkten durch den Qualm und die Trümmer. Vor einem

Haus lag ein Bett auf einem Schuttberg, vor einem anderen hatte jemand mehrere Packungen Mehl aufgeschlitzt, sodass alles von einer feinen weißen Schicht bedeckt war, als hätte es an dieser Stelle geschneit.

Weiter, bloß weitergehen, nicht stehen bleiben, hämmerte es durch Lenes Kopf. In ihrer kaum gezügelten Panik merkte sie erst nach einigen Augenblicken, dass Anton sich von ihrer Hand losgemacht hatte. Erschrocken blieb sie stehen und blickte sich um. Er war hinter ihr auf die Knie gefallen und sammelte eifrig Bonbons auf, die wie buntes Konfetti verstreut auf der staubigen, von Schutt übersäten Straße und auf dem Gehweg lagen. Die verstreuten Süßigkeiten wirkten seltsam fehl am Platz, als hätte jemand versucht, mit Farbe Fröhlichkeit in diesen gottlosen Augenblick zu tupfen. Lenes Blick fiel auf den Süßwaren- und Zeitschriftenladen, in dessen Schaufenster ein gezacktes Loch klaffte. Jemand hatte das Werbeschild mit der Aufschrift *Tabak und Zeitschriften* von der Fassade abgerissen und zertreten. Die Auslage war geplündert, und was nicht gestohlen worden war, lag zerstört und wertlos auf dem Boden vor dem kleinen Laden. Der alte Herr Abraham stand wie betäubt vor der eingeworfenen Scheibe. Seine Hand zitterte, als er das an die Mauer gemalte Hakenkreuz berührte.

»Ich habe gedient, müssen Sie wissen«, stammelte er, während ihm Tränen über die faltige Wange liefen. »Im Krieg hab ich gekämpft für dieses Land, und nun das.«

Lene wollte etwas erwidern, wollte Anton bitten, dem alten Mann die Bonbons zurückzugeben, doch in diesem Augenblick kamen zwei Braunhemden vorbei, ein jüngerer

Mann mit einem kurzen Schnurrbart und ein älterer, der unter seiner Schaftmütze eine Glatze zu haben schien. Der mit dem Schnurrbart riss Anton vom Boden hoch und schüttelte ihn.

»Lass fallen, oder willst du etwa die Kamellen der Judensau da essen?«

Anton begann zu weinen und sah flehentlich zu Lene, die sich vor Schock nicht rühren konnte. Im nächsten Augenblick hatten die beiden den alten Mann an den Armen gefasst und trieben ihn vor sich her die ansonsten leere Straße hinunter.

»Wo bringen Sie ihn hin?«, schrie Lene ihnen hinterher.

Der mit der Schaftmütze drehte sich zu ihr um. »Die Juden werden zum Rathaus gebracht, die sollen ins Lager«, blaffte er, die Augen zu Schlitzen verengt. »Was interessiert's dich? Bist du eine Judenfreundin? Willst du gleich mitkommen?« Seine Stimme troff vor Gehässigkeit, und Lene zweifelte keine Sekunde daran, dass er seinen Worten Taten folgen lassen würde. Sie sah den alten Herrn Abraham um Vergebung flehend an, schüttelte den Kopf und rannte, Anton in den Armen, in die andere Richtung davon. Das Lachen der beiden Uniformierten gellte ihr in den Ohren, selbst dann noch, als sie mehrere Straßenzüge zwischen sich und die Männer gebracht hatte.

Endlich standen Lene und Anton vor Ruths Elternhaus, das ebenfalls kein heiles Fenster mehr besaß. Neben »Judensau« und einem Hakenkreuz waren noch andere Schmierereien auf den Wänden verteilt. Was Lene jedoch mehr als alles andere ängstigte, war die Haustür, die aus den Angeln gebrochen war, als hätte sie jemand mit Gewalt eingetreten. Vorsichtig spähte sie ins Innere und rief leise Ruths Namen, doch nichts und niemand regte sich.

»Die sind weg«, sagte eine alte Frau hinter ihr, die einen Einkaufskorb trug und Lene und Anton misstrauisch beobachtete.

»Wissen Sie, wohin die Bewohner gegangen sind?«, erkundigte sich Lene, doch die Alte schüttelte nur unwirsch den Kopf.

»Sind bei Nacht und Nebel verschwunden. Ist vielleicht auch besser so.« Damit drehte sie sich um und ging weiter.

Lene lehnte sich mit dem Rücken an die Hauswand und presste die Hand vor den Mund, um nicht laut zu schluchzen. Anton sah sie besorgt aus seinen großen Kulleraugen an.

»Mama«, flüsterte er leise, und sie hob ihn hoch und drückte seinen jungen, unschuldigen Körper so fest an sich, dass er protestierte und sie ihn widerwillig hinunterließ.

Nachdem sie sich gesammelt hatte, begann sie zu laufen. Sie nahm Anton auf den Arm und rannte, so schnell sie konnte. Sie wollte nichts als fort von diesem dunklen, albtraumhaften Ort, an dem die Menschlichkeit nun endgültig unter Schutt und Scherben begraben lag. Sie wollte nach Hause zu Paul. An den einzigen Ort, der Sicherheit versprach.

Unter Tränen schilderte sie Paul später, was sie in Kaltenbach gesehen hatte. Erst ein Schluck Korn, den Paul selbst gebrannt hatte, konnte sie so weit beruhigen, dass sie aufhörte zu zittern.

»Und das ist erst der Anfang«, sagte Paul leise und mehr zu sich selbst, doch Lene hatte jedes Wort gehört, und ein eiskalter Schauer lief ihr den Rücken hinunter.

Nach diesem zehnten November warteten sie vergebens auf Nachricht von Ruth und ihrer Familie.

»Vielleicht sind sie ins Ausland gegangen«, überlegte Paul eines Abends beim Essen. »Es gibt Gerüchte, dass Hitler alle Juden in Lager schaffen will. Ruths Vater ist ein kluger Mann. Ich kann nur hoffen, dass er frühzeitig Vorkehrungen getroffen hat.«

Lene setzte sich zu ihm. Sie hatte gerade nach Anton gesehen, der seit ihrem Ausflug nach Kaltenbach schlecht träumte und sich unruhig in seinem Bettchen hin und her warf. Vermutlich verfolgten ihn die Bilder der zerstörten Synagoge und der toten Katze ebenso wie Lene, die seitdem ebenfalls von schlechten Träumen heimgesucht wurde.

Nach Ruths Verschwinden wurden ihnen ein paar Arbeitslose als Erntehelfer zugeteilt, die mit Paul die Kartoffeln und Futterrüben für das Vieh einholten. Lene war zwar erleichtert, denn allein hätten sie niemals vor Einbruch der Kälte alles in die Scheune geschafft, doch sie vermisste ihre Freundin schmerzlich. Das neue Jahr brachte dafür sogar eine recht gute Ernte und keine weiteren Sabotageakte mehr an Haus und Hof, und Lene versuchte, sich einzureden, dass Ruth in Sicherheit war und dass schon alles gut werden würde, was ihr auch einigermaßen gelang. So vergingen die Wochen und Monate, und aus Winter wurde Frühling und dann ein Spätsommer mit viel Arbeit auf dem Hof und den Feldern, sodass Lene kaum Zeit hatte nachzudenken.

Bis der erste September kam. Als Lene in die gute Stube trat, um Paul zum Essen zu rufen, sah sie gleich, dass etwas nicht stimmte. Er war kreidebleich und stützte sich mit den Händen auf der Sofalehne ab, als drohten seine Beine nachzugeben. »Mein Gott, was ist denn los?«, fragte Lene erschrocken und fasste sich ans Herz, das wie wild zu jagen begonnen hatte.

Paul sah auf, und sie erschrak über die Dunkelheit in seinen Augen. »Wir sind im Krieg, Lene. Hitler ist in Polen eingefallen. Sie haben es gerade im Radio gesagt.«

Sie ließ sich auf einen der Stühle sinken, die Paul erst letzten Winter aus der alten Eiche hinter dem Haus gefertigt hatte, die einem der Herbststürme zum Opfer gefallen war. Übelkeit stieg in ihr auf, und sie musste beide Hände auf ihren Mund drücken, um sich nicht zu übergeben. Hitler trieb das Land unaufhaltsam auf einen Abgrund zu, und es war ihnen beiden bewusst.

Kapitel 18

Als es klingelte, rannte ich fast die Treppe hinab, einen unguten Cocktail aus Schuld, Angst und stiller Freude im Blut. Doch statt Noah stand dort eine rundliche Frau Ende vierzig vor der Tür. Sie trug eine weiße Uniform und darüber eine blaue Jacke, auf der der Name des Pflegedienstes stand, für den sie arbeitete. Noah hatte also Ernst gemacht. Sie streckte mir freundlich die Hand entgegen.

»Katja Stelzer«, stellte sie sich vor, und ich nannte ihr meinen Namen, bevor ich sie zu Lene führte, die sich wenig entgegenkommend zeigte, als die fremde Frau sie pflichtschuldig untersuchte und ihr im Anschluss die nötigen Medikamente verabreichte.

»Ich verstehe nicht, warum Noah das nicht machen kann«, beklagte sie sich ein paar Tage später und rieb sich die Stelle am Bein, an der die Pflegerin die Spritze mal wieder zu unsanft gesetzt hatte. »Diese Katja kann nicht spritzen, ich hatte das Gefühl, die muss sich erst durch einen Knochen bohren, so hat sie gedrückt.«

Lene war kein wehleidiger Mensch, und ich durchschaute ihre kleine Scharade sofort. Beinahe hätte ich sogar gelächelt, aber es half nichts. Er würde nicht zurückkommen, selbst wenn ich ihn jetzt darum bat. Ich hatte ihn zu sehr verletzt. Als das Telefon klingelte, keimte trotzdem die unsinnige Hoffnung in mir auf, dass er es wäre. Doch stattdessen hörte ich die aufgeregte Stimme meiner Mutter.

»Mel, Mama hier, ist alles in Ordnung bei euch?« Sie schrie, dabei war die Verbindung gut. Doch meine Mutter gehörte zu jenen Menschen, die immer noch kein eigenes Handy besaßen und nur wenig Vertrauen in die Mobilfunktechnik setzten. Ich konnte sie vor mir sehen, wie sie sich das kleine Telefon meines Vaters ans Ohr drückte, während sie das andere zuhielt, um besser zu hören.

»Ja, ja, alles gut«, log ich. Was hätte ich auch anderes sagen sollen? »Ich hatte den großartigsten Sex meines Lebens mit Lenes Arzt, bin danach durchgedreht und habe damit vielleicht die einzige Chance vertan, wieder glücklich zu werden.« Das hätte vermutlich dazu geführt, dass meiner Mutter vor Schreck das Handy ins Meer gefallen wäre.

»Wie ist eure Reise?« Jetzt schrie ich auch schon, als ob sie irgendwo im Dschungel stünde, statt auf einem hochmodernen Kreuzfahrtschiff.

»Toll, einfach großartig, nur leider geht die Zeit viel zu schnell vorbei. Hältst du es denn noch weitere zwei Wochen mit Lene aus? Ich bin dir so dankbar, dass du das machst, Mel.« Sie schilderte ihre Eindrücke von der Reise und beschrieb mir detailgetreu ihre Kabine, doch ich hörte kaum zu. Mir blieben noch knapp zwei Wochen, dann wäre meine Zeit mit Lene vorbei. Zwei Wochen, in denen ich zu einer Entscheidung kommen müsste. Was sollte ich mit meinem Leben anfangen? Wo sollte es hingehen? Ich legte mit einem Gefühl der Verzweiflung auf, weil ich es nicht wusste.

Ein paar Tage waren vergangen. Ich hatte Lene wie immer das Frühstück ans Bett gebracht, das wir schweigend zu uns nahmen. Danach wollte sie sich ausruhen, und ich speicherte meine Daten auf einem USB-Stick und fuhr nach Kaltenbach zu dem Internetcafé, von wo aus ich die Arbeit an meinen Auftraggeber senden wollte. Ich parkte in einer Seitenstraße und ging die sauber gekehrten Straßen und Wege ab, die nach Lenes Erzählung vor meinem inneren Auge noch voller Schutt und Scherben lagen. Als ein buntes Bonbonpapier vom Wind an mir vorbeigetragen wurde, bekam ich eine Gänsehaut. Es war fast wie ein Gruß aus dieser anderen Welt, und ich begann zu rennen, bis ich atemlos das kleine Café erreichte, das um diese Zeit kaum besucht war.

Ich buchte eine Stunde und setzte mich mit einem Cappuccino und einem Stück harten Streuselkuchen an einen der Rechnerplätze, wo ich meine Übersetzung noch einmal überflog, bevor ich die Datei mit einem Mausklick auf die Reise schickte. Dann öffnete ich mein virtuelles Postfach und ging die wenigen E-Mails durch. Ich hatte zwei neue Angebote für eine Übersetzung, der Rest war Werbung. Dann recherchierte ich noch etwas über meine Heimat und den Zweiten Weltkrieg, doch die Einträge waren eher bruchstückhaft und bei Weitem nicht so eindrücklich und lebendig wie Lenes Erinnerungen. Am Ende meiner gebuchten Zeit bezahlte ich den bröckeligen Kuchen und den Cappuccino und strebte zur Tür.

Vor dem Café atmete ich ein paarmal tief ein, weil die Luft so frisch und warm war und der Frühling sich so gut anfühlte auf meiner Haut. Die Sonne hatte sogar die

Macht, die Schatten der Vergangenheit zu vertreiben, und ich sah den Ort nun wieder mit anderen Augen. Wie oft sich Kaltenbach im vergangenen Jahrhundert gewandelt hatte, schoss es mir durch den Kopf. Als David und ich damals hier zur Schule gingen, hatte die kleine Kreisstadt noch ein Gesicht gehabt, eine eigene Persönlichkeit, die sich aus heimischen Geschäften und den kleinen Vorlieben und Eigenheiten der Bewohner zusammensetzte. Hier tickten die Uhren noch anders, langsamer, bedächtiger. Hier hatte alles seinen eigenen Rhythmus. Doch leider machte der Fortschritt auch vor Kaltenbach nicht halt. Erst vor ein paar Jahren hatte die erste Fastfoodkette einen Laden eröffnet. Heute gab es gleich mehrere Schnellrestaurants, dafür waren viele der alteingesessenen Lokale inzwischen geschlossen, keiner wollte mehr Hausmannskost, wenn es billige Burger gab. Die Zeit ließ sich eben nicht anhalten, nicht einmal hier.

Ich schlenderte weiter durch die altvertrauten Straßen und blieb am Marktplatz stehen, weil es dort noch genauso gemütlich aussah wie damals. Unter ein paar Schatten spendenden Kastanien standen einladende Bänke. Im Zentrum war ein kleiner Brunnen, aus dessen Mitte Wasser sprudelte. Als Kinder hatten wir an heißen Tagen hier die Schuhe abgestreift und die Füße im Brunnenwasser gekühlt. Danach schleckten wir unser Eis und spielten Fangen. Als Teenager hatten wir Ähnliches getan, aber mit anderen Freunden und Hintergedanken. Ich ließ mich auf eine der Bänke fallen und starrte auf das Kopfsteinpflaster zu meinen Füßen. Hier hatte einst die Synagoge gestanden, darüber hatten wir in der Grundschule im Heimat-

und Sachkundeunterricht gesprochen und das Thema später auf dem Gymnasium noch einmal kurz angerissen, doch da hatte ich ihm schon nicht mehr viel Aufmerksamkeit geschenkt. Jetzt war dieser Platz plötzlich mit Erinnerungen und Geschichten gefüllt. Ich ließ meinen Blick schweifen und entdeckte eine schiefergraue Gedenktafel. Diese war mir früher nie aufgefallen, deshalb stand ich wieder auf und ging darauf zu, um zu lesen, was dort stand.

»In Gedenken an die jüdischen Familien, die hier einst lebten.« Ich ließ meine Finger über die goldene Inschrift gleiten, die darüber informierte, dass Kaltenbach vor dem Krieg eine große jüdische Gemeinde hatte, oft Geschäftsleute und Viehhändler, bevor nach 1938 viele Familien vor den Nazis flohen. Die, die geblieben waren, hatten zu einem Großteil ihr Leben in den KZs verloren. Im unteren Bereich der Tafel waren gut dreißig Familien aufgezählt, die damals in der Kreisstadt gelebt hatten.

»Schrecklich, nicht wahr?«

Ich drehte mich um und sah Natalie vor mir stehen, die einen knallroten Mantel mit passendem Lippenstift trug. Rot war eindeutig ihre Lieblingsfarbe.

»Lene hat mir von dem Tag erzählt«, sagte ich leise und starrte wieder auf die Gedenktafel.

Natalie stellte sich neben mich und zeigte auf einen Namen. »Nussbaum, Abraham und Sarah.«

Ich sah sie verständnislos an.

»Das waren meine Urgroßeltern mütterlicherseits«, erklärte sie. »Ruth Nussbaum war meine Großmutter. Lene hat doch sicher von ihr erzählt. Immerhin hat sie ihr und meiner Mutter das Leben gerettet.«

Ich starrte sie mit offenem Mund und klopfendem Herzen an. Das war also die Verbindung zu Noah. Ruth war seine Großmutter. Ich war zufällig über ein unsichtbares Band gestolpert, das Vergangenheit und Gegenwart zusammenhielt.

»Es ist eine unglaubliche Geschichte«, fuhr Natalie fort. »Aber niemand kennt sie so gut wie Lene. Wenn sie es noch nicht getan hat, dann sollte sie sie dir unbedingt erzählen.«

Ich nickte nur, viel zu erschüttert, um etwas zu sagen. In Lenes Erzählung war Ruth gerade verschwunden. Sie hatte also überlebt. Der Gedanke tröstete mich. Natalie hatte mich derweil untergehakt und zog mich mit sich, wie immer wild drauflos plappernd. Vor der Reinigung blieb sie stehen.

»Da muss ich kurz rein. Wartest du auf mich?«

Ich nickte, noch immer benommen von dem, was ich gerade erfahren hatte. Kurz darauf kehrte Natalie mit einem Korb voll frischer Wäsche zu mir zurück und ging mir voran zu ihrem Auto, das nicht weit von meinem alten Laubfrosch entfernt in der gleichen Straße parkte. Sie lud den Korb hinten ein und drehte sich dann zu mir.

»Zu blöd, dass sie sich ausgerechnet jetzt melden musste, hm?«

Ich sah sie verständnislos an. »Wen meinst du?«

»Na, Bea, Noahs Ex. Sie hat ihn vor zwei Tagen angerufen und behauptet, sie würde ihn vermissen und wolle sich noch einmal mit ihm treffen, um herauszufinden, ob ihre Liebe noch eine Chance hat.« Natalie klang spöttisch, als sie die Worte der Frau nachäffte. »Ich glaube ja, dass diese

Ziege nur festgestellt hat, dass sie keinen Besseren als meinen Bruder finden wird und es vielleicht doch klüger ist, die Frau Doktor auf dem Dorf zu sein als ein Niemand in der großen Stadt.«

Ich nickte, als wären mir diese Umstände bereits bekannt, dabei hatte ich das Gefühl, ihre neuerliche Offenbarung würde mir schon zum zweiten Mal während unseres kurzen Treffens den Boden unter den Füßen wegreißen.

»Ich hatte ja den Eindruck, dass es euch beide ganz schön erwischt hat, vor allem mein Brüderchen, aber dann hat er mir erzählt, dass er diese Schnepfe für das kommende Wochenende eingeladen hat. Schade, dich mag ich viel lieber.« Sie drückte mich kurz und wandte sich zum Gehen, doch dann stockte sie, als hätte sie etwas vergessen, und drehte sich noch einmal um. »Was machst du eigentlich am Freitagabend?«

»Warum?«, hakte ich nach, immer noch ganz taub von all den neuen Informationen. Ich konnte ihr am Gesicht ablesen, dass sie etwas im Schilde führte.

»Da ist Hoffest bei den Hesslers drüben in Wallhausen. Das ist immer sehr nett, vielleicht magst du mit mir hingehen?« Ihr Grinsen hatte etwas von einer Katze, die gerade eine fette Maus verspeist hatte.

»Natalie, was heckst du aus?«, fragte ich nun geradeheraus, und sie verdrehte in gespielter Ungeduld die Augen.

»Gar nichts. Na ja, vielleicht ein bisschen was. Ich weiß nämlich, dass Noah mit der lieben Bea da hinwill.«

Ich schüttelte vehement den Kopf. Wenn ich auf etwas so gar keine Lust hatte, dann darauf, die künftige Frau Doktor Berkamp kennenzulernen und den beiden womöglich dabei zuzusehen, wie sie sich vor aller Augen leidenschaftlich versöhnten. Seine Gefühle für mich konnten ja nicht sehr tiefgreifend gewesen sein, wenn er sich so schnell tröstete. Die Erkenntnis schmeckte bitter wie Galle.

»Danke, nein«, lehnte ich entschlossen ab und setzte mich Richtung Hubsi in Bewegung, doch Natalie gab so schnell nicht auf und hielt mich am Arm fest.

»Komm schon, sei kein Spielverderber. Außerdem … wenn du dir so sicher bist, dass aus euch nichts wird, dann dürfte es wohl kaum ein Problem für dich sein, die beiden dort zu treffen.«

Sie hatte mir eindeutig den Fehdehandschuh vor die Füße geworfen. Das hier war eine Herausforderung. Natalie wollte, dass ich den Beweis dafür antrat, dass die Sache mit mir und Noah Vergangenheit war.

Ich wusste nicht, was mich ritt, denn anstatt abzulehnen, hörte ich mich plötzlich fragen, wann sie mich am Freitag abholen würde. Natalie grinste.

»Ich freu mich, und mach dich hübsch, Mel.« Sie zwinkerte mir zu und stieg in ihr – natürlich knallrotes – Auto, noch bevor ich einen Rückzieher hätte machen können.

Mir war schwindelig. So viel hatte ich in den vergangenen Minuten erfahren. So viel, was von Bedeutung war oder werden konnte. Noah war Ruths Enkel, er war wie ich eine Erinnerung daran, dass das Leben immer weiterging. Dass selbst die schlimmsten Zeiten einmal ein Ende fanden. Mich beschlich das Gefühl, dass das Schicksal mir einen Wink gegeben hatte, den ich nicht hatte sehen wollen. Was, wenn Noah und ich füreinander bestimmt waren, schon lange, bevor wir uns trafen? Gedankenverloren stieg ich in den Laubfrosch und ließ die Stadt hinter mir.

Als ich zu Hause ankam, war Lene mit einem Buch beschäftigt, welches sie sinken ließ, um mich zu betrachten, als ich hinter dem Vorhang erschien. »Was ist dir denn passiert?«, fragte sie, als sie mein zerzaustes Haar und mein erhitztes Gesicht in Augenschein nahm.

»Ich hatte es die ganze Zeit vor Augen, Lene, und wollte es nicht sehen. Jetzt verstehe ich, wie alles zusammenhängt. Noah ist Ruths Enkelsohn.«

Westerwald, 1941

Lene stand am Fenster und blickte besorgt hinaus. Paul hätte schon längst hier sein müssen. Er war am frühen Morgen nach Kaltenbach aufgebrochen, weil er dort im Rathaus seine Unabkömmlichstellung erneuern lassen musste. Als Landwirt gehörte er zu den Berufsgruppen, die erst einmal hintangestellt wurden bei der Wehrpflicht, weil sie für die Versorgung der Bevölkerung und der Truppen notwendige Arbeit leisteten. Deshalb waren ihnen auch vor ein paar Wochen zwei polnische Zwangsarbeiter zugeteilt worden, die Paul auf dem Hof zur Hand gingen. Doch da Weiler derjenige war, der die UK ausstellte, war Lene schon den ganzen Tag in Sorge, dass Paul nun doch als Soldat an die Front musste. Ihre Hände waren schweißnass, und ihr Puls ging viel zu schnell, als sie nun endlich in der Ferne die Kutsche ausmachte, die auf den Hof zurollte. Obwohl es schon dämmrig war, konnte Lene den verbissenen Ausdruck auf Pauls Gesicht ausmachen, und sie spürte, wie alle Hoffnung in ihr erstarb. Zitternd ging sie zur Tür, um auf ihn zu warten. Er ließ sich Zeit, spannte erst Lotte aus und rieb sie trocken, bevor er mit schweren Schritten auf sie zukam. Sie sah ihn an und konnte die Antwort auf ihre unausgesprochene Frage in seinem Gesicht lesen, noch ehe er betreten zu Boden blickte und mit zusammengepressten Lippen den Kopf schüttelte.

»Weiler.« Sie spuckte den Namen förmlich aus.

»Ich kann nichts tun, Lene, er hat sich geweigert, die UK zu verlängern. In der kommenden Woche muss ich mich in Koblenz melden.«

Lene schossen die Tränen in die Augen. »Bitte nicht, Paul, du musst bei mir bleiben«, flüsterte sie und fiel ihm um den Hals.

Er presste sie verzweifelt an sich, dann schob er sie sanft zurück und strich ihr zärtlich übers Gesicht. »Ich werde zu dir zurückkommen, Lene, ganz gleich, was passiert. Ich werde immer zu dir zurückkommen, das verspreche ich.«

Sie gingen rein und aßen schweigend. Als Anton schlief, liebten sie sich, wobei Lene nicht aufhören konnte zu weinen, sodass Paul sich aus ihr zurückzog und sie am Ende in die Arme schloss und hielt und tröstete wie ein kleines Kind.

Am nächsten Morgen wachte Lene mürbe und zerschlagen auf und nahm sich vor, ihm den Abschied nicht noch schwerer zu machen, weshalb sie die neuerlichen Tränen niederkämpfte und verbissen versuchte, beim Frühstück das schreckliche Thema seines baldigen Aufbruchs zu vermeiden. Doch in Gedanken war sie so abwesend, dass sich bald Schweigen über den Tisch legte. Nach einer Weile griff Paul ihr zärtlich unter das gesenkte Kinn und zwang sie, ihn anzusehen.

»Du wirst das schaffen, Lene, auch ohne mich. Du bist so stark.«

Nun flossen doch die Tränen, die sie so mühsam zurückgehalten hatte. »Ohne dich niemals«, erwiderte sie zittrig, und er schluckte schwer und küsste ihre Tränen fort, bevor er aufstand und das Vieh versorgte.

Paul musste am darauffolgenden Tag wieder in Kaltenbach zur Musterung erscheinen und erhielt nur wenig später seine Uniform und seine Ausrüstung.

Die Zeit schien von diesem Augenblick an zu rennen, obwohl sie versuchten, jeden Moment in vollen Zügen auszukosten. Sie machten nur das Notwendigste auf dem Hof und verbrachten die übrigen Stunden des Tages mit Anton, der seinem Vater kaum von der Seite wich. Wenn er abends schlief, redeten sie stundenlang, und wenn sie ins Bett gingen, liebten sie sich mit einer Verzweiflung, die Lene jedes Mal die Tränen in die Augen trieb.

Als eine knappe Woche später sein Aufbruch bevorstand, kostete es Lene alle Kraft, überhaupt am Morgen aus dem Bett zu kommen. Schweigend aßen sie zusammen ihr letztes Frühstück, bevor Paul Anton rüber zur alten Frau Schuster brachte, weil er ihm und sich den Abschiedsschmerz am Bahnhof ersparen wollte. Lene beobachtete, wie die beiden Hand in Hand über den Hof gingen, wobei

Paul seine langen Schritte an die kleinen, noch unbeholfenen seines Sohnes anpasste. Am Tor fiel Paul kurz auf die Knie und presste Anton an sich, der die Ärmchen um seinen Vater schlang und sein tränennasses Gesicht in Pauls neue Uniformjacke presste. Auch wenn Lene alles hasste, wofür die Uniform stand, musste sie sich eingestehen, dass ihr Mann darin umwerfend aussah – groß und imposant, aber auch unnahbar. Sein Blick war so finster, wie es in ihr drinnen aussah, und sie betete voller Inbrunst zu Gott, dass er ihn verschonen möge.

Kurz darauf kehrte er mit versteinerter Miene zum Hof zurück, wo Lene schon bei der Kutsche auf ihn wartete. Gemeinsam stiegen sie auf und machten sich auf den Weg, wobei Lenes Herz mit jedem Hufschlag, der sie näher zum Bahnhof brachte, schwerer wurde. Dort angekommen herrschte schon rege Betriebsamkeit. Etliche Soldaten standen am Gleis und warteten mit ihren Liebsten. Lene schob verstohlen ihre Hand in Pauls, um ihn nicht zu verlieren, aber auch, um Halt zu finden. Ihr war schwindelig, und ihr Puls hämmerte in ihren Ohren.

Als der Zug einfuhr, drehte er sich zu ihr und nahm sie in den Arm. Seine Miene war nun weicher, seine Augen schimmerten. »Ich liebe dich, Lene, vergiss das nie.« Er küsste sie innig, und sie klammerte sich an das Revers seiner Uniform, als könne sie ihn so dazu bewegen, nicht einzusteigen. Doch als die Trillerpfeife des Schaffners ertönte, löste er sanft ihre Finger, fasste in die Manteltasche und zog einen Umschlag hervor, den er ihr in die Hände drückte. Er gab ihr einen letzten, kurzen Kuss auf die Stirn, nahm seinen Koffer und stieg mit einer Handvoll anderer junger Männer in den Zug, der sich viel zu schnell ruckelnd in Bewegung setzte.

Lene sah, wie er sich durch den Gang drängelte, um einen Platz an einem der Fenster zu ergattern, damit er sie noch einmal sehen konnte. Sie winkte, und er hob die Hand und führte sie dann zu seinem Herzen. So blieb er stehen, bis der Zug um die Kurve verschwand und Lene nur noch den Rauch der alten Dampflok ausmachen konnte, der wie eine dunkle Fahne hinter den Waggons in der Luft stehen blieb, bis er blasser wurde und sich dann auflöste. Sie hatte sich und ihm versprochen, nicht mehr zu weinen, und sie hielt sich daran, auch wenn es ihr schwerfiel. Sie sah die anderen Frauen – Mütter, Großmütter, Schwestern, Ehefrauen und Verlobte, die sich in den Armen lagen und Tränen vergossen. »Dieser furchtbare Krieg, möge Gott, dass er bald vorüber ist«, sagte eine alte Frau neben Lene, und sie nickte, auch wenn sie ahnte, dass dieser fromme Wunsch nicht so schnell erhört werden würde.

Mit wackeligen Beinen ging sie zur Kutsche, die unweit des Bahnhofs an der gleichen Stelle stand wie damals, als sie das erste Mal hier aus dem Zug gestiegen war, um den Fremden zu heiraten, der sie mit grimmigem Gesicht erwartet hatte. Lene kniff die Augen zusammen, um nicht doch weinen zu müssen, und stieg mühsam auf den hohen Kutschbock, um zum Hof zurückzukehren, allein.

Lene holte Anton später am Abend bei Frau Schuster ab, nachdem sie die Kühe gemolken, die Hühner gefüttert, den Schweinestall ausgemistet und das Heu abgeladen hatte.

Obwohl sie Paul sonst auch bei diesen Tätigkeiten geholfen hatte, war es etwas anderes, nun alles alleine erledigen zu müssen. Ihre Knochen schmerzten, und ihre Schultern waren verspannt von der schweren körperlichen Arbeit. Als sie erschöpft über den Hof der Nachbarin ging, sah sie Anton wartend am Fenster sitzen. Kurz darauf flog die Tür auf, und er stürmte ihr entgegen. Lene breitete ihre Arme aus, er flog hinein, und sie hob ihn hoch und drückte ihn an sich.

»Papa kommt sicher bald wieder, Mama, nicht traurig sein«, sagte er und drückte sie wie ein Erwachsener, der einen anderen trösten will. Die alte Frau Schuster trat hinter ihn und lächelte bedrückt. Es schnürte Lene das Herz zu, dass der Junge so schnell groß werden musste.

Nachdem sie sich von der Nachbarin verabschiedet hatten, gingen sie das kurze Stück zu Fuß nach Hause und aßen Brot und Suppe, dann war es Zeit für den Fünfjährigen, ins Bett zu gehen. Als Lene seine Bettdecke glatt strich, sah sie die Sorge in seinen Augen und fühlte die Einsamkeit in ihrem Herzen. Deshalb nahm sie ihn mit zu sich, wo er klein und verloren auf Pauls Bettseite unter dem riesigen Plumeau lag und mit ihr betete, dass der Papa schnell heimkommen möge. Lene hielt sich an ihr Versprechen: Sie vergoss keine Träne, auch wenn es sie innerlich zerriss.

Mitten in der Nacht schreckte sie hoch, weil ihr etwas eingefallen war. Sie schwang ihre bloßen Beine aus dem Bett und tapste über den kalten Boden in die Küche, wo sie an der Tür ihren Mantel aufgehängt hatte. Mit zittrigen Fingern fuhr sie in die Tasche und zog den Umschlag heraus, den Paul ihr am Morgen in die Hand gedrückt hatte. Sie schaltete das Licht ein, selbst auf die Gefahr hin, Anton zu wecken, denn sie konnte keine Sekunde länger warten. Mit pochendem Herzen küsste sie das Papier und ihren Namen, der vorne in Pauls schlichter, präziser Handschrift prangte, und begann zu lesen.

Meine Lene,
nun bin ich fort und muss dich und den Kleinen mit all der Arbeit zurücklassen, um in einem Krieg zu kämpfen, den ich nicht wollte, für eine Sache, an die ich nicht glaube, im Namen eines Mannes, den ich verachte. Auch wenn ich weiß, wie stark und fleißig du bist, wirst du allein kaum mit allem fertigwerden, daher bitte ich dich, verkauf einiges von dem Vieh und auch von unserem Land. Mit dem Geld werdet ihr gut über den Winter kommen, und die Arbeit wird dadurch machbar bleiben für dich. Wann immer es geht, werde ich dir schreiben, und ich werde alles daransetzen, so schnell wie möglich zu dir zurückzukehren. Der Gedanke an dich wird mich durch diese dunklen Zeiten tragen. Ich werde zu dir zurückkehren, meine geliebte Lene – egal, was auch immer dieser Krieg, dieses Leben für uns bereithalten wird; ich werde zu dir zurückkehren. Ich liebe dich von ganzem Herzen.
Dein Paul

Ein Bild von ihm fiel aus dem Umschlag. Er trug darauf bereits die Uniform, sein Blick war stolz und starr. Auf die

Rückseite hatte er »Für meine Frau« geschrieben und darunter das Datum vermerkt. Sie fuhr mit den Fingerspitzen darüber und konnte die Tränen nun doch nicht zurückhalten. »O Paul, komm schnell zurück zu mir«, flüsterte sie, küsste das Foto und presste es an ihre Brust.

Schlaf fand sie in dieser Nacht nicht mehr und auch in den folgenden Wochen kaum, zu groß war die Sehnsucht, die sie halb verrückt machte. Wie getrieben hastete sie durch die Tage, denn jeder barg die schreckliche Möglichkeit, dass sie Nachricht erhielt, Paul sei gefallen oder verwundet oder vermisst. Und jeden Abend, wenn Anton schlief, saß sie in ihrem Schlafzimmer in dem alten Schaukelstuhl, wiegte sich hin und her und dankte Gott, dass diese Nachricht ausgeblieben war. Sie hatte die Hälfte der Kühe und Schweine verkauft und alle Schafe. Außerdem ein großes Stück Weideland sowie das Stück Wald, das ihnen noch gehört hatte. Sie erhielt weitaus weniger Geld für alles, als sie gehofft hatte, doch die Zeiten waren schlecht, und die Käufer wussten um ihre prekäre Lage und drückten den Preis. Was blieb ihr als Frau, deren Mann weit weg an der Front war, schon anderes übrig, als am Ende in den faulen Handel einzuschlagen? Immerhin hatte sie genug Vorräte für den Winter. Im Keller lagerten Kartoffeln, sie hatte Gemüse eingelegt und Fleisch gepökelt, und wegen der verbliebenen Hühner und Kühe waren immer Milch und Eier da.

Seit seiner Einberufung hatte Lene zwei Briefe erhalten. Man hatte Paul einer Division der 6. Armee zugeordnet, welche nach dem Westfeldzug »Bezwingerin der Hauptstädte« genannt wurde. Mehr durfte Paul in der Feldpost nicht preisgeben, keine Orte, keine genauen Einheiten, und so schilderte er in seinen Zeilen bloß, wie seine Füße in den zu engen Stiefeln schmerzten vom tagelangen Exerzieren und Marschieren. Doch weitaus schlimmer war die Pein, die sein Herz ihm verursachte, weil er sie so vermisste.

Es werden viele versetzt, Lene, meistens nach Ostpreußen. Überhaupt scheint Richtung Osten etwas im Busch zu sein, vielleicht Russland? Ich weiß es nicht, weiß nur, dass ich kaum schlafe, weil du nicht neben mir liegst, kaum klar denken kann, weil alles in meinem Kopf um dich kreist, und kaum lebe, weil von dir fort zu sein einen kleinen Tod bedeutet. Küss den Kleinen von mir. Ich hoffe, dass ich um die Weihnachtszeit zum Fronturlaub zu euch zurückkehren kann.
Dein Paul

Der zweite Brief datierte vom Juli und bestätigte Lenes schlimmste Befürchtungen, nämlich dass Paul nun gen Russland marschierte.

Erst im Zug haben wir begriffen, dass es nach Osten geht, Lene. Die Stimmung ist gemischt, viele sind bereits kriegsmüde, andere dagegen, gerade die ganz Jungen, können es kaum erwarten, endlich zu kämpfen. Diese Narren. Wir kampieren hier auf Wiesen oder kahlen Feldern, weit und breit ist kein Dorf zu sehen, keine Stadt, nur vereinzelte Höfe. Gestern Nacht

haben wir nach einem Zwanzig-Kilometer-Marsch über staubige Landstraßen Stellung bezogen und warten nun. Es ist heiß und stickig, und die Fliegen kreisen über uns, als wären wir bereits Aas. Du fehlst mir so. Ich trage dein Bild immer bei mir, das du mir geschickt hast. Es bringt mich durch die Tage und hoffentlich auch durch diesen Krieg.
Dein Paul

Lene schlief auf seinen Zeilen und trug sie am Tage in ihrer Hemdtasche, wodurch sie das Gefühl hatte, so wenigstens etwas von ihm bei sich zu haben.

Hatte sie ihren harten Arbeitstag hinter sich, dann setzte sie sich an den Tisch und erwiderte seine Briefe. Sie schrieb ihm sehr viele, da sie sicher war, dass ihn längst nicht alle erreichten, und so konnte sie wenigstens ihre Sorgen, Nöte und Sehnsüchte mit ihm teilen.

Mein Geliebter,
ich habe lange nichts von dir gehört und bete jeden Tag, dass es dir gut gehen möge. Ich finde keine Worte, die beschreiben, wie sehr du mir fehlst. Nur unser Kleiner hält mich aufrecht, er ist ein so braver Junge und versucht, mir zur Hand zu gehen, wo immer er kann. Ich habe deinen Rat befolgt und einiges veräußert, doch die Arbeit ist immer noch reichlich. Gut, dass die Polen noch kommen. Du erinnerst dich sicher an die beiden – Juri und Slavic. Weißt du noch, wie mürrisch und misstrauisch sie zu Beginn waren? Wenn sie gebracht wurden, gingen sie still und mit

müden Augen ihrer Arbeit nach. Doch seit am Morgen in der Gesindeküche Eier und Speck auf sie warten und ich ihnen am Abend Brote zustecke, lächeln sie, wenn sie kommen, und sind fleißig, sodass das Korn schon so gut wie eingebracht ist. Anton hat sich übrigens in den letzten Wochen selbst das Lesen beigebracht. Er wartet auf einen Brief von dir, einen Brief nur für ihn allein, den er ohne meine Hilfe lesen kann. Ich wünschte so, du wärst hier. Der erste Frost ist da, und die Nächte werden länger. Dann erscheint mir unser Windhof ohne dich und die Betriebsamkeit der Sommertage noch leerer und einsamer. Ich hoffe auf Weihnachten.
Deine dich liebende Frau Lene

Sie blies die Öllampe nach diesen Zeilen aus, um sich zu Anton ins Bett zu legen, doch ein ungewohntes Geräusch ließ sie zusammenfahren. Es klang wie leises Weinen, das durch das offene Fenster zu ihr drang. Lene saß stocksteif in der Dunkelheit und lauschte angestrengt, aber nun blieb alles still. Auf Zehenspitzen schlich sie zu Anton, der ruhig dalag und tief atmete, eine zerschlissene Decke im Arm, an deren Zipfeln er im Schlaf nuckelte. Es war wohl nur das Holz der alten Balken gewesen oder eine der Katzen im Stall, beruhigte sie sich und wollte gerade unter die Decke schlüpfen, als sie das Wimmern erneut vernahm. Es klang nun drängender, wie ein Schluchzen, und Lenes Herz begann, erneut zu galoppieren. Sie zündete die Lampe wieder an und zog sich eine Jacke über, dann huschte sie lautlos die Treppe hinunter, um nachzusehen. Sie wusste, dass sie kein Auge zutun würde, solange sie der Sache nicht auf den Grund gegangen war, selbst wenn es nur um ein Tier ging, das irgendwo da draußen litt.

Unten im Flur stieg sie in ihre Stiefel, öffnete die Haustür und spähte hinaus in die Nacht, wo das Schluchzen lauter geworden war. Mit zögerlichen Schritten ging Lene über den Hof zur Stallscheune, deren Tor einen Spaltbreit offen stand. »Hallo?«, rief sie leise und zog das Tor weiter auf, um die Dunkelheit mit ihrer kleinen Lampe zu erhellen. Es dauerte ein wenig, bis sich ihre Augen an das spärliche Licht gewöhnt hatten, doch dann sah sie auf der anderen Seite etwas im Stroh kauern. Vorsichtig ging sie darauf zu und blieb plötzlich wie angewurzelt stehen, als sie die Umrisse einer Frau ausmachen konnte. Sie hatte ihr Gesicht in den Händen vergraben, und ihre schmalen Schultern bebten bei dem vergeblichen Versuch, ihr elendes Wehklagen zu unterdrücken.

Lene ließ sich vor der Frau auf die Knie sinken und berührte sie sanft am Arm. »Kann ich Ihnen helfen?«, flüsterte sie. Die Frau wandte sich ihr zu, ihre gequälten Schluchzer verstummten. Ihre Augen waren verquollen, und ihr Gesicht wirkte hager und schmal in dem düsteren Licht, doch Lene hätte sie immer und überall erkannt. »Ruth!«, rief sie und zog die Freundin in die Arme, die erneut anfing zu schluchzen. »Ruth, Himmel, ich bin so froh, dich zu sehen. Wo bist du nur gewesen?«

Die beiden Frauen umarmten sich weinend und brauchten eine ganze Weile, bis sie sich wieder beruhigt hatten. »Komm, du erfrierst ja hier draußen und ich gleich mit dir«, sagte Lene schließlich und zog die Freundin mit sich ins Haus, wo sie in der Gesindeküche das Feuer schürte. Ruth zitterte unkontrolliert, und Lene ging, um Decken zu holen, die sie ihr über die Schultern und auf die Beine legte. Dann goss sie Tee auf und stellte Ruth eine dampfende Tasse hin, die diese dankbar ergriff. Lene platzte vor Neugier, doch sie wollte ihre sichtlich erschöpfte ehemalige Magd nicht bedrängen, deshalb schwieg sie.

»Wie geht es dem Kleinen?«, fragte Ruth, nachdem ihre Wangen von der Wärme und dem Tee wenigstens wieder etwas Farbe angenommen hatten.

»Er wächst und gedeiht und sieht Paul von Tag zu Tag ähnlicher«, erwiderte Lene lächelnd, doch gleich darauf verfinsterten sich ihre Züge. Ruth sah sie fragend an. »Paul ist im Krieg, irgendwo vor Russland, ich weiß es nicht genau. Seit seinem letzten Brief sind Monate vergangen.«

Ein mitleidiger Ausdruck trat in Ruths Augen. Sie nickte müde. Lene versuchte noch einige Minuten, das Gespräch mit Belanglosigkeiten in Gang zu halten, doch dann gewann die Neugierde überhand.

»Jetzt sag schon, wo bist du gewesen? Ich war da, an dem Morgen im November, nachdem diese Wahnsinnigen die Synagoge angesteckt und die halbe Stadt zerstört hatten. Ich war bei euch, aber euer Haus stand leer.« Fragend sah sie Ruth an, die immer noch stur in ihre Teetasse starrte, bis sie endlich ihr Schweigen brach.

»Wir sind am Tag davor weg nach Bremen, mein Bruder hatte einen Tipp bekommen, dass etwas Schreckliches passieren würde. In Bremen lebt ein Cousin meiner Mutter, der uns helfen wollte, auf ein Schiff zu kommen. Wir hatten geplant, in die Vereinigten Staaten zu gehen. Papa hat da entfernte Verwandte, die uns erst mal aufnehmen wollten. Wir hatten all unser Erspartes für die Überfahrt ausgegeben, doch kurz bevor das Schiff ablegen sollte, hat sich Papas Gesundheitszustand noch einmal verschlechtert. Wir konnten ihn so unmöglich mitnehmen, aber zurücklassen konnten wir ihn auch nicht. Also ist keiner von uns gefahren. Das Schiff hat ohne uns abgelegt, und Papa ist zwei Tage später gestorben.« Sie wischte sich eine Träne aus dem Augenwinkel, bevor sie weitersprach. »Mamas Cousin hat uns bei sich wohnen lassen, bis vor ein paar Wochen die Gestapo kam. Ich war im Hinterhof, um Luft zu schnappen, als ich sah, wie sie Mama, Simon und die Zwillinge abgeführt haben. Simon hat sich gewehrt, und einer der vier Gestapomänner hat ihm mit seinem Gewehrlauf die Nase zertrümmert. Mama hat geschrien, und der Kerl hat sie geohrfeigt, bis sie still war. Ich wollte zu ihnen, war schon auf dem Weg zu dem Laster, in den man sie lud, als ich sah, wie Mama mit panischen Blicken die Straße nach mir absuchte und, als ich hinter der Hausecke hervortrat, kaum merklich den Kopf schüttelte. Da hab ich mich umgedreht und bin losgerannt. Lene, es hat mir das Herz zerrissen.« Sie schluchzte, und Lene griff über den Tisch nach ihrer Hand, um ihr den Halt zu geben weiterzusprechen.

Als sie sich gefasst hatte, setzte sie ihre Erzählung stockend fort. »Ich war nur nachts unterwegs, tagsüber hab ich mich in Ställen und Scheunen versteckt. Papiere habe ich keine mehr, die musste ich zurücklassen. Ich habe aus Bächen getrunken und von Früchten und Abfall gelebt; hier und da habe ich von mitleidigen Menschen etwas zu essen zugesteckt bekommen, die sich hiervon nicht abhalten ließen«, sagte sie, während sie verächtlich auf den gelben Stern deutete, der auf ihrer Jacke prangte. »Ich wollte mich eigentlich bis in den Süden durchschlagen und versuchen, in die Schweiz zu kommen, aber ich kann nicht mehr, und als ich so nahe bei dir am Hof war, da habe ich gedacht, ich könnte hier eine Nacht verschnaufen. Aber Lene, sag ruhig, wenn dir das nicht passt. Ich will dich und Anton nicht in Gefahr bringen.« Sie sah hoffnungsvoll auf, doch Lenes Miene war so finster, dass sie entmutigt die Schultern herabsacken ließ. Gleich darauf legte sie die Wolldecke zur Seite, griff nach dem Stoffbeutel, der ihr weniges Hab und Gut enthielt, und stand auf. Lene trat zu ihr und legte ihr die Hand auf den Arm.

»Du wirst nirgendwohin gehen, Ruth. Was denkst du nur von mir? Glaubst du außerdem, ich hätte deinen Zustand nicht bemerkt?«, fragte sie und deutete auf Ruths Bauch, der sich unter ihrer Jacke wölbte. Ruth legte sogleich schützend ihre Hände um ihren Leib.

»Es kommt im Januar«, sagte sie und streichelte unbewusst über die kleine Kugel.

Lene legte ihre Hand nun auch dorthin und spürte das Flattern, als ein kleiner Fuß sacht gegen die Bauchdecke trat. Ein Lächeln trat auf ihr Gesicht, das Ruth zaghaft erwiderte.

»Wo ist der Vater?«, wollte sie wissen und sah, wie die Traurigkeit schlagartig in Ruths Augen zurückkehrte – eine abgrundtiefe Traurigkeit.

»Fort, im Arbeitslager vermute ich. Er war ein Freund von Mamas Cousin. Sein Name ist Levy Stein. Vor dem

Krieg war er Hauslehrer bei einer angesehenen Bremer Familie. Als Jude hatte er jedoch Arbeitsverbot, hat aber dann eine Zeit lang jüdische Kinder unterrichten dürfen. Er ist so geduldig mit den Kindern gewesen und hat immer versucht, uns alle aufzuheitern. Lene, ich weiß jetzt, wie es ist, so zu lieben, wie du Paul liebst.« Sie stockte kurz, und Lene sah, wie die Erinnerung an ihren Liebsten ein Leuchten in ihre wunderschönen Augen zauberte, welches gleich darauf wieder erlosch. »Er ist noch vor uns von der Gestapo verhaftet und in ein Arbeitslager gebracht worden. Wir hatten uns gerade heimlich verlobt, aber mittlerweile glaube ich nicht mehr daran, dass wir uns wiedersehen werden.« Sie wischte sich über die Augen, in denen sich erneut Tränen sammelten. Lene konnte ihren Schmerz nur allzu gut nachfühlen. Sie legte die Arme um die Freundin, und sie trösteten einander in der Gesindeküche, in der das Feuer im Herd langsam erstarb, während der Morgen mit grauen Farben vor dem Fenster aufzog.

»Gleich werden die Arbeiter kommen, sie werden von der Polizei hergebracht und sollten dich besser nicht sehen«, sagte Lene, als ihr bewusst wurde, wie spät es schon war.

»Ich sage doch, ich bringe euch nur in Gefahr.« Ruth sah Lene unglücklich an. »Es ist wirklich besser, wenn ich wieder verschwinde.«

Doch Lene schüttelte entschlossen den Kopf. »Ich bin so froh, dass du da bist, ich werde dich auf keinen Fall wieder gehen lassen.« Sie zog Ruth mit sich zum Stall, wo unter dem Stroh in einer der Boxen eine Klappe mit einem Eisenring zum Vorschein kam. »Darunter befindet sich ein

Lagerraum, den wir aber schon seit Jahren nicht mehr nutzen. Er ist nicht besonders groß und gemütlich, aber dort wird dich keiner finden. Und abends kommst du hinauf zu mir. Dann essen wir zusammen und leisten uns Gesellschaft.« Sie schaute die Freundin hoffnungsvoll an, die skeptisch in das schwarze Loch spähte. »Ich hole dir Decken und eine Matratze und etwas zu essen. Bleib hier, ich bin gleich wieder da.« Mit diesen Worten lief sie davon, um nur kurze Zeit später nach und nach mit den versprochenen Dingen zurückzukehren.

»Lene, was soll ich denn den ganzen Tag da unten tun?«, wandte Ruth ein. »Ich bin dir nur eine Last, dabei kann ich mir vorstellen, wie viel Arbeit du ohnehin schon hast.«

»Papperlapapp«, widersprach Lene. »Ich habe dir eine Öllampe mitgebracht und Strickzeug. Das Kleine braucht doch etwas zum Anziehen.«

Ruth drückte die Freundin kurz, doch beherzt an sich. »Ich weiß nicht, wie ich dir danken soll, Lene. Aber wenn du Bedenken bekommst, zögere nicht. Ich bin sofort weg.«

An Lenes entschlossener Miene war abzulesen, was sie davon hielt, und so kletterte Ruth in das Loch hinab und ließ sich von ihrer Freundin erst die mit Stroh gefüllte Matratze, dann die Decken, den Korb mit Wasser und Brot sowie das Handarbeitszeug hinunterreichen.

»Bis heute Abend«, flüsterte Lene, bevor sie die Luke über Ruth schloss, mit Stroh bedeckte und eilig zum Haus lief, um sich anzukleiden, denn hinter der Kurve konnte sie schon den Lastwagen ausmachen, der nur wenig später Juri und Slavic auf ihrem Hof ablud.

Kapitel 19

Ich hatte Lenes Schilderung atemlos verfolgt. »Das war unendlich mutig von dir, Lene. Du hast dich selbst damit in größte Gefahr gebracht.«

Lene machte mit ihren mit Altersflecken übersäten Händen eine wegwerfende Geste: »Damals konnte dich alles und jeder in Gefahr bringen, und außerdem – wie hätte ich mich jemals wieder im Spiegel ansehen können, wenn ich Ruth fortgeschickt hätte?« Ich stand auf und umarmte sie, einfach weil ich in diesem Moment so stolz auf sie war.

»Na, na, Kind, du erdrückst mich ja«, sagte sie mit belegter Stimme und schob mich von sich, doch ich konnte sehen, dass auch sie gerührt war. »Ich bin jetzt müde, lass mich ein bisschen schlafen.« Ich nickte, doch ich verließ nicht wie üblich den Raum. Sie blickte mich über den Rand ihrer Brille hinweg an. »Was liegt dir noch auf dem Herzen?«, fragte sie, und ich seufzte. »Ich habe mich von Natalie dazu überreden lassen, auf dieses komische Hoffest in Wallhausen zu gehen, und jetzt bereue ich es. Ich will gar nicht fort, wir haben ohnehin nicht mehr viel Zeit zusammen«, sagte ich mehr zu mir selbst als zu ihr.

Doch Lene brauchte ich nichts vorzumachen, sie hatte

die Lage sofort durchschaut. »Soso, will die liebe Natty Amor spielen?«, fragte sie mit einem Augenzwinkern, nur um gleich darauf bestimmt hinzuzufügen: »Du solltest hingehen, Kind, und aufhören, dir immer so viele Gedanken zu machen.«

»Aber dann bist du allein«, versuchte ich es mit einer erneuten Ausrede.

»Ein paar Stunden werde ich es schon ohne dich aushalten.« Sie legte den Kopf schief und sah mich prüfend an. »Und das ist alles?«

Ich blickte zu Boden, weil ich spürte, wie mir die Röte in die Wangen schoss. »Noahs Exfreundin wird auch da sein.«

»Na und?«, kommentierte Lene trocken.

»Ich habe ihn sehr verletzt, Lene. Und wie es aussieht, jetzt verloren. Ich hab's ganz schön vermasselt.« Ich ließ mich missmutig auf den alten Stuhl hinter der Tür sinken, der empört knarzte. »Und außerdem kann ich da eh nicht hin, ich habe nichts zum Anziehen«, fügte ich selbstmitleidig an.

Lene lachte laut auf. »Wenn es das ist, was dir Sorgen bereitet, da könnte ich dir aus der Klemme helfen. Oben auf dem Speicher steht ein alter Schrank, und darin hängt ein Kleid.« Ich sah sie aus weit aufgerissenen Augen an, weil ich gleich wusste, wovon sie sprach – sie meinte das grüne Seidenkleid, das ich bei meinem kleinen Spionagegang entdeckt hatte. »Es wird dir zu weit sein, aber meine Nachbarin ist gelernte Schneiderin. Heute ist erst Mittwoch; bis Freitag könnte sie es dir umändern.«

Ich sagte nichts, so sehr überwältigte mich ihr Angebot. Es musste das Kleid sein, das sie an jenem Silvesterabend getragen hatte, als Paul das alte Grammophon vom Speicher geholt hatte. Ich war mir sicher, dass sie mit ganzem Herzen daran hing.

»Lene, das kann ich nicht annehmen, es ist dein Kleid, und ich weiß, wie viel es dir bedeutet, sonst hättest du es doch nicht all die Jahre aufgehoben.«

Lene schüttelte vehement den Kopf. »Wann sollte ich es denn noch einmal anziehen, Kind? Und außerdem würde es mir viel mehr bedeuten, wenn es dir eine Freude macht.«

Ich war so gerührt, dass ich erst einmal den Kloß hinunterschlucken musste, der sich in meiner Kehle gebildet hatte, aber schlussendlich gab ich mich geschlagen und stieg auf den Dachboden, um das Kleid aus dem Schrank zu holen. Es hatte die Jahre unbeschadet in seiner Plastikhülle überstanden, auch wenn ihm jetzt ein leichter Geruch nach Mottenkugeln und Staub anhaftete. Ich hängte es nach draußen in die Sonne zum Lüften, und als ich es später wieder hereinholte, hatte sich ein Zitronenfalter darauf niedergelassen, als wäre es eine große grüne Blumenwiese. Lächelnd scheuchte ich den kleinen Schmetterling davon.

Mit dem kostbaren Kleid über dem Arm machte ich mich auf zum Nachbarhaus, in dem Frau Lenßen wohnte, die Schneiderin.

»So ein schönes Stück, das ist doch wirklich zu schade, um es jahrzehntelang im Schrank hängen zu lassen«, sagte die Frau, die mich wie eine alte Bekannte sofort hereingebeten hatte, und steckte meine Taille und den Saum ab. »Ich würde den Ausschnitt noch etwas tiefer machen und die Ärmel abnehmen, dann ist es ein wunderschönes Sommerkleid«, schlug sie vor, wobei sie die Stecknadeln in ihrem Mund von rechts nach links schob, damit sie nicht beim Sprechen störten.

Ich stimmte ihr zu, und sie versprach mir, das Kleid bis zum morgigen Abend umzuändern.

»Grüß mir die Lene, hab sie lange nicht mehr gesehen. Früher haben wir oft über den Gartenzaun geschwätzt, aber seit dem blöden Sturz ist sie ja ans Bett gefesselt, die Arme. Ich hoffe, das wird noch mal was.« Ihre Augen ruhten bekümmert auf mir.

»Danke, das mache ich«, war alles, was ich herausbrachte. Zwischendurch konnte ich mir immer einreden, dass es so weitergehen würde. Dass Lene genesen und uns noch eine Menge gemeinsame Zeit bleiben würde, doch in Momenten wie diesem musste ich der Wahrheit ins Gesicht blicken: Ihre Tage waren gezählt, das spürte jeder, und es machte mir das Herz schwer.

Als ich nach Hause kam, berichtete ich ihr von meinem Besuch bei Frau Lenßen und von den Änderungen, die sie am Kleid vornehmen wollte, und Lene war begeistert. Wir aßen Brote mit Schinken und tranken Tee, und irgendwann, als das Geschirr wieder sauber gestapelt im Schrank stand und Lene in ihrem Bett lag, stellte ich mich ans Fenster und starrte in die Nacht hinaus. So vieles ging mir im Kopf herum. Ich spähte zur Wiese hinüber, aber der alte Fritz war schon länger nicht mehr mit seinem Gabelstapler unterwegs gewesen, und so hielt ich einsam Wache und versuchte, nicht an Freitag zu denken. Was mir nicht gelang. Jedes Mal, wenn Noah meine Gedanken kreuzte, war es, als würde ich einen elektrischen Schlag bekommen. Irgendwann legte ich mich doch auf mein unbequemes Lager und schlief endlich ein.

Der Donnerstag verlief schleppend, trotzdem kam der Freitagmorgen viel zu schnell. Frau Lenßen rief an, um sich zu entschuldigen, weil sie das Kleid gestern nicht mehr fertig gemacht hatte – es sei ihr etwas dazwischengekommen. Sie versprach aber, es am Nachmittag vorbeizubringen. Immer wieder blickte ich auf die Uhr und wusste nicht, ob ich wollte, dass die Zeit schneller oder langsamer vergehen sollte. Ähnliches fühlte ich in Bezug auf Noah. Auf der einen Seite sehnte ich mich danach, ihn zu sehen; auf der anderen wollte ich ihm am liebsten nie mehr begegnen. Endlich wurde es Nachmittag. Um halb fünf klingelte es, und Frau Lenßen stand mit dem Kleid vor der Tür.

»Hat mich ein bisschen Arbeit gekostet, aber es war die Mühe wert«, sagte sie stolz und hielt mir das Kleid hin. Ich bot an, ihr die Änderungen zu bezahlen, doch sie winkte ab. »So was gehört sich hier nicht. Man verlangt doch kein Geld für einen Freundschaftsdienst.« Sie wirkte beinahe empört, und ich nahm mir vor, ihr in den kommenden Tagen wenigstens ein paar Blumen oder Schokolade vorbeizubringen.

Aufgeregt trug ich das Kleid ins Bad, hängte es an die Tür und duschte mich. Ich rasierte mir sogar die Beine, auch wenn ich mich dabei fragte, was ich mir wohl insgeheim von dem Abend versprach. Danach ging ich zu dem Bügel, auf dem der seidige Stoff einladend glänzte, und ließ ehrfürchtig die Finger darübergleiten. Vorsichtig nahm ich das Kleid herunter und ließ es über meinen Kopf gleiten. Der kühle Stoff fühlte sich auf meiner Haut an wie eine zarte Berührung. Gespannt drehte ich mich zu dem halbhohen Spiegel an der Badezimmertür um. Frau Lenßen hatte ein kleines Wunder bewirkt. Das Kleid saß perfekt. Es schmiegte sich an meine Mitte und brachte meine Taille zur Geltung. Der vertiefte Ausschnitt betonte mein Dekolleté, ohne allzu viel preiszugeben, und die neue Länge umschmeichelte meine Knie. »Bring mir Glück«, flüsterte ich dem Kleid zu, wenn ich mir auch nicht sicher war, wobei genau. Ich steckte meine Haare hoch und trug sogar etwas Make-up auf, doch dann kam ich mir plötzlich zu aufgebrezelt vor für ein Hoffest und beschloss, meine Jeansjacke über das Kleid zu ziehen, wodurch das Outfit gleich ein wenig sportlicher wirkte. Nun war ich zufrieden.

Lene zog anerkennend die Augenbrauen hoch und pfiff, als ich mich bei ihr vorstellte. »Du siehst wunderschön aus, Mel. Ich wünsche dir einen tollen Abend.« Draußen hupte es. »Nun geh schon, Kind, ich habe alles, was ich brauche.«

Das ließ ich mir nicht zweimal sagen – nicht, dass ich es mir noch anders überlegte.

Im Auto starrte Natalie mich mit offenem Mund an. »Mein Gott, du siehst ja aus wie ein Model, Mel. Meinem Bruder werden die Augen rausfallen.«

Ich seufzte und blickte sie verdrossen an. »Es geht hier aber nicht um deinen Bruder, ich wollte nur deinen Befehl befolgen und einen netten Abend mit dir verbringen.«

Sie nickte grinsend. »Wenn du meinst.« Dann gab sie so

plötzlich Gas, dass der Gurt einschnappte und mein Nacken kurz knackte, als mein Kopf nach hinten flog.

»Hey, Kamikaze«, schimpfte ich gespielt empört, »wenn du weiter so fährst, wird der Abend eher im Kreiskrankenhaus als auf dem Hoffest enden.«

Natty lachte nur und nahm – statt zu bremsen – die nächste scharfe Kurve am Ortsausgang umso forscher. Ich schickte ein leises Stoßgebet zum Himmel. Irgendwie kamen wir lebend in Wallhausen an, und ich stieg erleichtert aus dem roten Toyota, den Natalie auf einem Feld in der Nähe des Hofes geparkt hatte. Ich sank mit meinen flachen Ballerinas in der noch regenfeuchten Wiese ein und war froh, dass ich keine hohen Absätze trug. Wir wanderten vorbei an gelben Teppichen – Rapsfeldern, deren unverkennbare Farbe selbst jetzt, wo der Tag sich seinem Ende zuneigte, zu leuchten schien.

Schon von Weitem waren tausende Lichter in der Dämmerung auszumachen, und als wir näher kamen, sah ich, dass sich jemand die Mühe gemacht und unzählige Laternen mit Teelichtern in den Bäumen, auf den Fensterbänken und Tischen verteilt hatte. Es gab mehrere kleine Stände, an denen es selbst gemachte Marmelade, Backesbrot und Handarbeiten wie Topflappen oder kleine Babyschühchen gab. An einem Getränkestand konnte man Bier, Wein und Wasser bekommen, und aus dem Küchenfenster verkaufte eine stämmige Frau heiße Suppe und Fleischkäse im Brötchen. Aus einer alten Scheune klang Musik, und ich folgte Natalie, die bereits dorthin strebte. Der Raum war mit bunten Lichtern geschmückt, und es gab sogar eine Diskokugel, die von einem Holzbalken an der Decke hing. Auf einer provisorischen Bühne aus übereinandergestapelten Paletten spielte eine Band, nicht sehr professionell, dafür aber umso engagierter.

»Wer ist das?«, wollte ich wissen, und Natalie schmunzelte.

»Der am Saxofon ist Philipp Hessler. Ihm gehört der Hof. Daneben am Keyboard sitzt sein Cousin Stefan, der Bass ist Hesslers Sohn Moritz, und am Schlagzeug siehst du Hesslers Schwiegervater, Frank Becker. Die alte Frau mit der scheußlichen Frisur, dem selbst gestrickten Pullover und den ausgetretenen Turnschuhen ist seine Oma Gertrud, die besser singt, als sie aussieht. Zusammen nennen sie sich ›Die Schrägen Töne‹.«

Ich musste lachen, weil der Name so gut gewählt war. Gerade intonierten sie ein etwas schiefes »Moonriver« aus dem Film *Frühstück bei Tiffany*. Inzwischen war es dunkel, und der geschmückte Hof wirkte ausgesprochen anheimelnd. Es roch nach Suppe und Fleischkäse, nach Heu und Erde. Die Musik vermischte sich mit dem Zirpen der Grillen und den leisen Gesprächen rings um mich herum.

»Ach schau, Fritz und Helga haben sich mal wieder versöhnt«, sagte Natty, und ich suchte die Menge ab, bis ich wusste, wen sie meinte. In der Tat: Der ältere, bierbäuchige Mann im Flanellhemd war der Gabelstaplerfahrer, der nachts manchmal seine Kreise auf der Wiese gegenüber von Lenes Haus zog. Er hielt eine dürre Frau in den Armen, die ihn um einen ganzen Kopf überragte. Sie hatte ihr spitzes Kinn auf seinen nur spärlich bewachsenen Kopf gebettet und die Augen geschlossen. Beide bewegten sich in ihrem ganz eigenen Takt zur Musik.

»Das freut mich für ihn«, sagte ich leise, und Natalie nickte zustimmend.

»Dann werden die Nächte im Dorf wieder etwas ruhiger, zumindest bis zum nächsten Streit.« Wir mussten beide lachen, bis Noah in diese gelöste Stimmung platzte wie eine Bombe.

»Hey, Natty.« Er beugte sich zu seiner Schwester, um ihr einen Kuss auf die Wange zu drücken, dann blieb sein Blick an mir hängen. In seinen braunen Augen lag eine Ahnung von dem Tumult, der in ihm tobte, doch er hielt seine Gefühle gekonnt unter der Oberfläche. »Hi, Mel«, begrüßte er mich betont neutral.

Ich musste schlucken. Er sah umwerfend aus in seiner Jeans und einem schlichten blauen Hemd, dessen Ärmel er lässig hochgekrempelt hatte.

»Wir haben gerade über Fritz und seine Helga gelacht. Der Gabelstapler hat gerade mal wieder Ruhepause«, versuchte Natalie, die angespannte Stimmung zu lockern, die fast greifbar zwischen uns hing wie eine gewitterschwere Wolke kurz vor einem Blitz.

Ich konnte nur nicken, so sehr fürchtete ich, dass meine Stimme versagen würde. So viel dazu, dass Noah mir egal war.

»Bist du allein unterwegs?«, fragte Natalie spitz, und Noah reckte den Hals und spähte über den Hof.

»Bea steht da drüben bei den Toiletten an.«

Ich starrte in die Richtung, in die er geblickt hatte, und sah eine schlanke blonde Frau in einem hautengen Oberteil und Jeans, die tief auf ihrer schmalen Hüfte saßen. Sie drehte sich um, als spürte sie, dass sie beobachtet wurde, und winkte nach einem Moment der Orientierung in unsere Richtung. Noah winkte zurück. Er wirkte angespannt.

Ich musste zugeben, dass sie wirklich hübsch aussah, auch wenn ich mir sicher war, dass sie sowohl bei ihrer Oberweite als auch bei den Lippen nachgeholfen hatte. Sie trug ihr langes Haar offen; in üppigen blonden Wellen umrahmte es ihr herzförmiges Gesicht. Ihre Augen waren blau und groß, ihr Schmollmund verzog sich zu einem verführerischen Lächeln, als sie Noah ins Visier nahm. Ich musste schlucken und kam mir plötzlich albern vor. Was hatte ich erwartet? Eine alte Vogelscheuche? Er war ein attraktiver Mann und konnte sicher jede haben. Betreten blickte ich zu Boden.

Natalie sah zwischen uns hin und her und verschwand dann mit der Ansage, dass sie etwas zu trinken besorgen wolle. Nun waren wir allein. Das Herz schlug mir bis zum Hals, und ich steckte mir eine vorwitzige honigblonde Strähne hinters Ohr, die sich aus meinem Knoten gelöst hatte. Noah musterte mich immer noch durchdringend.

»Neues Kleid?«, fragte er, und ich erzählte ihm kurz von Lenes großzügigem Geschenk. »Das Grün steht dir, es hat fast die Farbe deiner Augen und lässt sie leuchten.« Er hatte leise gesprochen, ohne das Kompliment zu warm klingen zu lassen. Trotzdem schoss ein kleiner Funken Hoffnung durch mich hindurch. Dann jedoch trat Bea hinter ihn und spähte über seine Schulter.

»Willst du uns nicht vorstellen, Noah?«, sagte sie mit melodischer Stimme und streckte mir ihre perfekt manikürte Hand entgegen. Ich schüttelte sie, während ich mich im gleichen Augenblick dafür schämte, dass meine Nägel so kurz und abgenutzt waren von der vielen Gartenarbeit. Bea hakte sich bei Noah unter und legte ihren Kopf auf seine Schulter – eine Geste, die besitzergreifend wirkte und mich gleich auf meinen Platz verwies.

»Bea, das ist Melanie, sie ist die Enkelin einer meiner Patientinnen. Melanie, das ist Bea.« Er stockte und schwieg, auch als sie ihn anstupste, also ergriff sie erneut das Wort, um die Vorstellung zu vervollständigen.

»Ich bin seine Freundin und vielleicht bald wieder seine Verlobte«, sagte sie und lächelte ihn dabei strahlend an. Ich sah, wie er kurz die Augen schloss und schluckte, ihr jedoch nicht widersprach. Wir schwiegen nun alle drei – sie zufrieden, wir betreten.

Gottlob kehrte Natalie in diesem Augenblick mit den Getränken zurück. Sie hatte Beas Worte mitbekommen und schien überrascht, doch sie hatte sich schnell wieder im Griff. Mit einem strahlenden Lächeln drückte sie mir ein frisch gezapftes Pils in die Hand und stellte sich demonstrativ an meine Seite. Ich mochte sie immer mehr.

»Bea, meine Liebe, komm, ich will dir einige Leute vorstellen«, verkündete sie fröhlich. »Wenn du doch demnächst hier leben willst, musst du wissen, mit wem gut Kirschen essen ist und mit wem nicht.« Bevor Bea eine Chance bekam zu reagieren, hatte Natalie sie schon bei der Hand gefasst und fortgezogen.

Noah fuhr sich wie immer mit der Hand über die Stirn. Ich trank einen Schluck Pils, dann stellte ich das leicht bittere Bier auf einem der Stehtische hinter mir ab, weil ich Angst hatte, etwas zu verschütten, so sehr zitterten meine Hände. Die Nervosität rumorte wie ein Haufen Ameisen in meinem Bauch. Ich hatte nie um einen Mann kämpfen müssen, hatte nie diese Unsicherheit verspürt, war nie in Gefahr gelaufen, abgewiesen zu werden. Doch ich würde mich immer fragen, was gewesen wäre, wenn ich es jetzt nicht wagte. Also nahm ich all meinen Mut zusammen, räusperte mich und suchte seinen Blick. Ich musste mehrfach schlucken, so trocken war meine Kehle.

»Was ist, wenn ich dich auch liebe?«, brachte ich endlich im Flüsterton heraus.

Er hatte mich trotzdem verstanden, denn seine Pupillen weiteten sich, und er atmete überrascht ein. Er suchte in meinem Gesicht nach der Antwort.

»Ist es denn so?«

Es war ein großes Geständnis, das er da von mir verlangte, und ich griff automatisch zu meinem Ehering. Noahs Blick verfinsterte sich, als er meine kleine Geste bemerkte, doch dann wurden seine Augen weich. Er trat auf mich zu und blieb dicht vor mir stehen.

»Mel, du bist wie ein Orkan durch mein beschauliches Leben gefegt. Seit ich dich vor ein paar Wochen hier an Lenes Tür habe stehen sehen, bekomme ich dich nicht mehr aus dem Kopf. Du bist mir unter die Haut und direkt ins Herz gegangen, aber du hast mir sehr deutlich zu verstehen gegeben, dass es keinen Mann gibt, der Davids Platz einnehmen kann. Niemals.«

»Noah, ich war verwirrt, ich wusste selbst nicht, was ich wollte«, unterbrach ich ihn hastig, doch als ich weiterreden wollte, war er es, der mich mit gerunzelter Stirn stoppte.

»Und jetzt weißt du es?«

Ich nickte.

Er sah wenig überzeugt aus.

»Ehrlich, Mel, ich will nicht mein Leben lang mit einem Toten konkurrieren müssen. Einen, den du auf ein Podest gestellt hast, der fast die Züge eines Heiligen trägt.« Als ich etwas erwidern wollte, legte er mir sanft den Zeigefinger auf die Lippen. Ich musste für einen Moment die Augen schließen, so warf mich diese einfache Berührung aus der Bahn. »Mel, auch wenn ich mir das eine Zeit lang weismachen wollte – du bist noch lange nicht frei, und als Bea vor meiner Tür aufgetaucht ist und mir geschworen hat, sie könne überall leben, solange ich nur bei ihr wäre, da habe ich gemerkt, dass auch ich noch nicht frei bin. Immerhin waren wir vier Jahre lang ein Paar, und als sie damals gegangen ist, habe ich wirklich gelitten.« Er seufzte leise. »Es ist sicher besser so, Mel. Du wirst nach Köln zurückkehren, in dein altes Leben, und ich werde sehen, was sich hier für mich entwickelt.«

Nach ein paar Sekunden fügte er an: »Aber unsere Begegnung hat für immer Spuren hinterlassen, hier.« Er hatte sich vorgebeugt und mir den letzten Satz ins Ohr geflüstert, die Hand an die Stelle gelegt, wo sein Herz schlug. Seine Augen sahen aus wie der Kern flüssiger Schokolade, als er mich nun wieder anblickte. Die Band hatte nach einer kurzen Pause erneut zu den Instrumenten gegriffen und spielte nun »It Must Have Been Love« von Roxette. Ich fühlte mich ähnlich verlassen wie Julia Roberts damals auf dem Rücksitz der Limousine, als dieses Lied sie von Richard Gere wegtrug. Nur war das hier kein Film, und es würde auch kein Happy End für uns geben.

»Schenkst du mir einen letzten Tanz?«, fragte er leise, und ich schloss kurz die Augen, weil ich fürchtete, er könnte durch sie hindurch bis in die hintersten Winkel meines Herzens sehen, wo die Wahrheit lag.

»Eigentlich ist es unser erster Tanz«, erwiderte ich und hoffte, er würde das Beben in meiner Stimme nicht hören.

Er antwortete nicht, stattdessen zog er mich sanft an sich. Ich spürte seine Wange an meiner, seinen leicht kratzigen Dreitagebart.

»O Mel«, flüsterte er an meinem Ohr, und aus seiner Stimme klang all das Bedauern und die Resignation, die auch ich verspürte.

»Es sollte wohl nicht sein.« Es hatte leicht und unbekümmert klingen sollen, doch stattdessen hörte man die Tränen, die in meiner Kehle brannten. Er schwieg, und so hielt auch ich jedes weitere Wort zurück, das über meine Lippen dringen wollte. Was hätte ich auch noch sagen sollen? Viel zu schnell war das Lied vorüber, und er entließ mich sanft aus seiner Umarmung. Trotzdem blieben wir dicht voreinander stehen. So fanden uns Bea und Natty, die nur wenig später zurückkehrten.

»Ich würde gern etwas trinken, Noah, holst du mir einen Weißwein?«, fragte Bea eine Spur zu drängend.

»Bea, du musst noch einiges lernen. Im Westerwald trinkt man Bier. Der Wein hier ist ungenießbar, den hat der alte Hessler im Kanister aus dem Discounter geholt«, informierte Natalie sie tadelnd, doch Bea zuckte nur abfällig die Schultern.

»Nun ja, in München sieht das anders aus.« Ihre Stimme klang trotzig. »Holst du mir nun ein Glas oder nicht?«, fragte sie an Noah gewandt, nun ungeduldig.

Noah nickte abwesend, während er mich weiterhin ansah.

Dann wurde sein Blick entschlossener, und er verschwand in Richtung Getränkestand. Nach ein paar Schritten warf er einen Blick über die Schulter und nickte noch einmal in meine Richtung. Es fühlte sich endgültig an.

Ich fröstelte. »Könntest du mich heimfahren, Natalie?«, bat ich und versuchte, mir meine Erschütterung nicht allzu sehr anmerken zu lassen.

Natalie sah mich prüfend an, doch als sie bemerkte, wie sehr ich zitterte, rieb sie mir freundschaftlich die Arme und nickte. »Klar.«

Ich wandte mich ohne ein weiteres Wort um und strebte zum Parkplatz, dicht gefolgt von Natalie. Am Auto blieben wir stehen, und sie unterzog mich einer neuerlichen Musterung.

»Es tut mir leid«, sagte sie, und ich sah das aufrichtige Bedauern in ihren Augen, die mich so sehr an Noah erinnerten. »Es war vielleicht nicht die beste Idee, dich heute Abend hierherzuschleppen.«

»Nein, es war gut«, sagte ich mehr zu mir selbst. »Man sollte sich immer verabschieden – sonst schmerzt es noch mehr.«

Daraufhin schwieg sie, die ganze Heimfahrt über. Was hätte sie auch sagen sollen?

Als wir am Windhof ankamen, drückte ich ihr einen schnellen Kuss auf die Wange und stieg aus. »Mach's gut, Natty«, stieß ich hastig hervor, bevor meine Stimme brach. Ich strebte eilig auf die erleuchteten Fenster zu, auf die Behaglichkeit im Inneren, wo ich meinen Tränen endlich freien Lauf lassen konnte.

Irgendwann hatte ich mich leer geweint und ging hinauf ins Bad, wo ich mir kaltes Wasser über die Handgelenke laufen ließ, bevor ich mein verquollenes Gesicht unter den Strahl hielt. Nach dieser Abkühlung rubbelte ich mich trocken und entfernte mit einem Wattepad die Reste von Wimperntusche und Make-up, die meiner aggressiven Abschminktechnik standgehalten hatten. Anschließend fühlte ich mich halbwegs tauglich, Lene unter die Augen zu treten.

Sie hatte noch gelesen und schob sich nun ihre Brille auf die Nasenspitze. »Das war ja ein kurzer Abend«, sagte sie nur und zog fragend die Brauen hoch. Ich blickte zu Boden, weil ich nicht schon wieder weinen wollte, und war froh, dass Lene genug Feingefühl besaß, um nicht in der Wunde zu bohren. »Habe ich dir schon von unserem letzten gemeinsamen Weihnachtsfest erzählt?«, lenkte sie geschickt das Thema um, und obwohl seitdem so viele Jahre vergangen waren, schwangen noch immer Wehmut und Trauer in ihrer Stimme mit. Ich schüttelte den Kopf und ließ mich wortlos auf den Stuhl an ihrem Fußende sinken.

Westerwald, Weihnachten 1941

Obwohl die Tage in dem dunklen, stickigen Lagerraum eine Strapaze für Ruth bedeuteten, beschwerte sie sich nie. Abends, wenn Anton schlief und die Dunkelheit sich wie eine schützende Decke über den Hof gelegt hatte, holte Lene sie aus ihrem Versteck heraus. Sie aßen zusammen und saßen oft bis spät in die Nacht beieinander in der Küche. Beide strickten und nähten für das Baby, während sie von ihren Träumen und Hoffnungen für ein besseres Morgen sprachen.

Der nasskalte November ging in einen schneelosen, aber frostigen Dezember über. Lene hatte Ruth zusätzliche Decken und Kleidung gegeben und drückte ihr frühmorgens, bevor die Arbeiter kamen, einen heißen Stein in die Hand, den sie sich an die Füße legen konnte. Dennoch fing Ruth sich eine Erkältung ein und behielt trotz Lenes guter Pflege einen bösen Husten zurück. Sie hatte Mühe, das Bellen und Rasseln über Tag so zu unterdrücken, dass niemand es hörte.

Es war schon spät, Juri und Slavic hatten den Hof bereits verlassen, um in der Sammelbaracke mit den anderen Zwangsarbeitern eine weitere unruhige Nacht zu verbringen. Lene war dankbar, dass die beiden auch in der kalten Jahreszeit kamen, denn der Winterweizen musste ausgebracht und die brachliegenden Felder gepflügt werden, wenn die Erde nicht allzu hart gefroren war. Zudem halfen die Polen ihr, die Zäune zu flicken und die Gerätschaften instand zu setzen. Lene hatte gerade das Tor zur Stallscheune aufgezogen, um Ruth endlich aus ihrem Verlies zu befreien, als sie eine Stimme hörte. »Frau Fuhrmann, auf ein Wort.«

Lene schreckte zusammen. Ausgerechnet Paula Bitzer, die größte Klatschbase des Ortes, die zudem keinen Hehl aus ihrer Bewunderung für den Führer machte, stand hinter ihr. Ungefragt trat sie näher, während Lene mit Entsetzen hörte, wie Ruth in der Scheune von einem besonders schlimmen Hustenanfall geschüttelt wurde.

Lene reagierte blitzschnell und hustete nun selbst laut genug, um das Bellen ihrer Freundin zu überdecken. Paula Bitzer jedoch verengte die Augen zu misstrauischen Schlitzen und reckte ihr Ohr in Richtung Scheune, um besser hören zu können.

»Was war das denn? Sie sind doch allein auf dem Hof, oder?«

Lene nickte und hustete weiterhin übertrieben laut, bis sie sich sicher sein konnte, dass Ruths Anfall abgeebbt war. »Was meinen Sie denn, Frau Bitzer?«, krächzte sie und hustete erneut. Doch das Tratschweib vor ihr ließ sich nicht beirren.

»Da hat noch jemand anders gehustet, Frau Fuhrmann, ich habe es genau gehört.« Sie klang pikiert, als sei sie empört darüber, dass jemand ihr Urteilsvermögen in Frage stellte. Just in dem Moment vernahm Lene wieder einen gepressten, nur mühsam unterdrückten Laut aus dem Stall.

»Da!«, rief das Tratschweib und zeigte auf das halb offene Tor, durch das der Laut gedrungen war. Lenes Herz hämmerte in ihrer Brust. Sie musste sich etwas einfallen lassen.

»Ach das, das war bloß die Kuh.«

Paula Bitzer starrte sie ungläubig an. »Die Kuh?«

»Ja, die Berta gibt in letzter Zeit öfter solche Geräusche von sich, muss an der Kälte liegen.« Lene schob schnell das Scheunentor zu, um die neugierige Nachbarin Richtung Straße zu ziehen. »Was wollen Sie denn eigentlich von mir, Frau Bitzer, zu solch nachtschlafender Zeit?«, fragte sie betont heiter und hakte die andere Frau unter, um diese noch weiter von der Scheune fortzubekommen.

Kurz vor dem Gartentor blieb Lene stehen und zog sich

die Jacke enger um den Leib, weil der Wind wie mit Eisklauen nach ihr griff.

»Nun, Frau Fuhrmann, ich war auf dem Rückweg von Kaltenbach. Dort habe ich gehört, dass Sie noch mehr Land verkaufen wollen. Mein Wilhelm hätte sicher Interesse an dem Stück Acker drüben am Wald und auch an weiteren Flächen.«

Lene nickte, dann schob sie die empört schnaubende Paula Bitzer auf die Straße und löste ihren Arm aus deren Ellenbeuge. »Ich denke, heute ist es zu spät für Geschäfte. Sie können gerne am Morgen wiederkommen. Ich muss mich jetzt um die kranke Kuh kümmern.« Mit diesen Worten schloss sie das Gartentor und lief zurück zur Scheune, ohne sich noch einmal umzusehen.

Als Lene sicher war, dass Paula Bitzer fort war, öffnete sie die Luke, um Ruth herauszulassen.

»O Lene, es tut mir so leid. Ich hab gehört, dass da jemand war, aber ich konnte das Husten nicht unterdrücken.« Ruths Stimme klang belegt, bei jedem Luftholen rasselte ihr Atem.

»Komm rein, wir müssen dich wärmen«, sagte Lene und legte ihrer Freundin einen Arm um die Schulter, um sie ins Haus zu begleiten. In der Küche kochte sie einen Sud aus Huflattich und Spitzwegerich, den sie Ruth zu trinken gab. Danach quetschte sie eine gekochte Kartoffel auf ein Tuch und legte es ihrer Patientin auf die Brust. »Du schläfst heute in meinem Bett, Ruth. So lasse ich dich nicht in das Erdloch, sonst stirbst du mir am Ende noch an einer Lungenentzündung.«

Trotz vehementer Proteste lag Ruth nur kurze Zeit später in Lenes Bett und fiel in einen unruhigen Schlaf. Schweißperlen bedeckten ihre hohe Stirn, und ihr dunkles Haar lag wie ein feuchter Fächer um ihren Kopf herum ausgebreitet, während sie von unruhigen Träumen geplagt wurde. Lene wich nicht von ihrer Seite. Sie hielt die ganze Nacht Wache am Bett der Freundin und stand nur auf, damit sie von Zeit zu Zeit den Lappen mit kaltem Wasser neu befeuchten konnte, um das Fieber herunterzukühlen.

Als der Morgen graute, fühlte sie, wie ihre Augen vor Sorge und Müdigkeit brannten. Sie hatte Angst, die kranke Ruth in das kalte Loch zurückzubringen, doch in nicht ganz einer Stunde würden die Polen kommen und mit ihnen die Polizisten, die sie jeden Morgen herbrachten. Außerdem war sie davon überzeugt, dass Paula Bitzers Besuch ein Nachspiel für sie haben würde. Mit einem Seufzen weckte sie daher die Freundin, die sich mühsam aus den Kissen stemmte und sich in mehrere Lagen Kleidung hüllte, um dann mit ihrem heißen Stein und einem Korb Essen in ihrem Versteck zu verschwinden.

Pünktlich wie ein Uhrwerk ertönte das Motorengeräusch, und Juri und Slavic wurden von der Ladefläche des Lastwagens gestoßen. Als sie sich vom Boden aufrappelten, sah Lene den Hass in ihren Augen, was sie ihnen kaum verdenken konnte. Auch sie hatte Mühe, die beiden Uniformierten, die mit gleichgültigen Mienen auf sie herabstarrten, mit einem freundlichen Nicken zu begrüßen.

»Heil Hitler, Frau Fuhrmann«, sagte der eine, der eine Spur zu lange auf ihre Brüste starrte, bevor er ihr endlich ins Gesicht sah.

»Heil Hitler«, grüßte Lene stoisch lächelnd zurück.

Endlich setzte sich der Lastwagen in Bewegung, um die anderen Zwangsarbeiter bei ihren jeweiligen Arbeitsstellen abzusetzen. Lene blickte auf die beiden unterernährten Männer, und ihr Lächeln wurde herzlicher. »Hunger?«, fragte sie und machte dazu eine Bewegung, als würde sie mit einem Löffel Essen in den Mund schieben, weil sie nicht wusste, wie viel Deutsch die beiden wirklich verstanden. Die Männer lächelten ebenfalls und nickten begierig, und Lene ging ihnen voran ins Haus, um in der Gesindeküche Brot für die beiden zu schneiden und Eier zu braten.

Der Tag zog sich elend lang dahin. Lene sah dauernd voller Sorge zur Scheune, weil sie nicht wusste, wie es Ruth ging, es aber auch nicht riskieren konnte, nach ihr zu sehen. Anton kam aus dem Hühnerstall, wo er die Tiere gefüttert und die Eier eingesammelt hatte. »Mama, da, ein Auto!«, rief er plötzlich und zeigte zur Straße. Lene drehte sich mit pochendem Herzen um. Ein dunkler Wagen hielt vor dem Tor. Die Türen öffneten sich, zwei Gestapomänner stiegen aus und kamen mit ernsten Mienen und blank geputzten Stiefeln auf sie zumarschiert.

»Frau Fuhrmann, uns liegt eine Anzeige vor, dass Sie vielleicht jemanden hier auf dem Hof verstecken.«

Lene fing an zu zittern. Dieses böse alte Weib war natürlich gleich losgelaufen und hatte Meldung bei Weiler gemacht. Sie ahnte, welch eine Freude es dem Bürgermeister bereitet haben musste, ihr zwei finstere Schergen auf den Hals zu hetzen. Sie spürte, wie ihre Hände klamm wurden und Angstschweiß trotz der Kälte ihren Rücken hinabperlte. Umso erstaunlicher war es, dass ihre Stimme fest und ruhig klang, als sie anfing zu sprechen.

»Wer behauptet denn so einen Blödsinn? Wen sollte ich hier wohl verstecken?«

Der größere der beiden Männer trat näher. Lene konnte seinen sauren Schweiß riechen und die Aknenarben erkennen, die sich wie Krater über seine blasse Haut zogen.

»Es ist ja kein großes Geheimnis, dass Sie und Ihr Mann Judenfreunde sind. Da liegt die Vermutung nahe, dass Sie einen von denen hier verbergen«, sagte er, und Lene bemerkte, dass er sich alle Mühe gab, Hochdeutsch zu sprechen, um seinen Westerwälder Akzent zu kaschieren.

»Haben Sie hier wen versteckt, Frau Fuhrmann, ja oder nein?« Sein Begleiter, der einen feisten Wanst vor sich herschob, legte drohend eine Hand auf seine Waffe.

Mit hämmerndem Herzen verneinte Lene.

»Dann haben Sie ja sicher nichts dagegen, wenn wir uns hier einmal umsehen.« Sein Blick schweifte an Lene vorbei über den Hof. Lene hatte das Gefühl, die Welt um sie herum würde sich viel zu schnell drehen. Anton stand am Stall, den Korb Eier an sich gedrückt, die Augen riesengroß und voller Angst. Die beiden Gestapoleute marschierten mit klackernden Schritten los, und Lene biss sich auf die Lippe, um einen Schrei zu unterdrücken. Sie würden Ruth finden, und dann wäre es aus mit ihnen. Gerade als der mit dem Aknegesicht das Scheunentor aufziehen wollte, sah Lene aus dem Augenwinkel, wie Juri sich auf Slavic warf und ihn zu Boden riss, während er wild auf Polnisch auf ihn einschimpfte.

»He da, aufhören!«, rief der Gestapomann und ließ von der Tür ab. Juri riss sich los und rannte davon, Slavic folgte ihm dicht auf den Fersen. Als er an Lene vorbeistürmte, sah sie sein triumphierendes Lächeln. Tiefe Dankbarkeit durchflutete sie. Lene begriff sofort, dass die beiden ein Ablenkungsmanöver aufführten. Juri und Slavic hatten geahnt, in welcher Gefahr Lene schwebte, und wollten sie retten. Doch in das warme Gefühl mischte sich sogleich eine eiskalte Angst, denn ihr war klar, dass die Männer später für ihr selbstloses Handeln bezahlen würden.

Der Vernarbte zückte seine Waffe und schoss in die Luft, woraufhin der Tumult schlagartig aufhörte. Er und sein Kompagnon packten Juri und Slavic und verfrachteten sie unsanft ins Auto. Als Slavic sich noch einmal kurz nach ihr umwandte, formte Lene ein stummes »Danke«, das der Zwangsarbeiter von ihren Lippen las. Er nickte kaum merklich, wobei ein Lächeln seine wettergegerbten, hageren Züge erweichte. Dann fiel die Wagentür hinter ihm zu. Der Dickbäuchige stieg ein, während sich der mit den Aknenarben umdrehte und noch einmal zu Lene zurückkehrte. Drohend baute er sich vor ihr auf. »Das war noch nicht alles, Frau Fuhrmann, wir werden wiederkommen.« Mit diesen Worten ließ er sie stehen, um zu seinem Begleiter und den beiden Polen in den dunklen Wagen zu klettern, der nur wenig später mit quietschenden Reifen vom Hof fuhr.

Erst jetzt merkte Lene, dass sie die Luft angehalten hatte. Zitternd stieß sie sie aus, dann gaben die Beine unter ihr nach, und sie fiel auf die Knie. Anton rannte zu ihr und legte seine dünnen Ärmchen um sie. »Sie sind weg, Mama, alles gut«, flüsterte er, doch Lene war so erschüttert, dass es eine gute Stunde dauerte, bis ihr Puls sich beruhigt und das Zittern nachgelassen hatte. Die Angst, was mit ihren Rettern geschehen würde, jedoch blieb. Lene war sicher, dass sie die beiden nicht wiedersehen würde, und es schnürte ihr das Herz zu.

Auch Anton war aufgewühlt von den Ereignissen des Tages, zumal er die beiden Zwangsarbeiter mochte, die ihn manchmal auf ihren Schultern reiten ließen oder ihm während der Ernte von ganz oben im Baum den besten Apfel gepflückt hatten. Erst gestern hatte Lene aus dem Küchenfenster gesehen, wie Slavic sich von Anton zu einem kurzen »Schwertkampf« mit zwei kahlen Ästen hatte hinreißen lassen, wobei der hochgewachsene Pole ihren kleinen Sohn am Ende lachend um Gnade anbettelte, als Anton mit einem lauten Brüllen auf ihn zulief. Als sie ihn jetzt ins Haus brachte und ihm half, sich für die Nacht fertig zu machen, musste sie ihm mehrmals seine Lieblingsgeschichte vom »Tapferen Schneiderlein« erzählen, bis er sich beruhigte und sie ihn ins Bett bringen konnte. Dann erst wagte sie, die Freundin zu sich in die Gesindeküche zu holen, wo sie ihr von der heldenhaften Tat der beiden Polen berichtete.

»Gott möge ihnen beistehen«, flüsterte Ruth, die ebenfalls ahnte, dass für andere einzustehen in diesen Zeiten bedeuten konnte, mit dem eigenen Leben zu bezahlen. Ihr Husten hatte sich zum Glück gebessert, auch das Fieber war zurückgegangen. Dafür sah Lene die Sorge in ihrem

Gesicht, die dunkle Schatten unter ihren müden Augen hinterlassen hatte.

»Lene, ich muss gehen, ich bin eine Gefahr für dich und Anton und auch für andere, wie der heutige Tag gezeigt hat.«

Lene schüttelte trotzig den Kopf. »Sollen sie doch wiederkommen, wir werden einen Weg finden, dich in Sicherheit zu bringen. Ich lasse dich nicht im Stich, Ruth.«

Die Freundin blickte ihr betrübt ins Gesicht. »Lene, heute wären wir um Haaresbreite aufgeflogen. Ich habe sie gehört, habe gehört, wie der eine das Scheunentor aufzog. Es hat nicht mehr viel gefehlt, und du kennst den Bürgermeister – der wird keine Ruhe geben.«

Lene wusste, dass Ruth recht hatte, und ihr wollte partout keine Lösung einfallen. Fest stand nur, dass sie ihre hochschwangere Freundin niemals allein in die Nacht hinausschicken würde.

Plötzlich ließ ein Klopfen sie beide hochschrecken. Lene erstarrte und wurde weiß wie die Wand. »O Gott«, flüsterte sie panisch. *Sie sind zurückgekehrt, und jetzt ist es auch mit uns aus,* schoss es ihr durch den Kopf. Ihr Herzschlag verstummte, nur um Momente später so vehement wieder einzusetzen, dass sie das Gefühl hatte, es würde ihr die Rippen zerschlagen. Erst Ruths verzweifelt geflüstertes »Lene, was nun?« ließ sie aus ihrer Starre erwachen. Ihre Augen wanderten hektisch durch den kargen Raum, der nicht viele Möglichkeiten für ein Versteck bot. Dann blieb ihr Blick an der Truhe hängen, in der sie Wäsche und Bettleinen lagerte. »Schnell, hier rein!«

Ruth musste sich krümmen und den dicken Leib einziehen, um überhaupt hineinzupassen. Es war klar, dass dieses Versteck eines der ersten wäre, welches bei einer Durchsuchung auffliegen würde. Doch auf die Schnelle blieb ihnen keine andere Wahl. Lene schloss den Deckel und ging mit steifen Schritten aus der Küche zur Tür. Ihr Herz hämmerte immer noch gegen ihren Brustkorb, und ihr war schwindelig vor Angst. Durch das kleine Fenster in der oberen Hälfte des Türblatts konnte sie die Umrisse eines Soldaten ausmachen, der mit dem Rücken zu ihr stand. Ihr Mund war staubtrocken, dafür waren ihre Hände schweißnass. Sie atmete tief durch. Als sie die Finger ausstreckte, um den Schlüssel zu drehen, bemerkte sie, wie sehr sie zitterte. Es brauchte drei Anläufe, um das kalte Metall im Schloss zu drehen. Übelkeit stieg in ihr auf, als sie die Tür aufzog. Der Mann wandte sich zu ihr, und um ein Haar wären ihr erneut die Beine weggesackt.

»Paul!«, rief sie fassungslos. Freude und unendliche Erleichterung schossen wie ein Feuerwerk durch ihr Inneres. Sie starrte ihn ungläubig an, voller Angst, dass ihr müdes Hirn ihr vielleicht nur einen Streich spielte.

»Und, willst du mich nicht hereinlassen?«, fragte er lächelnd und holte sie damit in die Wirklichkeit zurück.

Er war es, er war hier, war zu ihr zurückgekommen. Mit einem kleinen Freudenschrei sprang sie wie ein Kind in seine Arme. Er hatte seinen Koffer fallen lassen und fing sie taumelnd auf. Lachend und küssend stolperte er mit Lene ins Haus, die sich immer noch verzweifelt an ihn klammerte.

»Wo kommst du her? Warum hast du nicht geschrieben, dass sie dich weglassen? Ich hab dich so vermisst«, sprudelte es atemlos aus ihr heraus. Sie schob ihn auf Armeslänge von sich und sah ihn prüfend an. Er hatte abgenommen, seine Wangenknochen wirkten ausgeprägter als früher, seine Augen dafür eingefallener und müde, obwohl sie nun liebevoll auf ihr ruhten.

»Ich habe geschrieben, der Brief muss verloren gegangen sein. Oder er wurde wegen der Zensur nicht weitergeschickt.« Er küsste sie erneut mit einer solchen Leidenschaft, dass es ihr den Atem raubte. »Es sah gar nicht gut aus, sie hätten mir den Urlaub wohl nicht gewährt, wäre ich nicht verwundet worden. Ich bin mit dem späten Zug von Koblenz gekommen und dann von Kaltenbach aus hergelaufen. Ich musste zu dir, Lene. Gott, ich hab dich so vermisst.«

Lene riss entsetzt die Augen auf. »Verwundet, Paul? Was ist denn geschehen?«

»Halb so wild, ein Granatsplitter. Aber es hat gereicht für einen Fronturlaub.« Er zog sie wieder in seine Arme. Für eine kurze Weile vergaßen sie die Welt um sie herum, doch dann fiel Lene die Truhe ein.

»Paul, ich muss dir was zeigen«, flüsterte sie und zog ihn in die Gesindeküche, wo sie den Deckel der Truhe hob, damit Ruth heraussteigen konnte. Pauls Augen weiteten sich, als er die ehemalige Magd mit ihrem geschwollenen Leib zwischen der Wäsche sah. Eilig trat er zu ihr und half ihr aus der Truhe heraus. »Na, das nenne ich eine Überraschung«, sagte er, als die junge Frau mit gesenktem Blick vor ihm stand. Lene war dankbar, dass Paul kein Wort darüber verlor, in was für eine Gefahr sie sie alle gebracht hatte. Sie sah die Sorge in seinem Blick, aber auch die alte

Unnachgiebigkeit. Paul hätte genauso gehandelt wie sie. Das wusste sie. »Ich könnte etwas zu essen vertragen«, sagte er und küsste ihre Stirn, und Lene, die seit Langem nicht mehr eine solche Zuversicht verspürt hatte, schürte das Feuer, um ihm eine Mahlzeit zu bereiten.

Sie hatte nicht viel, nur ein paar Rüben und Kartoffeln und einen kleinen Rest Speck, doch für einen Eintopf würde es reichen. Mit Ruths Unterstützung schnitt sie das Gemüse und setzte das Wasser auf. Keine zehn Minuten später erfüllte der Duft der köchelnden Suppe die kleine Küche. Paul holte eine Flasche Selbstgebrannten aus einem Versteck, und gemeinsam saßen sie am Tisch und warteten darauf, dass das Essen fertig wurde. Drei Menschen, die einander nahestanden, füreinander da waren, die Grenzen zwischen Magd und Herrschaft schon lange verwischt.

»Wie geht es unserem Anton?«, wollte Paul nach dem Mahl wissen, und Lene berichtete, wie viel Freude der Kleine ihr bereitete.

»Er vermisst dich jedoch schrecklich«, sagte sie. Dann erzählte sie Paul von den beiden Polen, die heute ihr Leben für sie riskiert hatten. Pauls Miene hellte sich auf, dann verfinsterte sie sich wieder, denn auch ihm war klar, dass die beiden bluten würden für ihren Heldenmut.

Allzu gerne hätte sie Paul mit Fragen gelöchert – wie es ihm ging, was er erlebt hatte –, doch sie konnte ihm ansehen, wie müde er war.

Und auch Lene spürte plötzlich die Erschöpfung in ihren Gliedern, doch bei ihr war es weniger die körperliche Abgeschlagenheit, die ihr zu schaffen machte, sondern eher die seelische. Der Tag hatte deutliche Spuren hinterlassen. Sie stellte daher nur die Teller zusammen und nahm den Rest Suppe vom Herd. Anschließend richteten sie Ruth trotz deren Protest ein Lager in der Gesindeküche auf der Bank, die sie dicht ans Feuer zogen, damit sie es schön warm hatte. Erst dann stiegen sie Hand in Hand die schmale Treppe hinauf, wo Lene Paul zunächst in die kleine Kammer hinter dem Vorhang in der Küche führte, wo Anton so friedlich schlief. Seine langen Wimpern bedeckten seine Wangen, und im Schlaf kräuselte er ein paarmal die Nase. Paul steckte seine Decke fest und strich ihm liebevoll über den Kopf, bevor er sich von Lene zurück in die Küche führen ließ.

»Komm ins Bett«, flüsterte sie, ohne seine Hand loszulassen, als fürchte sie, er könne im nächsten Augenblick wieder verschwinden.

Paul blieb lachend stehen. »Ich sollte zuerst ein Bad nehmen, Lene, so willst du mich nicht bei dir haben.«

Sie wollte schon protestieren, doch dann sah sie, dass er leicht zitterte, ein heißes Bad würde ihm sicher guttun. Und so wärmte sie Wasser auf dem Herd auf, mit dem sie den alten Waschzuber füllte, den Paul in die Küche getragen hatte. Als er sich auszog, stellte Lene erschrocken fest, wie hager er geworden war. Sein hünenhafter Körper wirkte hohl und eingefallen. Er stieg in das eingelassene Bad und stöhnte leise, dann ließ er den Kopf zurückfallen und schloss die Augen. Lene kniete sich vor ihn und begann, ihn mit einem Lappen zu waschen. Sogar durch das Frottee hindurch spürte sie, wie dünn und knochig er war. An seinem Schenkel sah sie das kaum verheilte Fleisch, wo ihn der Granatsplitter getroffen hatte.

»O Paul«, entfuhr es ihr leise, und er öffnete die Augen und blickte sie an. »Alles halb so schlimm, jetzt, da ich bei dir bin«, sagte er und lächelte, doch seine Augen blieben ernst. Lene seufzte. Paul sah die Sorge, die tiefe Furchen auf ihrer Stirn hinterlassen hatte, und sein Blick wurde weicher. »Irgendwann wird auch dieser Krieg vorüber sein, Lene, irgendwann.«

Sie fuhr kleine Kreise mit dem Lappen über seinen Brustkorb, unter dem sein Herz kraftvoll und gleichmäßig schlug. »Und ich werde jede Sekunde des Tages dafür beten, dass es nicht mehr allzu lange dauert. Ich halte es nicht mehr aus ohne dich. Ich hasse es, jede Nacht in unserem leeren Bett zu liegen und zu hoffen, dass du den Tag überstanden hast.« Bei den letzten Worten begannen die Tränen zu fließen, die sie doch unbedingt hatte zurückhalten wollen.

»So wein doch nicht, Lene, nun bin ich ja hier, lass uns diese Stunden genießen und nicht an morgen denken.« Als sie immer noch schluchzte, zog er sie in einer flüssigen Bewegung zu sich in den Zuber. Lene war so überrascht, dass sie trotz ihrer Tränen lachen musste.

»Paul, mein Nachthemd! Ich bin klatschnass.«

»Ich liebe dich«, sagte er feierlich und nahm ihr Gesicht in seine Hände, um es im sanften Licht der Öllampe zuerst mit Blicken und dann mit Küssen zu liebkosen. Fast ehrfürchtig zog er Lene das durchnässte Nachthemd über den Kopf und presste sie an sich. Der Hunger, einander zu spüren, miteinander das Leben zu feiern, war größer als die Verzweiflung. Das Wasser schwappte über, während sie sich auf ihn setzte und ihn in sich aufnahm. Langsam und wie eine Einheit begannen sie, sich zu bewegen, bis zuerst Lene mit einem kleinen Schrei kam und er dicht darauf seinen eigenen Höhepunkt erreichte. Anschließend lagen sie sich erschöpft in den Armen, bis Paul bemerkte, dass Lene bereits eine Gänsehaut hatte. »Ab ins Bett, du holst dir noch den Tod in dem lauwarmen Wasser.« Sie stiegen beide aus der Wanne und trockneten sich ab, dann eilten sie über den Flur in die Schlafkammer und schlüpften unter die Bettdecke, wo sie sich noch einmal liebten, bevor Lene irgendwann in seinen Armen einschlief.

Als Lene in der Früh die Augen aufschlug, sah sie, dass er bereits wach war und in die Dämmerung starrte, die langsam am Horizont die Nacht verdrängte.

»Guten Morgen«, flüsterte sie, und er zog sie zu einem langen Kuss in seine Arme, bevor er besorgt zum Fenster blickte.

»Was ist?«, fragte Lene, die seine Anspannung spürte.

»Wir müssen uns überlegen, was mit Ruth geschieht. Wenn Weilers Schergen ihr Versprechen wahr machen und noch einmal zurückkehren, werden sie sie hier finden, und dann sind wir alle dran.«

Sie wusste, dass Paul recht hatte, aber was sollten sie tun? Sie konnten Ruth nicht ihrem Schicksal überlassen. »Wie lange kannst du bleiben?«, flüsterte sie, um das Thema zu wechseln.

»Bis Neujahr«, sagte er, und Lene zählte die Tage im Kopf. Heute war der dreiundzwanzigste Dezember, was bedeutete, dass sie neun Tage zusammen hatten. Ihr Herz machte einen Sprung vor Freude, zog sich aber gleich danach schmerzhaft zusammen, weil ihr bewusst wurde, wie schnell er wieder an die Front zurückkehren würde.

Paul riss sie aus ihren Gedanken. »Lene, lass uns nachdenken, wir brauchen eine Lösung, und zwar schnell.«

Sie nickte und legte die Stirn in Falten, doch ihr wollte nichts Rechtes einfallen. Vielleicht wäre es in der Stadt einfacher, Menschen zu finden, die im Widerstand waren, die Leuten in Ruths Situation helfen konnten, die Wege aus Deutschland heraus kannten. Doch hier auf dem Land, in diesem entlegenen Zipfel des Westerwaldes, war das einfach keine Option. Zumal Lene es vor der Entbindung ohnehin viel zu riskant fand, Ruth ein körperlich und seelisch so zehrendes Unterfangen wie eine Flucht zuzumuten. Und wenn das Baby da wäre, erst recht. »Sie muss hierbleiben, Paul, in meiner Nähe, ich habe sonst keine Ruhe.«

Er nickte und strich sich mehrfach übers Kinn, das an diesem Morgen mit feinen Bartstoppeln übersät war. Plötzlich setzte er sich auf und sah sie an.

»Erinnerst du dich an das Stück Land hinten am Fluss? Da gibt es eine alte Jagdhütte, die ich schon seit Jahrzehnten nicht mehr genutzt habe. Das Land ist so abgelegen, dass sich kaum jemand dorthin verirrt. Dort können wir Ruth erst einmal unterbringen. Es gibt sogar eine Feuerstelle, und Wasser kann sie aus dem Fluss holen.«

Lene sah die alte Hütte vor sich, die zwar windschief war und ein undichtes Dach hatte, aber ansonsten vermutlich mehr Schutz bot als der kalte, dunkle Vorratsraum, in dem Ruth bislang ausgeharrt hatte. »Das könnte funktionieren«, sagte sie leise, und Paul nickte.

»Ich fahre gleich mal raus und sehe nach, in welchem Zustand die Jagdhütte ist«, sagte er, während er seine langen Beine bereits aus dem Bett schob.

Sie rückte ihm nach und klammerte sich noch einen Moment an seinen Rücken, saugte seine Wärme und seinen vertrauten Duft auf, bevor sie ihn bedauernd aus ihrer Umarmung entließ.

Nach dem Frühstück kletterte Ruth in ihr unterirdisches Versteck, während Paul Lotte anspannte und mit Decken, Nahrung und Kleidung beladen zur Hütte fuhr, um die kaputten Fenster mit Holzbrettern zu vernageln und das Dach an den undichten Stellen zu flicken.

Lene wartete derweil angespannt auf dem Hof, dass endlich der Lastwagen mit den Zwangsarbeitern um die lang gezogene Kurve bog. Sie faltete die Hände und betete stumm um die Wiederkehr ihrer beiden Polen, doch als der Wagen hielt, stiegen zwei ihr fremde Männer aus und wurden von dem Gestapomann eingewiesen. Lene spürte, wie die Tränen hinter ihren Lidern brannten, doch sie hielt sie zurück, als sie den bohrenden Blick des Uniformierten auf sich fühlte. Sie würde in der Nacht um die beiden weinen, in Pauls Armen, und dort für Juris und Slavics Sicherheit beten. So dunkel und gottlos diese Zeiten auch sein mochten, dachte sie, als sie den neuen Zwangsarbeitern zeigte, wo sie sich auf dem Hof nützlich machen konnten, sie brachten immer wieder Helden hervor und knüpften Bande, wo sonst niemals welche entstanden wären.

Ob es daran lag, dass der Heilige Abend bevorstand, oder daran, dass es zu schneien begonnen hatte, wusste Lene nicht. In jedem Fall machte der Gestapomann seine Drohung, die Durchsuchung fortzuführen, nicht wahr.

Lene schlachtete eine Pute und bereitete neben einer kräftigen Suppe einen Weihnachtsbraten zu, der das ganze Haus mit einem köstlichen Duft erfüllte. Am Nachmittag kehrte Paul auf den Hof zurück. Anders als in den Vorjahren hatte er eine kleine Tanne samt dickem Wurzelballen ausgegraben, statt einen schon hochgewachsenen Baum zu fällen für das Christfest. Lene sah fragend auf den Spaten in seiner Hand.

»Ich will nichts mehr töten, Lene, nicht einmal einen Baum«, sagte er und schien in Gedanken ganz woanders zu sein.

Was seine Augen wohl alles hatten sehen müssen?, fragte sich Lene und hätte am liebsten geweint, um ihn und all die anderen Männer da draußen.

»Ich grabe ihn im neuen Jahr wieder ein, drüben am Zaun, dann haben wir schon einen Baum für das erste Weihnachtsfest in Frieden«, sagte Paul und drückte ihr einen schnellen Kuss auf die Lippen, bevor er die kleine Tanne von den Eiskristallen befreite, die wie Puderzucker in den dünnen Ästen hingen.

Ob er wirklich glaubte, dass der Krieg in einem Jahr vorbei wäre? Lene nahm an, dass er es mehr gesagt hatte, um ihr Hoffnung zu machen. Doch sie betete trotzdem schnell dafür, dass sie den Baum im kommenden Jahr gemeinsam aus der Erde holen würden.

Paul stellte die kleine Tanne in einen großen Eimer, goss

den Ballen mit ein wenig lauwarmem Wasser und schaffte sie in die gute Stube, wo er begann, Lametta an den Zweigen zu verteilen. Anton, der außer sich war vor Freude darüber, dass sein Vater zu Weihnachten heimgekehrt war, wich ihm nicht von der Seite. Das kleine Taschenmesser, das Paul ihm geschenkt hatte, legte er kaum noch aus der Hand.

Paul begleitete seine Frau und seinen Sohn an diesem Tag sogar ausnahmsweise in die Kirche. »Aber nur, weil ich dich singen hören will.« Er zwinkerte Lene zu. Er trug seine Uniform und sah so großartig aus, dass Lenes Herz vor Stolz beinahe platzte, als sie an seinem Arm durch den Gang der kleinen Dorfkirche schritt.

Später am Abend, als Anton schlief, holten sie Ruth ins Haus. Gemeinsam nahmen sie ein festliches Nachtmahl zu sich, und Lene spielte Weihnachtslieder auf dem Klavier. Anschließend hörten sie Radio, doch bei der Ansprache des Führers drehte Paul den Empfänger mit einer wütenden Bewegung aus.

»Der reißt uns immer tiefer ins Verderben«, flüsterte er zornig, und Lene sank das Herz, weil sie ahnte, dass ihr Gebet vom Morgen nicht erhört werden würde. Ihr Blick schweifte zu Ruth.

»Es tut mir so leid, dass wir dich von hier wegbringen müssen, Ruth«, sagte sie traurig, doch Ruth wirkte eher erleichtert.

»Lene, so ist es gut. Hier hätte ich uns alle in Lebensgefahr gebracht.«

Lenes Augen begannen zu schwimmen, und Paul schloss sie kurz tröstend in seine Arme.

»Diese Nacht ist nicht der rechte Moment für Traurigkeit«, sagte er sanft. »Lass uns heute einfach zusammen das Leben feiern.«

Lene schluckte schwer. Der Augenblick schien so normal in diesen Zeiten, in denen die ganze Welt verrückt geworden war. Es fiel ihr schwer, jetzt an Fröhlichkeit und ans Feiern zu denken, doch als sie in Ruth und Pauls Gesichter blickte, die sie erwartungsvoll ansahen, nickte sie tapfer und rang sich ein Lächeln ab, das im Laufe der Nacht immer ehrlicher wurde. Paul hatte noch eine Flasche Selbstgebrannten geöffnet, und Lene trank viel zu viel. Doch es half ihr, im Hier und Jetzt zu bleiben und die Wirklichkeit vor ihrem Fenster für einen Herzschlag zu verdrängen. Sie alle lachten und tanzten in einer Mischung aus Glück und Verzweiflung, bis am Horizont der Morgen graute.

Am nächsten Tag hatte Lene einen üblen Kater. Ihr Kopf schmerzte, ihre Augen brannten, und Paul neckte sie, weil sie sich wie eine alte Frau bewegte. Da es geschneit hatte, blieben sie drinnen im Warmen und spielten mit Anton, doch als am frühen Nachmittag die Dunkelheit hinter dem Wäldchen hervorkroch und den Tag verschlang, fühlte Lene eine wachsende Unruhe. Gleich würden sie Ruth von hier fortbringen. Es würde dann fast eine Stunde dauern, bis sie bei ihrer Freundin wäre, und nicht mehr nur wenige Minuten. Um nicht zu viel Aufmerksamkeit zu erregen, ließen sie die Kutsche stehen. Ruth keuchte bei jedem Schritt, und als sie sich irgendwann schwer atmend an den rauen Stamm einer alten Eiche lehnte, hob Paul sie hoch und trug sie den Rest des Weges, während Lene den schweren Korb mit Proviant, Decken, Kerzen und Ruths wenigem anderem Hab und Gut schleppte.

Die alte Jagdhütte lag versteckt am äußersten Rand des Feldes. Sie stapften durch die unberührte Schneedecke, die im fahlen Mondlicht glitzerte, als hätte jemand tausende Diamanten daraufgestreut. Der windschiefe Holzverschlag verbarg sich hinter einer mannshohen Hecke aus wildem Liguster und Brombeeren, sodass vom offenen Feld aus nur ein Stück vom Dach zu sehen war, und das auch nur, wenn das Auge wusste, wonach es suchen sollte. Paul hatte am Morgen einen kleinen Weg nahe dem Ufer im Gestrüpp freigeschlagen, damit sie die Tür erreichen konnten.

Drinnen roch es abgestanden nach Staub und Urin. Vermutlich hatten in der Vergangenheit des Öfteren Landstreicher die Hütte als Nachtlager genutzt, bevor diese von der Natur verschluckt worden war. Paul hatte die Fenster mit Brettern vernagelt, hatte Unrat und kaputte Möbel entfernt und ein einfaches Bett aus Strohsäcken errichtet. Ein zerschrammter Tisch und zwei wackelige Stühle komplettierten die spärliche Einrichtung, aber alles war besser als der alte Vorratskeller mit seinen feuchtkalten Wänden.

Ruth sank erschöpft auf die Strohsäcke und umfasste sanft ihren geschwollenen Bauch. Paul schürte ein kleines Feuer in dem alten Kamin, doch er bat Ruth eindringlich, es noch vor dem Morgengrauen zu löschen, damit der Rauch keine unliebsamen Besucher anzog. Die Schwangere nickte erschöpft, aber lächelnd, dann schloss sie die Augen und war nur Sekunden später eingeschlafen.

Lene stellte einen Teller mit den Resten des Weihnachtsbratens, Brot und einen Krug mit Wasser aus dem Bach auf den alten Tisch. Dann schlichen sie aus der Hütte, um Ruth nicht zu wecken. Paul zog ein paar Äste und Zweige vor den Trampelpfad, um den Zugang zur Hütte zu verstecken. Zum Glück schneite es wieder, sodass ihre Spuren im Schnee schnell verschwunden sein würden.

Lene ging dicht hinter ihm, den Schal über den Kopf und vors Gesicht gezogen, um sich vor dem scharfen Wind zu schützen, der die Schneeflocken wie kleine Eisgeschosse durch die Luft jagte. Sie erreichten den Hof noch im Schutz der Nacht, beide erschöpft, aber beruhigt, weil Ruth nun wenigstens für den Moment in Sicherheit war – und sie damit ebenfalls.

In der kommenden Nacht dauerte es, bis sie fortkamen. Anton war überdreht und wollte nicht ins Bettchen. Immer wieder stand er auf und bat darum, dass Paul mit ihm lesen oder spielen möge. Erst als sein Vater sich mit ihm ins Bett kuschelte und ihm leise seine Lieblingsgeschichte erzählte, fielen ihm die Augen zu. Durchgefroren und müde kamen sie deshalb erst gegen Mitternacht an dem kleinen Holzverschlag an, aus dem sie leises Wimmern und Stöhnen hörten.

»Ruth!«, rief Lene entsetzt und riss die Tür auf. Die Freundin lag gekrümmt auf ihrem Strohlager, das Gesicht aschfahl, die Stirn schweißnass. Sie atmete schwer und biss in ihre Faust, um einen schmerzerfüllten Schrei zu unterdrücken.

»Das Kind kommt«, sagte Paul.

Lene sah ihn besorgt an. »Es ist noch viel zu früh, es sollte erst Mitte Januar kommen.«

Paul krempelte bereits die Ärmel hoch und schloss die Tür. »Nun, das Baby hat sich anders entschlossen«, stellte er lakonisch fest und wies Lene an, Wasser auf der Feuerstelle zu erhitzen, woraufhin sie sogleich das Feuer schürte.

Ruth warf sich stöhnend hin und her, die Abstände ihrer Wehen wurden immer kürzer. Paul zog sein Taschenmesser und eine kleine Flasche Schnaps aus seiner Tasche hervor und machte sich daran, die Klinge mit dem Alkohol zu desinfizieren. Anschließend holte er ein paar Leinentücher aus Ruths Sachen und legte sie neben der Schwangeren bereit.

Lene kniete sich vor sie und spähte aufgeregt zwischen ihre Schenkel.

»O Gott, ich kann das Köpfchen schon sehen. Du musst pressen, Ruth, jetzt! Press!«, befahl sie, und Ruth presste und biss die Zähne zusammen, um einen Schrei zu unterdrücken. Trotz der Kälte in der Hütte perlte Schweiß über ihr gerötetes Gesicht. Es dauerte, bis das Feuer etwas Wärme abgab und damit auch Lene zum Schwitzen brachte. »Paul, es geht nicht voran, da stimmt was nicht«, flüsterte sie, als auch nach einer halben Stunde nicht mehr als ein dunkler Schopf Haare von dem Kind zu sehen war. Paul trat zu ihnen und blickte besorgt auf Ruth, die sich leichenblass und am ganzen Leib zitternd auf ihrem Lager krümmte.

»Leg dich auf sie, Lene, auf den Leib, du musst es nach unten drücken«, befahl er leise, und Lene legte sich mit ihrem ganzen Gewicht auf die Freundin und drückte von der Seite gegen deren gewaltigen Bauch.

Ruth stöhnte auf. Paul kniete sich vor sie und umfasste vorsichtig das Köpfchen.

»Noch einmal pressen, Ruth«, sagte er sanft, aber bestimmt, doch Ruth schüttelte nur den Kopf.

»Ich kann nicht«, stieß sie atemlos hervor. »Ich kann nicht mehr.«

Lene sah den besorgten Blick in Pauls Augen. »Verdammt, Ruth, du wirst jetzt nicht aufgeben, press, du musst pressen!«, rief sie über deren keuchende Atemzüge hinweg.

Ruth schloss die Augen und holte noch einmal tief Luft. Dann hob sie den Oberkörper an und krümmte sich erneut zusammen, um wieder mit aller Kraft zu pressen, wobei Lene schob und Paul zog. Unendliche Erleichterung durchströmte Lene, als sie sah, dass Paul das Baby mit dieser letzten Wehe zur Welt holen konnte.

»Du hast es geschafft, Ruth, du hast es geschafft!« Lene rappelte sich auf und wischte sich den Schweiß von der Stirn, dann nahm sie Paul das winzige Bündel ab und hielt es hoch. Als ein kleiner Schrei die Hütte erfüllte, liefen ihnen allen die Tränen. »Es ist ein Mädchen«, flüsterte Lene gerührt.

Paul säuberte das krähende Menschlein mit einem Leinentuch und warmem Wasser, dann nahm er sein Messer vom Tisch, um die Nabelschnur durchzuschneiden. Danach wickelte Lene das Neugeborene in Tücher und zog ihm das cremefarbene Häkelmützchen über, an dem sie vor den Feiertagen noch gearbeitet hatte.

»Sie ist wunderschön, Ruth«, sagte sie mit vor Rührung zittriger Stimme und legte Ruth ihre Tochter in die Arme.

»Wie soll sie denn heißen?«, fragte Paul, der das blutige Leinen aufsammelte und in einen Sack steckte.

Ruth sah voller Liebe zu dem Baby und dann zu Lene. »Ist es dir recht, wenn ich sie Leni nenne?«

Lene war so ergriffen, dass sie kein Wort herausbrachte. Gerührt nickte sie, während sie liebevoll über die winzige Hand strich, die sich in das Leinentuch gekrallt hatte, als wollte sie sich mit aller Kraft an dieses Leben klammern.

Als am nächsten Tag ein Auto im Hof hielt und der Vernarbte erneut mit dem Dickbäuchigen und einem weiteren Gestapomann ausstieg, dankte Lene Gott, dass er ihr Paul geschickt hatte, denn ohne ihn wären Ruth und Leni jetzt nicht in der sicheren Hütte. Die Männer drehten jeden Stein um und entdeckten auch den alten, nun verwaisten Vorratsraum, der Ruth so lange als Versteck gedient hatte. Doch sie hatten vorsorglich alle Spuren beseitigt, weshalb der Dickbäuchige kurze Zeit später wieder hinaufkletterte und die Luke mit einem Knall fallen ließ, der Staub und Stroh aufwirbelte. Paul trug seine Uniform und beaufsichtigte mit finsterer Miene das Treiben der Männer, die nach zwei Stunden schulterzuckend zu ihrem Anführer zurückkehrten. Der betrachtete Lene und Paul grimmig.

»Ich weiß, dass Sie etwas verbergen, und ich werde Ihnen auf die Schliche kommen.«

»Sie verlassen nun augenblicklich meinen Grund und Boden. Es gibt hier für Sie nichts mehr zu sehen«, knurrte

Paul mit vor Wut zusammengebissenen Zähnen und wies mit dem Kopf zum Tor.

Der Gestapomann betrachtete ihn aus eng zusammengekniffenen Augen. »Das wird ein Nachspiel haben. Heil Hitler!«, zischte er, bevor er, seine beiden Schergen im Schlepptau, in den Wagen stieg und vom Hof fuhr.

Paul drückte Lene an sich und küsste ihren Scheitel. »Sorg dich nicht, er ist nur zornig, weil er unverrichteter Dinge zu Weiler zurückkehren muss«, flüsterte er in ihr Haar, um sich und sie zu beruhigen. Doch beiden war klar, dass Weiler eine ernsthafte Gefahr darstellte, eine Gefahr, vor der Paul Lene nicht schützen konnte, weil er in wenigen Tagen wieder an die Front musste.

Kapitel 20

Lene hatte ihre Erzählung an diesem Punkt beenden müssen, weil der Pflegedienst kam und Katja Stelzer ihr wie gewohnt wenig einfühlsam die Thrombosespritze in die papierdünne Haut am Oberschenkel jagte. Stöhnend rieb sie die Einstichstelle, das Gesicht schmerverzerrt. Mein Herz blutete für sie, und es tat mir unendlich leid, dass sie meinetwegen leiden musste, aber ich hätte es nach dem Abend auf dem Hoffest einfach nicht über mich gebracht, ihn noch einmal zu kontaktieren. Noah Berkamp war der letzte Mensch, den ich im Augenblick sehen wollte. In einer guten Woche würden meine Eltern wieder hier sein, und ich hatte eigentlich keinen Grund mehr, meine Rückkehr nach Köln auf die lange Bank zu schieben. Jetzt nicht mehr. Natürlich würde ich trotzdem nach Lene sehen, in etwas mehr als einer Stunde konnte ich im Westerwald sein, wenn Tanja mir den Laubfrosch öfter lieh. Und obwohl mir vor der großen, leeren Wohnung graute, fand ich irgendwie die Kraft, mich gedanklich darauf einzustellen, dass dort mein Zuhause war und ich mein Leben wieder aufnehmen musste.

Also setzte ich mich am nächsten Morgen sogar an meinen Laptop, um einen der neuen Übersetzungsaufträge in

Angriff zu nehmen. Ich war so vertieft, dass ich Lenes leise Rufe erst hörte, als sie drängender wurden. Eilig lief ich zu ihr und konnte schon an der rasselnden Atmung hören, dass es ihr nicht gut ging. Ich suchte nach dem Inhalator und den Medikamenten, doch diesmal brachten sie ihr keine Linderung. Sie kämpfte, um Luft in ihre Lunge zu ziehen, während ihre Atmung gleichzeitig immer flacher wurde. Voller Panik rannte ich zum Telefon.

»Praxis Doktor Berkamp, Jasmin Gülley am Apparat«, meldete sich die Sprechstundenhilfe freundlich.

»Melanie Winter, ich muss sofort mit Dr. Berkamp sprechen. Es geht um meine Großmutter, ich glaube, sie stirbt!« Vor Aufregung schrie ich beinahe.

»Beruhigen Sie sich, Frau Winter, Sie tun Ihrer Großmutter keinen Gefallen, wenn Sie jetzt in Panik geraten. Ich denke, Sie sollten den Notarzt rufen, wenn ihr Zustand so kritisch ist. Der kann schneller bei Ihnen sein«, riet sie mir.

»Okay, Notarzt«, wiederholte ich und legte auf, um die 112 zu wählen. In diesem Moment hörte ich ein atemloses Keuchen, gefolgt von Lenes erstickter Stimme.

»Nein, Kind, kein Notarzt. Ich gehe in keine Klinik mehr. Lass mich hier sterben, in meinem Windhof.« Ihre Worte klangen so drängend, dass ich es nicht übers Herz brachte, ihr diesen Wunsch zu verweigern. Also rief ich erneut bei Noah an und schilderte der Sprechstundenhilfe, worum Lene mich gebeten hatte. Keine zwei Minuten später rief Noah zurück.

»Bleib ruhig, Mel, ich bin gleich da«, sagte er, und ich musste meine Ansicht von gestern revidieren: Er war der *einzige* Mensch, den ich gerade sehen wollte.

Ich lief unruhig zwischen Lenes Kammer und dem Flurfenster hin und her, bis endlich sein Jeep um die Kurve bog. Noah stieg aus und stürmte mit langen Schritten auf mich zu. Obwohl er direkt aus der Praxis kommen musste, trug er keinen Kittel. Er hatte eine dunkle Hose an und dazu ein hellblaues Poloshirt – kein Halbgott in Weiß; einfach ein Mann bei der Arbeit. Mein Herz flatterte, weil ich ihn vermisste und weil ich am liebsten in seinen Armen Trost gesucht hätte. Doch als er mit besorgter Miene vor mir stand, nickte ich nur knapp und lief ihm voran ins Schlafzimmer, wo Lene ein klein wenig ruhiger geworden war. Sie war kreidebleich, ihre Haut wirkte so dünn und durchscheinend wie Transparentpapier. Schweiß stand auf ihrer Stirn, unter ihren Augen lagen dunkle Ränder. Noah fühlte ihren Puls und maß den Blutdruck. Danach spritzte er ihr irgendein Mittel und blieb bei ihr sitzen, bis sie eingeschlafen war. Als er sich zu mir umdrehte, verrieten mir seine Augen, was er gleich sagen würde. »Mel, ich denke, dass es nicht mehr lange dauern wird. Ihre Organe versagen, sie lässt los. Ich glaube, sie will gehen.« Ich schluckte und schlang die Arme um mich, weil ich schon wieder zu zittern begonnen hatte. Einen Moment lang dachte ich, Noah wolle auf mich zugehen und mich in seine Arme ziehen, doch dann rieb er sich nur ein paarmal über die Stirn und räusperte sich, bevor er mir freundschaftlich über den Arm strich.

»Ich komme am Abend noch mal vorbei, du kannst mich aber auch jederzeit anrufen, wenn etwas Akutes ist.« Er griff nach seinem Koffer. »Meine Handynummer hängt an der Pinnwand. Ruf da an, ich habe mein Telefon immer bei mir.«

Ich nickte wortlos und fragte mich kurz, was seine Freundin dazu sagen würde, wenn ich ihn tatsächlich »jederzeit« anrufen würde, vielleicht sogar mitten in der Nacht. Doch es stand mir nicht zu, ihn danach zu fragen. Ich hatte meine Chance gehabt, und ich hatte sie vertan.

Als er fort war, rief ich meine Eltern an, deren Schiff sich gerade kurz vor Kiel befand. Ich schilderte ihnen Lenes Zustand, und sie versprachen mir, sich zu beeilen und die paar Tage im Hotel, die sie eingeplant hatten, zu canceln. Danach schlich ich unruhig und fahrig durchs Haus und wartete. Lene schlief den ganzen Tag durch und öffnete erst am Abend ihre vom Leben müden Augen.

»Möchtest du etwas essen?«, fragte ich hoffnungsvoll, doch sie schüttelte den Kopf.

»Nur Wasser«, krächzte sie schwach.

Ich holte ihr einen Becher und half ihr, ein paar kleine Schlucke zu nehmen, bis sie sich erschöpft in die Kissen zurücksinken ließ. »Ich lasse dich wieder schlafen«, sagte ich leise, doch sie schüttelte den Kopf und klopfte auf das Bett neben sich.

»Wir waren noch nicht fertig.« Ich wollte sie ermahnen, sich jetzt nicht anzustrengen, wollte sie bitten, sich zu schonen. Aber die Zeit lief uns davon. Die Erkenntnis schnürte mir die Kehle zu, doch ich holte meinen Stuhl, schob ihn an ihre Seite und schluckte die Tränen hinunter.

Westerwald, 1943

Lene saß in der kleinen Küche und trank von Pauls Selbstgebranntem. Mittlerweile fand sie den Schnaps gar nicht mehr so scheußlich. Im Gegenteil: Das Brennen in ihrer Kehle und anschließend in ihrem Bauch ließ sie ruhiger werden. Sie nahm einen großen Schluck, dann griff sie erneut zu seinem Brief. Sein letzter, danach hatte sie nichts mehr von ihm gehört. Traurig starrte sie auf das Datum. Der Brief war über vier Monate alt. Sie wusste nicht, ob er verwundet war, ob er überhaupt noch lebte. Lene trank den Rest Schnaps und stellte das Glas mit so viel Wucht auf den Tisch, dass Anton, der vor ihr auf dem Fußboden lag und seine Hausaufgaben machte, besorgt zu ihr herübersah. Lene spürte, wie sie gegen die Tränen ankämpfen musste. Paul war nun schon so lange fort. Nach ihrem gemeinsamen Weihnachtsfest vor anderthalb Jahren war er nicht mehr nach Hause zurückgekehrt, und in seinem letzten Brief, der an etlichen Stellen geschwärzt war, hatte sie aus den wenigen verbliebenen Zeilen herausgelesen, dass sich die Lage in Russland zuspitzte.

Sie atmete tief ein und aus, um sich zu beruhigen und für Anton die Fassung zu bewahren. Sie hatte ihm nicht erzählt, dass es seit Monaten kein Lebenszeichen von seinem Vater gab. Wozu auch? Es war nicht ungewöhnlich dieser Tage. Vielen Frauen erging es ähnlich, und tief in ihrem Herzen fühlte Lene ohnehin, dass Paul lebte. Wozu also den Kleinen in Aufruhr versetzen? Er litt auch so schon genug. Er hatte seinen Vater so lange nicht mehr gesehen, dass er Lene ab und zu bat, ihr das Bild zu zeigen, welches in dem Umschlag steckte, den er ihr bei ihrem ersten Abschied auf dem Bahnhof von Kaltenbach gegeben hatte. Auf dem er schon die Uniform und den finsteren Gesichtsausdruck trug. Mittlerweile stand es in einem kleinen silbernen Rahmen an ihrem Bett.

Zu Antons Einschulung hatte sie allein gehen müssen. Im Anschluss hatte sie Paul einen vierseitigen Brief geschrieben, und sobald Anton besser schreiben konnte, verfasste er ebenfalls eifrig Briefe in seiner krakeligen Kinderhandschrift, mit schiefen und falschen Buchstaben, dafür umso mehr Sehnsucht nach dem fast Unbekannten, der Paul für ihn geworden war.

Lene stand auf und trat ans Fenster. Die Nacht war angebrochen. Sie bereitete ein schnelles Essen zu und schickte Anton ins Bett, weil sie unbedingt zu Ruth musste. Als der Junge schlief, zog sie sich an, packte Brot, ein wenig Gemüse und etwas Wurst ein und machte sich auf den langen Fußmarsch zu der abgelegenen Jagdhütte, die für die kleine Leni die ganze Welt bedeutete.

Völlig außer Atem, weil sie das letzte Stück Weg gerannt war, kam Lene an der Hütte an. Alles war dunkel und still, die Fenster waren vernagelt, aus dem Kamin kam kein Rauch, denn Ruth traute sich erst gegen Mitternacht, Feuer zu machen. Lene klopfte vorsichtig dreimal, wartete kurz ab und pochte noch zweimal gegen die Tür – ihr geheimes Zeichen. Kurz darauf wurde die Tür einen Spalt breit geöffnet, in dem Ruths ängstliches Gesicht erschien. Sie zog die Freundin in die Hütte, in der nur schwaches Kerzenlicht die Dunkelheit durchbrach. Lene stellte den Korb mit Essen ab und ging zu der alten Wiege, die Paul einst selbst gezimmert hatte und in der das kleine Mädchen nun selig schlummerte.

»Sie ist so hübsch, Ruth«, sagte sie leise, und Ruth trat neben sie und betrachtete ihre schlafende Tochter.

»Ob sie jemals sehen wird, wie groß und schön die Welt ist?«, fragte Ruth. Lene hörte die Verbitterung in ihrer Stimme. Die beiden Frauen sahen sich traurig an. Der Krieg dauerte nun schon so lange, dass die Hoffnung auf ein Ende mittlerweile ein Luxus war, den sie sich nicht mehr leisten konnten. Entmutigt ging Lene zu dem kleinen Tisch, an dem zwei Stühle standen, und stützte sich dort mit beiden Armen ab.

»Hast du von Paul gehört?«, wollte Ruth wissen, doch Lene schüttelte nur den Kopf. Als sie sich zu ihrer Freundin umdrehte, hatte die Sorge tiefe Furchen auf ihrer sonst glatten Stirn hinterlassen.

»Kein einziges Wort seit über vier Monaten.« Der Satz stand im Raum, in all seiner Schwere, und Ruth blickte betreten zu Boden, weil sie nicht wollte, dass Lene ihre Bestürzung sah.

»Ich gehe besser.« Lene wandte sich zur Tür. »Es sah vorhin nach Regen aus, und ich will den Kleinen nicht so lange allein lassen.« Sie griff schon nach ihrem Korb, doch dann zögerte sie. »Ich muss wieder Land verkaufen, Ruth. Und Vieh. Der alte Bitzer war gestern bei mir und erwähnte das Feld hier unten am Fluss. Ich traue ihm nicht und seiner Frau erst recht nicht. Wir müssen noch vorsichtiger sein als bisher.«

Ruth ging zu ihr und umarmte sie. »Lene, was du für uns

tust, das ist mit Dank und Worten nicht aufzuwiegen. Leni und ich, wir wären schon lange nicht mehr ohne dich. Aber wenn du das Land verkaufen musst, dann werden wir gehen. Vielleicht schaffe ich es doch bis in die Schweiz, was meinst du?«

Lene erwiderte ihre Umarmung und schüttelte vehement den Kopf. »Nie und nimmer werde ich euch gehen lassen. Wir finden einen Weg, bislang haben wir immer einen gefunden. Ich will aber, dass du noch vorsichtiger bist als sonst. Pass auf, wenn du morgens mit Leni rausgehst, es darf euch niemand sehen. Wenn Bitzer an dem Land interessiert ist, dann kann ich mir gut vorstellen, dass er es sich ansehen will, und obwohl die Hütte gut versteckt liegt, ist es nicht ausgeschlossen, dass er auch hier im Dickicht herumschnüffelt und sie entdeckt.«

Ruth nickte traurig und versprach ihr, den alten Holzverschlag in den nächsten Tagen nicht zu verlassen, und wenn doch, dann nur noch im Schutze der Dunkelheit. Lene war beruhigt. Sie wusste, wie vorsichtig Ruth sich verhielt, um Leni und sich selbst nicht in Gefahr zu bringen, doch es zog ihr das Herz zusammen bei dem Gedanken daran, dass die Freundin nun nicht einmal am frühen Morgen ihre Füße in den Bach halten oder ihre kleine Tochter im Wald Beeren sammeln lassen konnte.

Lene war stets körperlich am Ende, wenn sie den langen nächtlichen Weg hinter sich gebracht hatte. Trotzdem war in all der Zeit, die Ruth und die Kleine nun schon in der Hütte verbrachten, kein Tag vergangen, an dem sie ihn nicht auf sich genommen hatte, um nach ihnen zu sehen, etwas zu essen zu bringen oder ihnen einfach nur ein wenig Gesellschaft zu leisten.

Zurück auf dem Hof, stahl sie sich noch einmal zu Anton in die Schlafkammer und deckte ihn zu, bevor sie müde in die Kissen sank, viel zu erschöpft, um einen erholsamen Schlaf zu finden. Wann immer sie kurz eindämmerte, wurde sie von schlechten Träumen heimgesucht – Träumen, in denen sie die Hütte betrat und diese nur noch leer vorfand. In anderen Träumen erhielt sie ein Telegramm, in dem ihr mit kurzen, knappen Worten das mitgeteilt wurde, was sie am meisten auf der Welt fürchtete: dass Paul gefallen war. Wenn Lene dann aufwachte, spürte sie, wie ihr die Tränen übers Gesicht strömten, die sie tagsüber so mühsam zurückgehalten hatte – und so war es auch heute. Lene schlug die Augen auf, wischte sich über die feuchten Wangen und stand auf.

Sobald sie sich angezogen hatte, bereitete sie für Anton und sich das Frühstück zu. Anschließend ging der Junge zur Schule, und sie erledigte routiniert die täglichen Arbeiten auf dem Hof. Am frühen Nachmittag nahm sie den Eimer mit Hühnerfutter und machte sich auf den Weg zum Stall. Sie war so in Gedanken, dass sie das Auto erst bemerkte, als es schon vor dem Tor hielt. Zwei Männer stiegen aus. Lene erkannte den aknenarbigen Gestapomann und seinen dickbäuchigen Kumpanen wieder. Ihre Mienen waren finster und verschlossen, ihre Stiefel so blank geputzt, dass man sich darin spiegeln konnte.

»Heil Hitler, Frau Fuhrmann, würden Sie uns bitte begleiten?«, forderte der Fettwanst sie auf und fasste sie hart am Arm, um klarzumachen, dass dies keine Bitte, sondern ein Befehl war. Lenes Herz begann zu hämmern.

»Was ist denn? Warum soll ich mitkommen? Wohin bringen Sie mich?«

Die Männer schwiegen. Der Dicke riss so fest an ihrem Arm, dass Lene den Futtereimer fallen ließ. Sie musste fast rennen, um mit den langen Schritten der beiden mithalten zu können.

»Mein Sohn kommt gleich aus der Schule. Ich muss dafür sorgen, dass jemand nach ihm sieht. Bitte!«, fügte sie flehentlich hinzu, in der Hoffnung, die Herzen der Männer zu erweichen.

»Wir werden uns darum kümmern«, sagte der mit den Aknenarben, doch dieses Versprechen verstärkte Lenes Angst nur noch mehr.

»Nein, bitte, er kann zu meiner Nachbarin, der alten Frau Schuster. Lassen Sie mich doch bitte schnell hinüberlaufen und ihr Bescheid geben, dann komme ich ja mit.«

Doch die Männer kannten keine Gnade. Sie schubsten Lene mit solcher Gewalt in den Wagen, dass sie sich die Schienbeine anschlug, als sie unbeholfen auf dem Rücksitz landete. Ihr war übel. Am ganzen Leib zitternd richtete sie sich auf und starrte voller Entsetzen über das, was da mit ihr geschah, aus dem Fenster. Der Wagen setzte sich in Bewegung, und sie sah, wie der Hof langsam kleiner wurde, bis er schließlich aus ihrem Blickfeld verschwand. »Großer Gott, Anton«, flüsterte sie und betete, dass er von allein auf die Idee kam, zu den Nachbarn zu laufen, bevor er von irgendwelchen Behörden abgeholt wurde.

Der Wagen fuhr bis Kaltenbach und hielt vor dem Rathaus an. Lene sah die Hakenkreuzflagge, die bedrohlich im Wind flatterte. Bei ihrem Anblick überlief sie eine Gänsehaut. Die beiden Gestapoleute schleiften sie durch den Eingang und eine Treppe hinunter. Unten befanden sich mehrere vergitterte Türen. Eine davon schloss der Dickbäuchige auf, während der andere Lene hineinschubste und auf eine Pritsche stieß, die dort an der ansonsten kahlen Wand stand.

»Was wird mir vorgeworfen?«, rief Lene mit zittriger Stimme, doch sie bekam keine Antwort. Die Tür fiel hinter ihr ins Schloss, dann war sie allein.

Hier unten war es kalt und klamm. Durch ein winziges Fenster konnte sie einen vergitterten Schacht erkennen, der vermutlich zur Straße hinaufging. In einer Ecke stand ein Nachttopf. Ansonsten war die Zelle leer. Fröstelnd schlang Lene die Arme um ihren Körper, um dem Zittern Einhalt zu gebieten. Sie musste nicht lange überlegen, weshalb man sie hergebracht hatte: Irgendjemand schien die alte Jagdhütte entdeckt zu haben, und da allgemein bekannt war, dass das Stück Land ihnen gehörte, brauchten diese finsteren Gesellen nur eins und eins zusammenzuzählen.

Lene wartete und wartete, doch nichts geschah. Irgendwann musste sie ihre Notdurft auf dem Topf verrichten; ihr Magen knurrte, und ihr Mund war staubtrocken. Als die Zelle fast in kompletter Dunkelheit lag, öffnete sich eine Klappe in der Tür, und jemand schob ein Tablett mit einem Glas Wasser und einer Scheibe Brot zu ihr herein. Gierig fiel Lene darüber her, dann legte sie sich auf die Pritsche und wartete darauf, dass der Schlaf sie für kurze Zeit von ihrer Angst erlöste.

Drei Tage geschah nichts anderes als das, und sie fragte sich schon, ob man sie einfach hier verrotten lassen würde, doch dann wurde plötzlich die Tür aufgerissen, und ein Gestapomann, den Lene noch nicht kannte, führte sie am Arm hinaus in einen Raum, in dem ein Schreibtisch und zwei Stühle standen. Er platzierte Lene auf dem einen und fesselte anschließend ihre Hände mit Handschellen hinter der Lehne. Dann knipste er das Licht aus und ließ sie allein.

Nach einer scheinbaren Ewigkeit hörte sie, wie die Tür in ihrem Rücken geöffnet wurde, und vernahm zackige Schritte. Plötzlich wurde es hell. Das grelle Licht einer Schreibtischlampe leuchtete Lene direkt ins Gesicht.

»Na, da schau an, die Frau Fuhrmann! Ich sag es ja: Man begegnet sich immer zweimal im Leben.«

Lene kannte die Stimme, auch wenn sie es nicht wagte, die Augen zu öffnen.

»Sehen Sie mich an!«, bellte Weiler, und Lene musste sich zwingen, seinem Befehl Folge zu leisten und ins grelle Licht zu blinzeln. Übelkeit stieg in ihr auf, und sie zitterte so unkontrolliert, dass die Metallringe ihrer Handschellen klappernd gegeneinanderstießen.

Weiler verzog die Lippen zu einem höhnischen Grinsen. »Na, na, Sie haben doch sicher nichts zu befürchten, gute Frau Fuhrmann.« Dann lehnte er sich zurück und starrte sie mit falscher Liebenswürdigkeit an.

»Was wirft man mir vor?« Lene war erstaunt, dass sie überhaupt einen Ton herausbrachte.

Weiler legte den Kopf schief wie ein Raubtier, als würde er darauf warten, dass seine Beute sich in Sicherheit wiegte, ehe er sich mit einem Satz darauf stürzte. Ohne ihre Frage zu beantworten, steckte er sich eine Zigarette an, deren Qualm er Lene ins Gesicht blies. Sie hustete, und er ließ sie zappeln, schwieg eine weitere Ewigkeit, bis er sich endlich vorbeugte und ihr über den Schreibtisch hinweg einen eiskalten Blick zuwarf. Sein Lächeln war verschwunden.

»Was können Sie mir zu der kleinen Jagdhütte am Fluss sagen?«

Lene hatte es geahnt. Sie hatte schon ein merkwürdiges Gefühl gehabt, als Wilhelm Bitzer sie auf genau dieses Stück Land ansprach. All ihren Mut zusammennehmend antwortete sie: »Nicht viel. Das Land gehört uns, und es steht ein alter Holzverschlag darauf, der seit Jahren nicht mehr genutzt wird.«

Weiler stand auf und umrundete den Schreibtisch, sodass er nun vor ihr stand. Zum ersten Mal bemerkte sie, dass er leicht humpelte – offenbar hatte er ein kaputtes Knie und war wohl deshalb nicht eingezogen worden. Trotzdem trug er eine Uniform, deren Stoff sich über seinen vorquellenden Bauch spannte. Ein Bauch, der sichtbarer Beweis dafür war, dass die Rationierung von Lebensmitteln wohl nicht für den Bürgermeister galt. Plötzlich umfasste Weiler so gewaltsam ihr Kinn, dass Lene erschrocken nach Luft schnappte. Seine Hände waren feucht, sein Griff jedoch so schmerzhaft und fest wie der einer Metallklemme. Er zwang sie, ihn anzusehen.

»Verkaufen Sie mich nicht für dumm, Frau Fuhrmann. Wir haben einen Hinweis bekommen, dass sich dort jemand versteckt hält, und irgendetwas sagt mir, dass Sie mehr darüber wissen.«

Lenes Herz hämmerte nun so laut, dass sie überzeugt davon war, Weiler könne es hören. Die Panik, die sie wegen ihrer eigenen Lage verspürte, vermischte sich mit der Angst um Ruth und die Kleine. Sie versuchte, den Kopf abzuwenden, doch Weilers Griff verstärkte sich nur noch mehr. Mit Sicherheit würde sie blaue Flecken am Kinn davontragen.

»Ich höre?« Sein Atem, der nach Tabak roch, streifte ihre Wange.

Lene schwieg beharrlich weiter. Irgendwann ließ er ihr Gesicht los und setzte sich wieder hinter den Schreibtisch, wo er sich eine neue Zigarette anzündete und ihr immer wieder die gleichen Fragen stellte: »Was wissen Sie über die Hütte? Wer hält sich dort versteckt?«

Lene starrte in das grelle Licht, weil Weiler sie jedes Mal anschrie, wenn sie es auch nur wagte, kurz die Augen zu schließen oder den Kopf abzuwenden. Sie spürte, wie ihr standhaftes Schweigen ihn zur Raserei brachte. Irgendwann sprang er wütend auf und verpasste ihr mehrere schallende Ohrfeigen. Lene begann zu weinen. Ihr Gesicht brannte, ihr Mund schmeckte nach Blut. Trotzdem gab sie immer noch keinen Ton von sich. Was sie aufrecht hielt, war die Überzeugung, dass Ruth und Leni in Sicherheit waren. Lene glaubte nun fest, dass man die beiden nicht gefunden hatte. Weiler hätte sie anderenfalls nicht zur Befragung gebracht, sondern vermutlich gleich an Ort und Stelle erschießen lassen. So aber stocherte er im Trüben und versuchte, sie zu zermürben, was ihm jedoch nicht gelang. Jedes Mal, wenn er sich vor ihr aufbaute und sie Speichel speiend bedrohte, wuchs Lenes Wille, das Ganze durchzustehen.

»Sie wollen sich also weiterhin nicht dazu äußern? Dann schauen wir doch mal, wer mehr Ausdauer hat.« Mit diesen Worten drehte er sich um und marschierte kochend vor Wut aus dem Raum. Die Tür fiel mit einem metallischen Scheppern hinter ihm ins Schloss.

Lene wusste nicht, wie lange man sie so dort sitzen ließ. Sie merkte nur, wie ihr vor Kälte, Angst und Anspannung sämtliche Knochen im Leib schmerzten, wie ihr Kopf von Zeit zu Zeit vornüberkippte, weil sie sich kaum noch wach halten konnte, und wie sie sich schlussendlich einnässte, weil niemand kam, um sie wenigstens ihre Notdurft verrichten zu lassen.

Als die Tür erneut aufging, verspürte sie fast so etwas wie Erleichterung. Statt Weiler betrat der Gestapomann, der sie hierhergebracht hatte, den Raum und löste ohne ein Wort ihre Handschellen. Dann zog er sie vom Stuhl hoch und zerrte sie hinter sich her in ihre Zelle. Lene stolperte und fiel, weil ihre Beine steif und eingeschlafen waren, nachdem man sie stundenlang auf dem Stuhl festgehalten hatte, doch der Mann kannte keine Gnade. Er stieß sie auf ihre Pritsche, wo sie unkontrolliert zitternd und schluchzend liegen blieb, und ließ sie wieder allein. Alles, was sie davon abhielt, nicht augenblicklich wahnsinnig zu werden, war der Gedanke an ihre beiden Männer. Wie mochte es Anton gehen, der jetzt nicht nur seinen Vater, sondern auch noch seine Mutter vermisste? War er bei der alten

Frau Schuster, oder hatte man ihn abgeholt und in eine Pflegefamilie oder gar in ein Heim gegeben? Sie hatte Schreckliches über diese Anstalten gehört. Mit bebender Hand wischte sich Lene die Tränen ab und sah Paul vor sich, ihren geliebten Mann. Sah sein warmes Lächeln, seine blauen Augen, die strahlten, wenn er sie anblickte. Fast glaubte Lene, sie könne die Hand ausstrecken und ihn berühren, so nah schien er ihr zu sein. Endlich wurde sie etwas ruhiger und schlief sogar kurz ein, bevor sich die Zellentür erneut öffnete und man sie wieder zu Kurt Weiler schleifte, der sie einer neuerlichen, nicht minder brutalen Befragung unterzog. Seine Augen waren voller Hass – Hass, weil sie Paul liebte und er diesen für die Schmach seiner Kindertage verantwortlich machte. Doch an Lene biss er sich die Zähne aus, sie würde lieber hier und jetzt sterben, als ihre Liebsten zu verraten.

Wie viel Zeit verging, vermochte Lene kaum mehr zu sagen, die Tage und Nächte in der dunklen Zelle verschwammen zu einem einzigen langen Albtraum.

Irgendwann erschien der Gestapomann, zog sie von ihrer Pritsche und brachte sie statt zu dem verhassten Verhörraum zur Treppe. Lene hatte so lange die Sonne nicht mehr gesehen, dass ihre müden, empfindlichen Augen tränten, als sie von dem Mann mit festem Griff vor die Tür in das gleißende Licht geführt wurde.

»Wir bedanken uns für Ihre Kooperation, Frau Fuhrmann. Ich hoffe, Sie hatten nicht allzu viele Unannehmlichkeiten.« Nach diesen Worten, die keinerlei Spur von Ironie enthielten, drehte er sich mit einem kurzen Hitlergruß um und verschwand wieder im Rathaus. Lene blieb fassungslos zurück und starrte ungläubig auf die Tür, die sich hinter ihm schloss. Sie war schmutzig und wund, ihre Wange geschwollen, an ihrer Lippe klebte Blut. Mit zitternder Hand strich sie sich über die filzigen Haare und blickte an sich hinunter. Der Stoff ihres Kleides war fadenscheinig und rissig, ihre Strümpfe hatten lauter Löcher, die Beine unzählige blaue Flecken, wenn sie wieder einmal vor Entkräftung gestolpert war. Aber sie lebte. Ihr beharrliches Schweigen hatte sich ausgezahlt, weil sie ihr nichts nachweisen konnten. Sie war frei. Vor Erleichterung wären ihr fast die Beine weggesackt, doch sie wollte nichts als fort vom Rathaus, weshalb sie das letzte bisschen Kraft zusammennahm und einen eiligen Schritt anschlug. Auch als sie schon aus Kaltenbach heraus war, blickte sie immer wieder voller Angst über die Schulter, weil sie fürchtete, dass alles nur ein übler Scherz von Weiler war, der sie gleich wieder festnehmen lassen würde. Aber niemand kam. Lene ging immer schneller, bis sie schließlich anfing zu rennen. Sie rannte, bis ihre Lunge brannte, rannte, bis ihre Beine nachgaben und sie am Rand einer Wiese zusammensackte und sich in einen Bachlauf erbrach. Sie würgte, bis nichts mehr kam, dann drehte sie sich schwer atmend um und blickte zum ersten Mal seit Wochen in das Blau des unendlich weiten Himmels, der sich über ihr erstreckte.

Nach Hause. Sie musste nach Hause zu Anton, wenn er denn noch da war, und anschließend musste sie herausfinden, was mit Ruth und der kleinen Leni geschehen war. Zittrig richtete sie sich auf und legte zügig, aber ohne zu rennen, die verbliebenen Kilometer zum Hof zurück. Schon von Weitem sah sie ihre Nachbarin, die alte Frau

Schuster, mit einer Mistgabel aus dem Stall treten. Lene winkte und beschleunigte ihre Schritte, bis sie endlich durch das Tor und auf die alte Frau zutrat.

»Tag, Frau Fuhrmann«, sagte diese leise auf ihre übliche knappe Art und wandte den Blick ab, vermutlich, weil Lene noch schlimmer aussah, als sie sich fühlte. »Ich habe so gut es ging nach den Tieren gesehen. Gott sei Dank sind Sie wieder da.« Sie stellte die Mistgabel an die Scheunenwand und legte Lene die Hand auf die Schulter. »Das wird schon wieder, Kindchen, das heilt, wirst sehen.«

»Danke, Frau Schuster«, flüsterte Lene mit wackliger Stimme, dann sah sie der Alten hoffnungsvoll ins Gesicht. »Ist Anton bei Ihnen?«

Die Nachbarin schüttelte betrübt den Kopf. »Den haben Sie geholt, gleich nachdem Sie weg waren. Ist ins Heim gekommen.«

Lenes Beine drohten erneut nachzugeben. »Ich muss zurück zum Rathaus, ich muss ihn holen, ich kann ihn keine Minute länger bei diesen Menschen lassen.« Damit drehte sie sich um und wollte schon loslaufen, aber die alte Frau Schuster fasste sie am Handgelenk.

»So werden sie Ihnen den Jungen wohl kaum mitgeben. Jetzt fassen Sie sich erst mal, dann waschen Sie sich und ruhen sich ein wenig aus. Morgen ist auch noch ein Tag.«

Lene wusste, dass die Frau recht hatte. Sie kämpfte mit sich, denn ihr Herz schrie nach ihrem Kind, aber ihr Verstand sagte ihr, dass sie sich jetzt zusammenreißen musste, wollte sie ihren Sohn jemals wiedersehen. »Danke«, flüsterte sie, ergriffen von der Selbstlosigkeit der alten Bäuerin, die nur eine wegwerfende Handbewegung machte.

»Wir müssen zusammenhalten, wir Frauen. Mein Heinrich ist gefallen, drüben in Stalingrad«, fügte sie gequält an. »Jetzt haben wir nur noch den Willi, unseren Kleinen.«

Lene zog die Nachbarin in ihre Arme. Heinrich war Frau Schusters ältester Sohn, der mit Paul zusammen nach Russland gegangen war. »Es tut mir so leid«, flüsterte sie.

Die alte Frau schniefte leise. »Gottlob lebt Ihr Paul noch«, sagte sie dann, und Lene verspürte wie immer einen gleißenden Schmerz, wenn sie an ihren Mann dachte. Die Sorge um ihn schmerzte schlimmer als alle Wunden, die Weiler ihr in den vergangenen Wochen zugefügt hatte, und Lene merkte, wie sie erneut zu zittern begann.

Frau Schuster löste sich als Erste aus der unbeholfenen Umarmung und tätschelte Lenes Wange. »Ich wünsche Ihnen viel Kraft.« Damit drehte die alte Nachbarin sich um und kehrte in ihr Haus zurück.

Einen Moment stand Lene noch wie benommen auf dem Hof, doch dann stürmte sie ins Haus und lief sogleich in die Küche, wo sie den alten Badezuber füllte. Dann streifte sie ihre Sachen ab und schrubbte den Schmutz und Weilers Hass ab, bis ihre Haut rau und gerötet war. Anschließend versuchte sie, ihr langes Haar zu entwirren und zu kämmen, doch die Wochen in Gefangenschaft hatten einen einzigen stumpfen, filzigen Knoten aus ihrer ehemals glänzenden Mähne gemacht. Sie schluckte kurz, dann holte sie eine Schere und schnitt die langen Strähnen unterhalb ihres Kinns ab. Paul hatte ihr Haar geliebt, schoss es ihr schmerzvoll durch den Kopf, als sie am Ende auf die braunen Büschel blickte, die nun zu ihren Füßen lagen.

Doch dann kehrte sie alles zu einem Haufen zusammen und warf es in den Ofen. Sie hatte viel mehr zu verlieren als nur ihre Haare.

Anschließend verschlang sie gierig ein Stück altes, hartes Brot mit etwas Gelee, bevor sie den Mut fasste, sich im ganzen Haus umzusehen. Der Hof war augenscheinlich durchsucht worden. Überall standen Schranktüren und Schubladen auf, Kleidung und persönliches Hab und Gut waren herausgerissen und lagen auf dem Boden verstreut. In ihrem Schlafzimmer hatten Weilers Schergen sogar die Matratze aufgeschlitzt, um was auch immer zu finden. Unter all den Federn und dem Stoff fand sie Pauls Bild in dem kleinen silbernen Rahmen. Das Glas war geborsten, das Foto zum Glück unversehrt. Sie nahm es heraus und küsste es, bevor sie es an ihre Brust drückte. Dann seufzte sie schwer und fing an aufzuräumen. Als sie das gröbste Durcheinander beseitigt hatte, sah sie im Stall nach dem Rechten und stellte erleichtert fest, dass die alte Nachbarin gut für die wenigen Tiere, die sie noch besaßen, gesorgt hatte. Lene melkte die Kuh und sammelte die Eier ein, bevor sie ins Haus zurückkehrte, um sich zu überlegen, wie es nun weitergehen sollte. Sie musste Anton zurückbekommen, und sie musste herausfinden, was mit Ruth und Leni geschehen war. Doch die Angst, dass man sie beobachtete, saß tief, weshalb sich Lene nicht traute, bei Tageslicht den Hof zu verlassen.

Erst als die Dunkelheit hereinbrach, nahm sie eine Öllampe, zog sich ihre dicke Jacke und ein Paar Gummistiefel an und machte sich auf den vertrauten Weg zur Jagdhütte. Es dauerte, bis ihr Gehirn begriff, was ihre Augen längst sahen: Der Holzverschlag lag in Schutt und Asche, niedergebrannt bis auf den Grund. Mit hämmerndem Puls leuchtete Lene über die rußigen Überreste, wobei sie den Impuls unterdrückte, nach Ruth und Leni zu rufen. Stattdessen stolperte sie durch die Nacht und leuchtete hektisch hinter Büsche und Bäume, als würde sich die Freundin dort verstecken. Eine Weile später kehrte Lene unverrichteter Dinge nach Hause zurück, wo sie im Sitzen in dem alten Schaukelstuhl einschlief, so groß war ihre Angst, ins Bett zu gehen und von ihren furchtbaren Träumen übermannt zu werden.

Am nächsten Tag machte sie sich auf den Weg nach Kaltenbach. Es kostete sie schier unmenschliche Überwindung, das Rathaus zu betreten, doch wenn sie Anton jemals wiedersehen wollte, musste sie einen Antrag ausfüllen. Ihr Mund war trocken, ihre Glieder zitterten, ihre Haut schien überall zu prickeln. Gott sei Dank musste sie nicht zu Weiler, sondern wurde an eine Frau verwiesen, die sie streng musterte und ihr dann einen Stapel Papiere zuschob. Nur mit Not schaffte sie es, diese auszufüllen, weil sie ihre Hand kaum unter Kontrolle brachte. Als sie damit fertig war, besorgte sie sich Lebensmittelmarken und stellte sich dann für Mehl, Zucker und Butter an, da man auch all ihre Vorräte geplündert hatte. Anschließend trat sie den Heimweg an, zu Fuß. Das Pferd lahmte, weshalb Lene auf die Kutsche verzichtet hatte.

Auf Höhe des alten Steinbruchs verlangsamte sie ihre Schritte. Irgendetwas hielt sie zurück – ein Bauchgefühl zunächst, das jedoch schnell ihren Kopf überzeugte. Langsam schweifte ihr Blick über die Mulden, die wie tief geschlagene Wunden in der Landschaft klafften, und blieb an dem dichten Gestrüpp hängen, hinter dem, wie sie wusste, ein altes Gitter den in den Felsen geschlagenen Eingang verschloss. Paul hatte sie einmal hergebracht und es ihr gezeigt, ansonsten hätte sie nie auch nur geahnt, dass es noch einen Zugang gab, da der Steinbruch seit vielen Jahren nicht mehr genutzt wurde. Lene bog von der Straße ab und kletterte die steile Wand runter, bis sie das Gestrüpp erreichte und mit bloßen Händen die Dornen und Äste auseinanderbog. Das Eisengitter kam zum Vorschein. Lene bemerkte ein altes, rostiges Schloss, das zwar eingehängt, aber nicht eingerastet war. Ihr Herzschlag beschleunigte sich. Lene spähte durch das Gitter, hinter dem es dunkel war, und rief mit zitternder Stimme: »Hallo?« Nichts regte sich. Sie sah sich um, versicherte sich, dass ihr niemand folgte, dann öffnete sie das Gitter und huschte in den finsteren Eingang, wobei sie sorgfältig darauf achtete, dass das Gestrüpp hinter ihr an Ort und Stelle war. Der Steinbruch lag nicht weit vom Fluss entfernt und damit auch von der Hütte, in der Ruth und Leni sich versteckt hatten. Hoffnung keimte in Lene auf. Vielleicht waren sie hierher geflohen, bevor die Gestapo gekommen war und das Versteck niedergebrannt hatte. »Hallo?«, rief Lene erneut, doch lediglich ihre eigene Stimme, die von den felsigen Wänden zurückhallte, antwortete ihr.

Mit hängendem Kopf lehnte sie sich erschöpft an eine der Wände. Plötzlich fiel ihr Blick auf ein Stück Stoff am Boden. Lene bückte sich, hob es hoch und betrachtete es. Beinahe hätte sie einen triumphierenden Schrei ausgestoßen.

Sie hielt Finchen in Händen, die Puppe, die sie aus Stoffresten und Wolle für die kleine Leni gefertigt hatte. Lene presste die Puppe an sich, während sie voll neuem Mut tiefer ins Innere des alten Steinbruchs vordrang. Die beiden mussten hier irgendwo sein. »Ruth?«, flüsterte sie und tastete sich vorsichtig an dem rauen Stein der Wände entlang. »Ich bin's, Lene. Ruth?« In diesem Moment schlang sich etwas um ihre Beine. Lene keuchte erschrocken.

»Tante Lene«, hörte sie Lenis dünnes Stimmchen, dann umfassten ihre Hände die schmalen Schultern, die sich nun an sie drückten. Im nächsten Augenblick spürte sie Arme, die sie umfingen. Mit zusammengekniffenen Augen starrte sie in die Dunkelheit und konnte schließlich die Silhouette einer Frau ausmachen.

»Ruth!«, rief sie überglücklich und zog die Freundin fest in die Arme, ehe sie plötzlich in Tränen ausbrach. Sie hatte sich all die Wochen so beherrscht, hatte gekämpft und ihre Ängste und Schmerzen ertragen, doch die Erleichterung, ihre Freundin und das Kind unversehrt hier zu finden, ließ nun sämtliche Dämme brechen, und sie weinte, wie sie schon lange nicht mehr geweint hatte. Ruth hielt sie und wiegte sie wie ein Kind im Arm, doch irgendwann schob sie Lene von sich.

»Komm mit«, sagte Ruth und zog Lene noch tiefer ins Innere des Steinbruchs. »Aber pass auf deinen Kopf auf.«

Lene, deren Augen sich mehr und mehr an die Finsternis gewöhnten, sah, dass sie zu einer Art Tunnel gelangten, der wie von Hand gegraben wirkte und hier und da von Holzbalken gestützt wurde. Sie ließ sich auf die Knie herab und krabbelte weiter, wobei sie die Feuchtigkeit spürte, die vom Boden in ihre Kleidung drang. Am Ende dieses Tunnels schimmerte das Licht einer flackernden Öllampe, und zwar genau der, die sie Ruth für die Hütte überlassen hatte. Daneben lagen Decken, Kerzen und ein altes Kinderbuch. Auf einen Teller hatte Ruth Beeren und Pilze geschichtet, auf dem Boden stand ein Krug Wasser. Die Stelle, an der die beiden ihr Lager aufgeschlagen hatten, war deutlich höher als der Rest des Tunnels, sodass Lene sich wieder aufsetzen konnte, wenngleich stehen hier immer noch nicht möglich gewesen wäre. Sie blickte sich erstaunt um.

»Wie bist du denn hier gelandet?«, fragte sie Ruth, die sich auf die Decken gesetzt hatte und nun Leni auf ihren Schoß zog.

»Den Steinbruch habe ich schon früh entdeckt, kurz nachdem ihr mich in der Hütte untergebracht hattet. Das Schloss war damals schon aufgebrochen, also bin ich hineingeklettert und habe mich umgesehen. Und da kam mir die Idee, dass das hier ein gutes Versteck wäre, sollte ich die Hütte je verlassen müssen. Ich bin immer wieder mal hergekommen und habe an dem Gang weitergegraben mit einer alten Kelle und einem Topf aus der Hütte. Als du mir vor einigen Wochen die Sache mit Bitzer erzählt hast, habe ich noch in derselben Nacht unsere wenigen Habseligkeiten hierhergeschafft und mich mit Wasser und Essen eingedeckt. Im Morgengrauen bin ich dann mit Leni aufgebrochen. Einmal hörte ich ein Auto, ganz nah, dann Stimmen und Hundegebell – vermutlich war das schon die Gestapo, die in der Hütte nach uns suchte. Ich hatte Angst, dass sie wiederkommen und uns entdecken könnten, deshalb bin ich nur ab und an nachts aus unserem Versteck gekrochen, um frisches Wasser und etwas Essbares zu besorgen. Da habe ich auch gesehen, dass sie die Hütte abgebrannt haben. Ach, Lene, ich hatte solche Angst um dich.« Sie kämpfte gegen die Tränen. »Und wohl mit Recht. Was um Himmels willen haben sie dir angetan?« Sie ließ ihre Finger durch Lenes kurze Strähnen gleiten und tastete dann nach deren Jochbein, auf dem ein großer grünblauer Fleck prangte.

Lene zuckte zusammen vor Schmerz. »Das war Weiler, er war wenig zimperlich bei seinen Verhören.« Ruths Gesicht spannte sich an vor Sorge, doch Lene winkte schnell ab. »Halb so wild.« Sie wollte nicht, dass die kleine Leni, deren Augen sich weiteten vor Entsetzen, das Ausmaß ihrer Pein erfuhr, zumal sie und ihre Mutter noch um einiges schlimmer dran waren. »Er wollte unbedingt herausfinden, wer in der Hütte war, und er war außer sich vor Wut, weil er nichts beweisen konnte.« Lene lachte leise auf, doch Ruth blickte sie weiter voller Sorge an.

»Dieser Mann ist von Grund auf böse, Lene, und sein Ziel ist es, euch zu schaden. Sei vorsichtig, bring dich bitte nicht noch mehr für uns in Gefahr.« Lene ignorierte ihr Flehen und drückte Ruth stattdessen einen schnellen Kuss auf die hohle Wange. »Heute Abend bringe ich euch etwas zu essen, ich habe mir Lebensmittelmarken besorgt und Mehl, Zucker und Butter bekommen. Sobald ich daheim bin, werde ich Brot backen und anschließend Frau Schuster fragen, ob sie mir etwas Wurst und Speck geben kann. Sie ist eine gute Seele, hat sich um den Hof gekümmert, während sie mich weggesperrt hatten.«

Ruth sah sie hoffnungsvoll an. »War Anton bei ihr?«

Lene schüttelte beklommen den Kopf und spürte, wie ihr ein Kloß in die Kehle stieg. »Er ist im Heim. Ich weiß nicht, wann sie ihn mir wiederbringen.«

Es verging noch fast ein Monat, vier unerträgliche Wochen, bis endlich ein Auto hielt und eine dürre Frau mittleren Alters den kleinen Anton auf den Hof schob. Lene, die das Motorengeräusch gehört hatte, rannte aus dem Haus und zu ihm. Sie hatte jede Nacht für seine Wiederkehr gebetet, gehofft, gebangt, und nun hüpfte ihr Herz vor Freude. Tränen der Erleichterung rannen über ihre Wangen. Mit weit ausgebreiteten Armen warf sie sich vor ihm auf die Knie und wollte ihn an sich ziehen, doch er blieb stocksteif stehen und wehrte jede ihrer Berührungen ab. Lene schnürte es das Herz ein. Ihr Blick glitt über seine schmale, traurige Gestalt. Lene kannte die Sachen nicht, die er trug, und vermutete, dass es die Heimkluft war. Man hatte ihm die Haare bis auf wenige Millimeter geschoren, und er hatte stark an Gewicht verloren, sodass er nun aussah wie ein kleiner Sträfling. Aus seinen kindlichen blauen Augen, die riesig wirkten in dem eingefallenen Gesicht, war jegliche Unschuld verschwunden. Lene schluchzte auf und schlug sich schnell die Hand vor den Mund, weil sie fürchtete, ihn mit ihrem Ausbruch noch mehr zu ängstigen. Die dürre Frau legte ihre langen Finger auf Antons Schultern und starrte Lene feindselig an. Lene stand auf, um ihr in die Augen blicken zu können.

»Frau Fuhrmann«, sagte die Dürre, »ich bringe Ihnen Ihren Neffen, wobei ich mich ausdrücklich dagegen ausgesprochen habe. Meiner Meinung nach wäre der Junge besser im Heim aufgehoben oder bei einer Pflegefamilie statt bei Ihnen. Das mit Ihrer Verhaftung ist keine schöne Geschichte, außerdem sind Sie ja nicht mal seine leibliche Mutter.« Damit stieg sie in den Wagen und bedeutete einem Mann in Polizeiuniform, der hinter dem Lenkrad saß, dass er losfahren konnte.

Lenes Blut rauschte plötzlich wie Eiswasser durch ihre Adern. Sie hatten es Anton sagen wollen, wenn er älter war. Paul und sie hatten lange darüber diskutiert, wann sie ihm von Jette erzählen sollten, und beschlossen, dass er noch zu klein war, um es zu verstehen. Wenn er älter wäre, hatten sie ihm die alten Bilder zeigen und es ihm schonend beibringen wollen. Doch das war nun vorbei. Man hatte ihm die Wahrheit wie eine giftige Frucht hingeworfen, die er geschluckt hatte und die nun in ihm gärte. Lene ging vor ihm in die Hocke und umfasste seine dünnen Arme in dem zerschlissenen Stoff der fremden Jacke. »Anton, ich habe dich so vermisst, mein Kleiner.« Sie wollte ihn an sich drücken, doch Anton riss sich los und starrte sie mit nur mühsam unterdrückter Wut an.

»Du bist nicht meine Mutter«, stieß er mit zitternder Stimme hervor.

Lene seufzte. Sie blieb hocken, damit sie ihm ins Gesicht blicken konnte bei ihren nächsten Worten. »Wir wollten es dir erzählen, dein Vater und ich. Deine Mutter war meine Schwester, sie ist bei deiner Geburt gestorben. Aber es macht auch keinen Unterschied. Du bist mein Sohn, ich habe dich gehalten, als du so klein warst.« Sie zeigte seine winzige Größe mit den Händen an. »Ich habe jeden Schnupfen und jedes Fieber mit dir durchgestanden, habe nächtelang an deinem Bettchen gewacht, wenn du Angst hattest oder nicht schlafen konntest. Du bist mein Ein und Alles, Anton, du bist mein Sohn.«

Doch Anton schnaubte nur abfällig. Er lief an ihr vorbei zum Haus, wo er polternd die Treppe hochstürmte zu seiner Kammer. Als Lene später nach ihm sah, fand sie ihn auf seinem Bett. Er war eingeschlafen, die Wangen feucht von Tränen. Sie strich ihm zärtlich über den raspelkurzen, borstigen Schopf und deckte ihn zu, wobei ihr nicht entging, dass sein Handrücken mit verblassten roten Linien übersät war. Vermutlich hatte er wegen irgendeiner Ungehorsamkeit den Rohrstock zu spüren bekommen. Allein der Anblick brannte die gleichen Striemen in ihr Herz, und während sie sanft mit ihrem Zeigefinger die dünnen Narben nachfuhr, verfluchte sie Weiler, Hitler und diesen unsinnigen Krieg. Und am Ende einen untätigen Gott, der so viel Elend zuließ.

Kapitel 21

Ich wurde wach vom Geräusch einer zuschlagenden Autotür. Benommen hob ich den Kopf. Ich war vornüber auf Lenes Bett eingeschlafen, die Wange auf dem Rand ihrer Matratze. Mein Blick flog voller Sorge zu ihr, doch sie schien friedlich zu schlafen. Ich beugte mich kurz vor, um zu hören, ob sie noch atmete, dann stand ich auf. Mein Herz schlug schneller, weil ich vermutete, dass Noah gekommen war.

Auf dem Weg zur Tür warf ich einen hastigen Blick in den Spiegel und wusste nicht, ob ich lachen oder weinen sollte. Meine Haare hatten sich aus dem Zopf gelöst und standen auf der einen Seite zerzaust nach oben, der Abdruck des Matratzenrands bildete auf meiner linken Wange eine tiefe rote Furche. Es blieb aber keine Zeit mehr für Schadensbegrenzung, weshalb ich mir lediglich mit den Fingern durch die Haare fuhr. Es klingelte in dem Augenblick, in dem ich die Tür aufzog. Statt Noah standen meine Eltern davor, die mich besorgt anblickten.

»Hallo, Kleines«, sagte meine Mutter, die sich als Erste wieder fasste und mich in eine kurze, aber herzliche Umarmung zog, während sie mich gleichzeitig prüfend musterte. Sie sah gut aus, leicht gebräunt und erholt. Und auch

Papa schien endlich einmal ausgespannt zu haben, wenngleich er bei meinem Anblick mehr als nur leicht beunruhigt wirkte.

»Wie ist die Lage?«, fragte Mama, die sich bereits an mir vorbeischob und sich aus ihrem Mantel schälte, den ich ihr pflichtschuldig abnahm. Papa folgte ihr und drückte mich kurz, bevor er die enge Stiege hinaufging. In seinem Schatten konnte ich fast den kleinen Anton ausmachen, der zu seiner Kammer eilte, um der Wahrheit über seine Eltern zu entkommen. Ob er Lene und Paul je verziehen hatte?

In meiner Erinnerung waren Papa und Lene nie wirklich herzlich miteinander gewesen, ein Indiz, dass ihre Beziehung belastet geblieben war. Doch etwas verstand ich heute, wo ich in den Schuhen einer Erwachsenen steckte und sie wirklich und wahrhaftig kennengelernt hatte: Lene liebte auf eine andere Art. Ihre Herzlichkeit lag in den kleinen Gesten und den unausgesprochenen Dingen. Man sah es daran, wie ihre Augen kurz aufleuchteten, wenn Papa sie besuchen kam, oder daran, dass sie immer seine Lieblingsspeise zubereitete, egal, ob er die Zeit hatte, sie zu essen. Selbst ihre Strenge und ihre vielen Regeln, die mir als Kind unsinnig erschienen, waren aus der Sorge um mich, um ihre Familie geboren. Ich war froh, dass ich noch die Zeit bekommen hatte, das zu erkennen, zu begreifen, was für eine beeindruckende und außergewöhnliche Frau sie war.

Ich rieb mir die Gänsehaut von den Armen und folgte meinen Eltern hinauf, wobei ich ihnen mitteilte, was Noah gesagt hatte. Dabei erwähnte ich auch, dass Lene sich weigerte, in ein Krankenhaus zu gehen. Wir spähten gemeinsam durch den Vorhang, doch sie schlief nach wie vor tief und fest, sodass wir uns leise in die Küche zurückzogen, wo ich Teewasser aufsetzte und Plätzchen auf einen Teller schichtete.

Mama war zu mir getreten und sah mich mitfühlend an. »Mel, es tut mir so leid, dass wir dir das hier aufgebürdet haben. Es war ja nicht abzusehen, dass sich ihr Zustand derart verschlechtern würde. Hätten wir das gewusst, wären wir natürlich niemals gefahren. Ich weiß doch, dass es dir selbst nicht gut geht.«

Ich schüttelte langsam den Kopf. »Nein, ich bin froh, dass ich gekommen bin. Dass ich die Zeit mit ihr verbringen durfte. Wir haben viel geredet, und sie hat mir erzählt, wie es damals dazu kam, dass sie Opa Paul geheiratet und Papa großgezogen hat. Ich weiß, dass sie eigentlich meine Großtante ist.«

Papa zog unbehaglich den Kopf ein, bis es so aussah, als habe er keinen Hals mehr. Eine Geste, die ich gut kannte. So sah er immer aus, wenn er meiner Mutter wieder einmal mitteilte, dass er wegen einer kurzfristig anberaumten Ratssitzung nicht zu meiner Ballettaufführung kommen konnte, wegen dringlicher Entscheidungen unseren Urlaub absagen musste, wegen Problemen bei irgendeiner Baumaßnahme den Hochzeitstag vergessen hatte. Es war seine »Tut mir leid, aber ich kann es nicht ändern-Geste«, doch damit würde er heute nicht durchkommen. »Warum seid ihr euch nicht mehr nahe, Papa?«, wollte ich wissen und sah ihn aus zusammengekniffenen Augen forschend an. »Das war doch zu Beginn ganz anders. Zumindest hat Lene es so erzählt.« Papa seufzte und ließ sich an dem kleinen Küchentisch nieder.

Westerwald, 1943

Anton hatte die ganze Nacht über schlecht geträumt. Immer wieder war er aufgewacht, nur mühsam einen Schrei unterdrückend. Im Heim hatten sie ihm mit Stöcken eingebläut, dass er ruhig und folgsam zu sein hatte, dass schlechte Träume und Bettnässen drakonische Strafen nach sich zogen. Panisch riss er sein Laken hoch, doch seine Blase hatte dichtgehalten. Erleichtert ließ er sich zurücksinken, bis er begriff, dass er zu Hause war, dass er sich nicht vor dem Stock von Frau Nickel fürchten musste und nicht vor den älteren Jungs, die ihn schubsten und traten und in Schränke sperrten. Anton holte zitternd Luft und überlegte, zu seiner Mama ins Bett zu kriechen, wo er sich sicher und geborgen fühlen konnte, doch dann fiel ihm wieder ein, was die Leute im Heim ihm erzählt hatten. Dass sie ihn weggegeben hatte, dass sie ihn nicht wollte, weil er nicht einmal ihr Sohn war. Er hatte es nicht glauben wollen. Sie war seine Mama, und die anderen logen; er war sich so sicher gewesen. Bis der Wagen auf dem Hof hielt und er ihr Gesicht gesehen hatte, als Frau Nickel davon sprach, dass die Frau Fuhrmann gar nicht seine leibliche Mutter sei. Mama hatte gelogen, nicht die anderen Leute, und ihr Verrat brannte schlimmer als alle Striemen, die der Rohrstock ihm in den vergangenen Wochen beigebracht hatte. Sie hatte ihn in diese Hölle geschickt, weil er ihr lästig gewesen war, weil er eben nicht ihr Fleisch und Blut war. Anstatt zu ihr zu krabbeln, rollte er sich bei dem Gedanken zu einem kleinen Paket zusammen, umschlang seine Beine und legte den Kopf auf die Knie, bevor er sich still und leise in den Schlaf weinte.

Die nächsten Tage versuchte Lene immer wieder, ihn in den Arm zu nehmen. Wie zufällig streifte sie seine Schulter oder fuhr ihm durchs Haar, doch jedes Mal zuckte er zurück oder drehte sich von ihr fort. Er vermisste seinen Vater, doch auch der hatte gelogen. Erschwerend kam hinzu, dass Anton sich ohne das verblichene Foto kaum mehr an ihn erinnern konnte. Er war schon so lange fort und hatte seit Monaten keinen Brief mehr geschrieben. Anton hatte gemerkt, wie sehr Lene litt. Dass sie zu viel von dem durchsichtigen Zeug trank, das sie wanken und komisch reden ließ hinterher. Sie war dann in ihrer eigenen Welt, und er fühlte sich unendlich allein, was ihn nur noch zorniger machte.

Die Tage gingen in Wochen über, und das Heim wurde zu einer dunklen Erinnerung, die ihn meist nachts in seinen Träumen heimsuchte. Er war dazu übergegangen, sie Lene zu rufen. Sie war nicht seine Mutter, und so wollte er sie gerade auch nicht nennen. Es war Nachmittag. Anton war auf dem Heimweg von der Schule und trat missmutig gegen einen Stein, der einen Hang hinunterkullerte. Als er den Kopf hob, sah er schon den Windhof, der sich hinter der lang gezogenen Kurve in die Landschaft schmiegte. Er mochte den Blick von hier oben auf sein Zuhause. Mochte den weiten Schulweg, den er jeden Tag allein zurücklegte, weil der Spaziergang ihm Zeit zum Nachdenken gab. Und es gab viel, worüber er nachdenken musste. Vielleicht konnte er sich irgendwann als Soldat melden, wenn er dreizehn oder vierzehn war, und dann auch seinen Vater suchen. Anton malte sich aus, wie er in Uniform durch fremde Länder zog und irgendwann seinen Vater fand, verwundet, aber zutiefst dankbar, dass sein Sohn ihn rettete. Bei diesem Gedanken wurde ihm immer ganz warm ums Herz. In seinen Tagträumen ging er genau diesen Weg. Sein Vater stützte sich auf ihn, und Lene rannte ihnen entgegen und weinte vor Glück und Stolz, woraufhin es ihm endlich gelang, ihr zu vergeben.

Wenn er dann nach der Schule wirklich zu Hause ankam und sie ihn mit unsicherer Miene begrüßte, eine Hand nach ihm ausgestreckt, wie um ihn in eine Umarmung zu ziehen, die niemals stattfand, drehte er sich mürrisch um und ging wortlos ins Haus, wo er seine Schularbeiten erledigte und anschließend brav seinen Aufgaben auf dem Hof nachging, die Hühner fütterte, den Kühen Heu gab oder Unkraut jätete. Anton wusste nicht, warum es ihm so schwerfiel, ihr zu verzeihen. Die alte Frau Schuster hatte ihm schon längst erzählt, dass man Lene verhaftet hatte und er deshalb ins Heim gekommen war. Unbewusst gab er ihr trotzdem die Schuld dafür, was ihm dort zugestoßen war, denn sie hatte es nicht verhindert. Selbst wenn sich ein Teil in ihm nach ihrer Wärme und Liebe sehnte, so war doch ein anderer Teil zu enttäuscht und zu verletzt, um diesen Gefühlen nachzugeben.

Auch jetzt sah er sie dort stehen. Sie war immer dort, wenn er heimkam, stand im Hof, eine Jacke über die schmalen Schultern geworfen, den Blick besorgt auf den Horizont gerichtet, bis er endlich hinter der Kurve erschien. Sobald sie ihn sah, entspannten sich ihre Züge, und sie wartete, bis er durchs Tor kam und hineinging, erst dann melkte sie weiter oder richtete das Abendbrot.

»Ich gehe die Eier einsammeln«, sagte er, als Lene ihm ins Haus folgte, und sie nickte stumm und sah ihm traurig nach. Statt aber in den Hühnerstall zu gehen, schlich Anton in die große Scheune, weil er nach der Katze sehen wollte, die vor ein paar Tagen hinten im Stroh ihre vier Jungen zur Welt gebracht hatte. Die kleinen, noch blinden Kätzchen waren das Einzige, was ihm derzeit Freude bereitete, und so zog er mit aufgeregt klopfendem Herzen das Scheunentor auf. Mit äußerster Vorsicht schlich er durch die Scheune, um das Muttertier nicht aufzuschrecken. Als er auf den Heuboden hinaufkletterte und ein paar Ballen zur Seite schob, hätte er vor Schreck um ein Haar laut aufgeschrien. Vor den Kätzchen saß ein kleines Mädchen. Es mochte kaum älter als zwei oder drei Jahre sein. Das Gesicht der Kleinen war so schmal, dass ihre Augen riesig darin wirkten. Sie hatte dunkle Locken, die ihr bis auf die dürren Schultern reichten, und war so unnatürlich blass, dass Anton sich voller Sorge fragte, ob sie vielleicht ein Gespenst war. Sie hielt eines der Kätzchen im Arm und sah ihn nun mit offenem Mund an.

»Kätzchen«, sagte sie mit hoher piepsiger Stimme, und Anton setzte sich neben sie und nahm ihr das winzige maunzende Bündel behutsam wieder ab.

»Das muss zur Mutter, sonst nimmt sie es am Ende nicht mehr an.« Anton schob das Fellknäuel wieder in die Kuhle. Die Katzenmama beäugte es misstrauisch, doch nach einigen Augenblicken leckte sie ihr Kleines ab, das nun wackelig durchs Stroh tapste, bis es die Zitzen gefunden hatte und gierig saugte. Anton hatte die Luft angehalten, die er nun erleichtert ausstieß. Gemeinsam mit dem fremden Mädchen beobachtete er die Katzenbande, doch noch mehr als die kleinen Fellnasen faszinierte ihn das strahlende Lächeln auf dem Gesicht des Kindes. Es weckte eine verschüttete Erinnerung in ihm, doch Anton kam nicht darauf, um was genau es dabei ging.

Plötzlich hörte er das leise Rufen einer Frau. Flink wie ein Wiesel sprang die Kleine auf und verschwand in einem Berg Stroh. Anton stand auf und schob die Halme auseinander, bis er ein Loch im Holzboden entdeckte, an dem eine Art Rutsche lehnte, die in den unteren Bereich der Scheune führte. Ohne lange zu überlegen, ließ er sich hinuntergleiten. Er stand nun in einer der Boxen in dem Teil der Stallscheune, die den Tieren vorbehalten war, doch hier wurde schon lange kein Vieh mehr gehalten. Das Stroh war alt und bedeckte den Boden nur spärlich, deshalb sah Anton auch sofort den Eisenring, der zu einer Art Klappe gehörte. Mit aller Macht zog er daran, bis er spürte, dass die Klappe nachgab. Durch die Öffnung starrte er nun in das Gesicht des Kindes, gleich dahinter erschienen die besorgt aufgerissenen Augen einer Frau. Obwohl sie älter wirkte, als Anton sie in Erinnerung hatte, dünner und verhärmt, erkannte er sie sofort. »Ruth«, sagte er und wusste nun, woher er das Lächeln des Mädchens kannte. Er zog die Luke ganz auf, sodass das Sonnenlicht, das durch das Scheunentor fiel, die beiden in dem dunklen Loch blendete. »Ruth, was machst du denn da unten?« Anton ging in die Hocke und spähte mit zusammengekniffenen Augen in die Dunkelheit.

Ruth erwiderte nichts, sah ihn nur stumm an, während das kleine Mädchen sich abwandte und den Kopf im Schoß der Mutter vergrub.

Noch während er versuchte zu verarbeiten, was er da gerade entdeckt hatte, packte ihn jemand von hinten, zog ihn unsanft hoch und drehte ihn um. Lene stand vor ihm. Sie sah ihn durchdringend an, dann lockerte sie ihren Griff und sank vor ihm auf die Knie.

»Anton, das darfst du niemandem sagen. Hast du mich verstanden? Kein Wort zu niemandem. Ansonsten holen sie uns alle ab, mich und Ruth und Leni und dich. Sag mir, dass du mich verstanden hast!« Sie schüttelte ihn ein wenig, weil er immer noch wie versteinert dastand und zwischen der Luke und ihr hin- und herblickte. Irgendwann nickte er zögerlich, und Lene ließ von ihm ab. Ruth blickte sie angsterfüllt an, doch Lene sah nun ebenfalls über den Rand in das Loch hinab, um sie zu beruhigen.

»Alles ist gut, er wird nichts sagen, Ruth. Er ist alt genug, um zu verstehen, nicht wahr, Anton?«

Er nickte wieder und kniete sich dann neben Lene, die ihre Hand in das Loch steckte und darauf wartete, dass Ruth sie ergriff. Die beiden Frauen drückten einander kurz die Hände, wie um einen Pakt zu besiegeln, dann stand Lene auf, und Anton tat es ihr gleich.

»Anton bringt euch nachher etwas zu essen.«

»Wir hätten im Steinbruch bleiben sollen, Lene. Wenn wir jetzt auffliegen, war alles umsonst.«

Anton hörte die Angst in Ruths Stimme und sah, wie Lene ihn eindringlich musterte.

»Ruth, ich konnte euch da nicht lassen. Der Winter war

zu hart, ihr wärt mir erfroren. Und hier suchen sie nicht mehr. Weiler hat sich doch schon zweimal lächerlich gemacht mit seinen Anschuldigungen, die er nicht beweisen konnte. Ein drittes Mal wird die Gestapo sich von ihm wohl nicht herumscheuchen lassen.«

Ruth seufzte schwer. »Dein Wort in Gottes Ohr«, sagte sie leise, bevor Lene die Luke schloss, Heu und Stroh darüberbreitete und Anton mit sich über den Hof ins Haus zog.

Drinnen lehnte er sich atemlos an die Wand, während Lene sich vor ihm aufbaute. »Hör zu, Anton. Ich weiß, du bist wütend auf mich. Du willst mir nicht vergeben, dass wir dir die Wahrheit vorenthalten haben, aber lass deine Wut auf mich nicht an Ruth oder der kleinen Leni aus. Sie brauchen unsere Hilfe. Wir sind alles, was sie haben. Und wenn du was verrätst, dann muss ich nicht nur wieder ins Gefängnis, sondern auch du kommst zurück ins Heim.«

Bei diesen Worten zog sich alles in ihm zusammen. Nie wieder wollte er ins Heim, und überhaupt, wem sollte er von seiner Entdeckung im Stall schon erzählen? Er hatte keine Freunde, und außerdem mochte er Ruth. Die Magd war stets gut und freundlich zu ihm gewesen, und er wollte nicht, dass ihr etwas zustieß. Anton nickte also wieder, und endlich ließ Lene von ihm ab. An diesem Abend brachte er Ruth und Leni das Essen und danach an jedem anderen Abend, so lange, bis der Krieg endlich auf sein Ende zusteuerte.

Kapitel 22

Ich sah meinen Vater an, der immer noch in der Vergangenheit gefangen zu sein schien. »Du hast ihr nie vergeben?«, fragte ich ungläubig, und er schüttelte sich kurz, bevor er sich mir zuwandte.

»Wem?«, fragte er verwundert, weil er noch seinen eigenen Gedanken nachhing.

»Lene natürlich.«

Nun seufzte er schwer. »Natürlich habe ich ihr vergeben. Ich habe sie auch immer bewundert für das, was sie getan hat. Es war unglaublich mutig von ihr. Aber Mel, der Krieg hat die Menschen verändert, hat sie hart und einsam gemacht, auch Lene. Vor allem nach der Sache mit Papa. Danach hat sie sich verschlossen, hat niemanden mehr richtig an sich herangelassen. Mich auch nicht. Sie musste stark sein für alle, weil Papa nicht mehr da war, und die Stärke habe ich ihr vielleicht allzu oft als Härte ausgelegt. Sie hatte ihr Leben lang kaum Freunde, lebte abgesondert und allein. Ruth war eine der wenigen, die Zugang zu ihr fanden. Und natürlich Leni und ihr Sohn Noah. Lene hat sich immer um sie gekümmert und sie unterstützt, hat Noah sogar das Medizinstudium finanziert. Ihre Freundschaft mit Ruth überdauerte deren Tod und auch den ihrer Tochter. Ich war manchmal richtig eifersüchtig auf die enge Verbindung, die sie miteinander hatten. Meine Beziehung zu ihr war nach der Sache mit dem Heim irgendwie belastet und kompliziert, und Papas Tod und der Krieg haben es für uns beide nicht einfacher gemacht. Ich habe viel mit mir allein ausgemacht und am Ende wohl verlernt, wie man sich auf andere Menschen einlässt.« Er warf Mama einen entschuldigenden Blick zu, die nach seiner Hand griff und ihn anlächelte »Ich habe viel Zeit in meinen Beruf investiert und wenig in meine Familie – in euch nicht und in Lene auch nicht.« Er klang jetzt kleinlaut, traurig, doch sein Geständnis war ein wichtiges Puzzleteil, das so vieles in seinem und unserem Leben erklärte. Papa war ein guter Kerl, aber auch verbissen und fixiert auf seine Arbeit. Er war bemüht gewesen, für Mama und mich ein schönes Leben und ein Zuhause aufzubauen, aber er konnte sich dem nie ganz hingeben. Die Vergangenheit hatte auch ihn verändert, und zum ersten Mal verstand ich das, verstand ihn. Vielleicht graute ihm auch deshalb vor dem Ruhestand, weil er wusste, dass er dann nicht mehr umhinkam, sich endlich seinen Gefühlen, seiner privaten Seite zuzuwenden.

Wir tranken schweigend unseren Tee, der mittlerweile abgekühlt war. Mama hatte in der Zwischenzeit nach Lene gesehen, die nun wach war und ebenfalls Durst hatte. Ich wollte nach dem Wasser greifen, das ich ihr mittlerweile aus einer Schnabeltasse reichte, weil sonst zu viel danebenlief. Doch Papa kam mir zuvor.

»Lass mich«, sagte er. Es klang wie eine Bitte, deshalb trat ich zurück und reichte ihm die Flasche. Mit unsicherem Gesicht schob er den Vorhang beiseite, trat an ihr Bett und füllte Wasser in ihre Tasse. »Hallo, Mama.«

»Anton«, sagte sie lächelnd und klopfte auf die Matratze neben sich. Er setzte sich und hob vorsichtig ihren Kopf, um ihr die Schnabeltasse an die Lippen zu halten. Lene legte ihre Hand auf seine und ließ diese auch nicht los, als er sie wieder aufs Kissen bettete. Sie sahen einander an, keiner sagte ein Wort. Aber Worte waren vielleicht auch nicht immer angebracht. Er blieb noch lange so sitzen, ganz dicht bei ihr. Fast konnte man meinen, sie würden sich etwas erzählen, doch ihre Lippen bewegten sich nicht. Erst als sie wieder in einen unruhigen Schlaf fiel, stand er auf und kam zu Mama und mir in die Küche. Er hatte Tränen in den Augen.

»Ich bleibe, ihr könnt heimfahren. Macht euch keine Sorgen«, sagte ich später, als meine Eltern protestierend vor mir in der kleinen Küche standen.

»Du willst doch sicher wieder nach Köln, Mel, in deine schöne Wohnung«, widersprach Mama und sah mich an, als bedauere sie es noch immer, mich hierherbeordert zu haben. Sie konnte nicht ahnen, dass sie mich damit vor mir selbst gerettet hatte. Ich war weitergegangen, hatte die Abgründe in meinem Inneren hinter mir gelassen. Nicht, dass ich David dadurch vergessen hätte, aber mein Blick auf unsere gemeinsame Zeit hatte sich verändert. Zuvor war ich einfach nur wütend darüber gewesen, dass uns nur so wenige Jahre vergönnt waren. Jetzt sah ich das anders: Unsere Liebesgeschichte mochte zu kurz gewesen sein, doch wenigstens hatte ich sie erleben dürfen, und nun trug ich sie wie einen Schatz in mir, den ich bis ans Ende meiner Tage hüten würde. »Ich bleibe auf jeden Fall, Mama. Zurzeit zieht mich nur wenig nach Köln.« Mit diesen Worten schob ich meine erschöpften Eltern zur Tür hinaus und wartete darauf, dass Noahs Jeep in der lang gezogenen Kurve auftauchte.

Er war spät dran. Ich hatte Lene und mir schon längst ein kleines Abendessen zubereitet, von dem sie jedoch kaum etwas zu sich nahm. Wir hatten es uns im Schein ihrer Nachttischlampe gerade gemütlich gemacht, und ich wollte unbedingt hören, was mit Opa Paul passiert war, als uns die Türklingel hochschrecken ließ. »Noah«, sagten Lene und ich zeitgleich und fingen an zu lachen.

Ich ging hinunter. Als ich ihm die Haustür öffnete, trafen mich meine Gefühle mit unvorbereiteter Wucht. Mein Herz pochte so vehement gegen meine Rippen, als wollte es ihm geheime Klopfzeichen geben, und ich legte automatisch meine Hand dorthin, wo es so wild schlug. Noah allerdings bekam von meiner aufgewühlten Gemütsverfassung nicht viel mit. Er blieb auf Abstand, lächelte mich eher höflich als freundlich an und strebte dann an mir vorbei in Richtung Lenes Schlafzimmer. Als er eine halbe Stunde später hinter dem Vorhang hervortrat, sah er müde aus. Die kleinen Fältchen um seine Augen herum waren deutlich zu sehen. Er rieb sich wie immer über die Stirn, als er meinen fragenden Blick sah, doch anstatt etwas zu sagen, schüttelte er nur ganz leicht den Kopf. Ich wusste, was das hieß. Es würde nicht mehr lange dauern.

»Tee?«, fragte ich, weil ich es nicht übers Herz brachte,

ihn schon wieder zur Haustür zu bringen. Unschlüssig trat er von einem Fuß auf den anderen.

»Bea wartet.« Er musste mir die Enttäuschung deutlich vom Gesicht abgelesen haben, denn seine Züge wurden etwas weicher, und er ging zu dem kleinen Zweisitzer, auf dem ich nachts nach wie vor schlief, um sich darauf fallen zu lassen. »Eine Tasse wäre schon gut, ich bin irgendwie fertig heute.«

Während ich geschäftig mit dem Kessel hantierte, beobachtete er mich aufmerksam. Ich spürte, wie mir heiß wurde und wie der Wunsch, ihn anzuflehen, es sich noch einmal anders zu überlegen, in mir hochsprudelte wie der Schaum in einer zu fest geschüttelten Colaflasche.

Lene bewahrte mich schlussendlich vor einem möglichen Debakel. Sie hustete so elend, dass wir gleichzeitig losstürmten und durch den Vorhang ins Zimmer platzten, wo Noah sie schnell aufrichtete und mehrere Kissen in ihren Rücken steckte. Die erhöhte Position verschaffte ihr etwas Erleichterung. Ich holte einen feuchten Lappen, setzte mich zu ihm und tupfte Lene die verschwitzte Stirn ab. Seine Nähe fühlte sich so gut an, so beruhigend, dass selbst Lene sich entspannte. Ihr Atem ging jetzt ruhiger. Noah gab ihr eine Spritze und ließ sie inhalieren. Als sie fertig war, schloss sie erschöpft die Augen.

»Lene?«, flüsterte Noah, doch sie rührte sich nicht.

»Eingeschlafen«, sagte ich ebenso leise, und er nickte. Dann stand er auf, griff nach seinem Koffer und wandte sich zum Gehen. Ich folgte ihm mit schwerem Herzen. Erst als er schon an der Küchentür stand, hörten wir, wie Lene leise nach ihm rief.

»Bleib, Noah. Bitte geh nicht. Ich glaube, ich brauche dich heute Nacht noch.«

Tränen schossen mir in die Augen, und ich hätte Noah vor Dankbarkeit am liebsten umarmt, als er nickte und seine Jacke über die Lehne eines der beiden alten Küchenstühle warf.

»Entschuldige mich kurz«, bat er und trat in den Flur. Gleich darauf hörte ich, wie er sich mit Bea am Telefon stritt, doch Gott sei Dank schien das an seinem Entschluss nichts zu ändern.

Ich kehrte zu Lene zurück und setzte mich zu ihr aufs Bett. Kurz darauf kam Noah zu uns, zog sich den altersschwachen Stuhl heran, und dann begann Lene zu erzählen. Ich wollte sie davon abhalten, weil ich die Anstrengung in ihrer dünnen Stimme hörte, doch Noah stieß mich mit dem Fuß an und schüttelte kaum merklich den Kopf. Ich schluckte. Das war der Moment, vor dem ich mich in den vergangenen Tagen so gefürchtet hatte. Sie wollte mir noch ein letztes Geschenk machen, bevor sie ging, wollte auch das Ende ihrer Geschichte mit mir teilen, damit ich wieder am Leben festhalten und sie loslassen konnte.

Westerwald, 1943 bis 1945

Lene war froh darüber, dass Anton ihr Geheimnis nun endlich kannte. Es war ihr schwergefallen, Ruths und Lenis Gegenwart auf dem Hof vor ihm zu verbergen. Sie hatte ihn schützen wollen mit ihrem Schweigen, ihn nicht belasten mit dem Wissen um die beiden heimlichen Gäste.

Doch nun, wo es heraus war, spürte sie die Erleichterung. Lene hatte vor ein paar Wochen keine andere Möglichkeit gesehen, als Ruth und Leni zurückzuholen, denn sonst wären die beiden vermutlich in dem kalten, klammen Steinbruch gestorben. Der Herbst war mit eisigen Temperaturen und viel zu früh einsetzendem Schneefall über sie gekommen, sodass Ruth schon wieder hustete und die kleine Leni hohes Fieber entwickelte. Eines Abends hatte Lene deshalb gegen Ruths lautstarke Proteste ihren Kopf durchgesetzt und beide wieder in den alten Lagerraum unter dem Stall verfrachtet. Der war zwar auch nicht geheizt, doch weniger feucht und zugig. Außerdem bestand zumindest die Möglichkeit, dass die beiden ab und an ein paar Stunden vor dem Feuer in der Gesindeküche liegen und sich wärmen konnten. Leni war glühend heiß gewesen in der Nacht, in der Lene ihren Entschluss gefasst hatte. Nach dem langen Fußmarsch hatte sie gezittert und fantasierte bereits, weshalb beide Frauen den Rest der Nacht über abwechselnd neben ihr wachten und versuchten, die Temperatur mit feuchten Wickeln zu senken. Ihre Bemühungen wurden am Morgen von Erfolg gekrönt, als Leni endlich in einen ruhigen und tiefen Schlaf fiel und schon zwei Tage später durch den Lagerraum tobte, als sei nie etwas gewesen. Ruth hatte danach ein paarmal den Versuch unternommen, Lene davon zu überzeugen, dass es besser sei, sie würden sich wieder in den Steinbruch zurückziehen, aber Lene hatte davon nichts hören wollen. Es beruhigte sie, ihre Freundin und die Kleine unter ihrem Dach, in ihrer Nähe zu wissen, besonders jetzt, wo ein weiteres Weihnachtsfest ohne Paul vor der Tür stand.

Lene hatte mit Antons Hilfe eine kleine, windschiefe Tanne geschlagen, die sie beide traurig in einen Topf mit Sand steckten und danach eher lieblos mit Lametta und Kerzen dekorierten. Als sie ihr wenig eindrucksvolles Werk am Ende betrachteten, sah sie Tränen in seinen Augen schimmern.

»Ich vermisse Papa«, flüsterte Anton, und Lene musste schlucken.

»Ich auch, mein Kleiner.« Zum ersten Mal sah er sie nicht böse an bei dem Kosenamen, sondern lächelte. Es war ein winziger Schritt, doch Lene spürte, wie sich Wärme in ihr ausbreitete. Die mittlerweile schon prächtig gewachsene Tanne vor dem Haus war tabu, niemand anderes als Paul würde sie ausgraben, wenn endlich Frieden wäre – wenn sie sich dann überhaupt noch ausgraben ließe.

Keinem von ihnen war nach feiern zumute, da es immer noch kein Lebenszeichen von Paul gab. Anton und Lene gingen nicht einmal zur Kirche, weil Lene mittlerweile übel davon wurde, mit welcher Vehemenz der Herr Pastor statt Gottes Wort Hitlers Rassenlehre predigte. Beten konnte sie auch allein in ihrer Schlafkammer, wo sie sich dem Herrn viel näher fühlte. Gott konnte es doch nicht wirklich scheren, wo man am Ende auf die Knie sank und um Schutz für seine Liebsten flehte.

Als es dunkel und still genug war, holten sie Ruth und Leni aus dem Versteck, und gemeinsam aßen sie etwas Schinken und Kartoffeln und zum Nachtisch einen Kuchen, den Lene mit dem letzten bisschen Zucker gebacken hatte, das sie noch besaß. Der schönste Moment war, als Anton der kleinen Leni zögerlich sein Geschenk überreichte. Er hatte ihr ein Pferd aus einem Holzscheit geschnitzt, mit dem kleinen Taschenmesser, das Paul ihm vor zwei Jahren zu ebendiesem Fest feierlich überreicht hatte. Leni fiel ihm um den Hals und drückte ihm einen feuchten Kuss auf die Wange, den er lächelnd mit dem Ärmel abwischte. Lene wurde warm ums Herz, und sie hätte ihn am liebsten umarmt, doch sie fand nicht den Mut dazu. Zu groß war die Kluft, die sich in den vergangenen Wochen zwischen ihnen aufgetan hatte. Sie fürchtete seine Zurückweisung, auch wenn er in den letzten Tagen weicher ihr gegenüber geworden war und wieder mehr lächelte.

Ruth, die vermutlich bemerkt hatte, wie Lene mit sich rang, wollte den angespannten Moment auflockern, indem sie bat: »Spiel uns etwas vor, Lene, so wie früher.« Doch Lene schüttelte vehement den Kopf.

»Ich kann nicht, Ruth. Ich habe keine Musik in mir, solange er fort ist.« Sie hatte leise gesprochen, damit die Kinder sie nicht hörten, doch Ruth hatte sie auch so verstanden.

»Er wird bald heimkehren, der Krieg kann doch nicht ewig dauern«, versuchte sie, die Freundin zu trösten.

Niemand glaubte mehr daran, doch die Wahrheit ertränkten sie an diesem Abend mit dem Wacholder, den Lene in Pauls schwindenden Vorräten gefunden hatte.

Der Winter ging in einen grauen und regnerischen Frühling über. Lene hatte fast alle Hühner schlachten müssen, um sie alle vier über die kalte Jahreszeit zu bringen, denn mit den wenigen Lebensmittelmarken, die ihr und Anton zustanden, bekam sie keine vier Leute satt. Aus Sorge und

Hunger trieb sie sich selbst und Anton über Tag noch mehr an, damit sie die Arbeit auf dem Hof erledigt bekamen und sich wenigstens mit dem bisschen Getreide und eingeweckten Gemüse über Wasser halten konnten. Oft lag sie nachts wach und ging mit sich selbst ins Gericht, weil sie Anton so viel zumutete. Doch ohne Paul kam auch sie mit der ganzen Arbeit an ihre Grenzen. Tränen gestattete sie sich jedoch immer seltener. Sie hatte festgestellt, dass es sie Kraft kostete, ihren Gefühlen freien Lauf zu lassen – Kraft, die sie im Moment für andere Dinge brauchte. »Du bist ganz schön hart gegen dich und den Jungen«, hatte Ruth neulich besorgt zu ihr gesagt. Lene aber hatte nur mit den Schultern gezuckt. »Wir alle müssen ran, Ruth, auch er.«

Anfang März brach ein Telegramm durch die dicke Eisschicht in ihrem Inneren. Als der Bote es brachte, fing ihr Herz wie verrückt an zu hämmern, und ihr wurde so übel, dass sie nur mit Mühe das dürftige Frühstück aus Haferschleim bei sich behielt.

»Frau Fuhrmann«, sagte der Mann mit einem Nicken und drückte ihr das Papier in die Hand.

Lene zitterte so stark, dass sie es nicht fertigbrachte, die wenigen Zeilen zu lesen. Sie schloss die Tür hinter dem Boten und ließ sich an der Wand hinuntergleiten, wo sie sitzen blieb, bebend vor Angst, unfähig, sich der Wahrheit zu stellen. »Paul, Paul, Paul«, flüsterte sie in einem verzweifelten Singsang. Irgendwann fand sie den Mut, die Nachricht zu lesen. Vor Erleichterung wären ihr sicher die Beine weggesackt, hätte sie nicht bereits am Boden gesessen. Das Telegramm war von ihrer Mutter, die mitteilte, dass sie in den Westerwald kommen wolle. Lene hatte bereits im vergangenen Frühling damit gerechnet, als der Bombenhagel der Alliierten Essen in Schutt und Asche legte. Auch das Haus der Eltern hatte es getroffen. Doch Vater war in Trier stationiert und konnte nicht weg, um seiner Frau beizustehen, die vorübergehend bei einer Cousine im Harz untergekommen war. Diese hatte Mutter jetzt allerdings wohl mehr als deutlich zu verstehen gegeben, dass ihre Gastfreundschaft erschöpft war. Kein Wunder, war ihre Mutter auch wirklich niemand, den man leicht zufrieden stellen konnte – Krieg hin oder her.

Erst nachdem die Freude darüber, dass es nicht um Paul ging, abebbte, wurde Lene klar, wie kompliziert das Leben damit auf dem Hof werden würde. Sie hatte keine Ahnung, wie ihre Mutter zum Thema Juden stand, und sie wollte es auch gar nicht herausfinden. Am Abend kletterte sie deshalb schweren Herzens zu Ruth und Leni hinab, die gerade die dünne Suppe löffelten, die Anton ihnen zum Abendessen gebracht hatte. »Ruth, nun, wo der Frühling kommt, ist es vielleicht doch besser, wenn ihr wieder in den Steinbruch geht.« Sie sah ihre Freundin nicht an, während sie sprach, und stieß ihre Worte so schnell hervor, dass sie sich fragte, ob Ruth sie überhaupt verstanden hatte. Erst als sich zwei dünne Arme um sie legten, traute sich Lene aufzuschauen. Sie sah Ruths Gesicht dicht vor sich, aus dem nichts als Dankbarkeit und Verständnis sprachen.

»Natürlich, Lene, das habe ich dir doch die ganze Zeit über angeboten.«

Lene schüttelte eilig den Kopf. »Es geht nicht um mich, Ruth. Meine Mutter hat sich angekündigt, und ich weiß nicht, wie ich eure Anwesenheit vor ihr geheim halten soll. Sie ist schon immer eine neugierige Frau gewesen mit einem sechsten Sinn für alles, was ich vor ihr verbergen wollte.« Lene seufzte bei der Erinnerung daran, wie oft sie eine Ohrfeige bekommen hatte, weil Mutter wieder einmal bemerkte, dass Lene Jette dazu verführt hatte, in ungehörigen Büchern zu schmökern oder verbotene Sender im Radio zu hören.

»Kein Problem, wir brechen morgen Nacht auf. Nun hat es ja auch bald keinen Frost mehr, da werden wir schon gut über die Tage kommen.« Die kleine Leni jedoch teilte die Zuversicht ihrer Mutter nicht. Sie weinte und lamentierte, und es kostete Ruth und Lene alle Kraft, es dem Kind als großes Abenteuer zu verkaufen, erneut in die kalte Höhle zu ziehen, in der sie kaum je das Tageslicht sahen.

Auch Anton nahm Lene den Entschluss übel. »Sie sind da schon einmal krank geworden«, sagte er bitter und starrte Lene an, als sei alles ihre Schuld.

»Es lässt sich nicht ändern, Anton, ich kann deiner Großmutter das Obdach nicht verwehren.«

Er schnaufte wütend, bevor er zu Ruth und Leni ging und die Kleine an die Hand nahm. Lene konnte es ihm nicht verübeln. So gerne hätte sie seinem Drängen nachgegeben, aber sie musste stark bleiben für sie alle. Sie durfte sich nicht von ihren Gefühlen leiten lassen. Darum straffte sie die Schultern und marschierte eilig aus der Scheune, wo Ruth und die Kinder bereits in der Dunkelheit standen.

Ihr weniges Hab und Gut hatten sie in einem Stoffbeutel verstaut. Leni hielt ihr Holzpferd umklammert und sah mit großen, traurigen Augen zu Anton auf, der ihre kleine Hand sanft drückte.

»Leni, ich komm euch weiter jeden Tag besuchen, und dann spielen wir, und wenn du lieb und artig bist, dann schnitze ich dem Pferdchen noch einen Freund.« Diese Aussicht brachte Lenis Augen zum Leuchten, sodass sie bereitwillig mitging, als sich der kleine Trupp durch die Nacht in Richtung Steinbruch aufmachte.

Nur einen Tag später kam Lenes Mutter an. Sie trug tatsächlich immer noch Pelz und hohe Schuhe, und Lene hätte gelacht, wenn es nicht so unpassend und absurd gewesen wäre, mit welcher Arroganz sie dem Schaffner eine Münze in die Hand drückte, der ihr den Lederkoffer aus dem Zug hievte. Wie selbstverständlich ließ sie Lene das Gepäck schleppen, nachdem sie ihre Tochter mit zwei gehauchten Küssen rechts und links eher kühl als herzlich begrüßt hatte.

»Kind, was hast du bloß mit deinem Haar gemacht? Es sieht furchtbar aus«, war das Erste, was ihr nach all den Jahren, in denen sie sich nicht gesehen hatten, einfiel. Lene schnaubte und schüttelte ungläubig den Kopf. Ihre Mutter war noch genau so, wie sie sie in Erinnerung hatte.

Lene ging voraus zur Kutsche, und ihre Mutter hob fragend eine Augenbraue. »Wir haben kein Automobil«, erklärte Lene, während sie den Koffer nach hinten wuchtete und sich anschließend anschickte, auf den Kutschbock zu steigen. Ihre Mutter sah aus, als wäre sie am liebsten in Tränen ausgebrochen, doch sie sagte nichts und kletterte umständlich zu ihrer Tochter, wo sie zunächst indigniert den Kutschbock von unsichtbarem Staub befreite, bevor sie Platz nahm.

»Los geht's!« Lene, die sich alle Mühe geben musste, sich ein Grinsen zu verkneifen, klatschte der dicken Lotte die Zügel auf den Rücken. Mit leiser Genugtuung beobachtete sie, wie Mutter vom schnellen Trab des alten Kaltbluts ordentlich durchgeschüttelt wurde.

Anton stand bereits im Hof und sah ihnen entgegen, als Lene die Kutsche zum Stehen brachte und abstieg, um ihrer Mutter vom Bock zu helfen. Statt ihr zu danken, ging diese mit steifen Schritten zu Anton und baute sich vor ihm auf. Sie nahm sein Kinn in die Hand und drehte sein Gesicht nach beiden Seiten. »Er sieht aus wie sein Vater, von Jette hat er nichts mitbekommen«, stellte sie an Lene gewandt fest. Anton sah sie empört an, und Lene spürte, wie der Zorn auf ihre Mutter wieder hochkochte, die sie damals ohne mit der Wimper zu zucken in eine ungewisse Zukunft geschickt hatte. Eine Zukunft allerdings, in der sie Paul gefunden hatte, und das war etwas, worauf sie um nichts in der Welt hätte verzichten mögen. Sie schluckte ihren Groll hinunter und ging ihrer Mutter voran ins Haus, um ihr Antons Kammer zu zeigen, die sie für sie hergerichtet hatte.

»Ich bin doch kein Baby mehr, ich werde im Stall schlafen«, hatte der Junge mürrisch verkündet ob der Aussicht, mit Lene ein Bett zu teilen.

»O doch, du wirst neben mir liegen, ob du willst oder nicht, Anton. Auch wenn es dir nicht passt, hier habe immer noch ich das Sagen.« Sie funkelten sich wütend an, doch am Ende war es Anton, der als Erster zu Boden blickte und sich damit geschlagen gab.

Lenes Mutter verhielt sich wie eh und je: anstrengend, fordernd und egoistisch, weshalb Lene heilfroh war, dass sie Ruth und Leni fortgebracht hatte. Luise ließ sich den lieben langen Tag bedienen und scheuchte Anton und sie wie zwei Leibeigene durchs Haus, sodass Lene mehr als Verständnis dafür hatte, dass die Cousine ihrer irgendwann überdrüssig geworden war. »So schließ doch das Fenster, ich hole mir ja noch den Tod in dieser zugigen, alten Behausung!«, rief sie und hüllte sich in ihren Pelz ein, als wäre sie draußen im Frost statt in der warmen Küche, in der zudem der Ofen geschürt war. Der Windhof war ihr zu schlicht, zu schmutzig und zu wenig komfortabel, weshalb Lene sich schon nach wenigen Tagen fragte, wann ihre Mutter wohl endlich beschloss, sich eine bessere Bleibe zu suchen. Doch leider geschah nichts dergleichen, der Sommer kam und ging, und Luise war immer noch ihr Gast. Immerhin hatte ihre Mutter begriffen, wie sehr Lene litt, weil es nach wie vor keine Nachricht von Paul gab. Sie besaß genug Empathie, sich still und leise zurückzuziehen, um die wenigen Briefe, die Vater aus Trier schrieb, allein zu lesen und Lene nur die herzlichen Grüße auszurichten, die er am Ende immer für seine Tochter hinzufügte.

Als es auf den Herbst zuging, wurde immer klarer, dass der Endsieg vermutlich nicht kommen würde. Waren sie bislang von der Realität des Krieges auf dem Land noch mehr oder weniger verschont geblieben, so wurden die Fliegeralarme häufiger, bei denen Lene Anton und ihre Mutter in den alten Lagerraum brachte, in dem Ruth und Leni gelebt hatten. Dort setzten sie sich auf die zerschlissene Matratze und warteten, bis sich die britischen Tiefflieger, die meist nachts ihre tödliche Fracht abwarfen, wieder entfernten. Über Tag waren es die Amerikaner, die aber eher auf die großen Fabriken und strategisch wichtigen Knotenpunkte abzielten, weshalb Kaltenbach und Umgebung bislang weitestgehend von Zerstörungen verschont geblieben waren.

Als amerikanische Bomben dann doch eines Tages die Bahnlinie und das Sägewerk in Kaltenbach trafen, spürten sie die Erschütterung sogar in ihrem kleinen Versteck, wo die Druckwellen Stroh und Dreck durch die Ritzen der Luke regnen ließen. Anton war ob der Erschütterungen so erschrocken, dass er näher an Lene heranrückte, die trotz ihrer Angst den kleinen Moment Glück genoss. Doch nur Sekunden später löste er sich wieder aus ihren Armen und rückte von ihr ab, den schmalen Rücken nun aufrecht gegen die Lehmwand gepresst. Luise hatte schweigend beobachtet, was sich zwischen den beiden abspielte, und als sie später am Tag aus dem Lagerraum krochen, konnte sie ihre Neugier nicht länger im Zaun halten.

»Was hat der Junge denn? Warum ist er so abweisend zu dir?«

Lene sah Anton traurig hinterher, der hineinging, um ein paar Rechenaufgaben zu erledigen, was er pflichtschuldig jeden Tag tat, obwohl die Schule seit ein paar Wochen geschlossen war. Das Gebäude hatte bei den nächtlichen Fliegerangriffen Schaden genommen, und ohnehin waren kaum mehr Lehrer und nur noch wenige Schüler da. Man hatte begonnen, sogar fünfzehn- und sechzehnjährige Kinder einzuziehen für den sogenannten Volkssturm.

Lene wusste, dass sich noch etliche Jüngere freiwillig gemeldet hatten, überzeugt, das Richtige zu tun, nicht wissend, in welchen Wahnsinn sie sich stürzten. »Kanonenfutter«, hatte Lene einen alten Mann kopfschüttelnd sagen hören, als sie in Kaltenbach in der Schlange für Lebensmittelmarken anstanden und dabei ein paar der Jungen vorbeiziehen sahen. Lene schluckte, weil einige kaum älter als Anton zu sein schienen. Nur behelfsmäßig gekleidet in viel zu großen Uniformen liefen sie einem SS-Mann hinterher wie kleine Hunde, die vertrauensvoll dem Leitrüden folgten.

Lene riss sich von diesen trüben Gedanken los und sah ihre Mutter bekümmert an. »Es ist eben alles nicht einfach ohne Paul. Wir haben viel durchgemacht in den vergangenen Jahren.« Einen Moment lang wurde die Miene ihrer Mutter weich, doch dann war dieser winzige Anflug von Mitgefühl verschwunden.

»Tja, der Krieg fordert von uns allen Opfer, Helene«, sagte sie, und Lene verdrehte innerlich die Augen. Sie fragte sich kurz, was wohl ihre Mutter so hart gemacht hatte. Auch in deren Jugend hatte ein Krieg getobt, schoss es ihr durch den Kopf, und vielleicht war es das, was dieses unsinnige Kämpfen mit den Menschen machte: Sie wurden hart, um das Grauen durchzustehen.

Danach unternahm Lene keinen Versuch mehr, ihrer Mutter das Herz auszuschütten. Aber immerhin konnte sie etwas mehr Verständnis für sie aufbringen, sodass sie ihren Ärger herunterschluckte, wenn Luise sich weigerte, im Haus oder auf dem Hof zu helfen. Es blieb dabei, dass sie und Anton diese Last teilten.

Gottlob war der kommende Winter so mild, dass sie weitestgehend von Schnee und Eis verschont blieben, was ihnen zum einen die Arbeit draußen auf den Feldern erleichterte und zum anderen dafür sorgte, dass Ruth und Leni die Zeit im Steinbruch unbeschadet überstanden.

Der Heilige Abend, bereits der dritte ohne Paul, war der traurigste, den Lene je beging. Sie hatten auf einen Baum verzichtet, einfach weil ihnen allen nicht nach feiern zumute war. Lene bereitete ein Essen aus den spärlichen Vorräten zu und schlich sich im Anschluss, als ihre Mutter schon schlief, mit Anton aus dem Haus, um wenigstens ein paar Stunden mit Ruth und Leni im Steinbruch zu verbringen.

Die beiden saßen an einem Feuerkorb, eingehüllt in dicke Decken, als Anton und Lene aus dem engen Zugang krabbelten. Anton reichte Leni ein Geschenk, das er in ein Zeitungsblatt eingewickelt hatte, und sie packte es aus, sprang auf und fiel ihm begeistert um den Hals, als sie sah, dass er ihr einen kleinen Stall aus Holz und Stroh für ihre Pferdchen gebaut hatte. Lene hatte den beiden etwas von dem Kartoffelauflauf und den letzten Rest Wurst mitgebracht. Ruth und Leni aßen dankbar, während Lene und Anton ihnen zusahen.

»Gib die Hoffnung nicht auf, Lene, gib niemals die Hoffnung auf«, flüsterte ihr Ruth zum Abschied zu, und Lene wünschte sich, sie könnte den guten Rat der Freundin befolgen. Es schien jedoch, als sei ihr Reservoir an Hoffnung aufgebraucht, und so schlich sie bedrückt mit Anton zurück zum Hof, um sich erneut dem trostlosen Alltag zu stellen.

Immerhin keimte mit dem Frühling und dem Näherrücken der Alliierten leise Zuversicht in Lene auf, dass dieser Krieg doch noch irgendwann enden könnte.

Sie hockte gerade im Beet und setzte Samen für das Gemüse, als sie ein merkwürdiges Gefühl überkam. Es war ein Kribbeln, das in ihrem Nacken begann, als hätte sie eine unsichtbare Hand gestreichelt und so die feinen Härchen dort dazu gebracht, sich widerborstig aufzustellen. Das Gefühl war derart übermächtig, dass Lene über die Stelle rieb, um das Kribbeln zu vertreiben, das mittlerweile von ihrem ganzen Körper Besitz ergriff. Angespannt stand sie auf und wandte sich um, weil sie sehen wollte, ob etwas oder jemand für dieses merkwürdige Gefühl verantwortlich war, doch sie konnte nichts Ungewöhnliches ausmachen. Sie wollte sich gerade wieder umdrehen, als sie plötzlich aus dem Augenwinkel eine Bewegung wahrnahm. Ihr Herz begann, wie wild zu schlagen, ihre Knie wurden weich, doch noch traute sie ihren Augen nicht. Mit unsicheren Schritten ging sie vom Beet zum Tor, wo sie mit wackeligen Knien stehen blieb und sich die Augen rieb, die ihr, so fürchtete sie, einen Streich spielten. »Paul?«, flüsterte sie, fassungslos, freudig und ungläubig zugleich. Er war kurz hinter der lang gezogenen Kurve verschwunden, wo die Äste der Bäume ihr die Sicht verdeckten, doch schon im nächsten Augenblick tauchte die hochgewachsene Gestalt wieder auf, und nun war sich Lene ganz sicher. »Paul!«, schrie sie und schob mit zitternden Fingern den Riegel auf. »Paul, Paul!« Sie klemmte sich den Finger, weil sie das Tor mit zu viel Schwung aufschob, doch den Schmerz spürte sie nicht. Für sie gab es nur noch ihn.

Er war unglaublich schmal geworden, sein weizenblondes Haar so kurz geschoren, dass Lene es kaum unter seiner Feldmütze ausmachen konnte, die er leicht schräg auf dem Kopf trug. Er war in Uniform, doch wegen der frühlingshaften Wärme hatte er die Jacke aufgeknöpft und die Ärmel nach oben geschoben, weshalb Lene sah, wie der Stoff an ihm schlackerte. Doch das war egal. Er war heil, an einem Stück, soweit sie sehen konnte, und die Erleichterung traf sie mit solcher Wucht, dass sie sich kurz an einem Zaunpfosten festhalten musste, weil ihre Beine nachgaben.

Er hatte sie nun auch entdeckt und hob die Hand zum Gruß, wobei das strahlendste Lächeln auf sein Gesicht trat, das Lene je gesehen hatte. Paul schien mit jeder Faser seines Seins zu leuchten. Er trug nur einen Rucksack, kein Gepäck, weshalb er seine Schritte nun beschleunigte, doch als er freudig auf sie zueilte, bemerkte Lene den schmerzverzerrten Ausdruck auf seinem Gesicht. Sie stieß sich vom Zaunpfosten ab und rannte auf ihn zu, jeder Schritt fühlte sich nun zu langsam an. Als sie endlich bei ihm ankam, standen Schweißperlen auf seiner Stirn, sein Gesicht war unnatürlich blass, trotzdem war sein Anblick für Lene das Schönste, was sie je gesehen hatte.

»Paul, du bist heimgekehrt!« Sie warf sich in seine Arme. Paul ließ seinen Rucksack fallen und beugte sich zu einem langen, verzweifelten Kuss zu ihr herunter, der sie atemlos und schwindelig vor Glück werden ließ.

»Ich habe dir doch versprochen, dass ich zu dir zurückkehren werde«, sagte er und strich ihr liebevoll eine kurze Strähne hinters Ohr.

Lene war sich plötzlich bewusst, wie wenig weiblich sie aussah. Den kurzen Haarschnitt hatte sie seit den schrecklichen Tagen in Haft beibehalten, einfach weil er praktischer war. Statt ihrer schlichten Kleider trug sie eine alte Hose von Paul, die in der Taille von einem Gürtel zusammengehalten wurde, und ihre Schuhe waren völlig ausgetreten. Sie hatte Erde an den Händen und vermutlich auch sonst überall. Verlegen fuhr sie sich durch ihre widerspenstigen Locken.

»Ich muss furchtbar aussehen«, sagte sie lachend, doch Paul betrachtete sie aus ernsten Augen und schüttelte langsam den Kopf.

»Glaub mir, Lene, ich habe viel Furchtbares gesehen, und dein Anblick ist das Schönste seit Langem.«

Sie küsste ihn erneut, einfach, weil ihr die Worte fehlten, dann schob sie sich in seinen Arm und führte ihn zum Haus, wobei sie merkte, dass er krampfhaft versuchte, aufrecht zu bleiben.

»Ist es die alte Verletzung, Paul?«, wollte sie wissen.

Paul schüttelte den Kopf und presste die Lippen zusammen, so stark schien der Schmerz ihn gerade zu durchfahren, dann antwortete er: »Ich bin vor ein paar Tagen angeschossen worden bei einem Gefecht, nein, es war eher ein Gemetzel. Wir sind in einen Hinterhalt geraten nahe Düsseldorf im Bergischen; die Alliierten kesseln das ganze Ruhrgebiet ein. Es wird nicht mehr lange dauern, Lene, das pfeifen die Spatzen schon von allen Dächern.«

Die Worte hatten ihn Kraft gekostet, und er begann unkontrolliert zu husten. Entsetzt bemerkte Lene, dass sich dabei kleine Blutströpfchen auf seinen Lippen zeigten. Vor Sorge trat eine tiefe Furche auf ihre Stirn, gleich zwischen die zusammengezogenen Augenbrauen. »Lass uns schnell zum Haus zurückgehen, ich will die Wunde ansehen.«

Er widersprach nicht, doch sie merkte, wie er sich die letzten Meter über bemühte, nicht bei jedem Schritt laut aufzustöhnen, und wie erleichtert er aufatmete, als er sich vorm Haus auf die alte Bruchsteintreppe fallen ließ. Lene setzte sich neben ihn und wartete, bis er wieder zu Atem kam.

»Wo ist der Kleine?«, wollte er wissen und ließ den Blick über den Hof schweifen.

»Bei den Kühen. Er wird sich unglaublich freuen, dich zu sehen, Paul. Er hat dich so vermisst, wir alle.« Sie rückte noch näher zu ihm.

»Keine Schule?«, fragte Paul weiter, und Lene schüttelte ihre kurzen Locken.

»Die Schule ist geschlossen, das Gebäude wurde bei einem Bombenangriff zerstört. Seither lernt er für sich.« Sie seufzte, dann fragte sie drängend: »Sag, wie lange kannst du bleiben? Ich habe dich so vermisst, all die Zeit, Paul. Ich bin tausend Tode gestorben, weil ich kein einziges Lebenszeichen von dir hatte.« Ihre Stimme überschlug sich fast.

»Ich habe geschrieben, wann immer es mir möglich war, aber vermutlich ist die Feldpost von Russland nicht mehr durchgekommen. Meine Einheit ist seit zwei Monaten wieder in der Heimat, deutlich dezimiert und kampfmüde.« Paul fuhr sich über sein überhitztes Gesicht und riss den Blick vom Hof los, um sich seiner Frau zuzuwenden. »Ich habe nur einen Tag Urlaub bekommen. Derzeit sind wir in der Nähe von Köln stationiert. Doch es fahren keine Züge mehr, die Bahnlinie nach Kaltenbach ist zerstört, also bin ich hinter Siegburg ausgestiegen und den Rest der Strecke gelaufen. Leider ist der halbe Tag jetzt schon vorbei«, schloss er und stützte müde und voller Verzweiflung den Kopf in die Hände. Lene schluckte, sie konnte ihn unmöglich morgen schon wieder ziehen lassen. Doch sie verbiss sich ihren Protest, weil sie sah, wie viel er auf sich genommen hatte, um überhaupt zu ihr zu gelangen.

»Dann lass uns keine Sekunde vergeuden«, sagte sie darum entschlossen und sprang auf, um ins Haus zu gehen. Paul jedoch hatte Mühe, auf die Beine zu kommen. »Erst einmal will ich mir drinnen deine Verletzung ansehen«, fügte sie hinzu und half ihm in die Gesindeküche, wo er sich zusammengekrümmt auf die Bank fallen ließ. »Wo bist du verwundet?«, fragte Lene ängstlich.

Er hob sein Hemd, unter dem ein schmutziger Verband voller Blut und Wundsekret zum Vorschein kam.

Lene schluckte. »Darf ich?«

Paul nickte und legte den Kopf zurück, die Augen geschlossen. Als Lene die letzte Bahn des schlecht sitzenden Verbandes löste, zuckte sie zusammen. Die Wunde sah böse aus. Sie war schlecht vernäht und an den Rändern wieder aufgerissen. Gelblicher Eiter hatte sich dort gebildet. Das Einschussloch war von einem feuerroten Ring umgeben.

»Paul, du musst zum Arzt, das hat sich entzündet.« Lene fuhr sachte mit dem Finger über die unversehrte Haut oberhalb der Verletzung, doch schon diese leichte Berührung schien ihm Schmerzen zu verursachen. Seine Haut fühlte sich kalt und klamm an, ab und an überlief ihn ein Schauer, der ihn mit den Zähnen klappern ließ. »Sobald Anton von der hinteren Weide zurück ist, schicke ich ihn nach Kaltenbach. Vielleicht kann er den alten Doktor Wagener herbringen.«

Doch Paul schüttelte vehement den Kopf. »Lene, lass uns das bisschen Zeit, das wir haben, genießen. Ich kann die Wunde morgen beim Feldarzt neu verbinden lassen.« Sie protestierte, doch Paul wollte nichts davon hören. Schweren Herzens reinigte Lene die Wunde und goss etwas von dem Selbstgebrannten darauf, um sie zu desinfizieren. Anschließend legte sie einen sauberen Verband an und reichte Paul ein Glas Schnaps, damit er wenigstens wieder etwas Farbe bekam. Ihr war gar nicht wohl bei dem Gedanken, dass er mit dieser Verletzung morgen den Marsch bis zurück nach Köln auf sich nehmen wollte.

Als Lene an den Herd trat, um ihm mit allem, was ihre vom Winter noch arg dezimierten Vorräte hergaben, eine kräftigende Mahlzeit zuzubereiten, erschien Anton in der Küchentür. Mit großen Augen starrte er seinen Vater an, der die Arme ausbreitete und ihn strahlend anlächelte.

»Mein Gott, bist du groß geworden!«, staunte Paul. »Ein richtiger junger Mann ist unser Anton inzwischen.«

Anton blieb stehen und blickte unsicher zwischen Lene und Paul hin und her.

»Willst du deinen Vater gar nicht begrüßen?«, fragte Lene, die fürchtete, dass die Jahre der Trennung die beiden zu sehr entfremdet hätten. Doch dann setzte sich Anton in

Bewegung und warf sich in Pauls Arme, wobei er sich sichtlich Mühe gab, nicht zu weinen.

Mit Lene und Antons Hilfe schleppte sich Paul anschließend die Treppe hinauf ins Obergeschoss, wo er sich im Schlafzimmer auf dem Bett ausstreckte und sofort vor Erschöpfung einschlief.

»Ist das dein Paul, der da gerade die Treppe hochgekommen ist?«, fragte ihre Mutter, die in der guten Stube Radio gehört hatte.

»Ja, Mutter, er hat einen Tag Fronturlaub bekommen«, sagte Lene, dann lief sie hinunter in den Hof und sah nach, ob eines der wenigen noch verbliebenen Hühner ein Ei gelegt hatte, damit sie zur Feier des Tages vielleicht einen Kuchen backen konnte. Anton schickte sie mit ein paar Kartoffeln zu Frau Schuster, die sie ihm gegen etwas Zucker eintauschen sollte.

Während der Kuchen im Ofen buk, brühte sie einen Ersatzkaffee aus Getreide und Zichorienwurzeln auf, weil es schon länger keine Kaffeebohnen mehr gab. Dann wartete sie ungeduldig darauf, dass Paul wieder aufwachte. Trotzdem fuhr sie erschrocken zusammen, als sie seine Schritte plötzlich hinter sich vernahm – zu ungewohnt war es mittlerweile, einen Mann im Haus zu haben. Er lächelte, als sie bei seinem Eintreten in die Küche zusammenzuckte.

»Ich wollte dich nicht erschrecken«, flüsterte er und trat hinter sie, um wie früher sanft ihren Nacken zu küssen. Wie sehr hatte sie diese kleine Geste vermisst, seine Nähe, seine Wärme und Zuversicht. Lene spürte, wie ihr Panzer tiefe Risse bekam, als sie es sich gestattete, sich mit geschlossenen Augen gegen ihn zu lehnen, sich von ihren Gefühlen überrollen zu lassen und den Moment in gierigen Zügen zu trinken. Noch mehr, weil sie wusste, wie flüchtig dieses kleine Glück war, hing sein Aufbruch am Morgen doch wie ein düsterer Wolkenhimmel über ihnen.

»Gott, wie sehr ich dich vermisst habe«, sagte er und presste seine Lippen auf ihren Scheitel. Als Lene sich zu ihm drehte, weil sie seinen Mund lieber auf ihrem spüren wollte, erschrak sie zutiefst. Paul war kreidebleich und verschwitzt, tiefe Schatten lagen unter seinen Augen, die einen fiebrigen Glanz hatten.

»Geht es dir gut?«, fragte sie leise und sah, wie er sich zusammennahm.

»Jetzt schon, wo ich bei euch bin.« Er schleppte sich zum Küchentisch und atmete genießerisch den Duft des Apfelkuchens ein, den Lene zuvor aus dem Ofen geholt hatte und der nun zum Auskühlen am Fenster stand. »Ich bin am Verhungern«, sagte er, und sie beeilte sich, den Tisch zu decken und den Kaffee auszuschenken. Als sie sich zu ihm setzte und ihm beim Essen zusah, wurde sie etwas ruhiger, weil sie registrierte, dass er nun, im Sitzen, wieder mehr Farbe hatte.

Anton und ihre Mutter, die Paul für ihre Verhältnisse fast herzlich begrüßte, gesellten sich zu ihnen, und gemeinsam fielen sie über den Kuchen her – eine Delikatesse, die es in den letzten Monaten nur selten gegeben hatte. Zu gern hätte Lene Paul ausgefragt über das, was er alles erlebt hatte, und wie es wirklich für ihn war da draußen. Doch Anton zuliebe ließ sie es sein und lauschte stattdessen Pauls harmlosen Geschichten über die fremden

Länder, die er gesehen, und die Menschen, die er getroffen hatte. Anton hing die ganze Zeit gebannt an seinen Lippen und wollte seinen Vater keine Sekunde aus den Augen lassen, was Lene nur zu gut nachfühlen konnte. Trotzdem war sie froh, als ihre Mutter ihn am Abend mit sich in die Kammer hinter der Küche nahm, damit Paul und sie etwas Zeit für sich hatten.

Lene sehnte sich mit jeder Faser ihres Körpers nach ihrem Mann. Zu gerne hätte sie sich ausgezogen und auf ihn gelegt, einfach um seine Wärme zu spüren, doch er war so erschöpft, dass er, kaum im Bett, sofort in einen tiefen Schlaf fiel.

In den frühen Morgenstunden spürte sie, wie er sich unruhig neben ihr wälzte, und wollte ihn streicheln, damit er aus dem Albtraum aufwachte. Doch als sie ihn berührte, stellte sie fest, dass seine Haut glühte. Erschrocken zog sie ihre Hand zurück und setzte sich auf, um nach seiner Stirn zu tasten, die sich sogar noch heißer anfühlte, wenn das überhaupt möglich war. »Paul? Hörst du mich?« Lene schüttelte ihn, und er öffnete kurz die Augen, die glasig waren und durch sie hindurchsahen, bevor er sie wieder zufallen ließ. Lene schlug die Decke zurück und sah gleich, dass der Verband am Wundrand klebte und durchtränkt war von Eiter und Blut.

Hastig sprang sie aus dem Bett und lief barfuß zu der kleinen Kammer, in der ihre Mutter und Anton schliefen. »Anton, wach auf, du musst nach Kaltenbach und Doktor Wagener holen, Papa ist krank«, flüsterte sie, um ihre Mutter nicht zu wecken, und Anton war sofort hellwach. Er schlüpfte in seine Hose und zog sich die Schuhe an, während Lene Handtücher und kaltes Wasser für Wickel holte, die die Temperatur senken sollten.

Eine Stunde verging, und Lene wurde fast verrückt vor Sorge. Pauls Zustand verschlechterte sich zusehends. Sein Atem ging flach, sein Puls flatterte unruhig und schwach unter ihren Fingern. Irgendwann klopfte es, und Lene glaubte schon, dass es Anton mit dem Arzt wäre, doch als ihre Mutter rief, sie gehe nachsehen und nur wenig später mit leichenblassem Gesicht in der Tür zur Schlafkammer erschien, wusste Lene, dass ihre Hoffnung vergebens war.

»Kettenhunde«, flüsterte Luise, und Lene wurde bleich. Sie hatte genug Geschichten über die gnadenlosen Deserteur-Jäger gehört. Ihren Spitznamen hatten die Soldaten von der metallenen Plakette, auf der »Feldgendarmerie« stand und die an Ketten um ihre Hälse baumelten. Noch ehe sie reagieren konnte, wurde sie von zwei Uniformierten zur Seite geschoben, deren Ketten tatsächlich bei jedem Schritt klapperten.

Ohne Lene weiter zu beachten, bauten sich die Männer vor dem Bett auf. »Paul Fuhrmann«, sagte der größere der beiden, »Sie sind verhaftet, ziehen Sie sich etwas über, und kommen Sie sofort mit.«

Lene starrte ihn fassungslos an, dann brach sie in ungläubiges Gelächter aus.

»Amüsiert Sie etwas, Frau Fuhrmann?«, fragte der Feldjager verächtlich, und Lene sah aus dem Augenwinkel, wie ihre Mutter beschwörend den Kopf schüttelte, doch Lene war viel zu verzweifelt, um jetzt klein beizugeben.

»Sind Sie blind? Mein Mann ist schwer verletzt, er braucht einen Arzt und kann unmöglich irgendwo hingehen. Was werfen Sie ihm überhaupt vor? Er ist auf Fronturlaub und kämpft seit Jahren für sein Vaterland.« Ihre Stimme überschlug sich vor Empörung.

Der Feldjäger betrachtete sie mit kalter Ruhe, bevor er ihr antwortete. »Ihr Mann hat sich gestern unerlaubt von seiner Einheit entfernt, Frau Fuhrmann. Er sollte sich im Lazarett melden wegen seiner Wunde und ist dann desertiert. Er wird sich für seine Tat verantworten müssen. Seinen jetzigen Zustand hat er sich selbst zuzuschreiben.« Er gab seinem Begleiter ein Zeichen, trat ans Bett, und gemeinsam zogen die beiden Männer den Verwundeten in eine sitzende Position, wobei Paul vor Schmerz laut aufstöhnte. Lene sah, wie der Kleinere ihn mitleidig ansah.

»Frieberg, der Mann scheint wirklich schwer verletzt zu sein, vielleicht sollten wir ihn in ein Lazarett bringen.«

Der mit »Frieberg« Angesprochene baute sich bedrohlich vor seinem Kameraden auf und nutzte seine imposante Größe, um seinen Standpunkt und die Rangordnung klarzumachen. »Wir haben eindeutige Befehle, Braun. Was mit dem da geschieht, hast du nicht zu entscheiden.« Mit diesen Worten riss er Paul unvermittelt hoch.

Braun blickte Lene an. Kaum wahrnehmbar zuckte er mit seinen breiten Schultern. Eine Geste, die seine Machtlosigkeit unterstrich, die jedoch auch verriet, dass er seine Menschlichkeit noch nicht verleugnet hatte. Er stellte sich an Pauls andere Seite, der nun wie eine Marionette zwischen ihnen hing, der man die Fäden durchtrennt hatte.

Lene stieß einen verzweifelten Schrei aus und warf sich den Männern in den Weg. Doch der Größere holte aus und schlug ihr so fest ins Gesicht, dass sie nach hinten stürzte und mit dem Kopf gegen die Kommode schlug. Lene hörte, wie ihre Mutter erschrocken ihren Namen hauchte. Ketten rasselten, als die beiden Feldjäger Paul aus dem Schlafzimmer schleiften. Und dann vernahm sie nur noch ein einziges Wort, bevor die Welt um sie herum schwarz wurde – ein Wort, das Paul mit allerletzter Kraft hervorstieß: »Lene.«

Als sie wieder zu sich kam, lag sie auf dem Bett, einen kalten Lappen am Hinterkopf. Ihre Mutter beugte sich über sie, neben ihr standen Anton und Doktor Wagener. Lene brauchte einen Augenblick, bis sie wieder klar sehen konnte, doch als sie den Gegenstand in Dr. Wageners Hand erkannte, bäumte sie sich auf und schüttelte den Kopf. »Ich will keine Beruhigungsspritze. Mir geht es gut, ich muss zu Paul.«

Der alte Arzt sah sie mit mildem Tadel an. »Frau Fuhrmann, Sie können doch nichts ausrichten. Schonen Sie sich lieber. Bleiben Sie liegen und kühlen Sie Ihren Kopf. Sie haben sich bei dem Aufprall eine leichte Gehirnerschütterung zugezogen.« Doch Lene wollte davon nichts hören. Sie schob den Mediziner zur Seite und stand auf, wobei sie sich am Bettpfosten festhalten musste, weil die Welt um sie herum plötzlich zur Seite zu kippen schien. Ihr war übel, und es pochte ungut hinter ihrer Schläfe. Dr. Wagener sah Lenes Mutter hilfesuchend an, die sich daraufhin ihrer Tochter in den Weg stellte.

»Lene, er hat recht, du weißt doch nicht einmal, wohin sie ihn gebracht haben. Bleib hier.«

Doch Lene hatte sich trotz ihres Schwindels schon an

ihrer Mutter vorbeigedrängt und riss eine alte Strickjacke von einem Haken an der Wand. »Ich gehe nach Kaltenbach. Die Feldjäger sitzen im Rathaus, sie werden Paul dorthin gebracht haben, und ich kehre nicht eher zurück, bis sie mir meinen Mann wiedergeben.« Entschlossen zog sie die Jacke über und trat vor die Tür, doch ihre Mutter fasste sie am Ärmel.

»Lass lieber gut sein, Lene, sonst landest du am Ende auch noch in der Zelle.« Echte Sorge spiegelte sich auf ihren sonst so kühlen Zügen, doch Lene schüttelte nur ungeduldig ihre Hand ab.

»Mir ist egal, was mit mir passiert, aber ich muss zu ihm, Mutter, es geht nicht anders.« Ihre Stimme brach. Auch wenn Lene insgeheim wusste, wie wenig sie ausrichten konnte, wollte sie zu ihrem Mann. Sie musste wissen, was nun weiter mit Paul geschehen würde.

Ihre Mutter sah sie einen Augenblick lang prüfend an, dann nickte sie, stellte sich hinter Anton und legte ihm fest die Hände auf die Schultern. »Gib auf dich acht, Helene. Ich sorge hier für alles.«

Zum ersten Mal in ihrem Leben durchflutete Lene eine Welle der Dankbarkeit, als sie ihrer Mutter nun erleichtert zunickte. Anton jedoch war ganz und gar nicht einverstanden. Er riss sich von seiner Großmutter los und trat Lene in den Weg.

»Ich gehe mit dir«, verkündete er, das kleine Kinn energisch vorgeschoben.

Lene schloss ihn in die Arme und küsste sein Haar. »Du musst hierbleiben, Anton. Ich weiß nicht, wann ich wiederkehre, und einer muss nach Ruth und Leni sehen«, flüsterte sie ihm dabei ins Ohr. Sie spürte, wie er tief Luft holte, doch dann nickte er stumm und trat von ihr fort. Lene schenkte beiden noch ein letztes Lächeln, bevor sie die Treppe hinuntereilte und die Tür hinter sich ins Schloss warf.

Der Fußmarsch nach Kaltenbach kostete sie viel Kraft. Immer wieder musste sie anhalten und warten, bis der Schwindel abebbte, und einmal erbrach sie sich nahe einer alten Eiche am Waldrand. In Kaltenbach angekommen trat sie mit aller Entschlossenheit durch die verhassten Türen des Rathauses, doch für Paul wäre sie auch durch die Tore der Hölle marschiert.

»Ich bin Lene Fuhrmann, ich will zu meinem Mann, Paul Fuhrmann«, teilte sie dem jungen Uniformierten mit, der kurz verschwand und nur Momente später in Begleitung eines Feldjägers zurückkam.

»Der Gefangene darf keinen Besuch empfangen. Man wird Ihren Mann im Morgengrauen in ein Militärgefängnis verlegen, wo ihm der Prozess gemacht wird.«

Lene straffte die Schultern, um nicht zu zeigen, wie sehr seine Worte sie erschütterten. Sie setzte an, Einwand zu erheben, doch der Feldjäger strafte sie nur mit einem abfälligen Blick. »Sie sollten jetzt gehen. Heil Hitler.« Seine Stiefel knallten zusammen, als er den Arm zum Führergruß hob, dann verschwand er in den dunklen Gängen des Rathauses.

Verzweifelt setzte sich Lene auf die Stufen vor dem Gebäude. Die Sonne ging bereits unter, und die Nacht streckte ihre kalten Finger nach ihr aus, doch sie hätte sich um keinen Preis von hier vertreiben lassen, sie musste wissen, wie es Paul ging. Sie betete inständig darum, dass wenigstens ein Arzt nach seiner Verletzung sah, denn sie fürchtete, dass die Infektion ansonsten auf seinen ganzen Körper übergreifen würde. Weiter erlaubte sie sich nicht zu denken. Irgendwann trat eine gedrungene Gestalt aus dem Rathaus, eine Gestalt, die Lene wohl überall erkannt hätte. Weiler. Sie sprang auf und wankte mit unsicheren Schritten auf ihn zu. Ihr Kopf dröhnte immer noch, und ihre Beine waren eingeschlafen vom langen Sitzen auf den kalten Stufen. Ihr ganzer Körper schien aus Schmerz zu bestehen, doch sie setzte sich darüber hinweg.

»Wie geht es meinem Mann, Weiler? Sie müssen doch etwas wissen!«, rief sie ihm zu und verdrängte die Übelkeit, die in ihr bei seinem Anblick aufstieg.

»Die Frau Fuhrmann – und wie immer so freundlich«, höhnte Weiler.

»Bitte, er ist krank, er braucht einen Arzt, Sie müssen ihm helfen.« Verzweifelt krallte sie die Finger ins Revers seiner Uniformjacke. Weiler stieß sie unwirsch zurück und wischte über den Stoff, als habe sie ihn mit ihrer Berührung beschmutzt. Tief im Inneren wusste Lene, dass sie nichts erreichen würde. Ob sie ihn nun bedrängte oder anflehte – Weiler würde keinen Finger rühren, um Paul zu helfen.

»Gute Frau, gehen Sie nach Hause und seien Sie froh, dass ich Sie nicht gleich mit verhaften lasse. Ihr Mann ist ein Verräter, ein Feigling. Ginge es nach mir, würde ihm gleich da hinten auf dem Hof kurzer Prozess gemacht. Aber darüber wird ein Militärgericht entscheiden.« Er musterte sie voller Verachtung, dann ging er zu seinem Wagen und ließ sie bebend vor Furcht und Zorn in der Dunkelheit zurück.

Lene blieb. Sie setzte sich auf eine Bank, die unweit des Rathauses stand, und starrte blind in die Nacht. Die Angst um Paul trieb sie an den Rand des Wahnsinns. Im Grunde wusste sie, dass sie nur sich selbst und die anderen in Gefahr brachte mit ihrer stoischen Wache, doch sie konnte nicht anders. In ihrem müden Hirn hatte sich der unsinnige Gedanke festgesetzt, sein Leben hinge davon ab, dass sie in seiner Nähe blieb. Sie würde ihn nicht im Stich lassen, niemals. Vor Kälte zitternd harrte sie deshalb aus, doch irgendwann siegten ihre Erschöpfung und die Müdigkeit, und Lene schlief ein.

Im Morgengrauen wurde sie von einem lauten Geräusch aus dem Schlaf gerissen. Sie schlug die Augen auf und sah die Rücklichter eines Armeefahrzeuges, welches zurücksetzte, um den Hinterhof des Rathauses zu verlassen. Am Steuer erkannte sie einen der Feldjäger von gestern, der mit stoischer Miene an ihr vorbeiblickte. Keuchend kam sie auf die Beine und stürzte dem Fahrzeug hinterher. Als der Wagen kurz an einer Kreuzung hielt, glaubte sie für den Bruchteil einer Sekunde, Pauls blondes Haar durch die kleine Öffnung mit den Gitterstäben zu sehen, doch auch wenn ihr müdes, überreiztes Hirn ihr womöglich einen Streich spielte, wusste sie, dass er in dem Wagen war. Sie wusste es, weil ihr Herz in dem Augenblick brach, in dem sich das Fahrzeug wieder in Bewegung setzte.

Geschlagen kehrte sie zum Hof zurück.

Ihre Mutter erwartete sie bereits am Zaun. »Ich war im Gasthof, da gibt es ein Telefon. Ich habe deinen Vater erreichen können, er will sich umhören wegen Paul. Immerhin hat er ein paar Freunde in hohen Positionen.«

Lene hätte sie in diesem Moment am liebsten geküsst, doch ihre Mutter hatte sich schon umgewandt und kehrte zum Haus zurück. »Danke, ich danke dir von Herzen!«, rief Lene und eilte ihr nach. Sie konnte nicht sehen, dass ihre Mutter lächelte.

Drei Tage später stand Lene im Garten und lockerte den Boden im Gemüsebeet, um weitere Saat auszubringen, als der kleine Sohn der Wirtsleute die Straße heruntergerannt kam. »Frau Fuhrmann, schnell, da ist ein Anruf für Sie.« Lene ließ alles fallen und rannte los, getragen von Angst und Hoffnung, die in ihr um die Vorherrschaft kämpften. Atemlos erreichte sie den Gasthof, wo die Wirtsfrau ihr wortlos den Hörer hinhielt.

»Äffchen, wie geht es dir?«, hörte sie die Stimme ihres Vaters.

»Papa, hast du etwas herausgefunden? Wo ist er, geht es ihm gut? Kann ich zu ihm?« Ihre Stimme war schrill geworden. Als ihr Vater sich räusperte, spürte sie bereits, wie alles in ihr zu zittern begann.

»Lene, du musst jetzt stark sein.« Mehr hörte sie nicht, denn ihre Beine gaben nach, und die Welt um sie herum wurde schwarz.

Die kommenden Tage verbrachte sie wie unter einer Glocke. Nichts drang zu ihr durch, und sie konnte auch nichts nach außen lassen. Sie war allein mit ihrem Schmerz und ihrer Hoffnungslosigkeit. Man hatte Paul hingerichtet. Noch am selben Tag, an dem sie ihn ins Militärgefängnis gebracht hatten, war ihm und etlichen anderen der Prozess gemacht worden. Bei Deserteuren kannte der Führer keine Gnade. Sie alle wurden als Landesverräter standrechtlich erschossen und irgendwo bei Köln in einem Massengrab verscharrt. Das hatte Mutter berichtet, die am Abend noch einmal mit Papa im Gasthof telefoniert hatte. Doch es war gleichgültig, wie er ums Leben gekommen war – Lene war ohnehin in diesem Augenblick mit ihm gestorben.

Sie aß kaum und trank nur dann etwas, wenn ihre Mutter sie zwang, den Becher an die Lippen zu setzen. Und obwohl Luise sie abends wusch, kämmte, für die Nacht umkleidete und ins Bett steckte wie ein kleines Mädchen, fand Lene nur etwas Frieden, wenn sie in der Dunkelheit hinausschlich und sich unter dem Tannenbaum, den Paul einmal für ein besseres Weihnachtsfest gepflanzt hatte, wie eine Katze zusammenrollte. Es brauchte Luises ganze Überredungskunst, sie in diesen Nächten wieder ins Haus zu bekommen, denn nur dort spürte Lene einen schwachen Trost, weil es Pauls Baum war.

Irgendwann in dieser Zeit, die für Lene weder Tage noch Stunden zu haben schien und nicht mehr war als eine zähe Masse aus Farben und Lauten und Schmerz, drang Antons Stimme zu ihr. Er saß an ihrem Bett, und sie spürte seine warmen Hände, die ihre eisigen Finger umschlossen.

»Mama, er war kein Verräter, oder?«

Lene tauchte aus dem Nebel ihres Schmerzes auf und konnte sogar für einen winzigen Augenblick die Wärme genießen, die wie ein kleiner Sonnenstrahl durch die Düsternis in ihrem Inneren gebrochen war, als Anton sie »Mama« nannte. Sie setzte sich auf und drückte Antons Hand so fest, dass dieser vor Schreck zurückzuckte.

»Dein Vater war ein guter Mann, er war mutig und besaß Ehre. Er hätte niemals seine Kameraden im Stich gelassen, hörst du? Niemals. Er wollte uns nur noch einmal sehen. Paul wusste, dass es das letzte Mal sein würde …« Sie schluchzte laut auf und zog Anton so verzweifelt in ihre Arme, dass dieser sich nach einigen Momenten mit einem festen Druck gegen ihren Oberkörper daraus befreien musste, um Luft holen zu können. Er war so erwachsen geworden in den vergangenen Monaten und Paul so ähnlich, wie er nun mit traurigen blauen Augen auf sie blickte.

»Schlaf noch etwas, Mama, ich kümmere mich nachts um Ruth und Leni, bis es dir besser geht, versprochen.«

Sie schloss kurz die Augen. »Du bist alles, was mir noch geblieben ist, Anton«, flüsterte sie, doch als sie sie wieder öffnete, war er verschwunden.

Die Luftangriffe der Alliierten mehrten sich. Das Heulen der Flugzeugmotoren und das Kreischen der herabfallenden Bomben drangen sogar zu Lene durch. Doch es war ihr völlig gleichgültig, ob sie diesen Krieg lebend überstand oder nicht. Luise und Anton mussten sie jedes Mal beinahe mit Gewalt in das Kellerloch unter der Scheune tragen. Kaltenbach traf es heftig in jenen Tagen, und fast stündlich drangen neue Berichte von Nachbarn oder Dorfbewohnern zu ihnen durch. Das Städtchen unweit ihrer kleinen Welt lag in Schutt und Asche. Irgendwann in dieser Zeit, in der sie immer häufiger vom Haus in den kleinen Lagerraum unter der Scheune flüchten mussten, saß Lene im Schlafzimmer im Schaukelstuhl, Pauls Bild an die Brust gedrückt, als plötzlich Anton hereinplatzte und sie aus ihrer Starre riss.

»Der Krieg ist aus, die Amerikaner fahren gerade mit Panzern durch Kaltenbach!« Seine Wangen glühten vor Aufregung. »Stell dir vor, der Weber Fritz hat eben erzählt, dass seine große Schwester, die im Rathaus arbeitet, von Weiler die Order hatte, alle Hitlerbilder und Fahnen abzuhängen und zu verbrennen. Der hat seine Uniform schon aus und will jetzt einen auf Regimegegner machen, der feige Hund, hat Fritz gesagt.«

Lenes Lethargie war schlagartig verflogen. Der Drang nach Rache überkam sie wie eine gewaltige Woge, der Gedanke, dass Weilers menschenverachtende Schandtaten ungesühnt blieben, verlieh ihr neue Kraft.

»Den lassen wir nicht ungestraft davonkommen«, sagte sie zu Pauls Foto, und Anton nickte zustimmend. Lene sprang auf und stürmte hinaus, um Lotte anzuspannen. Anton folgte ihr ein paar Minuten später, eine alte Zeitung in der Hand.

»Was hast du da?«, fragte sie, und Anton hielt ihr das leicht vergilbte Papier unter die Nase. Ein Foto sprang ihr ins Auge, das gleich neben den Berichten über den langen Frost, rationierte Lebensmittel und eine erneute Ausgangssperre abgedruckt war. Es zeigte Weiler in Uniform, wie er einige hohe SS-Offiziere mit strammem Hitlergruß in Kaltenbach willkommen hieß, die hier im vorigen Jahr Station gemacht hatten. Lene sah Anton anerkennend an. »Mein schlauer Junge«, lobte sie, und Anton zog den Kopf zwischen die Schultern, weil ihn ihr Stolz verlegen machte.

Sie wusste, dass sie Lotte viel abverlangte, doch die Angst, dass Weiler den Alliierten entkommen würde, ließ Lene das alte Kaltblut immer weiter antreiben, bis Kaltenbach endlich in Sicht kam oder zumindest das, was noch davon übrig war. Lene erlaubte dem Pferd nun, endlich in einen langsameren Trab zu fallen. Wortlos vor Entsetzen rollten sie durch die zerstörten Straßen. In der Innenstadt stand kaum noch ein Haus. Überall lagen Trümmer, umgeben von einer dichten grauen Staubwolke. Lene und Anton mussten sich die Jackenärmel über Nase und Mund halten, weil sie kaum noch atmen konnten. Als das Pferd nicht mehr weiterkam, band Lene es ein Stück von der Straße entfernt an einen Pfosten und kletterte dann mit Anton über die Trümmer. Man konnte sich kaum vorstellen, dass hier einstmals ein nettes kleines Städtchen gestanden hatte.

Schon von Weitem sahen sie die Panzer, die auf dem ehemaligen Marktplatz haltgemacht hatten. Schaulustige säumten die Straßen, ein paar Kinder hatten Blumen dabei, die sie schüchtern an sich drückten. Problemlos konnte Lene die massige Gestalt des Bürgermeisters ausmachen, der sich unscheinbar in die Menge eingefügt hatte, die am Straßenrand Spalier stand. Er trug einen schlichten Anzug ohne Parteiabzeichen, und tatsächlich waren auch die Hakenkreuzfahnen vom Rathaus verschwunden, das als eines der wenigen Gebäude fast unversehrt aus den Trümmern emporstach.

»Who's in charge here?«, bellte einer der Amerikaner. Lene vermutete, dass er der Ranghöchste war, und lief auf ihn zu.

»Nazi!«, rief sie anklagend und zeigte auf Weiler, dessen Augen nun nervös zwischen Lene und dem Soldaten hin- und herhüpften. Ihr Auftritt schien die Besatzer zu irritieren; einige von ihnen griffen mit fragendem Blick auf ihren Major nach ihren Gewehren. »Nazi, der da, der ist ein Nazi!« Atemlos blieb sie vor dem Amerikaner stehen, der Weiler nun genauer musterte.

Weiler trat vor und fasste Lene grob am Arm, wobei er den Soldaten entschuldigend anlächelte. *»She crazy«*, behauptete er, als sei sie eine arme Irre, der man Einhalt gebieten musste.

Da kam ihr Anton zur Hilfe. Er schob sich an den Schaulustigen vorbei, zupfte den Soldaten vorsichtig am Arm und hielt ihm die Zeitung hin. Der Amerikaner betrachtete die Seite mit der körnigen Schwarz-Weiß-Aufnahme, blickte auf und sah Weiler aus zusammengekniffenen Augen in das verschwitzte Gesicht. *»Is that you?«*, fragte er und tippte mit dem Finger auf das Bild.

Weiler schüttelte den Kopf und trat ein paar Schritte zurück.

»Nazi«, sagte da eine Frau in der Menge, und Lene sah, dass es die alte Frau Schuster war, die ebenfalls auf Weiler zeigte und ihn mit Verachtung musterte. »Nazi.«

Mehrere Umstehende fielen mit ein, andere, die zu den Mitläufern zählten oder ihm sogar mit Begeisterung gefolgt waren, blickten dafür betreten zu Boden – hoffend, dass dieser anklagende Chor ihre Namen aussparen würde.

Lene sah, wie Weiler aschfahl wurde, während er immer weiter rückwärtsstolperte.

»Stop, don't you move any further, or I'll shoot you.« Weder Weiler noch die Umstehenden hatten den Soldaten verstanden, doch die Bedeutung seiner Worte war trotzdem allen klar. Weiler machte einen weiteren Schritt zurück, was den Amerikaner dazu veranlasste, sein Gewehr von der Schulter gleiten zu lassen. *»On your knees«*, bellte er, und Weiler blieb wie angewurzelt stehen. Zwei weitere Soldaten lösten sich aus der den Panzer umstehenden Gruppe, traten auf ihn zu und drückten ihn mit Gewalt auf die Knie. Weiler fing an zu zittern, und Lene stellte voller Genugtuung fest, dass er sich im Schritt eingenässt hatte. *»Bring him to the city hall, I want to talk to that guy.«* Die beiden Soldaten zogen den nun wie Espenlaub zitternden Bürgermeister hoch und brachten ihn in Richtung Rathaus.

Als sie ihn an Lene vorbeizerrten, drehte er sich noch einmal zu ihr um, eine Mischung aus Angst und Hass in den Augen. »Das wirst du büßen«, zischte er, bevor ihn der Soldat zu seiner Rechten die Stufen hinaufschleifte.

Lene spuckte hinter ihm auf den Asphalt. »Du machst mir keine Angst mehr, Weiler, du hast mir schon alles genommen. Aber du selbst hast alles zu verlieren, und ich werde hier sein und jubeln, wenn es so weit ist.«

Die Menge applaudierte, und die Soldaten sorgten mit kurzen, barschen Befehlen für Ruhe.

»We will need your testimony«, sagte der Soldat, der Weilers Verhaftung angeordnet hatte, an Lene gewandt. Als er ihren verständnislosen Blick bemerkte, sah er sich

hilfesuchend um, bis Herr Hauser, der Dorfschullehrer, den der Krieg ein Bein gekostet hatte, aus der Menge vortrat.

»*May I?*«, fragte er den Amerikaner, der erleichtert nickte. »Sie sollen eine Aussage machen, Frau Fuhrmann«, übersetzte er. Lene nickte. Der Amerikaner notierte sich ihren Namen und ihre Adresse, während Hauser übersetzte, dass sie in den kommenden Tagen ins Rathaus kommen und alles, was sie wusste, zu Protokoll geben sollte.

»Darf ich jetzt gehen?«, bat sie. Als der Soldat auf Hausers Anfrage hin nickte, griff sie erleichtert nach Antons Hand und kehrte mit ihm zu Lotte zurück, um nach Hause zu fahren.

Kapitel 23

Lene war so außer Atem von ihrer Geschichte, dass Noah sie noch einmal inhalieren ließ und danach eindringlich bat, etwas zu schlafen. Nur Sekunden später schloss sie die Augen. Noah ging in den Flur, um erneut zu Hause anzurufen. Vermutlich ahnte er, dass er in dieser Nacht noch weiter hier gebraucht wurde. Wir setzten uns in die Küche und sahen abwechselnd nach Lene, die unruhig schlief. Ihr Atem ging inzwischen so flach, dass ich Noah zweimal hereinrief, damit er ihren Puls fühlte. Ich machte Tee, und wir blieben lange Zeit schweigend sitzen, bis ich aussprach, was mir im Kopf herumgeisterte.

»Es fühlt sich nicht an, als wäre das das Ende. Da sind noch so viele Fragen. Was ist aus Ruth geworden und aus Leni und aus dem feisten Weiler?«

Noah lächelte mich schwach an. »Nun, ich kenne die Geschichte vielleicht nicht so gut wie Lene, aber ich kann sie dir trotzdem zu Ende erzählen.« Ich beugte mich gespannt zu ihm herüber.

Nur wenige Tage später, am 8. Mai 1945, war der Krieg in Deutschland offiziell beendet. Ein Krieg, der so viele Leben gekostet, der so viel Hass und Trauer über die Menschen gebracht hatte. Lene begann langsam, ihren Alltag wiederaufzunehmen. Ihr Vater kehrte heim und versuchte, sie und Anton dazu zu bewegen, Luise und ihn nach Essen zu begleiten, wo er sich Arbeit suchen und ein neues Heim für sie schaffen wollte. Doch für Lene war es undenkbar, den Windhof zu verlassen. Nur hier fühlte sie sich Paul nahe. Da es kein offizielles Grab gab, das sie hätte besuchen können, hatte sie ein kleines Kreuz unter der Tanne aufgestellt. Dorthin ging sie, um mit Paul zu reden, oder einfach, um ihm nahe zu sein. Beten, das tat sie schon lange nicht mehr, denn selbst wenn es einen Gott gab, so war er scheinbar taub für das Leid der Menschen. Weiler wurde zwar von den Amerikanern kurz nach seiner Verhaftung wieder auf freien Fuß gesetzt, weil er für sie nur ein kleines Licht war, doch im Zuge von Zeugenbefragungen kam heraus, dass er vor dem Krieg seinen Mitbewerber um das Bürgermeisteramt umgebracht und die Leiche hatte verschwinden lassen. Er wurde deshalb zu fünfzehn Jahren Haft verurteilt und im Gefängnis von einem anderen Häftling im Streit erschlagen. Lene feierte, als sie davon erfuhr.

Ruth und die kleine Leni hatten die letzten Monate dieses furchtbaren Krieges im Steinbruch heil überstanden und waren zögerlich ans Licht gekommen, nachdem Lene und Anton ihnen mehrfach versichert hatten, dass der Krieg wirklich zu Ende sei. Lene hatte angeboten, sie mit auf den Hof zu nehmen, doch weil es dort derzeit ohnehin noch beengt war, bis Luise nach Essen zurückkehren würde, zog Ruth es vor, nach Kaltenbach zu gehen, wenngleich von ihrem einstigen Zuhause nur noch die Außenwände standen. Die Menschen reagierten unterschiedlich darauf, dass sie so kurz nach Kriegsende zurückkehrte. Manche gaben sich immer noch feindlich gesinnt, andere taten so, als hätten sie nie auch nur ein böses Wort gegen die Juden gesagt, auch wenn Ruth wusste, dass kaum einer damals die Stimme für sie erhoben hatte.

Die Amerikaner gingen, und die Franzosen lösten sie ab. Die wenigen Männer, die noch daheim waren oder schon aus dem Krieg zurückkehrten, kamen in Gefangenschaft, es wurde geplündert und marodiert, weshalb der Beginn des Friedens für viele einen bitteren Beigeschmack hatte. So auch für Lene, wenngleich ihre Gründe andere waren.

Sie hatte weitermachen müssen nach Pauls Tod, nach all den schrecklichen Erlebnissen. Hatte für sich und Anton einen Weg gesucht, wie sie überleben und den Hof halten konnten. Wie besessen ackerte sie auf den Feldern und im Stall und trieb sich selbst und Anton unerbittlich an. Nur wenn sie sich mit körperlicher Arbeit an den Rand der Erschöpfung trieb, wenn ihre Knochen nachts mehr schmerzten als ihr Herz, konnte sie ihre überbordende Trauer im Zaum halten. Sie war so entschlossen, die Trauer nicht überhandnehmen zu lassen, dass sie nicht einmal merkte, dass sie auch alle anderen Gefühle in sich begrub. Niemand kam mehr an sie heran: Anton nicht, ihre Eltern nicht, die ohnehin mit eigenen Plänen beschäftigt waren, und selbst Ruth nicht, die oft vorbeikam, um nach Lene zu sehen.

»Herrgott«, sagte Ruth eines Tages. »Es ist kaum mehr mit anzusehen. Du fällst irgendwann mal tot um vor lauter Plackerei und der Kleine gleich mit dir. Du gönnst euch keine Minute Pause. Anton ist noch ein Kind, er muss doch auch mal tun dürfen, was er mag.« Doch obwohl Lene wusste, dass die Freundin recht hatte, stand sie im Morgengrauen wieder auf und schleppte Anton zu einem der Felder, wo sie den harten Westerwälder Boden nur mit einer Egge und einem alten Ochsen umpflügten. Sie konnte einfach nicht anders.

Ruth hatte irgendwann aufgegeben, sie von ihrem Tun abhalten zu wollen. Auch wurden ihre Besuche seltener, weil Lene ohnehin nie Zeit hatte und Ruth zur Genüge damit beschäftigt war, ihr Elternhaus wiederaufzubauen, um für Leni und sich selbst dort ein neues Zuhause zu schaffen. Die Arbeit ging gut voran, doch eines Tages bekam sie Meldung, dass ihr Bruder Simon das KZ als Einziger ihrer Familie überlebt hatte. Er war so krank, ausgezehrt und verwirrt gewesen durch die lange Zeit der Mangelernährung und harten Arbeit, dass es fast zwei Jahre gedauert hatte, bis er die Kraft fand, nach seiner Familie zu forschen. Nun hatte er Ruth endlich gefunden und bat sie, mit ihm nach Israel zu gehen, weil er Deutschland für immer den Rücken kehren wollte. »Hier kann ich nicht bleiben, Ruth, nicht nach alldem, was sie uns angetan haben«, schrieb er ihr.

Den Brief in der Tasche, rannte Ruth den ganzen Weg zu Lene, weil sie den Rat der Freundin brauchte. Lene saß in der Küche und schälte Bohnen, als sie eintrat, atemlos und aufgeregt.

»Hallo, Ruth, lasst du dich auch mal wieder blicken? Wie geht es mit dem Haus voran?« Sie stand auf, um die Bohnen in ein anderes Gefäß umzufüllen, bevor sie sich aus einem großen Eimer neue zum Schälen auf den Tisch legte.

»Stell dir vor, Lene, Simon lebt!«

Lene ließ das Schälmesser sinken und schlug die Hand vor den Mund. Zum ersten Mal seit Pauls Tod machte ihr Herz einen freudigen Satz. Sie sprang auf, umarmte Ruth und drückte die Freundin dann auf einen Stuhl.

»Das ist ja eine wundervolle Neuigkeit! Darauf müssen wir trinken.« Sie stellte zwei Gläser vor sie hin und goss ihnen beiden etwas von Pauls Selbstgebranntem ein. Es war die letzte Flasche, aber wenn sie sie heute nicht öffnen würde, wann dann? Gab es einen besseren Grund zu feiern als diesen kleinen Triumph des Lebens über den Tod? Lene prostete Ruth zu und trank einen großen Schluck, dann stellte sie ihr Glas ab und hörte zu, wie ihr die Freundin von Simons Plänen erzählte.

»Was willst du tun?«, fragte sie, als Ruth geendet hatte, und spürte, wie die Angst in ihr aufstieg, nun auch noch ihre einzige Freundin zu verlieren.

Ruth sah zu Boden. »Ich denke, wir werden mitgehen, Lene. Er ist alles, was mir an Familie geblieben ist, und ich will ihn nicht ein zweites Mal verlieren.«

Lene konnte sie verstehen, auch wenn der erneute Abschied von zwei geliebten Menschen bedeutete, dass ein weiterer Teil ihrer Seele absterben würde. Doch es wäre mehr als eigensüchtig gewesen, Ruth zu bitten, bei ihr zu bleiben. Ohnehin hatte diese selbst so viel Leid durchgemacht, dass Lene sich manchmal in ihrer Gegenwart schlecht fühlte, weil ihre Trauer um Paul so viel Raum einnahm.

»Das ist sicher eine gute Idee, Ruth«, pflichtete sie ihr deshalb bei, bemüht, das Zittern in ihrer Stimme zu unterdrücken, und leerte ihr Glas. »Ich wünsche euch viel Glück.« Mit diesen Worten wandte sie sich wieder ihren Bohnen zu, ohne Ruth eines weiteren Blickes zu würdigen.

Hätte Lene sie gebeten zu bleiben – Ruth hätte keinen Moment gezögert. Sie fühlte sich seltsam zerrissen auf dem Heimweg, weil sie einerseits so froh war, dass Simon lebte und sie ihn bald treffen würde. Andererseits waren ihr Lene und Anton eine Familie geworden, und es brach ihr das Herz, die beiden zu verlassen. Doch so hart und unnachgiebig, wie die Freundin sich in letzter Zeit gab, schien es Ruth die beste Lösung zu sein, weshalb sie, als sie nach Hause kam, entschlossen einen alten Koffer vom Speicher holte und zu packen begann. Sie und Leni liefen am Tag vor ihrer Abreise noch einmal den ganzen Weg von Kaltenbach zum Hof, aber Lene, die gerade Heuballen schichtete, hielt nicht einmal in ihrem Tun inne, um sich richtig zu verabschieden.

»Ich wünsche euch alles Glück der Welt«, sagte sie nur leise und stapelte den nächsten Ballen auf.

Anton, der mit grimmigem Gesicht danebenstand, weinte, als Ruth und Leni ihn noch einmal herzlich an sich drückten.

»Wir werden uns eines Tages wiedersehen«, flüsterte Ruth ihm zu, bevor sie ihre Tochter an die Hand nahm und ein letztes Mal den Blick auf ihre Freundin richtete. »Danke für alles, Lene«, sagte sie, doch sie bekam keine Antwort mehr.

Tags drauf reisten sie mit dem Zug nach München, wo Simon lebte. Ihr Elternhaus hatte sie gut verriegelt, jedoch nicht verkauft, nur für alle Fälle. Gemeinsam nahmen sie einen Zug nach Südfrankreich. Von dort sollte ein Schiff von der Mittelmeerhafenstadt Sète aus Richtung Israel aufbrechen.

Als Ruth und Leni fort waren, durchlebte Lene eine furchtbare Zeit, in der sie noch einmal alles durchlitt, was ihr widerfahren war. Tagsüber quälte sie sich mit stoischer Miene durch ihren Alltag, nachts rissen sie furchtbare Albträume aus dem Schlaf. Darin saß sie mit Ruth, Anton und Leni in dem alten Vorratskeller fest, während Weiler und seine Schergen über ihnen den Stall durchsuchten. Und jedes Mal, kurz bevor sich sein Gewehrlauf in ihre Schläfe bohrte, schreckte sie mit einem Schrei aus dem Schlaf hoch. Dann versuchte sie, ihre Träume mit dem Alkohol zu ertränken, den sie in Kaltenbach auf dem Schwarzmarkt gegen Kartoffeln oder Eier getauscht hatte. Es hätte wohl ein schlimmes Ende mit ihr genommen, wäre nicht eines Tages ein Taxi auf dem Hof zum Stehen gekommen, aus dem eine sonnengebräunte Ruth und eine fröhliche, wohlgenährte kleine Leni ausstiegen. Lene traute ihren Augen kaum.

»Ja, was macht ihr denn hier?«, fragte sie fassungslos und konnte sich vor Überraschung kaum rühren.

»Es hat mir nicht gefallen dort, Lene, trotz allem hatte ich schreckliches Heimweh. Simon hat es mir nicht übelgenommen. Er hat ein Mädchen kennengelernt und ohnehin kaum Zeit für uns gehabt. Wir haben auch noch andere Familienmitglieder wiedergefunden. Stell dir vor, meine Tante Gertrude ist vor dem Krieg nach Amerika ausgewandert und hat dort einen reichen Fabrikanten geheiratet. Sie hat mir Geld geschickt, damit ich mit Leni zurückkehren und uns hier etwas aufbauen kann. Auch wenn sie nicht verstanden hat, was mich zurück nach Deutschland zieht. Ich habe ihr nur geantwortet, dass es auch viel Gutes hier gibt und zudem Menschen, in deren Schuld wir für immer stehen.«

Lene wusste nicht, was sie darauf erwidern sollte. Ruth und Leni hatten ihr unendlich gefehlt, doch wie alle Emotionen hatte sie auch diesen Schmerz tief in sich begraben. Als sie die beiden nun aber vor sich stehen sah, bekam ihre harte Schale tiefe Risse. Ein Schluchzen entrang sich ihrer Kehle, und sie schlug zitternd die Hand vor den Mund, zu ergriffen, zu überwältigt, um auch nur einen Ton herauszubringen. Das übernahm dann Anton für sie, der mit einem Freudenschrei aus dem Hühnerstall stürmte und die kleine Leni auffing, die sich in seine Arme warf.

»Das habe ich immer bei mir gehabt«, sagte sie und zeigte ihm stolz das Holzpferdchen, das ganz glatt und glänzend war von den vielen Berührungen.

Anton lächelte und trat auf Ruth zu. »Gut, dass ihr wieder da seid, sie hat euch schrecklich vermisst«, sagte er leise, und als Ruth sich daraufhin zu Lene umwandte, sah sie, wie diese sich mit dem Ärmel eines von Pauls alten Hemden, die sie immer trug, verstohlen die Tränen aus den Augen wischte.

Von diesem Augenblick an wurde das Leben auf dem Hof wieder etwas leichter, etwas freier und fröhlicher, wenn es auch nie wieder das gleiche sein sollte.

Noah beendete seinen Bericht und streckte sich mit einem Gähnen auf dem unbequemen Sofa in der Küche aus. »Entschuldige, Mel, aber ich bin komplett fertig. Ich bin seit sechs Uhr früh auf den Beinen.« Er hatte kaum zu Ende gesprochen, als er auch schon eindöste. Ich hingegen fand keinen Schlaf; ich war viel zu aufgewühlt, weshalb ich Lene auch hörte, obwohl ihre Stimme nur noch ein Flüstern war. Sie bat mich um einen Schluck Wasser. Ihr Anblick zerriss mir das Herz, so bleich und durchscheinend sah sie aus. Nachdem sie getrunken hatte, ließ sie sich matt zurück ins Kissen fallen und sah mich durchdringend an.

»Lass nicht zu, dass die Trauer dich auffrisst, Kind. Gestatte ihr nicht, für immer ein Teil von dir zu werden. Ich habe den Fehler gemacht, und ich habe mit einem einsamen Leben dafür bezahlt.«

»Ich versprech's dir, Lene«, sagte ich mit zittriger Stimme. Dann drückte ich ihr einen Kuss auf die faltige Wange. Lene schloss die Augen. »Schlaf gut, Lene, ich habe dich lieb«, sagte ich leise.

»Ich dich auch, Kind«, antwortete sie müde.

Wir hatten Abschied genommen, und das war mir mehr als klar in diesem Moment.

»Ich bin bei dir, Lene«, sagte ich und nahm ihre Hand, die eiskalt war. Noch einmal öffneten sich flatternd ihre Lider, und sie starrte blicklos ins Nichts, bis ein Lächeln ihre angestrengten Züge erweichte. »Paul.« Mit diesem einen Wort auf den Lippen schloss sie für immer die Augen.

Das Begräbnis fand drei Tage später statt. Es nahmen viele Menschen daran teil, allein schon, weil mein Vater als

Kommunalpolitiker in der Region durchaus einen Namen hatte. Es waren aber auch Nachbarn, Freunde und natürlich die Angehörigen von Noah und Natalie gekommen. Ich hatte darauf bestanden, eine kleine Ansprache zu halten, und nun spürte ich, wie alle Blicke auf mir ruhten, als ich durch die kleine Dorfkirche nach vorne schritt, wo der Pastor mich mit einem freundlichen Lächeln erwartete. Ich räusperte mich und suchte die Reihen nach Noah ab, der weiter hinten Platz genommen hatte. Als sich unsere Blicke trafen, nickte er, und ich merkte, wie meine Nervosität nachließ. Ich war froh, dass er ohne Bea gekommen war. Und so holte ich tief Luft und begann.

»Wer war Lene Fuhrmann? Sie war meine Großmutter, die Mutter meines Vaters, sie war Tochter, Schwester und Freundin und noch so vieles mehr. Ich hatte in den letzten Wochen das große Glück, ihre unglaubliche Geschichte zu erfahren, über die sie so gut wie nie sprach. Mit siebzehn Jahren nahm sie mutig und selbstlos den Platz ihrer älteren Schwester ein, die im Kindbett gestorben war. Sie gewann die Liebe ihres Mannes und dessen Sohnes, dem sie trotz ihrer jungen Jahre die Mutter ersetzte, und sorgte sich um alles und alle, die auf dem Windhof lebten. In einer dunklen, seelenlosen Zeit behielt sie ihren Mut, ihr Herz und ihre Menschlichkeit. Lene rettete ihre Freundin Ruth und deren Tochter Leni vor dem sicheren Tod und riskierte dafür tagtäglich ihr Leben. Menschen wie sie sind die wahren Helden, die einzigen Helden, die ein Krieg je hervorbringen kann. Lene, ich werde dich nie vergessen.« Mit diesen Worten stieg ich auf zittrigen Beinen die Stufen vor dem Altar hinab und nahm wieder neben meinen Eltern Platz, die mich mit Tränen in den Augen umarmten.

»Das war wunderbar, Mel. Lene hätte es gefallen«, sagte Papa und tätschelte meinen Arm.

Als wir im Anschluss den Sargträgern zu Lenes Grab folgten, war Noah plötzlich neben mir und drückte kurz aufmunternd meine Hand. Eine freundschaftliche Geste, doch mir zog sich das Herz zusammen. Ich sehnte mich so sehr nach ihm, und ich war mir sicher, dass er mir all meine Gefühle an der Nasenspitze ablesen konnte. Aber Noah sah mich gar nicht an. In sich gekehrt ging er neben mir her. Erst als wir am Grab haltmachten und ich meinen ungewöhnlichen Strauß aus dem Papier wickelte, traf mich sein verwunderter Blick. »Disteln?«

Ich lächelte. »Lene weiß, warum«, sagte ich geheimnisvoll, und Noah lächelte.

Mit einem stummen Gruß schickte ich ihr die Blumen hinterher.

Viele Trauergäste waren uns gefolgt, um zu kondolieren, und als endlich alle ihren Trost ausgesprochen hatten, sah ich mich nach Noah um. Doch er war fort. Er hatte sich nicht einmal verabschiedet.

Abends saß ich bei meinen Eltern, unschlüssig, wie es weitergehen sollte. »Willst du morgen wieder nach Köln?«, fragte meine Mutter, und ich brauchte nicht in mich hineinzuhorchen, um ihr zu antworten.

»Wollen nicht, aber ich muss. Ich muss nach der Wohnung sehen, und ich habe noch eine angefangene Übersetzung hier liegen, mit der ich bereits im Verzug bin.«

»Eines solltest du vielleicht wissen, Mel«, ließ sich nun

mein Vater vernehmen. »An dem Tag, an dem wir von unserer Reise zurückgekehrt sind, hat Lene mit mir darüber gesprochen, dass sie ihr Testament ändern wollte. Sie hat mir ihren handschriftlich verfügten letzten Willen in die Hand gedrückt, den ich bei einem Notar beglaubigen lassen habe. Der Windhof gehört dir, Mel. Sie hat alles dir hinterlassen.«

Ich sah ihn überrascht an und fragte mich besorgt, ob er verärgert war, weil sie ihn übergangen hatte, doch das Gegenteil schien der Fall zu sein.

»Anfangs habe ich gedacht, du könntest das Geld sicher gut gebrauchen und würdest nach Lenes Tod einfach alles schnell an einen Makler übergeben, doch jetzt glaube ich, dass Lene dir ein großartiges Geschenk gemacht hat. Ich könnte mir vorstellen, dass es ein schönes Zuhause für dich werden könnte, wenn man nur ein bisschen Arbeit, Geld und Liebe hineinsteckt. Ich könnte dir bei der Renovierung helfen, schließlich habe ich jetzt ja viel Zeit.«

Meine Mutter verbiss sich ein Grinsen, doch dann sahen mich beide erwartungsvoll an. Ich ließ mich gegen die Sofalehne sacken. Lenes Großzügigkeit rührte mich zu Tränen. Sie hatte mir eine Alternative geschenkt, einen neuen Weg, den ich beschreiten konnte, wenn ich wollte – ein Gedanke, der mich tröstete, als ich am nächsten Tag meine Koffer in den Laubfrosch lud, um über die buckligen Straßen des Westerwaldes wieder Richtung Köln zu holpern. Der Tag war wunderschön, also drehte ich das Fenster herunter, die Musik auf und begann, aus vollem Hals zu singen. Der Wind fuhr durch mein Haar, die Bässe wummerten in meinem Bauch, und ich fühlte mich lebendig.

Epilog

Zehn Jahre später

Ich stehe an seinem Grab und betrachte die Inschrift. »Innig geliebter Ehemann und Sohn« steht da, dazu die Daten, die sein viel zu kurzes Leben umfassen. Ich lasse mich auf die Knie fallen und schiebe mit den Händen einige Blätter fort, die von der nahe stehenden Platane gefallen sind. Dann zupfe ich etwas Unkraut aus der Erde, um anschließend meinen kleinen Strauß – Wiesenblumen und dazwischen ein paar Disteln – in die Vase gleiten zu lassen, die ich mitgebracht habe. Heute ist Davids Todestag. Er jährt sich zum zwölften Mal. Ich lasse mich von den Knien auf meine Fersen fallen und bleibe so eine Zeit lang in der untergehenden Sonne sitzen, die den Himmel über dem Waldfriedhof zart violett färbt. Als ich nach einer Weile zu frösteln beginne, beschließe ich, dass es an der Zeit ist, nach Hause zu fahren. »Mach's gut, bis zum nächsten Mal«, flüstere ich und drücke einen Kuss auf meine Fingerspitze, die diesen dann zu seinem Stein trägt. Auch wenn es nicht mehr schmerzt, macht mich ein Besuch hier immer noch traurig. Ich gehe in der hereinbrechenden Dunkelheit zum Ausgang und schlendere dann zurück in Richtung Innenstadt.

Köln ist voller Leben, das Wochenende naht, und die Abende sind bereits so mild, dass es eine Schande wäre, sie daheim zu verbringen. Die Kneipen quellen über, die Gäste stehen in kleinen Grüppchen vor den Türen, um zu rauchen, zu lachen und zu reden. Früher wäre ich neidisch gewesen auf ihre Unbeschwertheit, auf dieses unkomplizierte Sein. Heute jedoch gehe ich lächelnd zwischen den vielen Menschen hindurch und fange hier und dort ein paar Wortfetzen auf.

»Mel? Melanie Winter, bist du das?«, ruft da plötzlich jemand. Die Stimme kommt mir vage bekannt vor, und so bleibe ich stehen und suche die Gesichter der Umstehenden ab. Weiter hinten, nahe eines beliebten Brauhauses, mache ich einen Mann aus, der mir zuwinkt. Ich kneife die Augen zusammen und strenge mein Gehirn an, weil ich ihn im ersten Moment nicht zuordnen kann. Plötzlich fällt der Groschen. Es ist Mattes, Davids bester Freund, der sich nach seinem Tod nie wieder bei mir gemeldet hat. Unsicher wandert sein Blick über mein Gesicht – vermutlich hat er selbst aus der Ferne mein Stirnrunzeln bemerkt. Lächelnd bedeute ich ihm, zu mir zu kommen, und er bahnt sich zögerlich seinen Weg durch die Masse, wobei er ein Glas Kölsch über seinen Kopf hält, damit es ihm niemand aus der Hand stößt. Endlich steht er vor mir, sein Blick ist unsicher.

»Wie geht es dir so? Ich habe dich ja ewig nicht gesehen«, sagt er zur Begrüßung und räuspert sich. Nach zwölf Jahren ist es schwer, ein Gespräch in Gang zu bekommen.

»Mir geht es gut«, sage ich, und das meine ich auch so.

»Darf ich dir ein Bier ausgeben?«, fragt er und blickt sich dabei schon nach dem Köbes um, der mit seinem Tablett gekonnt durch die Gästeschar balanciert. Ich schaue verstohlen auf die Uhr, doch dann beschließe ich, dass ich gerne von ihm hören würde, wie es ihm so ergangen ist, obwohl ich eigentlich nach Hause wollte.

Als er nach einer kleinen Ewigkeit endlich ein Bier für mich organisiert hat, steht er wieder vor mir und starrt verlegen auf seine Schuhspitzen. »Mel, es tut mir leid, dass ich mich nie gemeldet habe. Ich habe seinen Tod damals einfach verdrängt, es wäre sonst zu schmerzhaft gewesen.« Er wird rot bei diesem Geständnis, und ich sehe ihm an, dass er sich immer noch nicht damit auseinandergesetzt hat, denn er kann nicht mal Davids Namen aussprechen.

»Weißt du, dass heute Davids Todestag ist?«, frage ich.

Mattes senkt den Blick, und ich bemerke, dass seine Hand zittert, als er hastig einen Schluck Bier aus dem schmalen Glas in seine Kehle laufen lässt. »War mir nicht klar«, gesteht er kleinlaut und schweigt eine ganze Zeit, bevor er mich wieder ansieht. »Was machst du jetzt so? Übersetzt du immer noch diese komischen Schnulzen?«

Ich muss lachen bei der Erinnerung. »Nein, ich bin als Quereinsteiger in den Schuldienst gekommen. Ich unterrichte Deutsch und Geschichte an einer Realschule«, erkläre ich ihm und spüre, wie stolz mich diese Tatsache macht. Ich bin gerne Lehrerin. Die Kinder sind wie Schwämme, sie saugen das Wissen förmlich auf, und ihre Sicht auf das Leben ist noch so unverfälscht und wahrhaftig. Vor allem liebe ich das Fach Geschichte. Ich arbeite oft mit einem Heimatforscher zusammen, der ein Buch über die Landjuden im Westerwald geschrieben hat. Er erläutert den Schülern zunächst die Fakten, erklärt, wie viele Menschen vertrieben wurden und später umkamen, wo und wie die jüdischen Familien vor dem Krieg gelebt haben und wie es damals im Westerwald ausgesehen hat. Wenn ich den Kindern dann von Lene erzähle, davon, wie sie Ruth und ihre Tochter versteckt hat, wird es immer ganz still in der Klasse, und ich kann sehen, wie sich Anerkennung in die Blicke der Kinder schleicht. So viele Jahrzehnte später kann man sich kaum mehr vorstellen, was es hieß, damals gegen den Strom zu schwimmen, und welchen Mut es bedurfte, so selbstlos zu sein. Für meine Schüler ist Lenes Geschichte immer ein bisschen wie ein Kinofilm und genau wie für mich ein Weg, sich besser in diese fremde, längst vergangene Zeit hineinzudenken.

Ich bin jedes Mal glücklich und dankbar, dass ich vor zehn Jahren diese Tage mit Lene verbringen durfte und nun einen kleinen Beitrag leisten kann, dass sie nicht in Vergessenheit gerät.

Mattes Stimme reißt mich aus meinen Gedanken. »Das hört sich toll an, Mel, das freut mich für dich.« Er nickt anerkennend.

Ich betrachte ihn etwas eingehender. Er ist unschön gealtert, sein Haar ist schütter, und seine Haut wirkt teigig. Sein Bauch zeugt davon, dass er zu viel Kölsch trinkt und vermutlich irgendeiner sitzenden Tätigkeit nachgeht. Früher einmal war Mattes ähnlich sportlich und durchtrainiert wie David, doch im Gegensatz zu ihm ein ziemlicher Aufreißer, einer, der stets einen lockeren Spruch auf den Lippen hatte und immer mindestens zwei Frauen im Arm.

Davon ist heute nicht mehr viel zu spüren. Er scheint sich unwohl zu fühlen in meiner Gegenwart und sieht verstohlen auf seine Armbanduhr. »So spät schon, ich sollte jetzt wirklich los.« Mit diesen Worten spült er den Rest Bier herunter und stellt das Glas hinter sich auf einem Stehtisch ab. Er hat scheinbar genug von den Geistern der Vergangenheit. Ich nehme es ihm nicht übel. Außer David hat uns schon damals nichts verbunden. »War schön, dich mal getroffen zu haben, mach's gut.«

Er lächelt. »Ja, du auch.«

Während ich durch die mit Menschen gefüllten Gassen gehe, spüre ich, wie die Sehnsucht mich packt. Fast im Laufschritt jage ich dem Bahnhof entgegen, obwohl mein Zug erst in einer halben Stunde fährt. Bevor ich zu meinem Gleis gehe, hole ich mir noch ein belegtes Brötchen und eine Cola und setze mich an den Bahnsteig, wo ich begierig mein Handy auspacke. »Bin gleich zu Hause«, schreibe ich und sende ein Herz, was kurz darauf mit einem Herzen erwidert wird.

Als der Zug endlich einfährt, bin ich schon ganz kribbelig. So geht es mir immer, wenn ich mal ein paar Stunden weg bin. Ich steige ein und suche mir einen Platz, dann ziehe ich erneut mein Handy hervor und scrolle durch die Fotos. Ein Lächeln breitet sich auf meinem Gesicht aus, das ich auch noch auf den Lippen trage, als der Zug an einem kleinen Bahnhof im Westerwald hält.

Dort muss ich umsteigen in die Regionalbahn, die an jedem Baum hält, bis wir endlich Kaltenbach erreichen. Zum Glück wartet ein Taxi vor dem Bahnhofsgebäude, sodass ich nicht lange in der Dunkelheit herumstehen muss. Ich bin ungeduldig und habe Heimweh, was absurd ist, weil ich nicht mal einen ganzen Tag lang fort war.

Wie anders wäre mein Leben wohl verlaufen, hätte Noah nicht einige Wochen nach Lenes Begräbnis in Köln vor meiner Tür gestanden. Ich war gerade dabei, einen Bewerbungsbogen für den Quereinstieg ins Lehramt auszufüllen, als mich die Türklingel aus meinen Gedanken riss. Ich hätte mit vielem gerechnet, jedoch nicht mit ihm. Unschlüssig standen wir voreinander. Er sah mir einfach nur in die Augen, sein Blick war dunkel und fragend. Mein Herz raste, als wäre ich einen Marathon gerannt. Ich weiß nicht, ob ich zuerst auf ihn oder er auf mich zuging, in jedem Fall fanden sich unsere Lippen nur Sekunden später, ohne dass einer von uns auch nur ein Wort gesagt hätte. Ineinander verschlungen stolperten wir in meinen Flur, wo ich es gerade noch schaffte, mit dem Fuß die Haustür zuzutreten. Nach einer kleinen Ewigkeit schob ich ihn auf Armeslänge von mir und starrte ihn ungläubig an. Er war wirklich hier. Wie oft hatte ich von diesem Moment geträumt. Sein Anblick verschlug mir den Atem. Er war perfekt. Nicht im eigentlichen Sinne, nicht so, wie David es vielleicht gewesen war, aber für mich war er perfekt. Seine leicht schiefe Nase, sein Dreitagebart, seine dunklen Augen und sein verstrubbeltes Haar, das dringend einmal geschnitten werden musste.

»Was tust du hier?«, brachte ich irgendwann endlich heraus. Mir war sehr wohl bewusst, dass die Frage vielleicht vor dem Küssen hätte kommen sollen.

Noah legte den Kopf schief. »Du hast mir gefehlt.« Sein Lächeln hüllte mich ein wie eine Decke.

»Und Bea?«, stieß ich atemlos hervor. Vor lauter Anspannung, was er nun sagen würde, fing ich an zu zittern. Mein Herz hämmerte so wild, dass es fast zersprang.

Noah strich sich mehrfach über die Stirn, dann sagte er: »Die Sache mit Bea ist vorbei. Es war ohnehin nur aufgewärmter Kaffee. Aber ich habe einfach etwas Zeit gebraucht, um den Mut zu finden, reinen Tisch zu machen. Sie war nicht allzu traurig. Der Westerwald ist ihr nie wirklich ans Herz gewachsen. Und seitdem du fortgegangen bist, wollte ich ohnehin nur eins: die Sache mit dir wieder in Ordnung bringen. Mein Gott, Mel, du hast mir so gefehlt.« Ohne meine Reaktion abzuwarten, verschloss er meine Lippen mit einem Kuss, der mehr ein Versprechen war.

Seine Antwort genügte mir erst einmal. Ich dirigierte ihn zum Schlafzimmer, wo wir aufs Bett fielen und uns liebten, dort, in den letzten warmen Strahlen, die die Sonne durch die Lamellen schickte. Danach lag ich nackt und zufrieden in seinen Armen, während er versonnen meinen Rücken streichelte. »Kommst du jetzt mit nach Hause?«, fragte er dann.

Ich tauche aus meiner Erinnerung auf, und mein Herzschlag beschleunigt sich, als das Taxi durch die lang gezogene Kurve fährt und der Windhof in Sicht kommt. Ich gebe dem Fahrer ein üppiges Trinkgeld und öffne das Gartentor, das leise ächzt, weil es schon so in die Jahre gekommen ist. Im Vorbeigehen streifen meine Finger den alten

Baumstumpf, wo einst Pauls Tanne stand. Es ist mein kleines Ritual. Meine Art, mich beim Nachhausekommen bei Lene zu bedanken – für alles.

Ich steige die Bruchsteintreppe hoch und stehe vor der Haustür. Sie ist rot, aber aus massivem Holz, und passt gut zum Charakter des Hauses. Beim Renovieren haben wir sehr viel Wert darauf gelegt, wir und das Denkmalamt, das mir tausend Vorgaben gemacht hat, weil das Fachwerkhaus so alt ist, dass es unter Schutz steht. Außen hatten wir nicht viel Spielraum, weil an der Fassade kaum etwas verändert werden durfte, doch innen konnten wir uns austoben. Die Wände sind nun weiß verputzt, die alten Treppenstufen abgeschliffen und neu lackiert in dezentem Creme, sodass die Holzoptik erhalten geblieben ist. In der alten Gesindeküche wurde eine Wand durchgebrochen und ein großzügiges Büro eingerichtet, in dem ich meine Klassenarbeiten korrigiere und die Zeugnisse schreibe. Im Obergeschoss haben wir den alten Stall an das Haus angeschlossen und darin die Kinderzimmer und unser Schlafzimmer untergebracht. Noahs Haus haben wir behalten und die unteren Räume als Praxis ausgebaut. Oben wohnt inzwischen seine Nichte, die praktischerweise bei ihm eine Lehre als Arzthelferin macht.

Auf dem oberen Treppenabsatz stoße ich mit dem Fuß gegen Reginald, die rollende Holzente, die mein Sohn Samuel dort wie immer stehen gelassen hat. Mein leiser Fluch hat Noah wohl geweckt, denn plötzlich erscheint er verschlafen im Türrahmen zum Wohnzimmer.

»Hey, Schönheit, was hat dich so lange aufgehalten?«

Ich lächele ihn an und gehe langsam auf ihn zu. Das mache ich immer, weil ich es liebe zu sehen, wie seine Augen dabei mit einer Mischung aus Liebe und Lust an mir auf und ab wandern. »Ich habe einen Zug später genommen, weil ich noch einen alten Bekannten getroffen habe.«

Gespielt misstrauisch verengt er die Augen. »Sah er gut aus?«, fragt er halb im Spaß, und ich schüttele lächelnd den Kopf.

»Kein Grund zur Eifersucht, davon abgesehen habe ich vier Männer hier zu Hause, mein Bedarf ist also mehr als gedeckt.« Wir lachen, als ich Noah ins Wohnzimmer folge und mich neben ihn auf das zerwühlte Sofa fallen lasse. Am Boden liegt eine Wolldecke.

»Wieder vor dem Fernseher eingeschlafen?«, frage ich, obwohl ich die Antwort schon kenne. Die Nächte sind kurz, unser Kleinster schläft immer noch nicht durch, obwohl er im Sommer schon zwei wird. Seine großen Brüder waren da einfacher, aber ich will mich nicht beschweren. Sie sind das größte Glück für mich, sie und ihr Vater – Noah, die zweite Liebe meines Lebens.

Seufzend reibe ich mir meine müden Füße. Es war ein langer Tag. Noah setzt sich ohne weitere Aufforderung zu mir und beginnt, sie zu massieren. Ich schnurre wohlig.

»Wie war es sonst?«, erkundigt er sich, und ich überlege kurz. Davids Todestag ist immer noch ein besonderes Datum, und ich habe Noahs Angebot, mich zum Friedhof zu begleiten, bisher immer ausgeschlagen. Es erschien mir falsch – als würde ich zwei voneinander getrennte Leben zusammenfügen. Doch als ich heute am Grab stand, verspürte ich plötzlich das Bedürfnis, David meine Familie vorzustellen.

»Vielleicht fahren wir im kommenden Jahr alle zusammen hin«, schlage ich vor und sehe, wie überrascht Noah ist.

»Wenn das für dich in Ordnung ist?«, sagt er und beobachtet mich genau.

Ich strahle ihn an. »Mehr als in Ordnung«, erwidere ich aufrichtig und beuge mich vor, um mir einen Kuss zu stehlen. Dann berichte ich ihm von Mattes.

»Und er war nie am Grab?«, fragt Noah ungläubig. Ich schüttele den Kopf. »Dabei wohnt er ja noch in Köln, für ihn wäre es doch ein Leichtes«, überlegt Noah laut.

»Nicht alle können mit der Vergangenheit abschließen«, sage ich versonnen und muss an die Zeit denken, als auch ich nicht in der Lage war, Davids Grab zu besuchen. Heute macht es mir nichts mehr aus, und ich nehme den Weg auch nur noch an diesem einen Tag im Jahr auf mich, da Davids Eltern eine Gärtnerei beauftragt haben, die die restliche Zeit über alles in Ordnung hält. Ich sehe Noah an, und wie immer durchflutet mich eine Welle der Dankbarkeit und Liebe. Er hat nie auch nur ein Wort darüber verloren, dass ich mir diesen einen Tag für die Vergangenheit nehme. Er weiß, dass ich die anderen dreihundertvierundsechzig Tage im Jahr vollkommen ihm gehöre – ihm und den Jungs. »Und hier?«, frage ich.

Noah grinst. »Der übliche Wahnsinn. Ben und Jakob haben sich gestritten, weil Ben seinen Apfelsaft aus Versehen über Jakobs neues Buch geschüttet hat, und unser Zwerg hat dann die nassen Seiten herausgerissen, während seine

Brüder gerauft haben, sodass am Ende alle drei in Tränen ausgebrochen sind.« Wir lachen beide. »Es wird nur noch etwa achtzehn Jahre dauern, bis wir das Haus wieder für uns haben«, sagt er und drückt mir einen Kuss auf die Lippen, der nach mehr schmeckt. Ich schaue auf die Uhr. Samuel wird meist gegen eins wach und will dann etwas trinken.

»Vielleicht sollten wir noch ein Baby machen, eine Tochter wäre doch schön«, flüstere ich ihm ins Ohr.

»Einen Versuch ist es wert«, sagt er zwischen zwei Küssen zärtlich und zieht mich in seine Arme.

Es ist merkwürdig, wie das Bewusstsein Dinge abspalten kann. Wie es quasi eine eigene Zeitrechnung beginnt. Meins teilt seit zehn Jahren, sechs Monaten, vier Tagen, elf Stunden und ein paar Minuten die Zeit in »vor dir« und »nach dir« ein. Vor dir war ich eine Witwe, war einsam, innerlich abgestorben und kannte nur noch ein Gestern. »Nach dir« habe ich noch einmal das Glück gefunden. Ich habe deinen Rat befolgt und dem Leben eine zweite Chance gegeben, Lene, und dafür werde ich dir auf ewig dankbar sein.

Danksagung

Wenn ein Buch entsteht, dann ist es zunächst einmal maßgeblich der Autor, der die Arbeit leistet, doch wenn ein Buch so weit ist, dass es an den Leser gebracht wird, dann stehen plötzlich ganz viele Menschen dahinter, die den Prozess begleitet haben. Diesen Menschen will ich hier meinen Dank ausdrücken. Da sind zunächst einmal …

Peter und Regina Molden, meine Agenten von der Literaturagentur Molden in Köln. Ihr habt von Anfang an etwas in mir gesehen und mich schon lange vor dem ersten gemeinsamen Projekt ermutigt, nicht aufzugeben. Ein riesiges Dankeschön dafür.

Dann möchte ich meinen wundervollen Lektorinnen danken …

Maria Runge – danke, dass du Mel, Lene, Paul und Noah so ins Herz geschlossen hast wie ich. Danke für deine großartige Sicht auf die Geschichte und für deinen zielgenauen Blick, der an exakt den richtigen Stellen die Schwächen fand und sie in Stärken verwandelt hat. Danke für deine Begeisterung, danke für deine Freundschaft.

Kristina Lake-Zapp für ihr akribisches Auge, für ihr Feingefühl und ihren Glauben an dieses Buch. Es hat mir riesigen Spaß gemacht, »Der Windhof« mit euch auf den Weg zu bringen.

Danke dem gesamten Team bei Goldmann dafür, dass diese Geschichte den Weg zum Leser gefunden hat.

Danke auch an Horst Moog, der im Keller seines Wohnhauses einen unermesslich wertvollen Schatz zusammengetragen hat, der das Gedenken an die jüdischen Mitbürger im Westerwald so lebendig hält und der mich an seiner Geschichte hat teilhaben lassen – es war inspirierend und hat mich in diese Zeit wirklich eintauchen lassen.

Eines der dicksten Dankeschöns geht natürlich an meine Familie …

Meinen Mann, der jeden Abend im Bett ein weiteres Kapitel gelesen und mit mir besprochen hat – egal, wie hart der Tag war. Der immer an mich geglaubt hat und bei jedem Buchbaby mit Feuereifer dabei ist.

Emily – meine Große, der ich meine Liebe zu den Büchern und zum Schreiben vererbt habe und die so oft eingesprungen ist, wenn Mama wieder mal am Rechner festhing.

Carolina – meine kleine Große, die wie ich die Musik und das Tanzen liebt und die sich mit mir über meine Bücher freut, auch wenn sie nicht so gerne liest.

Matilda – mein kleiner Sonnenschein, die so geduldig ist, wenn Mama arbeiten muss und die mir jeden Tag ein Lächeln schenkt.

Meine Mama – für deine Unterstützung, deine Ermutigung, dein offenes Ohr, einfach für alles.

Lalla – es gibt Verwandte, die man mit dem Herzen wählt.

Meinen Autorenkolleginnen Michaela Abresch, Barbara Leciejewski und Claudia Winter: Danke fürs Austauschen, Brainstormen, Inspirieren und Mitfiebern.

Meine Mädels – für jedes gemeinsame Glas Wein, für jedes gute Gespräch, für jede Krise, die wir gemeinsam meistern, für jedes Lachen, jeden Kinoabend – einfach für eure Freundschaft.

Last, but not least …

Meine Leser, die mich mit ihrem Feedback und ihrer Begeisterung antreiben, jedes Mal, alles zu geben.

Unsere Leseempfehlung

640 Seiten
Auch als E-Book erhältlich

816 Seiten
Auch als E-Book erhältlich

795 Seiten
Auch als E-Book erhältlich

London 1904: Lady Celia Lytton betört die englische Society mit ihrer Intelligenz und Schönheit zugleich. Sie ist die perfekte Gastgeberin, veröffentlicht im eigenen Verlag einen Bestseller nach dem anderen und genießt ihr junges Familienglück – ein privilegiertes Leben. Doch dramatische Ereignisse kündigen sich an, und als ihr Mann Oliver in den Krieg eingezogen wird, können die Lyttons nicht mehr die Augen vor der Realität verschließen. Die makellose Fassade bekommt erste Risse, und Celia beginnt zu verstehen, dass sie einen Preis zahlen muss, für die Entscheidungen, die sie getroffen hat, und die Geheimnisse, die sie bewahrt …